FANTASY

Buch

Nach jahrhundertelangem Schlaf ist der Geflügelte, ein gefürchteter Dämon, wieder nach Korona zurückgekehrt. Und mit ihm sind auch die Horden von Goblins und Riesen zurückgekommen, um die Menschen heimzusuchen. Der junge Elbryan und das Mädchen Pony werden bei einem Raubzug der bösen Kräfte zu Waisen. Während Pony ohne Gedächtnis durch die Fremde irrt, wird Elbryan von den Elfen aufgezogen.

Autor

R. A. Salvatore wurde 1959 in Massachusetts geboren, wo er mit seiner Frau und seinen drei Kindern lebt. Bereits sein erster Roman »Der gesprungene Kristall« machte ihn bekannt und legte den Grundstein zu seiner weltweit beliebten Reihe von Romanen um den Dunkelelf »Drizzt Do 'Urden«.

Von R. A. Salvatore bereits erschienen:

Aus den Vergessenen Welten:

Die Vergessenen Welten 1–6: 1. Der gesprungene Kristall (24549), 2. Die verschlungenen Pfade (24550), 3. Die silbernen Ströme (24551), 4. Das Tal der Dunkelheit (24552), 5. Der magische Stein (24553), 6. Der ewige Traum (24554)

Die Saga vom Dunkelelf: 1. Der dritte Sohn (24562), 2. Im Reich der Spinne (24564), 3. Der Wächter im Dunkel (24565), 4. Im Zeichen des Panthers (24566), 5. In Acht und Bann (24567), 6. Der Hüter des Waldes (24568)

Das Lied von Deneir: 1. Das Elixier der Wünsche (24703), 2. Die Schatten von Shilmista (24704), 3. Die Masken der Nacht (24705), 4. Die Festung des Zwielichts (24735), 5. Der Fluch des Alchemisten (24736)

Die vergessenen Welten, weitere Bände: 1. Das Vermächtnis (24663) [= 7. Band], 2. Nacht ohne Sterne (24664) [= 8. Band], 3. Brüder des Dunkels (24706) [= 9. Band] , 4. Die Küste der Schwerter (24741) [= 10. Band], 5. Kristall der Finsternis (24931) [= 11. Band], 6. Schattenzeit (24973) [= 12. Band], 7. Der schwarze Zauber (24168) [= 13. Band]

Aus der Drachenwelt:

Drachenwelt: 1. Der Speer des Kriegers (24652), 2. Der Dolch des Drachen (24653), 3. Die Rückkehr des Drachenjägers (24654)

Von der Dämonendämmerung:

Dämonendämmerung: 1. Nachtvogel (24892), 2. Juwelen des Himmels (24893), 3. Das verwunschene Tal (24905), 4. Straße der Schatten (24906), 5. Der steinerne Arm (24936), 6. Abtei im Zwielicht (24937), 7. Der ewige Fluch (24988), 8. Das brennende Herz (24989)

Demnächst erscheint von R. A. Salvatore die Saga vom Schattenelf:

Schattenelf: 1. Der dunkle Sohn (24990)

Weitere Bände sind in Vorbereitung.

FANTASY

R. A. Salvatore

Nachtvogel

Dämonendämmerung 1

Aus dem Amerikanischen
von Frank Böhmert

BLANVALET

Die amerikanische Originalausgabe erschien 1997
unter dem Titel »The Demon Awakens« (Parts 1 + 2)
bei Del Rey/Ballantine Books, New York

Umwelthinweis:
Alle bedruckten Materialien dieses Taschenbuches
sind chlorfrei und umweltschonend.
Das Papier enthält Recycling-Anteile.

Blanvalet Taschenbücher erscheinen im Goldmann Verlag,
einem Unternehmen der Verlagsgruppe Random House GmbH.

Deutsche Erstveröffentlichung 6/1999

This translation was published by arrangement with
The Ballantine Publishing Group, a division of Random House, Inc.
Umschlaggestaltung: Design Team München
Umschlagillustration: Agt. Schlück/Fishman
Satz: deutsch-türkischer fotosatz, Berlin
Druck: Elsnerdruck, Berlin
Titelnummer: 24892
Redaktion: Alexander Groß
V. B. · Herstellung: Peter Papenbrok
Printed in Germany
ISBN 3-442-24892-2
www.blanvalet-verlag.de

3 5 7 9 10 8 6 4

Für Owen Lock, der an mich glaubt
und mich ermahnt hat, auch selbst
an mich zu glauben.

Für Veronica Chapman,
für ihre Unvoreingenommenheit
und ihr scharfes Auge.

Für Kuo-yo Liang – Energie
ist ansteckend.

Und für jemand Vertraulichen,
der mich an einem finstren Ort
in einer finstren Stunde fand
und eine Kerze ansteckte.

Und natürlich, wie bei allem,
was ich tue, für
Diane und die Kinder.

Barbakan
Berg Aida
ALPINADOR
Waldlande
Moorlande
Andur Blough
Inninness (Nebeltal)
Wilderlande
Masur Delaval
KÖNIGREICH DES BÄREN
Großer Gürtel
Mantis Arm
BEHREN
Katzenbucht
1
2
3
4
5
6
7
8
9
10
11
12
13
19

1 Weedy Meadow
2 Dundalis
3 Weltenend
4 Landsdown
5 Caer Tinella
6 Palmaris
7 Amvoy
8 Dusberry
9 Ursal
10 Youmaneff
11 Entel
12 Freeport
13 Jacintha
14 St. Gwendolyn
15 Macomber
16 Tinson
17 Pireth Tulme
18 Pireth Vanguard
19 St. Mere-Abelle
JULIANTHEN
(Wetterinseln)
18
Pireth Dancard
Allerheiligen-Bucht
Golf von Korona
MIRIANISCHER OZEAN
17
16
Zerschmetterte
Küste

Auftakt

Der Geflügelte erwachte. Es war nur eine allmähliche Regung in einer tiefen Höhle in einem fernen, unbewohnten Gebirge und wirkte nicht weiter folgenschwer. Sie fiel niemandem auf, außer den Erdwürmern und den wenigen schlaflosen Fledermäusen in der erschöpften Schar, die unter der hohen Decke baumelte.

Aber der dämonische Geist war erwacht, war aus einem langen Schlaf in die statuenhafte Gestalt zurückgekehrt, die er bei seinem letzten Besuch der Welt namens Korona zurückgelassen hatte. Die leibliche Hülle fühlte sich gut an für den wandernden Geist. Der Geflügelte konnte das Blut spüren, heißes Blut, das durch seine Schwingen und mächtigen Beine pulste, konnte spüren, wie seine gewaltigen Muskeln zuckten. Er öffnete die flackernden Lider, sah aber nur Schwärze, denn die Gestalt, die er in magischer Erstarrung in der tiefen Höhle stehengelassen hatte, mit gesenktem Kopf und fest um den Leib geschlungenen Schwingen, war von Magnetstein bedeckt. Der größte Teil der einstmals glühenden Masse war emporgebrodelt und aus der Höhle geflossen, aber es war genug zurückgeblieben, um seine leibliche Hülle fest einzuschließen. Der Geist war nach Korona zurückgekehrt, nur um nun in Obsidian festzustecken!

Der Dämon zog sich tief in sich selbst zurück und sammelte seine Kräfte, die physischen wie die magischen. Mit gewaltiger Willensstärke und Körperkraft spannte er seine Schwingen an. In der Mitte des Sarkophags aus Obsidian bildete sich ein Sprung. Noch einmal, und aus dem Sprung wurde ein Spalt, und dann sprengte die Bestie mit einem plötzlichen, gewaltigen Bersten den Obsidian und streckte die großen Schwingen zur Seite aus, und ihre klauenbewehrten Enden zerrissen die Luft. Der Geflügelte warf den Kopf zurück, riß das Maul auf und brüllte seine Freude über seine Rückkehr und das Chaos hinaus, das er nun erneut über die friedlichen Königreiche der Menschen von Korona bringen würde.

Sein Leib erinnerte an den eines großen, schlanken Mannes und schien nur aus Muskeln zu bestehen. Er verfügte über ein Paar ungeheurer, fledermausartiger Schwingen, die voll ausgestreckt zwanzig Fuß maßen und stark genug waren, um einen ausgewachsenen Bullen im Schnellflug davontragen zu können. Auch der Kopf ähnelte dem eines Menschen, war allerdings eckiger, mit schmalen Wangen und einem spitzen Kinn. Die ebenfalls spitzen Ohren stachen aus einer flachen Haube schwarzen Haares hervor, das auch die Hörner nicht verbarg. Sie waren daumengroß und bogen sich über die Stirn einander zu.

Die Haut war grob und dick und von rötlichem Ton, ein Panzerkleid, das von einer inneren Glut zu leuchten schien. Auch die Augen des Dämons leuchteten; meist glitzerten sie wie schwarzes Wasser, bei Erregung jedoch loderten sie feuerrot auf, in einer Glut absoluten Hasses.

Die Schwingen zu ihrer vollen Pracht ausgebreitet, dehnte und reckte sich der Dämon, krallte mit seinen menschenähnlichen Armen nach der Luft. Er fuhr die Fingernägel aus, bis sie gekrümmte Klauen waren, und ließ sich Reißer wachsen – zwei Eckzähne, die bis über die Unterlippe reichten. Jeder seiner Körperteile stellte eine tödliche, verheerende Waffe dar. Und obwohl er eine so machtvolle Erscheinung besaß, war seine wahre Macht geistiger Natur und lag in seinem Daseinszweck begründet: Versucher der Seelen, Beschwerer der Herzen, Lügenschöpfer. Die Theologen von Korona waren uneinig, ob der Geflügelte die Quelle oder eine Ausgeburt des Bösen darstellte. Pflanzte er den Menschen Schwachheit und

Morallosigkeit ein, war er die Quelle der Todsünden? Oder manifestierte er sich erst, um auf der Welt zu wandeln, wenn diese bereits bis zum Bersten von Fäulnis durchdrungen war?

Für das dämonische Wesen in der Höhle waren solche Fragen kaum von Belang. Der Geflügelte wollte wissen, wie lange es her war: Wie viele Jahrzehnte oder Jahrhunderte gar waren auf Korona inzwischen verstrichen?

Nun, da ihm diese längst vergangene Zeit wieder einfiel, ergötzte er sich noch einmal an dem Blut, das geflossen war, als sich Armee um Armee der köstlichen Verzweiflungsschlacht angeschlossen hatte. Er verfluchte den Namen von Terranen Dinoniel, der Menschen und Elfen geeint und so die Truppen des Geflügelten bis zum Fuße des Berges Aida zurückgejagt hatte. Dinoniel höchstselbst war dem Dämon in die Höhle gefolgt und hatte ihn aufgespießt …

Der Schwarzgeflügelte sah auf den dunkelroten Punkt hinab, der seine glatte Brust verunstaltete. Mit einem übelkeitserregenden Krachen der Knochen drehte er den Kopf vollständig herum und besah sich den zweiten Makel seiner Gestalt, eine beulige Narbe unter dem linken Schulterblatt. Beide Narben bildeten eine perfekte Linie mit seinem Herzen, und so, mit diesem einen verzweifelten Stoß, hatte Dinoniel die leibliche Hülle des Dämons besiegt. Doch selbst in seinem Todeskampf hatte der Geflügelte noch den Sieg davongetragen, indem er aus den Tiefen Aidas das Magma hervorgerufen hatte.

Dinoniel und ein Großteil seiner Armee waren verschlungen und vernichtet worden, der Geflügelte hingegen …

Der Geflügelte war unsterblich. Dinoniel war tot, eine flüchtige Erinnerung; der dämonische Geist jedoch war zurückgekehrt, und die Wunden seines Körpers waren verheilt. »Welcher Mensch, welcher Elf wird an Dinoniels Stelle treten?« fragte der Dämon mit seiner volltönenden Stimme, die von einem kehligen Schrei kaum zu unterscheiden war.

Der unerwartete Lärm ließ eine Wolke Fledermäuse aufsteigen und durch einen der Tunnel davonfliegen, die das Magma auf seinem Weg nach draußen hinterlassen hatte. Mit seinem meckernden Lachen sonnte sich der Geflügelte in der Vorstellung, solche Geschöpfe – und nicht nur solche! – mit einem bloßen Geräusch aufscheuchen zu können. Und welche Entschlossenheit mochten die Menschen und die Elfen diesmal überhaupt noch aufbringen? Falls es noch Elfen gab, denn selbst zu Dinoniels Zeiten waren sie schon im Aussterben begriffen gewesen.

Damit wandte er seine Gedanken denjenigen zu, die ihm zu Diensten sein würden. Welche Wesen konnte er diesmal für sich kämpfen lassen? Die niederträchtigen Goblins auf jeden Fall; sie steckten voller Wut und Habgier und genossen nichts so sehr wie Mord und Totschlag. Dann die Bergriesen, deren Zahl nicht groß war, die aber ein jeder für ein Dutzend Männer zählten und deren dicke Haut kein Dolch durchstieß. Und die Pauris, jawohl, die Pauris, das gerissene kriegerische Zwergvolk der Julianthen, der Wetterinseln, das nichts mehr haßte als die Menschen. Jahrhunderte zuvor hatten die Pauris die Meere beherrscht, mit ihren soliden, tiefliegenden Tonnenschiffen, deren Rümpfe aus härterem Holz als die größeren Schiffe der Menschen geschnitzt waren – wie auch die kleinwüchsigen Pauris aus härterem Holz geschnitzt waren als die größeren Menschen.

Geifer troff das Maul des Geflügelten hinab, als er an seine einstigen und künftigen Verbündeten dachte, an seine Armee der Plagen. Stamm um Stamm, Volk um Volk würde er in seinen Pferch bringen, damit sie wuchs, wie die Nacht wächst, wenn die Sonne den westlichen Horizont berührt. Die Abenddämmerung von Korona stand kurz bevor.

Der Geflügelte war erwacht.

Teil Eins

Schicksal

Welch Lied hört man da durch die Baumwipfel zieh'n,
Daß die Verzagten, Geplagten nicht länger flieh'n?
Daß kein hartes Los die Herzen mehr würgt,
Und der Morgen erneut ein Versprechen birgt?
Horch, welch Lied,
Welch lieblicher Klang?
Ein munterer Morgengesang.

Heiß dampft das Blut in der Nachtluft Kält'.
Welch Hoffnung auf Gold, welch Hunger nach Geld
Lockt' aus der Tiefe die Bestie empor?
Nicht für lang, da sei der Nachtvogel vor.
Sie kommen, um zu raffen,
Ihre Wunden werden klaffen.
Gehau'n von zarter Elfenhand.

Das schimmernde Schwert, das rasende Pferd,
Nachtvogel der Hüter durchstreift die Erd'.
Reitet mitten hinein in der Untiere Schar,
Läßt ihn blitzen, den Sturm, widersteht der Gefahr,
Bringt Unheil und Not,
Verderbnis und Tod,
Jagt böse Geister davon.

Flieht ihr Goblins! Hüters Bogen ist gespannt.
Bluten sollt ihr, gleich in den Sand.
Pfeil folgt auf Pfeil, ein Fluß leuchtet rot,
Rasch fällt das Böse, bis der letzte ist tot.
Wurmfutter bringen
Des Falken Schwingen
Zur kalten Erde hinab.

Flieht nur, ihr Goblins, so schnell eure Bein'!
Symphony holt euch dennoch ein.
Seiner Hufe Musik übertönt Schattenklang,
Trägt Nachtvogel herbei, euren Untergang!
Wenn Sturmwind herabfällt,
Dann fallet auch ihr
In ewige Schwärze, gleich hier.

Und fort fliegt Symphony, die liebliche Musik,
Trägt fort den Nachtvogel, in die Wälder zurück.
Im Frühlingslicht find't er vom Bösen kein'Rest
Nur Blumen und Paare, auf dem Dorfplatz ein Fest.
Drum lauschet, ihr alle,
Des Nachtvogels Lied
Und schlafet, ihr Paare,
In Ruh'und in Fried'.

»NACHTVOGELS LIED«

1. Überraschende Jagdbeute

Elbryan Wyndon stand noch vor der Dämmerung auf. Er schlüpfte in seine Kleider, so rasch es im roten Glimmen der Feuerstelle ging. Er fuhr sich mit der Hand durch das zerzauste Haar – den glatten hellbraunen Schopf, der im Sommer blonde Strähnen bekam. Er griff zu Gürtel und Dolch, die er ehrfurchtsvoll gleich neben dem Bett abgelegt hatte, und schnallte die Waffe feierlich mit einem Gefühl von Stärke an seiner Seite fest.

Er griff sich den schwersten Umhang, den er finden konnte, und huschte in die kalte Morgenluft hinaus, so voller Tatendrang, daß er beinahe die Tür nicht hinter sich zugemacht hätte. Das kleine Grenzstädtchen Dundalis lag still da, wie ausgestorben, und schlief den wohlverdienten Schlaf, der auf ein hartes Tagwerk folgte. Auch Elbryan hatte am Vortag hart gearbeitet – geschuftet sogar, denn da sich gerade das halbe Dorf weit draußen im Wald aufhielt, mußten die Jungen und Mädchen die Stellung halten, Elbryan eingeschlossen, der beinahe schon ein Jüngling war. Holz wollte gesammelt, Feuer wollten in Gang gehalten und Hütten ausgebessert werden – andauernd war etwas auszubessern! –, und der Rand des geschützten Tales, in dem ihr Dorf lag, wollte abgeschritten und auf Fährten von Bären, Großkatzen oder wildernden Wolfsrudeln abgesucht werden.

Elbryan war das älteste Kind im Dorf und damit zugleich der Anführer, und er kam sich nicht nur wichtig, sondern insgeheim auch sehr erwachsen vor. Noch einmal würde er wohl kaum beim Aufbruch zur letzten und wichtigsten Jagd des Jahres zurückbleiben. Der kommende Frühling brachte seinen dreizehnten Geburtstag, den Schritt von der Kindheit in die rauhen Lande des Nordens. Im kommenden Frühling würde Elbryan die Kinderspiele hinter sich lassen und mit auf die Jagd gehen.

So ermüdend die Arbeit des Vortages auch gewesen war, er hatte vor lauter Aufregung kein Auge zugetan. Das Wetter war umgeschlagen, der Winter stand bevor. Die Jäger wurden täglich zurückerwartet, und Elbryan hatte vor, ihnen entgegenzugehen und ihren Einzug ins Dorf anzuführen. So sollten ihn die jüngeren Mädchen und Jungen sehen und ihm den wohlverdienten Respekt erweisen, und die älteren Männer sollten sehen, daß das Dorf während ihrer Abwesenheit gediehen war, unter seinem wachen Auge.

So müde er auch war, seine Füße trugen ihn flink zwischen die tieferen Schatten der einstöckigen Hütten.

»Jilly!« Der Ausruf klang in der morgendlichen Stille lauter, als er tatsächlich war. Elbryan schlich sich zum nächsten Haus und spähte um die Ecke. Er mußte schmunzeln vor lauter Listigkeit.

»Vielleicht ist es heute soweit!« protestierte Jilseponie, Elbryans beste Freundin.

»Woher willst du das wissen, Jilly«, hielt ihre Mutter aus der offenen Tür der Hütte dagegen. Elbryan verkniff sich das Lachen. Jilseponie haßte ihren Spitznamen, aber fast jeder rief sie so. Sie bevorzugte ein schlichtes »Jill«. Elbryan dagegen nannte sie »Pony«, wenn sie allein waren, und dieser Name gefiel ihr von allen am besten.

Seine Lust zu lachen war rasch verflogen, aber sein Lächeln wurde noch breiter. Er wußte nicht recht, warum, aber bei Ponys Anblick wurde ihm jedesmal warm ums Herz; dabei hatte er sie wenige Jahre zuvor noch gehänselt und gepiesackt, wie man es mit Mädchen nun einmal machte. Einmal hatte Elbryan den Fehler gemacht, Jilseponie zu fangen, ohne daß seine Kumpels in der Nähe gewesen waren, und sie dann zur Bekräftigung seines Raubes auch noch kräftig an der blonden Mähne zu ziehen. Er hatte den Hieb nicht kommen sehen, sondern nur gestaunt, wieviel blauer Himmel plötzlich zu sehen war, so vom Boden aus.

Inzwischen konnte er über diese Peinlichkeit lachen, insgeheim oder sogar mit Pony zusammen. Er hatte das Gefühl, ihr alles sagen zu können, ohne daß sie ihn verurteilen oder sich über seine Gefühle lustig machen würde.

Kerzenschein fiel auf die Straße und über das Mädchen hinweg. Elbryan mochte den Anblick; mit jedem Tag, der verstrich, sah er Pony lieber an. Sie war fünf Monate jünger, aber größer als er, denn sie maß bereits drei Fingerbreit mehr als die ersehnten fünf Fuß, die er zu seinem Entsetzen noch nicht erreicht hatte. Sein Vater hatte ihm versichert, daß sich die Wyndons schon immer etwas Zeit mit dem Wachsen gelassen hatten. So neidisch er auch war, die große Pony gefiel ihm ziemlich gut. Sie hielt sich gerade, ohne steif zu wirken, und konnte schneller laufen und besser kämpfen als sämtliche Jungen im Dorf, ihn eingeschlossen. Trotzdem hatte sie etwas Zartes an sich, eine Sanftheit, die dem jüngeren Elbryan wie Schwäche vorgekommen war, den älteren jedoch seltsam beunruhigte. Ihr Haar, das sie andauernd zu bürsten schien, war blond, seidig und voll genug, um ein Nest darin zu bauen. Es federte verlockend ungezähmt um ihre Schultern. Ihre Augen, ihre großen Augen, waren vom strahlendsten und klarsten Blau, das Elbryan je gesehen hatte. Wie große Schwämme saugten sie die Welt in sich auf und spiegelten jede Stimmung des Mädchens wider. Wenn Ponys Augen traurig schauten, wurde Elbryan das Herz schwer; wenn sie vor lauter Lebensfreude funkelten, wollten seine Füße auf der Stelle zu tanzen beginnen.

Auch Ponys Mund war groß, mit vollen Lippen. Die Jungen hatten sie deshalb oft gehänselt. Wenn sie den jemals gegen eine Fensterscheibe drückte, würde sie für immer daran klebenbleiben! Inzwischen hatte Elbryan keine Lust mehr, Pony wegen dieser Lippen zu hänseln. Er ahnte, wie weich sie waren, wie überaus einladend …

»Ich bin zum Morgenmahl wieder zurück«, versicherte Pony ihrer Mutter.

»Nachts ist es gefährlich im Wald«, erwiderte diese aufgebracht.

»Ich paß schon auf!« fuhr Pony ihr vorlaut dazwischen.

Elbryan, der die Schelte ihrer Mutter schon fast hören konnte, hielt den Atem an. Aber die oft so strenge Frau seufzte nur und schloß dann resigniert die Tür.

Pony seufzte ebenfalls und schüttelte den Kopf, als wollte sie ihre abgrundtiefe Enttäuschung über die Erwachsenenwelt ausdrücken. Dann wandte sie sich um und hüpfte los, um einen Augenblick später zusammenzufahren, als Elbryan ihr in den Weg sprang.

Sie ballte instinktiv die Faust, und Elbryan war so klug, einen Satz nach hinten zu machen.

»Du bist spät dran«, sagte er.

»Ich bin früh dran«, widersprach Pony. »Zu früh. Und müde bin ich auch.«

Elbryan zuckte mit den Achseln und nickte die Nordstraße hinab; dann marschierte er munter los. Trotz ihrer Beschwerde über die Tageszeit hielt Pony nicht nur mit, sondern hüpfte, sichtlich ebenso aufgeregt wie er, sogar neben ihm her. Diese Aufregung verwandelte sich in schiere Freude, als sie das Dorf hinter sich ließen und den Kamm zu ersteigen begannen. Als Pony einmal zufällig nach Süden zurückschaute, blieb sie wie angewurzelt stehen und zeigte mit einem Lächeln zum Nachthimmel hinauf. »Der Halo«, hauchte sie.

Elbryan folgte ihrem Blick, und auch er konnte sich eines Grinsens nicht erwehren.

Denn am Südhimmel, der mehr als zur Hälfte davon eingenommen war, stand Koronas Halo, der himmlische Ring – ein feines Farbenspiel in Rot, Grün, Blau und dunklem Purpur, ein Wabern und Fließen, als wäre ein Regenbogen zum Leben erwacht. In den kurzen Sommernächten war der Halo manchmal auszumachen, aber nur in ihren dunkelsten Stunden, wenn nicht nur die Kinder, sondern selbst die Erwachsenen längst schliefen.

Elbryan und Jilseponie hatten ihn nur bei wenigen Gelegenheiten sehen können und niemals so klar und deutlich wie in dieser Nacht.

Dann vernahmen sie in der Ferne ein Pfeifen, eine sanfte Musik. Die überirdische Melodie schwebte kaum wahrnehmbar durch die kalte Luft.

»Der Waldgeist«, flüsterte Pony, aber Elbryan schien es nicht zu hören. Pony sagte es noch einmal, leise. Der Waldgeist war eine Sagengestalt der Waldlande. Halb Pferd und halb Mensch war er, Hüter der Bäume und Freund der Tiere, vor allem der Wildpferde, die in den Tälern des Nordens lebten. Für einen Moment erschrak Pony bei der Vorstellung, daß ein solches Wesen nicht allzu weit entfernt war; dann jedoch wurden ihre Befürchtungen von der schieren Schönheit des Halo und der nicht weniger schönen, bezaubernden Melodie zerstreut. Wie sollte jemand – oder etwas – so Musikalisches eine Gefahr darstellen können?

So blieben die beiden dort stehen, an dem Hang, ohne etwas zu sagen, ohne einander anzusehen, ohne einander auch nur wahrzunehmen. Elbryan fühlte sich absolut allein und doch eins mit dem Weltall. Er war ein winziger Teil der Erhabenheit, ein winziger und doch unendlicher Funke in der Ewigkeit. Sein Geist schwang sich von dem Bergkamm, von der festen Erde, von den sinnlichen Erfahrungen seines Daseins zur unbekannten, belebenden Freude des Spirituellen empor. Der Name ›Mather‹ schoß ihm durch den Kopf, obwohl er nicht wußte, warum. Er schien zu diesem Zeitpunkt gar nichts zu wissen, und doch wußte er alles – die Geheimnisse der Welt, des Friedens, der Ewigkeit. Es lag alles dort vor ihm, ganz einfach und wahr. Er spürte ein Lied in seinem Herzen, obgleich es keine Wörter hatte, spürte im ganzen Körper eine Wärme, obgleich er in diesem Moment gar kein Bestandteil seiner leiblichen Hülle war.

Das Gefühl ging vorüber – zu schnell. Elbryan seufzte tief und wandte sich zu Pony um. Er wollte etwas sagen, aber als er sah, daß auch sie in etwas versenkt war, das über die Sprache hinausging, ließ er es bleiben. Elbryan fühlte sich dem Mädchen plötzlich näher, so als hätten sie etwas ganz Besonderes und sehr Intimes miteinander geteilt. Wie viele Leute konnten wohl noch zum Halo hinaufsehen und dessen Schönheit erfassen? Von den Erwachsenen mit ihrem Gegrummel und Gebrummel sicher niemand, und bestimmt auch keines der anderen Kinder; die waren viel zu sehr mit Albernheiten beschäftigt, um über solche Dinge nachzudenken.

Nein, diese Erfahrung teilte er nur mit Pony – mit niemandem sonst. Er sah, wie sie langsam wieder in die Wirklichkeit zurückkehrte – zum Kamm, zur Nacht und zu ihrem Gefährten. Er konnte beinahe sehen, wie ihr Geist in den fünf Fuß großen Körper zurückfloß – einen Körper, der zunehmend schöner wurde.

Elbryan kämpfte den unvermittelten und unerklärlichen Drang nieder, Pony auf der Stelle zu küssen.

»Was ist los?« fragte sie, als sie trotz der Dunkelheit sah, daß ihm Aufruhr, ja Schrecken im Gesicht stand.

Der Junge sah rasch weg und verfluchte sich dafür, solche Gefühle zugelassen zu haben. Pony war schließlich ein Mädchen, und obwohl Elbryan aus ihrer Freundschaft keinen Hehl machte, waren ihm solche tieferen Gefühle wirklich unheimlich.

»Elbryan?« fragte sie. »War es das Lied, der Waldgeist?«

»Hab nichts gehört«, erwiderte Elbryan, obwohl er nach einigem Nachdenken durchaus meinte, in der Ferne eine gepfiffene Melodie gehört zu haben.

»Was denn dann?« drängte Pony.

»Nichts«, antwortete er schroff. »Komm. Es dämmert bald.« Damit stürmte er in halsbrecherischem Tempo den Kamm hinauf, kletterte zuweilen sogar auf allen vieren, daß der dichte Blätterteppich nur so knirschte. Pony blieb stehen und sah ihm verblüfft nach. Langsam fand sie ihr Lächeln wieder, und um ihre Grübchen zeigte sich ein zartes Rot. Sie hatte den Verdacht zu wissen, welche Gefühle Elbryan da niederkämpfte, denn sie hatte diesen Kampf bereits hinter sich.

Pony hatte den Sieg errungen, indem sie diese geheimen Gefühle, diese Wärme, die sie durchflutete, wann immer sie Elbryan ansah, zugelassen hatte und sogar willkommen hieß. Sie hoffte, daß Elbryans Kampf einen vergleichbaren Ausgang nahm.

Oben auf dem Kamm holte sie ihren Freund ein. Hinter ihnen lag Dundalis still und dunkel da. Die ganze Welt schien verstummt; nicht ein Vogel rief, nicht ein Lüftchen regte sich. Sie saßen nebeneinander, und doch trennten sie ein paar Handbreit Raum und die Mauer, die Elbryan in seiner Verwirrung errichtet hatte. Der Junge rührte sich nicht; er starrte nur reglos in das weite Tal unter ihnen hinab, obwohl es bei dem schwachen Licht nicht einmal auszumachen war.

Pony dagegen war munterer. Sie ließ ihren Blick auf Elbryan verweilen, bis der Junge sichtlich nervös wurde, dann sah sie höflich weg, zurück zum Dorf – in einem der Häuser brannte einsam eine Kerze – und zurück zum Halo, der nun rasch verblaßte. Seine kräftigeren Farben waren am Südhimmel noch immer auszumachen, aber dieser einmalige Moment der Schönheit und der tieferen Versenkung war vorüber. Nun war sie wieder Jilseponie, einfach nur Jilseponie, die mit ihrem Freund oben auf dem Bergkamm saß und darauf wartete, daß ihr Vater zusammen mit den übrigen Jägern heimkehrte. Und es dämmerte bereits. Schon konnte Pony mehr von dem Dorf ausmachen, konnte die einzelnen Häuser voneinander unterscheiden, ja sogar die einzelnen Pfosten des Pferches von Bunker Crawyer.

»Heute«, sagte Elbryan unvermittelt. Er war wieder der alte; die Nacht hatte nicht nur ihre Geheimnisse, sondern auch seine beunruhigenden Gefühle mitgenommen. »Heute kommen sie heim«, erklärte er mit einem Nicken.

Pony lächelte herzlich. Hoffentlich hatte er recht. Schweigend saßen sie da, während der Tag wuchs. In dem weiten Tal ließ die schwarze Wand nur einzelne dunkle Flecken zurück – Reihen um Reihen uralter Nadelbäume, die Veteranen von Korona. Stolz reckten sie sich empor, obwohl die meisten nicht einmal doppelt so groß waren wie Elbryan. Von so weit oben gesehen, in diesem zunehmenden Licht, war die Landschaft von geradezu atemberaubender Kargheit. Der Boden um die Bäume herum schluckte das Morgenlicht nicht, sondern warf es wieder zurück, denn dort wuchs kein dunkles Unterholz, sondern etwas Weißes und Dichtes, ein Polster aus Rentierflechte. Elbryan liebte dieses Zeug – wie alle Kinder. Wann immer er den weißen Teppich erblickte, wollte er Schuhe und Hosen ausziehen, um ihn barfüßig und mit nackten Beinen zu durchwandern, um die Weiche zwischen seinen Zehen und an seinen Schienbeinen zu spüren. An vielen Stellen reichte ihm die Rentierflechte sogar bis über die Knie!

Er wollte es tun, wie er es in früheren Jahren so oft getan hatte, wollte seine Schuhe abstreifen und all seine Kleider …

Ihm fiel seine Begleitung wieder ein, seine Gefühle von eben, und er sah rasch woanders hin, puterrot im Gesicht.

»Solange die Sonne halbwegs niedrig steht, sind sie schon auf eine Meile zu sehen«, bemerkte Pony. Sie sah jedoch nicht nach vorn, sondern zum Kamm, der hinter ihnen nach Süden führte. Der Herbst war bereits fortgeschritten, und sämtliche

Laubbäume trugen ein strahlend buntes Kleid, besonders der Zuckerahorn; der ganze Hang leuchtete rot, orange und gelb.

Elbryan war heilfroh, daß seine eigene Röte dem Mädchen entgangen war.

»Wenn sie diese Talseite herunterkommen«, sagte er und zeigte auf den breiten, sanften Hang am nordöstlichen Ende des Tals, »auf eine Meile!«

Ihre Einschätzung erwies sich als zu optimistisch, denn die Kargheit der Landschaft hatte ihren Sinn für Entfernungen verwirrt. Zu ihrer großen Freude entdeckten sie den heimkehrenden Jagdtrupp tatsächlich, aber erst, als sich die Reihe winziger Gestalten schon weit unter ihnen in der Talsohle befand.

Aufgeregt versuchten sie, die Jäger zu zählen und ihren Anführer auszumachen, aber das war nicht so einfach, denn die Reihe verschmolz immer wieder mit den Baumschatten.

»Beute!« stieß Elbryan plötzlich aus, als er erkannte, daß zwei Männer etwas an der Stange trugen.

»Noch mehr!« fügte Pony hinzu und klatschte vor Freude in die Hände. Die Jäger trugen reiche Beute heim, Elch wohl, Rentier oder Weißwedelhirsch. Die Jagd mußte wahrlich erfolgreich gewesen sein! Da war es mit der Geduld der beiden vorbei, sie sprangen auf und liefen rasch den steilen Hang hinab, um den Heimkehrenden den Weg abzuschneiden.

Oben vom Kamm aus wirkte das Tal karg und offen, der Abstieg jedoch erinnerte Elbryan und Pony rasch daran, welch ein verwirrender und einschüchternder Ort es sein konnte. Unten, zwischen den zwar gedrungenen, aber ausladenden Kiefern und Fichten, konnte man rundum nur wenige Fuß weit sehen; im Nu waren die Gefährten voneinander getrennt und brauchten etliche Minuten, um einander per Zuruf wiederzufinden und sich dann darüber zu streiten, in welcher Richtung es zu ihren Vätern ging.

»Die Sonne steht im Südosten«, übernahm Elbryan das Kommando und straffte die Schultern. Die Sonne stand zwar noch nicht hoch genug, um über den Rand des Tales zu blicken, aber ihre Position war leicht genug auszumachen. »Die Jäger kommen von Nordost, also brauchen wir nur darauf zu achten, daß die Sonne hinter unseren rechten Schultern bleibt.«

Pony fand das einleuchtend genug, also ersparte sie sich die Bemerkung, daß sie eigentlich nur nach ihren Vätern zu rufen brauchten, um die richtige Richtung herauszubekommen, und überließ Elbryan die Führung.

Entschlossen suchte er sich seinen Weg um die buschigen Nadelbäume herum, ohne darauf zu achten, ob Pony mithielt. Er lief noch schneller, als er die Stimmen der Jäger vernahm. Sein Herz begann zu klopfen, als er die tiefe Stimme seines Vaters erkannte, auch wenn er kein Wort verstand.

Pony holte ihn ein, überholte ihn auf dem letzten Stück sogar, schoß mitten durch das Gewirr zweier ausladender Kiefern hindurch, die pieksenden Zweige beiseite fegend, und raste gleich neben den Heimkehrern auf eine Lichtung hinaus.

Die bestürzte, beinahe wilde Reaktion der Jäger ließ Elbryan wie angewurzelt stehenbleiben und Pony sich wegducken. Elbryan hörte die heftige Schelte seines Vaters kaum, sondern verschlang die Jagdbeute mit den Augen, den Rentierbock, den Hirsch, die aufgereihten Kaninchen, den ...

Die eben noch so stürmischen Kinder standen stumm da, fassungslos. Ihre Väter, die sie schon ausschelten wollten, ließen die Gelegenheit verstreichen. Der Kadaver auf der vierten Schulterstange war gewiß Lektion genug.

Es war schon heller Tag und das ganze Dorf auf den Beinen, als Elbryan und Pony mit der Jagdgesellschaft in Dundalis einzogen. Aufregung, nackte Angst und blankes Erstaunen stand den Dörflern ins Gesicht geschrieben, als sie die Beute und vor allem den Kadaver auf der letzten Schulterstange begutachteten, eine kleine, menschenähnliche Gestalt.

»Ein Goblin?« fragte eine Frau und beugte sich hinab, um die abstoßenden Züge dieses Wesens zu betrachten; die fliehende Stirn und die lange, spitze Nase, die kleinen, kreisrunden Augen, eingetrübt nun und von häßlichem Gelb. Die spitzen Ohren mit den lose baumelnden, fetten Ohrläppchen standen etliche Zentimeter vom Kopf ab. Der Anblick des Mauls ließ die Frau erschaudern; wirr standen grün-gelbliche Fänge darin, allesamt krumm, aber einwärts gedreht. Das Kinn war schmal, die Backen jedoch strotzten vor Muskeln. Es war nicht weiter schwer, sich die Kraft vorzustellen, mit der dieses Wesen hatte zubeißen können, oder wie weh es tun mußte, sich aus derart tückischen Fängen zu befreien.

»Haben sie wahrhaftig diese Farbe?« fragte eine andere Frau und wagte es, die Haut des Wesens zu berühren. »Oder ist sie erst nach seinem Tod so geworden?«

»Gelb und grün«, sagte ein alter Mann entschieden, obwohl er nicht mit auf der Jagd gewesen war. Elbryan sah den zerknitterten und gebeugten Alten an. Brody Minnesang hieß er, aber die Kinder nannten ihn meist frech ›Olle Kinderfang‹, um dann in gespieltem Ekel davonzulaufen. Der alte Brody war einer der knurrigen Sorte, voller Groll auf die Welt und seine Gebrechlichkeit, ein gefundenes Fressen für jedes Kind, weil er einen jedesmal verfolgte und nie zu fassen bekam.

Elbryan, dem zum ersten Mal auffiel, wie der Alte wirklich hieß, hätte beinahe laut aufgelacht, so wenig paßte der Familienname zu dem grummeligen Gehabe.

»Aber sicher ist das ein Goblin«, fuhr Brody fort, der die Aufmerksamkeit sichtlich genoß. »Und zwar ein großer, und grün und gelb sind sie immer«, beantwortete er die Frage der zweiten Frau, »egal ob lebendig oder tot, auch wenn der hier schon grau wird.« Dann lachte er herablassend auf, wohl um seinen Erfahrungsschatz glaubhaft zu machen, was das Goblinvolk anging. Goblins waren ein seltener Anblick und gehörten für viele Menschen eher ins Reich der Legende. Selbst in Dundalis und den anderen Grenzstädten der Waldlande waren seit Menschengedenken keine Goblinsichtungen mehr bezeugt worden – mit der augenscheinlichen Ausnahme von Brody Minnesang.

»Du hast schon Goblins gesehen?« fragte Olwan Wyndon, Elbryans Vater, und sein Tonfall und die Tatsache, daß er die langen Arme vor der Brust verschränkte, sprachen Bände.

Brody Minnesang kochte. »Hab ich doch wohl oft genug von erzählt!« bellte er.

Olwan Wyndon, der nicht wollte, daß Brody einen seiner legendären Anfälle bekam, nickte. An der Feuerstelle des Gemeindehauses hatte Brody endlos Geschichten aus seiner Jugendzeit wiedergekäut, aus den Gründertagen von Dundalis, als er gegen Goblins und sogar Bergriesen gekämpft haben wollte, um für anständiges Volk Platz zu schaffen. Meist hörte man ihm höflich zu, um kopfschüttelnd die Augen zu verdrehen, sobald er woanders hinsah.

»In Weedy Meadow soll ein Goblin gesichtet worden sein«, bezog sich jemand auf ein Dorf, das etwa zwanzig Meilen westlich von Dundalis lag.

»Von einem Kind«, erinnerte Olwan Wyndon die Leute prompt, um jedes nervöse Geflüster im Keim zu ersticken.

»Nun, wir haben viel zu tun, und du hast uns eine Geschichte zu erzählen«, schaltete sich Ponys Mutter ein. »Die gehört ins Gemeindehaus und hinter einen anständigen Wildbraten.«

Olwan nickte, und die Menge löste sich langsam auf. Jeder warf einen letzten Blick auf den Goblin, der zusehends grauer wurde. Elbryan und Pony verweilten lange bei dem Kadaver und nahmen ihn genauestens in Augenschein. Pony entging das verächtliche Schnauben ihres Gefährten nicht.

»Klein wie ein Achtjähriger«, erklärte der Junge und winkte ab. Das war gewiß übertrieben, aber der Goblin maß tatsächlich nur gute vier Fuß und konnte kaum mehr als Elbryans neunzig Pfund wiegen.

»Vielleicht ist es ein Kind«, sagte Pony.

»Du hast Olle Kinderfang doch gehört.« Elbryan runzelte die Stirn, der Spitzname kam ihm plötzlich albern vor. »Er hat gesagt, es wäre ein großer.« Damit schnaubte er erneut.

»Er sieht bösartig aus«, sagte Pony und beugte sich vor, um ihn eingehender zu begutachten. Ihr entging Elbryans dritter Schnaufer nicht. »Weißt du noch, der Dachs?« fragte sie ruhig. »Der Goblin ist mindestens dreimal so groß.«

Elbryan erbleichte und sah weg. Zu Beginn des vergangenen Sommers hatten ein paar der Kleineren mit einer Schlinge einen Dachs gefangen. Als sie mit der Neuigkeit ins Dorf zurückkehrten, hatte Elbryan als der Älteste der Gruppe das Kommando übernommen und war als erster zu der Falle gestürmt. Mutig hatte er sich dem Tier genähert, nur um feststellen zu müssen, daß es die Lederriemen bereits durchgebissen hatte. Als es sich mit gefletschten Zähnen zu ihm umdrehte, war Elbryan, so ging die Legende – und für die Kinder war es tatsächlich legendär –, ›so schnell abgehauen, daß er nicht einmal bemerkte, wie er stracks einen Baum hinaufrannte, ohne sich dabei auch nur irgendwo festzuhalten.‹

Die übrigen Kinder waren ebenfalls geflohen, aber nicht weit genug, als daß sie nicht Zeugen von Elbryans endgültiger Demütigung geworden wären. Der Dachs hatte wie ein rachsüchtiger Feind am Fuße des Baumes Stellung bezogen und den Jungen über eine Stunde dort oben schmoren lassen.

Blöder Dachs, dachte Elbryan, und blöde Pony. Er stampfte ohne ein weiteres Wort davon.

Pony verging das Lächeln, als sie ihm nachsah. Vielleicht hatte sie ihm ja ein wenig zu sehr zugesetzt.

Am Abend strömte das ganze Dorf ins Gemeindehaus, obwohl die Geschichte von dem Goblinkampf längst die Runde gemacht hatte. Die Jagdgesellschaft war auf eine sechsköpfige Bande gestoßen – oder besser: Beide Gruppen waren aufeinandergestoßen, als sie gleichzeitig aus dem dichten Buschwerk auf ein offenes, felsiges Flußufer traten, kaum zwanzig Schritt voneinander entfernt. Nach einer Schrecksekunde hatten die Goblins ihre Speere geschleudert und einen Mann verletzt. Der anschließende Kampf war kurz und heftig gewesen. Beide Seiten hatten tüchtig einstecken müssen, die Menschen nicht nur Schläge und Schnitte, sondern sogar ein paar Bißwunden, bis die Goblins, die eins zu zwei in der Minderzahl waren, die Flucht ergriffen hatten und so rasch wieder im Buschwerk verschwanden, wie sie aufgetaucht waren. Die einzige schwere Verwundung auf beiden Seiten hatte der erbeutete Goblin erlitten – einen Speerstoß in die Lunge. Ihm war die Luft ausgegangen, bevor er es in das Buschwerk geschafft hatte, und kurz darauf war er gestorben.

Olwan Wyndon berichtete der Versammlung noch einmal alles ausführlich und gab sich Mühe, nichts zu beschönigen. »Wir haben drei Tage lang Ausschau gehalten, aber keine Spur von den anderen Goblins mehr entdeckt«, schloß er.

Prompt gingen am Rand des Raums ein Paar Becher hoch. »Auf Shane McMichael!« bellten deren Besitzer. »Den Goblintöter!«

Andere stimmten in den Hochruf mit ein, und Shane McMichael, ein stiller, schlanker Jüngling, der nur wenige Jahre älter als Elbryan war, trat widerstrebend vor und stellte sich neben Olwan vor das flackernde Feuer. Es bedurfte einiger Ermunterung, dann schilderte er den Kampf, beschrieb seine Drehung und Parade und den anschließenden Vorwärtsstoß, der für den Goblin zu schnell gekommen war, um noch ausweichen zu können.

Elbryan, der förmlich an seinen Lippen hing, konnte sich den Kampf deutlich vorstellen. Wie er Shane beneidete!

Auf den Bericht folgte ein allgemeiner Austausch über das,

was andere kürzlich beobachtet hatten. Die Goblinsichtung in Weedy Meadow fand Erwähnung, und einige Dundalier verstiegen sich gar zu wilden Geschichten von riesenhaften Fährten, die sie angeblich entdeckt und bisher schlicht zu erwähnen vergessen hatten. Elbryan, der zunächst alles aufmerksam verfolgte, kam durch die Haltung seines Vaters allmählich zu dem Schluß, daß das meiste davon nur angestrengte Versuche waren, auch ein wenig Aufmerksamkeit abzubekommen. Daß Erwachsene sich dermaßen aufführten, wo die Lage so ernst war, konnte Elbryan kaum fassen.

Als nächstes folgte eine von Brody Minnesang geleitete Fragestunde über das Goblinvolk im allgemeinen, von den zahlreichen kleine Arten bis hin zu den seltenen und gefährlichen Bergriesen. Brody sprach mit dem Gehabe eines Fachmannes, aber nur wenige Anwesende hörten ihm richtig zu. Selbst der junge Elbryan begriff rasch, daß der Alte auch nicht viel mehr über die Goblins wußte als die anderen, und er bezweifelte, daß Brody je einen Bergriesen gesehen hatte. Elbryan sah zu Pony hinüber, die inzwischen ziemlich gelangweilt dreinschaute, und deutete zur Tür.

Sie war draußen, bevor er sich von seinem Stuhl erhoben hatte. »Geschwätz«, sagte er, als er dicht neben sie trat. Die Nacht war kalt, und so konnten sie einander wärmen.

»Aber an dem Goblin ist nicht zu rütteln.« Pony deutete zu dem Schuppen hinüber, in dem der Kadaver lag. »Die Geschichte deines Vaters war ernst genug.«

»Ich meinte Brody –«

»Ich weiß, wen du gemeint hast«, sagte Pony, »und ich glaube ihm auch nicht – jedenfalls nicht alles.«

Elbryans Verblüffung über den Zusatz zu ihrer Bemerkung spiegelte sich deutlich auf seinem Gesicht wider.

»Es gibt Goblins«, erklärte Pony. »Das wissen wir nur zu gut. Also können die ersten Siedler in Wilderland auch gegen sie gekämpft haben bei der Gründung von Dundalis.«

»Gegen Bergriesen?« fragte Elbryan skeptisch.

Pony zuckte mit den Achseln. Sie hatte keine Lust, die mögliche Existenz von Riesen abzustreiten, nachdem sie gerade einen toten Goblin gesehen hatte.

Elbryan beließ es dabei, obwohl er Brody Minnesang nach wie vor für einen Schwätzer hielt. Aber sein Kopf war wie leergefegt, als Jilseponie sich zu ihm umwandte und ihn ansah, als sie ihm, ihr Gesicht nur wenige Zentimeter von dem seinen entfernt, direkt in die olivgrünen Augen sah.

Mit einemmal bekam Elbryan kaum noch Luft. Pony war so nah – zu nah –, und sie wich nicht zurück!

Im Gegenteil, sie kam noch immer näher. Langsam wanderte ihr Kopf auf ihn zu, ihre weichen Lippen auf einer Höhe mit seinem Mund! Panik stieg in ihm auf, ein Tumult von Gefühlen, die er nicht begriff. Einerseits wollte er sich abwenden, andererseits jedoch war ihm das überraschenderweise völlig unmöglich.

Die Tür des Gemeindehauses flog auf, und Pony und Elbryan wandten sich rasch voneinander ab.

Die Kleineren kamen in einer Meute nach draußen gerannt und schwärmten um die beiden herum. »Was machen wir jetzt?« fragte ein Junge.

Elbryan und Pony sahen einander an.

»Wir müssen bereit sein, falls die Goblins zurückkommen«, erklärte ein zweiter.

»Die Goblins sind noch nie hier gewesen«, warf Pony ein.

»Aber bald!« behauptete der Junge. »Hat Kristina gesagt.«

Alle Augen wandten sich Kristina zu, einer Zehnjährigen, die Elbryan ständig anzustarren schien. »Goblins kommen immer ihre Toten holen«, erklärte sie eifrig.

»Woher willst du das wissen?« fragte Elbryan, und sein skeptischer Tonfall schien das Mädchen zu treffen.

Sie senkte den Kopf und scharrte mit dem Fuß auf dem Boden herum. »Meine Großmutter weiß es«, antwortete sie, plötzlich ganz schüchtern, und Elbryan kam sich wie ein Idiot vor, daß er sie so in Verlegenheit gebracht hatte. Die ganze Bande schwieg gespannt.

Pony stieß ihn kräftig an. Sie hatte ihm des öfteren erzählt, daß Kristina für ihn schwärmte, und war darüber immer ganz entzückt gewesen, da sie eine Zehnjährige nicht als Konkurrenz ansah.

»Die muß es eigentlich wissen«, sagte Elbryan, und Kristina blickte auf und strahlte. »Und einleuchtend klingt es auch.« Er sah zu dem Schuppen hinüber, und die Jüngeren taten es ihm gleich.

»Und falls die Goblins zurückkommen, müssen wir bereit sein«, entschied Elbryan. Er zwinkerte Pony zu und war überrascht, als sie mit einem Stirnrunzeln antwortete.

Vielleicht war dies ja doch kein Spiel mehr.

2. Rechten Glaubens

Aufgereiht standen die Fünfundzwanzig da, in dicke, braune Gewänder mit weiten Ärmeln und große, ihre Gesichter verbergende Kapuzen gehüllt. In stiller Demut standen sie da, mit gesenkten Köpfen und hängenden Schultern, die Hände gefaltet, und doch lugte nicht ein Finger aus den Kleiderfalten hervor, blitzte in der ganzen Reihe nicht ein Stück Haut auf.

»Frömmigkeit, Würde, Armut«, intonierte der alte Abt Dalebert Markwart näselnd. Er stand allein auf dem Balkon über dem Hauptportal von St. Mere-Abelle, dem berühmtesten Kloster im ganzen Königreich des Bären, das wiederum in der nördlichen gemäßigten Zone Koronas lag. Das in die Felsklippen der Südostküste gebaute St. Mere-Abelle erhob sich seit nahezu einem Jahrtausend in düsterer Erhabenheit, und jede Generation von Mönchen hatte ihr Scherflein

Schweiß und Schwielen zu der riesenhaften Anlage beigetragen. Die grauen Steinwände schienen wie eine Verlängerung der Erdenmacht aus dem Felsengrund emporzuwachsen, bewacht von gedrungenen Türmen, und die schmalen Fensterschlitze deuteten darauf hin, daß dieser Ort ebenso der düsteren Versenkung wie der Verteidigung diente.

Es war ein beeindruckender Anblick. Allein der Meerwall war schon eine Meile lang und hob sich hier aus den Klippen empor, nur um dort erneut mit ihnen zu verschmelzen. Der größte Teil des Klosters jedoch entzog sich den Blicken der Außenstehenden; seine mächtigen, breiten Gänge und großen Hallen lagen unter der Erde – oftmals von ständig brennenden Fackeln verräuchert, manchmal jedoch auch auf magische Weise erhellt.

Siebenhundert Mönche und zweihundert Bedienstete lebten hier und ließen die Mauern nur für kurze Ausflüge hinter sich, die sie meist auf den Markt des drei Meilen landwärts gelegenen Städtchens von St. Mere-Abelle führten.

Die fünfundzwanzig Neuankömmlinge standen hintereinander aufgereiht. Da die Aufstellung nach der Körpergröße erfolgt war, befand sich der große und schwergliedrige Avelyn Desbris beinahe ganz hinten, zweiundzwanzig Mönche vor und zwei hinter sich. Wegen des fortwährend um die Felsmassen pfeifenden Winds konnte er den Abt kaum hören. Aber das war ihm einerlei. Den Großteil seiner zwanzig Jahre hatte der junge Mann von diesem Tag geträumt, den Blick so fest auf den Orden von St. Mere-Abelle gerichtet, wie ein General seinen nächsten Feldzug ins Auge gefaßt hätte. Acht Jahre der formalen Ausbildung, acht Jahre voller Prüfungsqualen hatte Avelyn nun, im Jahre des Herrn 816, zu einem von fünfundzwanzig Auserwählten gemacht; alle anderen der anfangs zweitausend Zwölfjährigen waren trotz ihrer verzweifelten Bemühungen im Laufe des Prozesses ausgeschieden.

Avelyn warf einen verstohlenen Blick auf die Handvoll

Schaulustige am Straßenrand vor dem großen Tor des Klosters. Unter ihnen befanden sich auch seine Mutter Annalisa und sein Vater Jayson, trotz der Krankheit Annalisas, die es wohl nicht mehr in ihre rund dreihundert Meilen entfernte Heimatstadt Youmaneff zurück schaffen würde. Avelyn war sich beinahe gewiß, daß er seine Mutter nie wiedersehen würde, was wohl auch für seinen Vater galt. Avelyn war der jüngste von zehn, seine Eltern waren bei der Geburt schon weit in den Vierzigern gewesen. Ihr nächstjüngeres Kind war sieben Jahre älter als er, und so stand er keinem der Geschwister wirklich nahe. Bis er alt genug gewesen war, um die Idee der Familie begreifen zu können, hatte der halbe Nachwuchs das Elternhaus bereits verlassen.

Aber es war ihm zu Hause gut ergangen, und er hatte seinen Eltern näher gestanden als sämtliche Geschwister, vor allem seiner Mutter, einer demütigen und gläubigen Frau. Sie hatte ihren Jüngsten ermuntert, dem Wege des Herrn zu folgen, soweit Avelyn zurückdenken konnte.

Da er eine Bestrafung fürchtete, sah er wieder zu Boden. Es gingen Gerüchte um, daß die Ordensschüler das Kloster schon für geringere Vergehen als einen verstohlenen Blick unter der Kapuze hervor hatten verlassen müssen. Er beschwor das Bild seiner Mutter an jenem Tag vor vielen Jahren herauf, als er erklärt hatte, in den Orden von St. Mere-Abelle eintreten zu wollen: die Tränen, die ihr gekommen waren, und das freundliche , ja selige Lächeln. Dieses Bild der Bestärkung stand so deutlich vor seinem geistigen Auge, als hätte man es ihm auf die Innenseite der Lider gemalt. Wieviel jünger und lebendiger Annalisa ihm damals erschienen war! Die letzten Jahre hatten ihr hart zugesetzt, auf eine Krankheit war die nächste gefolgt. Aber sie hatte diesen Tag unbedingt miterleben wollen, und es lag auf der Hand, daß sie nun, da Avelyn in den Orden von St. Mere-Abelle eintrat, nicht länger gegen den Tod ankämpfen würde.

Es war schon richtig so. Annalisas Ziele waren erfüllt, sie hatte ihr Leben im Geiste der Hochherzigkeit geführt. Avelyn wußte, daß ihm bei der Nachricht ihres Hinscheidens die Tränen kommen würden, aber ebensosehr wußte er um die Selbstsüchtigkeit dieser Tränen – Tränen um den eigenen Verlust und nicht um Annalisa, die dann an einem besseren Ort weilen würde.

Ein mahlendes Geräusch weckte den jungen Mann aus seinen stillen Betrachtungen. Die großen Tore öffneten sich.

»Tretet ihr bereitwillig in die Dienste des Herrn ein?« fragte der Abt Dalebert Markwart.

Die Fünfundzwanzig antworteten mit einem vereinigten »Jawohl!«

»Dann beweiset euer Begehr«, verlangte der Abt.

»Durchlaufet die Ruten des Willigen Leidens!«

Die jungen Männer schlurften vorwärts. »Mein Gott, unser Gott, ein Gott«, sangen sie und hoben die Stimmen noch, sobald sie zwischen die Doppelreihe älterer Mönche traten, die allesamt aus den beiden nächsthöheren Jahrgängen stammten und mit schweren Holzbleueln bewaffnet waren.

Avelyn hörte die Schläge klatschen und die Schüler weiter vorn unfreiwillig aufkeuchen; manchem entfuhr sogar ein Schrei. Er sang mit aller Kraft und lauschte den eigenen Worten, um sich tief in sich selbst zurückzuziehen, hinter eine Mauer des Gottvertrauens. Seine Versenkung war so tief, daß er die ersten Schläge nicht einmal spürte und die darauffolgenden nur als Nichtigkeit wahrnahm, als vorübergehenden Schmerz, der gegen die absolute Herrlichkeit, die ihn erwartete, nicht bestehen konnte. Seit er denken konnte, hatte er sein Leben Gott weihen wollen; seit er denken konnte, hatte er von diesem Tag geträumt.

Nun war er gekommen, dieser Tag. Sein Tag. Avelyn durchschritt die Spießruten, ohne daß ihm mehr über die Lippen kam als sein beherrschter, gleichmäßiger Gesang.

Diese Tatsache blieb weder Vater Markwart noch einem der anderen Mönche verborgen, die im Jahre des Herrn 816 der Einweihung beiwohnten. Avelyn war der einzige seines Jahrgangs, ja der erste seit vielen Jahren, der die Ruten des Willigen Leidens klaglos durchschritt.

Die gewaltigen Steintore von St. Mere-Abelle schlossen sich mit einem Dröhnen, das Annalisa Desbris durch Mark und Bein ging. Da schloß ihr Mann, der wußte, welche Qualen sie an Leib und Seele litt, sie fest in die Arme.

Annalisa wußte ebensogut wie ihr Sohn, daß sie einander in dieser Welt nicht wiedersehen würden. Ihn in die Hände der Kirche zu geben, bereitete ihr grenzenlose Freude; aber dennoch, der zutiefst menschliche Schmerz über diesen endgültigen Abschied war zuviel für ihr schwaches Herz und die schmalen Glieder.

Jayson stützte sie, wie er es immer getan hatte. Auch ihm standen Tränen in den Augen, aber keine Freudentränen. Ihn bewegten Gefühle, von schlichter Traurigkeit bis hin zu Wut. Der pragmatische Mann hatte Avelyns Entscheidung nie offen angezweifelt, aber im stillen hatte er sich doch gefragt, ob sein Sohn nicht einfach nur sein Leben wegwarf.

Aber das durfte er der zerbrechlichen Annalisa gegenüber nicht erwähnen. Ein einziges Wort konnte schon zuviel sein. Er hoffte nur, daß er sie noch nach Hause in ihr eigenes Bett bekam, bevor sie starb.

Jeder Gedanke an seine Eltern war wie weggewischt, als die Gruppe den windigen Hof überquerte und die große Eingangshalle von St. Mere-Abelle betrat. Nun kam Avelyn doch ein unfreiwilliger Ton über die Lippen, ein ungläubiges und entschlossenes Keuchen.

Es war nicht hell dort drinnen; hoch oben in den Mauern befand sich eine Handvoll winziger Fenster. In regelmäßigen

Abständen waren lodernde Fackeln dort angebracht, in deren Licht die schweren Deckenbalken zu tanzen schienen.

Einen Raum von solchen Ausmaßen hatte Avelyn noch nie gesehen. Welche Mühe es gekostet haben mußte, diese Halle zu errichten! Ganz Youmaneff, seine gesamte Heimatstadt, hätte in diese Halle gepaßt, und dann wäre noch Platz für die Pferde gewesen!

Die Teppiche an den Wänden waren nicht weniger beeindruckend. Sie zeigten auf jedem Quadratfuß eine Million Details, Bilder in Bildern, so fein gewebt bis in die kleinsten Einzelheiten, daß Avelyn kaum den Blick von ihnen wenden konnte. Sie bedeckten die Wände nahezu vollständig und ließen nur für die Fenster Platz und für die ausgestellten Waffen: schimmernde Schwerter und Speere, Streitäxte und lange Dolche, außerdem zahllose, ihm unbekannte Hieb- und Stichwaffen mit gebogenen Klingen und langen Spitzen. Stumm bewachten Rüstungen der unterschiedlichsten Machart die Halle, hier einander überlappende Holzschilde aus dem alten Behren, dort die starken Eisenpanzer der Eliteeinheit der Allhearts, der Leibwache des Königs – wie auch immer er gerade heißen mochte. An einer der Wände stand eine gigantische Figur von fünfzehn Fuß oder mehr; sie trug ein schweres ledernes Koller, das mit Pelz gesäumt und mit spitzen Nägeln und schweren Eisenringen beschlagen war. Ein Bergriese, durchfuhr es Avelyn, in der typischen Kampfkleidung seines kriegerischen Volkes. Neben ihm standen in drastischem Kontrast zwei winzige Figuren, die eine gerade halb so groß wie Avelyn, die andere etwas größer, doch schlank und feingliedrig. Die kleinere trug ein leichtes Lederwams und eiserne Armschilde, die am Ellenbogen begannen und hakenförmig über dem Daumen endeten. Die rote Mütze verriet, um was für ein Lebewesen es sich handelte. Es war ein Pauri. Die grausamen, zwergenartigen Pauris wurden einer grausigen Angewohnheit wegen auch ›Rotkappen‹ genannt; sie pflegten ihre aus Menschenhaut gefertigten, verzauberten Kopfbedeckungen in das Blut ihrer Feinde zu tauchen, so daß diese einen leuchtend roten Farbton annahmen.

Die Statue neben dem Pauri, die ein Paar nahezu durchsichtige Flügel zur Schau stellte, mußte einen Elfen darstellen, einen der geheimnisvollen Touel'alfar. Seine Gliedmaßen waren schlank und länglich, seine Rüstung bestand aus einem silbrig schimmernden Mantel feiner Kettenglieder. Avelyn wollte die strengen Gesichtszüge und das unglaubliche Meisterstück von Rüstung schon genauer in Augenschein nehmen, da fiel ihm wieder ein, wo er sich befand und welche Bestrafung ihn dann erwarten mochte, und ihm wurde bewußt, daß er etliche Sekunden oder gar minutenlang nicht aufgepaßt hatte. Rasch senkte er den Kopf und warf schamvoll einen Blick in die Runde. Zu seiner Beruhigung stellte er fest, daß seine Mitstreiter ebenso überwältigt waren und dies den Abt und die übrigen Mönche nicht zu kümmern schien.

Da wurde ihm klar, daß sie es darauf angelegt hatten, die Novizen zu beeindrucken, und er sah sich erneut um, offener diesmal, und nickte, als er die wahre Natur dieses Ortes zu begreifen begann. Die Ordensbrüder von St. Mere-Abelle waren nicht für ihre Demut und Gottesfurcht berühmt, sondern auch dafür, wilde Krieger zu sein. Das achtjährige Vorbereitungsstudium hatte nur wenig Kampfsport beinhaltet, aber daß die körperlichen Anforderungen der Bruderschaft mit dem Eintritt in das Kloster steigen würden, hatte Avelyn längst geargwöhnt.

Für den friedfertigen und idealistischen jungen Mann stellte das Kämpfen bestenfalls eine Ablenkung dar. Ihn verlangte es danach, Gott zu dienen und den Menschen Frieden, Heilung und Trost zu bringen. Nichts auf der ganzen Welt, weder die Reichtümer eines Drachenhortes noch die Königsmacht, konnte diese hehren Ziele überbieten.

Nun befand er sich auf der anderen Seite der großen Steintore von St. Mere-Abelle. Nun war seine Chance gekommen.

So glaubte er jedenfalls.

3. Der sehnsüchtige Kuß

In Dundalis kehrte nach dem Eintreffen der Jagdtruppe rasch wieder Ruhe ein. Als erst eine und dann eine zweite Woche ereignislos verstrich, verblaßte das Bild des erschlagenen Goblins gegenüber der sehr greifbaren Bedrohung durch den bevorstehenden Winter. Es gab viel zu tun: Die Ernte wollte eingebracht sein, das Fleisch verarbeitet, die Hütten wollten ausgebessert und die Kamine gefegt sein. Mit jedem Tag, der verstrich, schien ein Angriff der Goblins unwahrscheinlicher, brachen immer weniger Männer und Frauen zu einem Wachgang um die Stadt auf.

Elbryan und seine Freunde, manche kaum sieben, sahen ihre Chance gekommen. Den Erwachsenen verlangte das Schreckgespenst eines Überfalls erst ernüchternde Wachsamkeit ab und dann kostbare Zeit. Den Jüngeren, deren Fantasie weitaus lebhafter und deren Abenteuerlust noch nicht durch echte Verluste getrübt worden war, verhieß diese Vorstellung Aufregung, einen Ruf zu den Waffen, eine Stunde für Helden. Gleich am Tag nach der Rückkehr der Jäger hatten Elbryan und seine Freunde sich für Wachgänge angeboten. Morgen für Morgen waren sie zum Stadtrat marschiert, Morgen für Morgen hatte man sie mit einem höflichen Dankeschön und einem weniger romantischen Auftrag abgespeist. Selbst Elbryan, der im darauffolgenden Frühling in die Welt der Erwachsenen überwechseln sollte, hatte fast die gesamte Woche mit dem Kopf in einem schmutzigen Kamin verbracht.

Aber der junge Mann blieb zuversichtlich und gab die Hoffnung nicht auf. Wie er wußte, waren die Erwachsenen ihre Wachgänge langsam leid; sie neigten mehr und mehr zu der Ansicht, daß die ganze Sache reiner Zufall gewesen war – Pech zwar, aber ein Einzelfall – und daß die Goblins, die man in die Flucht geschlagen hatte, nicht an den Ort des Zusammenstoßes zurückkehren, geschweige denn den Menschen zu ihrer Stadt folgen würden, die rund dreißig Meilen entfernt lag.

Nun, nach zwei ruhigen Wochen, in denen es nur eine Handvoll wilder Gerüchte gegeben hatte, die selbst von den ängstlichen Dundaliern verworfen worden waren, klang Elbryans Vater weniger abweisend. So überraschte es den jungen Mann nicht, als Olwan sich eines Morgens vorbeugte, anstatt den Kopf zu schütteln, und eine grobe Übersichtskarte der Umgebung in den Boden kratzte, um ihm daraufhin zu erklären, wo er mit seinen Freunden Stellung beziehen sollte.

Doch überraschte es Elbryan, und zwar angenehm, als Olwan ihm das Familienschwert überreichte, eine kurze, breite Waffe von zwei Fuß Länge. Es war keine beeindruckende Waffe – die Klinge war schartig und mehr als nur angerostet –, aber es handelte sich um eines der wenigen richtigen Schwerter im Dorf. »Sorge dafür, daß deine Gruppe anständig bewaffnet ist«, sagte Olwan ernst. »Und achte darauf, daß alle um den Wert und die Gefährlichkeit ihrer Waffe wissen.«

Olwan wußte, was dies seinem Sohn bedeutete; hätte er gelächelt oder sonstwie erahnen lassen, daß die Wachgänge nicht länger wirklich notwendig waren, so hätte er Elbryan um etwas betrogen, um ein gewisses Maß an Bedeutsamkeit, nach der der Jüngling sich zutiefst sehnte.

»Hältst du es für klug, die Kinder mit Waffen herumlaufen zu lassen?« fragte Shane McMichael den Hünen, kaum daß Elbryan davongeschossen war. »Oder sie überhaupt da draußen herumlaufen zu lassen?«

Olwan schnaubte und zuckte mit den muskelstarken Schultern. »Wir können niemanden erübrigen«, erwiderte er, »und schließlich haben wir im Tal noch die andere Patrouille stehen, dort, wo unser Feind auftauchen dürfte, wenn er denn kommt.« Olwan schnaubte erneut, und McMichael, der ihn stets als den kühlsten und unverzagtesten Kopf des ganzen Dorfes angesehen hatte, war erstaunt, wie hilflos es klang.

»Außerdem«, fuhr Olwan fort, »wenn die Goblins oder Bergriesen dicht genug an Dundalis herankommen, daß mein Sohn und seine Freunde ihn sehen können, dann sind sie im Wald auch nicht schlechter aufgehoben als im Dorf.«

Diesem Argument konnte sich Shane McMichael nicht verschließen, und es lastete schwer auf seinen Schultern. Da im Bärenreich seit vielen Jahren Frieden herrschte – und Geschichten der Goblins und bösen Riesen nur mehr für wohlige Schauer am abendlichen Feuer taugten –, war Dundalis nicht auf den Verteidigungsfall eingerichtet. Im Gegensatz zu früheren Siedlungen am Rand der Wilderlande war das Dorf nicht einmal befestigt, und anständig bewaffnet waren die Leute auch nicht. Die zwölfköpfige Jagdtruppe hatte mehr als die Hälfte der gesamten richtigen Waffen des Dorfes bei sich gehabt, und das bei hundert Einwohnern. Auch wenn ihn der Gedanke erschreckte, Shane McMichael mußte Olwan recht geben; wenn irgendwelche Goblins bis auf Sichtweite an die Kinder herankamen, dann war das ganze Dorf in Gefahr.

Olwan marschierte los, und McMichael zuckte mit den Schultern und folgte ihm. Er befürchtete ernstlich, daß irgendwelche Goblins kamen. Von dem pessimistischen alten Brody Minnesang abgesehen, malte niemand im ganzen Dorf ein so düsteres Bild.

An diesem Tag begannen fünfundzwanzig Kinder mit ihren Wachgängen an den Rändern des Talbeckens, in dem Dundalis lag. Weiter draußen im Nordosten, unten zwischen den Kiefern und der flaumigen Rentierflechte, war die Patrouille unterwegs, eine Handvoll älterer Jugendlicher. Bei einer Begegnung auf dem Kamm nickte jeder von ihnen den jüngeren Pendants anerkennend zu, und mancher erklärte, daß Elbryans Wachtrupps die entscheidende Verbindung zum eigentlichen Dorf darstellen würden. Nach solcherlei Komplimenten vermochten selbst die langen, ereignislosen Wachstunden die Begeisterung der Kinder nicht zu dämpfen. Diesmal blieben Elbryan und seine Freunde nicht außen vor, diesmal wurden sie nicht wie Kleinkinder behandelt.

Mit jedem Tag, der verstrich – jeder ein bißchen kälter, da der Wind öfter aus Norden kam –, perfektionierte Elbryan die Wachgänge der Fünfundzwanzig. Er teilte sie in vier Fünfer- und eine Dreiergruppe auf, die für das Sammeln der Berichte zuständig sein sollte, während er und Pony die Leitung übernahmen, wozu sie im Norden Dundalis' auf dem höchsten Kamm Stellung bezogen, unmittelbar über dem Tal mit den Nadelbäumen und der Rentierflechte. Dieses Arrangement stieß zunächst auf Widerstand, vor allem von seiten der älteren Jungen, die sich als Elbryans rechte Hand für geeigneter hielten. Einige gingen sogar soweit, über seine zunehmende Verbundenheit mit Pony herzuziehen, indem sie ihn antrieben, ›Pony zu reiten‹, und was der Grobheiten mehr waren.

Elbryan nahm alles gelassen hin; nur jedweden Beleidigungen Ponys begegnete er prompt mit der Androhung ebenso ernstlicher wie schmerzhafter Vergeltungsmaßnahmen. Aber daß er aufgezogen wurde, kümmerte ihn nicht, denn er hatte sich endlich offen eingestanden, daß Pony seine beste und vertrauteste Freundin war.

»Sollen die Kinder doch ihren Spaß haben«, flüsterte Elbryan, schon ein halber Mann, ihr zu, als die Wachtrupps auseinandergingen.

Dann machte er sich davon, totes Holz für einen Windschutz zu sammeln. Pony sah ihm wissend nach, und auf ihrem Gesicht breitete sich ein warmes Lächeln aus.

Etwas anderes beobachtete den jungen Mann aus dem Wipfel einer dichten Kiefer. Es bewegte sich flink von Ast zu Ast und wechselte kaum hörbar auf benachbarte Bäume über. Jeden seiner Schritte verfolgend, sah es sich den jungen Anführer genau an.

So wachsam sie auch waren, für Pony und Elbryan war das Wesen unsichtbar und nicht vorhanden. Und selbst wenn sie aufmerksam in seine Richtung geschaut hätten – es bewegte sich so fließend leicht und immer im Schutze von Kiefernzweigen, daß sie das Schaukeln der Äste dem Wind zugeschrieben hätten oder höchstens einem Grauhörnchen.

Auch die nächste Woche verstrich ereignislos. So kurz vor dem Winter gab es im Dorf Arbeit in Hülle und Fülle. Auf dem Kamm und im darunterliegenden Tal wurde die Langeweile zum schlimmsten Feind. Zu Beginn der zweiten Woche verlor Elbryan ein halbes Dutzend Wachen an deren Eltern, die sie zu Hause brauchten und nicht mehr fortlassen wollten. Es entging ihm nicht, wie froh jeder dieser ›Soldaten‹ zu sein schien, der Eintönigkeit des Wachdienstes zu entkommen.

Elbryan dagegen blieb gewissenhaft am Werk und legte ständig weitläufigere Wachabschnitte fest, bis er hinunter auf drei Fünfergruppen und zwei Boten war.

»Ab morgen kommt der Shamus nicht mehr«, sagte Pony, als sie Seite an Seite in einer Senke auf dem hohen Grat saßen, vor dem kalten Wind durch ein Paar großer Kiefern geschützt. Es war schon spät, und allmählich schoben sich graue Wolken vor die Nachmittagssonne. »Seine Mutter hat gesagt, heute wär sein letzter Tag.«

Elbryan stieß die Spitze seines Schwertes in den Boden. »Dann geht eine Patrouille eben zu viert«, sagte er nüchtern.

Sosehr er seine Enttäuschung auch zu verbergen suchte, Pony hörte sie doch. Elbryan mußte mit ansehen, wie sein erstes Kommando den Bach hinunterging, weil seine Soldaten zum Dächerflicken und Abstützen der Heuböden weggerufen wurden.

Doch obwohl Pony auf seiner Seite war, hätte es ihrer Ansicht nach gar nicht besser kommen können.

»Sie dürfen nicht mehr mitmachen, weil der Feind nicht gekommen ist«, erinnerte sie ihn sanft. »Besser so herum, als daß deine Patrouillen wirklich notwendig gewesen wären.«

Elbryan sah sie an, und seine sonst so strahlend grünen Augen waren matt.

»Aber vielleicht waren wir auch notwendig«, fügte Pony rasch hinzu, weil sie ihm nicht all seinen Stolz nehmen wollte. »Vielleicht sind die Goblins ja bis fast nach Dundalis vorgedrungen, wer weiß?«

Elbryan reckte den Kopf und fuhr sich mit der Hand durch das glatte hellbraune Haar.

»Vielleicht waren ihre Späher ganz in der Nähe«, fuhr Pony fort. »Vielleicht haben sie unsere Patrouillen gesehen und begriffen, daß mit unserem Dorf nicht gut Kirschen essen ist.«

»Wir sind doch bloß Kinder«, sagte Elbryan verächtlich. Pony schüttelte den Kopf. »Und selbst der kleinste von uns ist größer als ein Goblin«, sprach sie ohne Zögern eine Tatsache aus, die ihren Gedankengängen einiges an Glaubwürdigkeit verlieh. »Ist nicht diejenige Armee die beste, die so stark ist, daß kein Feind mehr einen Angriff wagt?«

Elbryan antwortete nicht, aber das wohlbekannte Funkeln kehrte in seine Augen zurück. Er sah wieder auf den Erdboden zwischen seinen Füßen hinab, auf das wilde Muster, das er mit der Spitze seines Schwertes geritzt hatte.

Pony lächelte; sie war zufrieden mit sich. Es bereitete ihr große Freude, Elbryan beizustehen und über seine Stimmungen zu wachen. Sie glaubte nicht ernsthaft, daß irgendwelche Goblins dicht genug herangekommen waren, um die Patrouillen entdecken zu können, und Elbryan ebenfalls nicht; aber in diesem Licht betrachtet, konnte er wenigstens glauben, daß seine erste richtige, nach Erwachsenenmaßstäben wichtige Arbeit nicht völlig umsonst gewesen war. Die schlichte Tatsache, daß man es nie genau würde wissen können, war ihm Ermutigung genug.

Nun wagte sich Pony etwas weiter vor; das Band war zu stark, um den Moment verstreichen zu lassen. Sie faßte Elbryan unters Kinn und drehte sein Gesicht sanft herum.

»Du hast hier wunderbare Arbeit geleistet«, sagte sie leise.

»Nicht bloß ich«, begann er, aber sie bremste ihn, indem sie ihm einen Finger ihrer freien Hand auf die Lippen legte. Da erst fiel Elbryan auf, wie nahe sie war; ihr Gesicht war kaum zwei Fingerbreit entfernt. Mit einemmal war ihm warm, ein bißchen schwindlig, ein bißchen unheimlich.

Pony kam noch näher. Sie küßte ihn! Mitten auf den Mund! Elbryan war entsetzt und begeistert zugleich. Eigentlich hätte er sich wegdrehen, auf den Boden spucken und ›Mädchensabber!‹ brüllen müssen, wie es sich gehörte und wie er es immer getan hatte, wenn Pony oder eines der anderen Mädchen versucht hatte, ihn zu küssen.

Das wollte er aber nicht; sich wegdrehen war das letzte, was er wollte. Da fiel ihm auf, wie lange es her war, daß Pony ihn zu küssen versucht hatte – mindestens ein Jahr.

Hatte sie seine Reaktion gefürchtet? Hatte sie geahnt, daß er ausgespuckt und ›Mädchensabber‹ gebrüllt hätte, diesen Ruf, in den sämtliche Jungen des Dorfes mit einzustimmen pflegten?

Oder hatte sie geahnt, daß er bis gerade eben noch nicht soweit gewesen war? Das mußte es sein, entschied der junge Mann, während der zärtliche Kuß, bei dem sich ihre geschlossenen Münder kaum berührten, kein Ende nahm. Pony kannte ihn so überaus gut, besser, als er sich selbst kannte. Die vergangenen Tage, an denen sie für vier bis fünf Stunden völlig ungestört gewesen waren, hatten sie einander sogar noch nähergebracht.

Und nun das. Elbryan wollte nicht, daß es aufhörte. Er rutschte herum, zuerst mit dem Schwert in der Hand, dann aber ging ihm auf, wie gefährlich das war, und er ließ es fallen. Er wagte es, die Arme um Ponys Rücken zu legen und sie näher zu ziehen, sie an sich zu ziehen, bis er ihre seltsam faszinierenden Rundungen spürte. Kurz stieg Panik in ihm auf; er wußte nicht, was er tun sollte, wo er mit seinen Händen hin sollte – ob er überhaupt irgendwo mit ihnen hin sollte.

Er wußte nur, daß der Kuß nicht aufhören sollte, daß er mehr wollte, auch wenn er nicht recht wußte, was. Er wollte Pony noch näher sein, körperlich und gefühlsmäßig, seiner Pony, seiner besten Freundin, dem Mädchen – nein, der jungen Frau, die er zu lieben begonnen hatte. Im kommenden Frühling würde er zum Manne reifen, im Herbst dann Pony zur Frau, und bald danach würde er um ihre Hand anhalten …

Diese Vorstellung ängstigte ihn, und er zog sich zurück – weit genug, um wieder zu Atem zu kommen. Und dann verflogen die Ängste wieder, verloren sich in warmer Verwirrung, als er Ponys blaue Augen leuchten sah und sie ihn so natürlich und selig anlächelte, wie er es noch nie erlebt hatte. Sie brauchte kaum nachzuhelfen, damit er sie wieder küßte, und diesmal fanden sie eine bequemere Stellung.

Der Kuß veränderte sich, war erst neugierig, dann drängend, dann wieder zart. Ihre Kleider schienen Elbryan mehr ein Hindernis als eine Notwendigkeit zu sein. So kalt es auch war, er hatte das Gefühl, daß ihm ohne Kleidung wärmer gewesen wäre. Seine Hände wurden allmählich mutiger. Er streichelte Ponys Nacken, ließ eine Hand ihre Seite herunterwandern, die Außenseite ihres festen Schenkels hinab. Er erschrak, als sich plötzlich ihr Mund leicht öffnete und er ihre Zunge an seinen Lippen spürte, so weich und so einladend.

Dieser Moment, dieser kostbare Moment in Elbryans ganzem kurzen Leben …

Plötzlich, auf einen Schlag, war es vorbei, zerrissen von einem furchtbaren Entsetzensschrei. Die beiden schreckten hoch und starrten mit weit aufgerissenen Augen den langen Abhang zum Dorf hinab. Überall wimmelten Gestalten umher, und über einem der Häuser wallte eine so große Rauchwolke, daß sie unmöglich aus dem Kamin stammen konnte.

Die Goblins waren gekommen.

Hunderte von Meilen entfernt, in einem winddurchtosten, unheilversprechenden Land namens Barbakan, in einer tiefen Höhle in einem Berg namens Aida, genoß der Geflügelte die Wonnen des Krieges. Der Dämon spürte, daß Menschen starben, wenngleich er keine Vorstellung davon hatte, wo die Schlacht tobte. Es mochte sich um die Tat einer vagabundierenden Goblinbande oder eines der zahlreichen Pauri-Stoßtrupps handeln, die auf eigene Faust unterwegs waren, um das Menschenpack bluten zu lassen.

Der Geflügelte konnte sich das Verdienst der Schlacht um Dundalis nicht unmittelbar selbst zuschreiben, aber das spielte auch kaum eine Rolle. Er war erwacht, und Finsternis würde kommen. Schon breitete sich sein Einfluß über ganz Korona aus. Schon hatten Goblins, die Pauris und alle übrigen künftigen Hilfsvölker sein Erwachen gespürt und sich davon ermuntern lassen.

Der Dämon legte die großen Schwingen zusammen und lehnte sich in den Obsidianthron zurück, der einmal sein Sarg gewesen war. Ja, die dunklen Schwingen strömten wieder kraftvoll durch den Stein. Die Schwingungen des Krieges, des menschlichen Leids.

Es tat gut, erwacht zu sein.

4. Der Untergang von Dundalis

Für etliche Sekunden standen Elbryan und Pony einfach nur entsetzt da. Es war zu unwirklich, lag zu weit jenseits ihrer Erfahrungen und Erwartungen. Die Bilder stürmten auf sie ein, vermischt mit Szenen der Einbildung, die nur um so schrecklicher waren, und zwischen all dem stieg absolute Verleugnung auf, die Hoffnung, daß einfach nicht wahr sein konnte, was nicht wahr sein durfte.

Jilseponie tat einen einzelnen, kleinen Schritt, streckte hilflos einen Arm aus. Diese nahezu unwillkürliche Bewegung schien ihre Trance zu brechen, und sie rief nach ihrer Mutter und rannte in Richtung ihres Zuhauses.

Elbryan wollte sie rufen, aber die Unentschlossenheit schnürte ihm die Kehle zu und hinderte ihn daran, Pony sofort zu folgen. Was sollte er tun? Was wurde nun von ihm erwartet?

Ein Krieger hätte das gewußt!

Unter großen Mühen riß er sich von dem Bild des Grauens dort unten los und sah sich um. Er sollte seine Freunde zusammenholen – ja, das war das richtige Vorgehen. Er würde seine Späher zusammenziehen, vielleicht sogar die älteren aus dem anderen Tal, und in dichter Formation nach Dundalis hinabstürmen, um die Verteidigung zu übernehmen.

Doch die Zeit war gegen ihn. Er wandte sich zu dem Tal mit den Nadelbäumen und der Rentierflechte um, weil er zunächst die ältere Patrouille herbeirufen wollte.

Elbryan konnte den Ruf gerade noch unterdrücken. Er warf sich hinter die beiden Kiefern und schnappte nach Luft.

Gleich über dem Kamm, das Gesicht abgewandt, war der nahezu kahle, spitzohrige, kreidiggelbe Kopf eines Feindes zu sehen. Mit zittrigen Fingern griff Elbryan nach seinem Kurzschwert und duckte sich noch tiefer in die Senke.

Pony, die ihren Knüppel auf dem Kamm zurückgelassen hatte, war unbewaffnet. Es war ihr egal, denn sie stürzte sich genaugenommen gar nicht in den Kampf.

Sie wollte nur zu ihrer Mutter und ihrem Vater, wollte beruhigend von ihnen gedrückt werden und hören, daß alles wieder in Ordnung kam. Sie wollte wieder ein kleines Mädchen sein, das, wohlbeschützt von der Bettdecke und von Mutters Armen, aus einem Alptraum erwacht.

Diesmal jedoch war sie wach. Diesmal waren die Schreie echt.

Verzweifelt lief Pony weiter, blind vor Tränen. Sie stolperte auf etwas zu, das sie für den Stamm eines Baumes hielt, und wäre beinahe in Ohnmacht gefallen, als dieser sich plötzlich bewegte, als der Bergriese, eine gewaltige Keule in der Hand, einen großen Schritt von ihr weg machte.

Hätte sie noch Luft in den Lungen gehabt, so hätte sie aufgeschrien, und hätte sie geschrien, so hätte der Riese sie bemerkt und auf der Stelle erschlagen.

Doch seine Aufmerksamkeit galt dem Dorf und nicht irgendeinem unwichtigen kleinen Mädchen, und so ließ er Pony mit wenigen federnden Schritten weit hinter sich. Sie kämpfte sich auf die Füße, suchte eine Handvoll zum Werfen geeigneter Steine zusammen und folgte dem Riesen. Nun, da sie in das Kampfgebiet kam, da sie die Verwirrung sah, die erbitterte Schlacht und die Leichen überall, war sie kein kleines Mädchen mehr. Nun wußte sie wieder, was sie gelernt hatte, und zwang sich dazu, klar und präzise zu denken. Überall wimmelte es von Goblins, und da waren mindestens zwei weitere Riesen, fünfzehn Fuß groß und vielleicht tausend Pfund Muskeln schwer. Ihre Freunde, ihre Familie, sie konnten nicht siegen! Diese vernünftige, reife Seite Ponys – die Seite, die wußte, daß die Zeit, in der sich Alpträume mit der Bettdecke bezwingen ließen, längst vorbei war – sagte ihr, daß Dundalis unmöglich überleben konnte.

»Plan B«, sagte sie laut, um ihren Geist zu stählen. Die in den Siedlungen der Wilderlande jedem Kind geläufigen Überlebensregeln besagten, daß im Katastrophenfall die Rettung des Dorfes an oberster Stelle stand. Schlug dies fehl, mußten so viele Einwohner wie möglich gerettet werden. Plan B. Jeden Schatten nutzend, schlich Pony hinter den ersten Häusern entlang. Sie spähte um eine Ecke und erstarrte.

Gleich gegenüber auf der Hauptstraße tobte eine erbitterte Schlacht. Groß stand Olwan Wyndon unter den Menschen, Befehle brüllend, und zog die zwanzig Männer und Frauen zu einem dichten Ring zusammen, während der Feind sie aus nahezu jeder Richtung angriff. Ponys erster Impuls war, sich ihnen anzuschließen, aber sie mußte rasch einsehen, daß sie es niemals bis dorthin schaffen würde. Hoffnungsvoll ballte sie die Faust, als Olwan Wyndon einem Goblin den Kopf zerschmetterte und das Ding in den Staub schickte.

Dann, als sie den Mann erkannte, der sich hinter Olwans Rücken verzweifelt gegen die scharfen Speerspitzen zweier Goblins zur Wehr setzte, hielt sie den Atem an.

Ihr Vater.

Elbryan hielt den Atem an, holte nur zwischendurch einmal tief Luft. Er hatte keine Ahnung, was er tun sollte, und verfluchte sich im stillen für das, was er bereits getan hatte!

In der Senke hinter den beiden Kiefern hatte er seinen Feind aus den Augen verloren – der erste und oft fatale Fehler.

Nun mußte er unter großen Mühen sein Entsetzen bezwingen, mußte dieses Gefühl und die materielle Barriere überwinden und sich die zahlreichen Lektionen seines Vaters ins Gedächtnis rufen. Ein Krieger kennt seinen Feind, lokalisiert seinen Feind und überwacht jeden seiner Schritte. Diese Litanei still vor sich hin betend, näherte er sein Gesicht dem Rand des Kiefernstammes, die ganze Zeit den Goblin vor Augen, wie er ihm mit erhobener Waffe auflauerte.

Ein Krieger kennt seinen Feind …

Eine rasche Bewegung brachte die Fläche hinter den Kiefern wieder ins Blickfeld, und Elbryan wäre beinahe gestorben vor Erleichterung, als er sah, daß der Goblin sich nicht von der Stelle gerührt hatte und noch immer ins Nordtal hinunterstarrte. Diese Erleichterung verwandelte sich rasch in Beklommenheit, als Elbryan begriff, warum das Wesen dort stand. Die Patrouille im Tal war entdeckt und vielleicht sogar schon angegriffen worden, und dieser Goblin war ein Wachposten, der nach eventueller Verstärkung auf seiten der Menschen Ausschau hielt, während seine Kumpane das Dorf plünderten.

Diese Überlegung entfachte soviel Zorn in dem jungen Mann, daß er seine Angst in den Griff bekam. Er packte sein Kurzschwert fester.

Ohne Verzögerung, denn er wußte genau, daß ihm die kleinste Pause den Mut nehmen würde, schlüpfte Elbryan aus dem Schutz des Baumes hervor. Halb gehend, halb kriechend näherte er sich dem Goblin und hatte rasch ein Drittel der Strecke hinter sich gebracht.

Dann hätte er am liebsten kehrtgemacht, um wieder in der Senke zu verschwinden. Die Geräusche hinter ihm, aus seinem Heimatdorf, stärkten ihm den Rücken, und der Geruch brennenden Holzes, den der Wind zum Kamm hinauftrug, nicht weniger. Mit einer Grimasse der Entschlossenheit halbierte Elbryan die Entfernung zu seinem Gegner. Kehrtmachen war nicht mehr. Er sah sich kurz um, und sobald er sichergehen konnte, daß dieses Wesen allein war, stand er auf und stürmte los. Fünf fliegende Schritte brachten ihn an den Goblin heran, der ihn bis zum letzten Moment nicht hörte. Noch während der Goblin sich umzudrehen begann, fuhr Elbryans Schwert hart auf seinen Kopf herunter.

Das Schwert prallte ab. Die Wucht des Aufpralls und die Tatsache, daß die Klinge dem Goblin nicht in den Schädel gefahren war, überraschten Elbryan. Für einen schrecklichen Augenblick meinte er, das Ding nicht kräftig genug erwischt zu haben und nun auf dessen primitivem Speer zu enden. Verzweifelt um Deckung bemüht, stolperte er seitwärts.

Der Goblin schwankte seltsam, ließ die Waffe fallen und sank auf die Knie. Sein Kopf schaukelte hin und her. Elbryan sah das hellrote Klaffen, das Weiß zersplitterter Knochen, das graue Gehirn. Der Goblin erstarrte. Sein Kinn sank auf die Brust. Dann kniete er nur noch da, mausetot.

Tot.

In Elbryans Bauch zog sich etwas zusammen, und er rang nach Luft. Das Wissen, seinen ersten Feind getötet zu haben, legte sich schwer auf seine Schultern und zwang ihn beinahe in die Knie. Wieder war es der Geruch des brennenden Dorfes, der seinen Kopf klärte. Für Gefühlsduselei war keine Zeit, und die Vorstellung, daß er den Goblin hätte gefangennehmen können, statt ihn zu erschlagen, schien absolut lächerlich.

Er sah in das immergrüne Tal hinab und stellte zu seinem Entsetzen fest, daß dort unten gekämpft wurde. Dann sah er nach hinten, wo die Schlacht um Dundalis tobte.

Wo seine Eltern kämpften, wohin Pony gelaufen war.

»Pony«, flüsterte er verzweifelt, und bevor ihm überhaupt bewußt wurde, was er tat, sah er schon die Bäume an sich vorbeifliegen. Er hetzte den Hang nach Dundalis hinab.

Pony umrundete das Haus, vor dem gekämpft wurde, und fragte sich, wie sie die Reihen der Goblins durchbrechen konnte, um neben ihrem Vater zu stehen.

Ein Schmerzensschrei aus dem Haus ließ sie erstarren, und sie sank haltsuchend gegen die Wand. Sie brauchte einen Augenblick, um zu begreifen, wo sie war, wessen Haus dies war, dann unterdrückte sie ein Schluchzen.

›Keine Zeit dafür‹, schalt sie sich und konzentrierte sich auf die Schlacht. Wieder sackten ihre Schultern herab, denn so viele Goblins auch tot oder sterbend auf der blutgetränkten Erde um die Eingeschlossenen lagen, es waren auch mehrere Menschen gefallen. Und die trotz des ganzen Gemetzels tiefen Reihen der Goblins schienen kaum geschrumpft.

Über all dem stand Olwan, stolz, stark und unerschütterlich. Er brachte einen weiteren Goblin zur Strecke, indem er ihm den häßlichen Schädel zerschmetterte, dann hob er einen Arm und machte den anderen brüllend Mut. Pony blinzelte verblüfft, denn Olwan nahm den Arm nicht wieder herunter, sondern schien ihn höher und höher zu heben. Sie sah, wie den Mann Schmerz und Entsetzen überkamen, dann blickte sie hinauf, an seiner ausgestreckten Schulter, seinem Ellbogen hinauf ...

Die Hand des Riesen bedeckte den gesamten Unterarm des Hünen. Die Hauswand hinderte Pony daran, den Aufstieg des Mannes mitzuverfolgen. Sie wollte rufen, daß Olwan verloren war, wenn ihm niemand beistand, wollte schreien nur um des Schreiens willen.

Und dann sah sie Olwan wieder, wie er als schlaffes Bündel auf die Straße krachte, mitten zwischen seine wackeren Leute. Ihre Reihen lösten sich auf. Sie liefen auseinander, und die meisten machten nur ein paar Schritte, dann wurden sie unter einer Meute Goblins begraben. Pony verlor ihren Vater sofort aus den Augen, gnädigerweise. Sie versuchte, in dem Durcheinander jemanden auszumachen, und mußte mit ansehen, wie die Frau, die ihr das Lesen und Schreiben beigebracht hatte, zu Boden gestoßen wurde und ein Goblinspeer rasch folgte. Da wandte Pony sich ab und stolperte hinter das Haus, die Hände auf den Bauch gepreßt.

Es gab keine Verteidigungslinien mehr, keinen organisierten Widerstand. Überall nur Durcheinander, Schreie, Schmerzenslaute. Pony wußte nicht, wohin sie sich wenden, wohin sie fliehen sollte. Sie hatte nur den toten Olwan vor Augen und ihren Vater, kurz bevor er verschwand.

Sie machte wieder kehrt, in der Hoffnung, ihren Papa zu erblicken, der sich irgendwo aus dem Durcheinander hatte befreien können, um sie nun der Gefahr zu entreißen, um alles in Ordnung zu bringen – wie immer.

Wie in einer scheußlichen Parodie dieser Hoffnung kam ein Goblin um die Ecke marschiert und stürzte auf sie los. Pony stieß einen Schrei aus, schleuderte einen ihrer Steine auf das Wesen und lief davon.

Gleich hinter der Ecke ließ der Zorn sie stehenbleiben. Sie nahm ihren Mut zusammen und lauschte auf die Schritte des Goblins. Als er um die Ecke bog, stieß sie ihre Ellbogen mit aller Kraft nach hinten und erwischte ihn genau unter dem Kinn.

Sie wirbelte herum und griff ihn, bearbeitete ihn wild mit beiden Fäusten, mit den Füßen, den Knien. Doch der Goblin war stärker, als sein kleiner Körper ahnen ließ. Er stieß sie von sich und senkte seinen Speer.

»Elbryan!«

Der Ruf ließ den Jungen mitten im Lauf innehalten. Er erwischte den Stamm eines jungen Ahorns und schwang sich zu der Richtung herum, aus der der Schrei gekommen war.

Carley dan Aubrey, einer der jungen Späher, kam auf ihn zugewankt, das Gesicht aschfahl, beide Hände fest gegen die rechte Seite gepreßt. Um sie herum war ein dunkler Fleck zu sehen.

»Elbryan!« rief der Neunjährige erneut und geriet ins Stolpern. Elbryan lief ihm entgegen und fing ihn auf. Rasch machte er sich daran, die Wunde zu untersuchen, und schob Carleys Hände zur Seite. Als er mit der Hand gegen die abgebrochene Speerspitze kam, die in Carleys Seite steckte, verzog Elbryan das Gesicht, und Carley schluchzte auf und hätte sich beinahe übergeben.

Elbryan zog die Hand zurück, die zitterte, und riß die Augen auf, als er hellrotes Blut an ihr kleben sah. Carley preßte erneut verzweifelt die Hände auf die Wunde, aber es war hoffnungslos; so konnte er die Blutung nicht stillen.

Elbryan riß sich zusammen. Er mußte sein Hemd ausziehen und die Wunde irgendwie damit verbinden. Und zwar schnell! Er riß Mantel und Lederwams herunter und knöpfte rasch die Ärmel seines weißen Hemdes auf. Da erblickte er den Goblin, der rasch näher kam, einen halben Speer in den Händen. Der Goblin hob den Schaft wie eine Keule empor und stürzte sich auf ihn.

Elbryan griff nach seinem Kurzschwert, versuchte es vor sich zu bringen, und wich zurück, als der Goblin ihn ansprang. Sie krachten zusammen, und Elbryan landete auf dem Rücken.

Gemeinsam rollten sie seitwärts. Elbryan hatte sein Schwert oben; es stach dem Goblin ein wenig in die Seite, aber der Winkel war falsch und der Griff des Goblins überraschend kräftig, so daß der Junge die Waffe nicht ins Ziel treiben konnte.

Schnell ging es den Hang hinab. Die Fratze des Goblins, ganz krumme Zähne und spitze Nase, war nur ein paar Fingerbreit von Elbryans Gesicht entfernt, da versetzte das Wesen dem Jungen einen Kopfstoß. In Elbryans Nase krachte es, dann lief ihm warmes Blut übers Gesicht. Er kämpfte wie ein Berserker, aber der Goblin ließ ihn das Schwert nicht ins Ziel treiben.

Also riß Elbryan statt dessen die andere Hand zurück, wodurch sie noch schneller rollten, bis er mit den Knöcheln an einem Baumstamm hängenblieb. Erschrocken über den plötzlichen Stillstand stieß er sich wieder ab, und der Goblin kam direkt über ihn. Verbissen zerrte das Wesen an seinen Armen, zog Elbryan über sich, und sie begannen erneut seitwärts zu rollen, kopfüber jetzt. Bei der ersten Rolle begriff Elbryan, welchen Vorteil er nun hatte, und bei der zweiten winkelte er seinen Schwertarm ab, so daß der Ellbogen auf den Boden kam und abgestützt wurde.

Als der Goblin über ihn rollte, wurde er von seinem eigenen Gewicht auf Elbryans Schwert gespießt.

Das Wesen schlug und trat um sich und zappelte wie ein Fisch an der Angel. Elbryan mußte rasch einsehen, daß er den Schlägen nicht ausweichen konnte, also ging er in die Offensive und drehte die Klinge brutal hin und her.

Hart krachten die beiden gegen einen Baumstamm, und plötzlich lag der Goblin still. Elbryan, der ganz benommen und außer Atem war, verlor beinah das Bewußtsein. Plötzlich stürmte auf ihn ein, was geschehen war, und er riß sein Schwert los und begann wild auf den Goblin einzustechen, wieder und wieder und wieder. Er kroch unter dem Ding hervor, drosch aber weiterhin darauf ein, wild, instinktiv, aus purem Schrecken. Schließlich begriff er, daß der Goblin tot war und ihm nichts mehr anhaben konnte, und er ließ von ihm ab. Keuchend kniete er über ihm und hatte das Gefühl zu ersticken.

Carley dan Aubreys Wimmern brachte ihn wieder zu sich. Er hetzte den Hang hinauf und erreichte schließlich den Jungen. »Kalt«, hauchte Carley. Elbryan fiel auf die Knie, beugte sich über die Wunde, berührte vorsichtig den Speer und fragte sich, ob er ihn besser herausziehen sollte. Er sah dem Jungen ins Gesicht und hielt den Atem an.

Carley war tot.

Pony rannte, was das Zeug hielt, und als sie stolperte und hinfiel, krabbelte sie auf allen vieren weiter – bloß weg von hier! Der Goblin war hinter ihr; sie konnte ihn fast sehen, wie er mit dem Speer gegen ihren ungeschützten Rücken ausholte. Sie schrie auf und warf sich um eine Ecke, flach auf den Bauch. Als sie begriff, daß kein Speer gekommen war, sprang sie auf und hetzte weiter.

Auf der anderen Seite des Hauses riß Thomas Ault, Ponys Vater, seinen Dolch zurück und ließ den toten Goblin zu Boden fallen. Er sah traurig zu der Ecke, um die seine Tochter geflohen war, und hoffte, ja betete, daß sie irgendwie entkam.

Thomas hatte getan, was er konnte. Die leichten Speere, sechs an der Zahl, steckten in seinem Rücken, in der Seite, tief in der Hüfte. Das Getrampel der Goblinbande hinter ihm wurde lauter.

Er betete, daß Pony davonkam.

Bevor Elbryan zum Dorf weiterlaufen konnte, fielen ihm die Schatten auf. Sie bewegten sich zwischen den Bäumen, aus denen Carley hervorgestolpert war. Elbryan wußte, daß es sich nicht um seine anderen Freunde handelte, wußte instinktiv, daß sie gefallen waren. Langsam, leise bewegte er sich von dem toten Carley weg und versteckte sich hinter einem größeren Baum.

Sieben Goblins waren es, die gemächlich den Hang heruntergetrottet kamen. Sie johlten und lachten, als sie den toten Jungen erblickten, und beim Anblick ihres gefallenen Kameraden johlten sie sogar noch lauter. Sie hielten nicht einmal an, sondern liefen einfach vorbei.

Elbryan hätte sie am liebsten allesamt niedergemetzelt. Aber seine Vernunft war stärker als seine Wut, und so blieb er in seinem Versteck, bis sie vorbei waren. Dann folgte er ihnen, das blutige Schwert in der blutigen Hand, und lauerte darauf, daß eines der Wesen ein wenig zurückfiel.

Unten im Dorf wurde der Rauch immer dichter. Schreie waren kaum noch zu hören, doch als Elbryan an einer Stelle vorbeikam, die einen freien Blick auf Dundalis gestattete, sah er überall Gestalten herumwimmeln.

Da wurde ihm klar, daß keine Hoffnung mehr bestand, daß sein Dorf verloren war, daß alle tot waren, seine Freunde, seine Eltern, seine Pony.

All das war ihm klar, und doch blieb er nicht stehen und schlug auch keine andere Richtung ein. Über Schmerz, über Vernunft war er hinaus; zum Weinen fehlten ihm die Tränen. Er würde hinunter ins Dorf gehen und jeden Goblin umbringen, den er kriegen konnte.

Sie sah die Toten, die Sterbenden. Sie hatte keine Ahnung, warum sie bisher verschont geblieben war, aber während sie von Schatten zu Schatten hetzte, von einem brennenden Gebäude zum nächsten, wurde ihr klar, daß ihr Glück nicht mehr lange anhalten konnte. Jeder Gedanke an Rettungsmaßnahmen war ihr vergangen. Sie wollte nur noch weg, weit weg.

Aber wie? Die Straßen wimmelten von Goblins. Die häßlichen Wesen stürmten jedes Haus, um es zu plündern und in Brand zu stecken. Sie zeigten keine Gnade; Pony mußte mit ansehen, wie eine Frau um ihr Leben bettelte, wie sie sich den Goblins anbot, die sie umzingelt hatten.

Sie metzelten sie nieder.

Die Schlinge zog sich zusammen. Je mehr Dörfler tot waren, desto freier konnten die Goblins sich bewegen. Pony sah sich in alle Richtungen nach einem Fluchtweg zu den Bäumen um. Aber es gab kein Entkommen, keine Möglichkeit, Dundalis unbemerkt zu verlassen. Und die Goblins waren auch im Wald, immer wieder liefen ein paar zum Dorf hinab.

Kein Entkommen.

Pony zwängte sich zwischen zwei Häuser und lehnte den Kopf an die Wand. Vielleicht war es besser, einfach hinaus auf die Straße zu laufen und es hinter sich zu bringen.

»Besser das, als darauf warten zu müssen«, flüsterte sie entschlossen, mußte jedoch feststellen, daß es ihr nicht möglich war, daß ihr tiefster Überlebensinstinkt es nicht zulassen wollte.

Pony holte tief Luft. Sie fühlte die Wärme an ihren Händen,

als auch dieses Haus zu brennen begann. Wohin jetzt? Sie reckte den Kopf, als ihr plötzlich klar wurde, wo sie sich genau befand. Hier vor ihr stand Shane McMichaels Haus und hinter ihr das von Olwan Wyndon. Olwans Haus, Elbryans Haus.

Elbryans neues Haus!

Pony wußte noch, wie sie es gebaut hatten, es war erst zwei Jahre her. Das ganze Dorf hatte darüber geredet, denn Olwan Wyndon hatte es auf ein Steinfundament gestellt.

Pony warf sich auf die Knie und begann die Erde vor der Wand wegzukratzen. Ihre Finger begannen zu bluten, die Hitze hinter ihr wurde sengend, aber sie grub verzweifelt weiter. Dann stieß sie mit der Hand ins Leere. Sie tastete hinab, vielleicht anderthalb Fuß tief, und fand kalte, feuchte Erde. Olwan hatte große Platten verarbeitet, und Ponys Vermutung erwies sich als richtig. Das Haus hatte sich noch nicht vollständig gesenkt.

Der Rauch um sie herum wurde dichter, als auch Olwans Haus in Flammen aufging. Sie grub, erweiterte die Öffnung, versuchte sich verzweifelt unter die Platte zu schieben.

Der zornige junge Mann brauchte nicht lange zu warten. Die Goblins, augenscheinlich nur ein Wachtrupp, liefen nicht weiter auf Dundalis zu, sondern verteilten sich plötzlich links und rechts zwischen den Bäumen.

Elbryan wandte sich nach links und blieb einer Dreiergruppe auf den Fersen. Aus dem Dorf drangen Schreie herüber, kein Gebrüll des Widerstandes mehr, sondern eher ein jämmerliches Klagen. Er sah die brennenden Häuser und war nahe genug, um zu erkennen, daß auch seines darunter war.

Das war nur Öl auf das Feuer seiner Wut. Leise schlich er von Baum zu Baum, und als einer der Goblins zurückfiel, war Elbryan sofort zur Stelle.

Es ging ganz schnell, mit einem einzigen Stoß zwischen die

Rippen, aber nicht geräuschlos vonstatten, denn der Goblin konnte noch einen Todesschrei ausstoßen.

Elbryan riß sein Schwert los und wollte sich absetzen, aber es war zu spät. Nach links und rechts dreschend schlug er die Speere zur Seite, mit denen die beiden anderen Goblins lauthals brüllend auf ihn eindrangen. Ihre Augen – so glänzend, so ungetrübt vom Tod ihres Kumpanen – beunruhigten Elbryan, und er hatte große Mühe, nicht hineinzusehen, sondern sich auf die Speerstöße zu konzentrieren.

Dabei zog er sich beständig zurück, denn es lag auf der Hand, daß er fliehen mußte, bevor die zweite Gruppe auf das Geheul reagierte. Der Goblin zu seiner Linken machte einen energischen Ausfall. Elbryan brachte sein Schwert hinter den Speer, lenkte ihn rechts an sich vorbei, um dann links den Hang hinaufzuhetzen.

Der ganze Vorsprung war verloren, als ihm auf der losen Erde ein Fuß wegrutschte und ihn zu Boden schickte. Der zweite Goblin lief hinter seinem Kumpanen vorbei bergauf, um Elbryan von oben anzugreifen.

Verzweifelt brachte er einen Fuß unter sich und stieß sich ab, flog am Speer des ersten Goblins vorbei und beeilte sich, außer Reichweite des zweiten zu kommen. Im Vorbeitaumeln ließ er sein Schwert herumfahren und gewann neue Zuversicht, als es auf Widerstand stieß.

Dann drehte sich alles um ihn herum, und es ging schmerzhaft bergab. Als er es endlich schaffte, seine Rutschpartie zu beenden, sprang er auf und fuhr herum. Er rechnete damit, den Goblin unmittelbar hinter sich zu haben – vielleicht sogar alle beide.

Im Gegenteil. Derjenige, den Elbryan erwischt hatte, lag reglos auf der Erde – augenscheinlich hatte er ihn härter getroffen als vermutet. Der andere lag ebenfalls am Boden, wälzte sich ächzend hin und her.

Die einzige einleuchtende Erklärung war, daß der Goblin

ihm nachgesprungen war, als er sich weggehechtet hatte, und dabei hart auf den Boden oder gegen einen Baumstamm geknallt war. Da hatte er zur Abwechslung einmal Glück gehabt.

Etwas traf ihn an der Schulter, zuerst nicht fest, dann jedoch segelte er erneut durch die Luft, seitwärts diesmal. Er ging sofort in die Rolle, krachte beim Hochkommen aber hart gegen einen Baumstamm. Verwirrt und benommen kämpfte er sich auf die Beine.

Und ließ alle Hoffnung fahren, als er den Bergriesen gemächlich auf sich zukommen sah, eine mannsgroße Keule in der Hand. Hinter ihm erklang Gejohle; die restlichen vier Goblins waren schon unterwegs.

Der junge Mann sah sich um. Nirgends Zuflucht, nirgends Deckung. Er lehnte sich gegen den starken Baum und nahm all seinen Mut zusammen. Als der Riese nur noch einen großen Schritt entfernt war, sprang Elbryan vor und versuchte, ihn durch sichere Wildheit zu verwirren. Hauend und stechend kam er bis an die Knie des Monstrums heran, vollführte einen weiteren Stoß und hechtete sich dann direkt zwischen dessen Beinen hindurch.

So dachte er jedenfalls. Der Riese jedoch hatte diesen Zug während seiner Kämpfe mit kleinen Leuten schon dutzendfach erlebt. Er schlug die Knie fest zusammen, daß es Elbryan den Atem verschlug. Eingeklemmt versuchte er, auf das Monstrum einzustechen, aber der Riese verstärkte den Druck, und der junge Mann konnte nur noch ächzen. Es gelang ihm, sich seitwärts zu drehen, nur um mit ansehen zu müssen, wie der Riese mit der Keule ausholte.

Übelkeit durchlief ihn wie eine Welle. Mit zusammengebissenen Zähnen stach er ein letztes Mal zu, so fest er konnte, dann schloß er die Augen.

Plötzlich war die Luft von einem fremdartigen Summen erfüllt. Die Knie des Riesen lockerten sich, und Elbryan fiel zu Boden. Er kämpfte sich hoch und rannte ein Stück davon. Immer noch erklang dieses Summen, und für einen Moment glaubte er, daß ein Bienenschwarm aufgestiegen wäre. Instinktiv schlug er mit der freien Hand um sich, dann riß er sie mit einem Aufschrei wieder zurück. Irgend etwas hatte ihn gestochen.

Er sah zu dem Riesen zurück, der umhersprang und um sich schlug. Hinter ihm tauchten zwei der vier Goblins auf, beide zuckten seltsam und gingen zu Boden.

»Was?« fragte Elbryan verdutzt. Der Riese schien plötzlich Windpocken zu haben, Gesicht und Arme waren von roten Punkten bedeckt. Als Elbryan sich seine eigene Handverletzung besah, wurde ihm klar, daß nicht Bienen sie verursacht hatten, sondern Pfeile, winzige Pfeile von einer Art, die er nie zuvor gesehen hatte. Dutzende und Aberdutzende winziger Pfeile schwirrten überall um ihn herum!

Und doch schienen sie den Giganten kaum aufhalten zu können. Mit einem ohrenbetäubenden Heulen kam er herangestürmt, die Keule hoch erhoben. Elbryan, der sich klein und winzig vorkam unter ihr, reckte sein Schwert empor, obwohl sich ein so mächtiger Schlag wohl kaum ablenken ließ.

Die nächste Salve sah tatsächlich wie ein Bienenschwarm aus. Sechzig Pfeile schossen auf das Gesicht und die Kehle des Riesen zu. Dann bohrten sie sich in ihn, ein Pfeil auf dem vorhergehenden, ein Dutzend auf dem vorhergehenden Dutzend, und der Riese stolperte rückwärts, erst einen, dann zwei, dann drei Schritte. Schließlich hatte die Salve ein Ende, und der Riese wollte wieder nach vorn, zu seiner Beute zurück. Doch bevor er auch nur in der Nähe des jungen Mannes war, ging er zu Boden und erstickte an seinem eigenen Blut. Elbryan bekam nichts mehr davon mit. Er war in Ohnmacht gefallen.

5. Gottes Auserwählte

Bruder Avelyn kämpfte mit der Kurbel. Holz wie Mann ächzten bei jeder Umdrehung. Wann kam dieser Eimer bloß endlich zum Vorschein?

»Schneller«, drängte Quintall, sein Arbeitspartner und Klassenkamerad. Die Klasse war nach den Geburtsdaten aufgeteilt worden. Avelyn und Quintall arbeiteten nur deshalb zusammen, weil sie in der gleichen Woche geboren waren, und nicht etwa, weil sie körperlich und charakterlich zusammengepaßt hätten. Ganz im Gegenteil. Quintall war der kleinste der Novizen, während Avelyn zu den größten zählte. Kräftig gebaut waren sie beide, aber Avelyn wirkte bäurisch und unbeholfen, wohingegen Quintall muskulös war, ein hervorragender Sportler.

Auch im Temperament entsprachen sie einander nicht. Der ruhige und nachdenkliche Avelyn verlor nie die Beherrschung, Quintall dagegen war »Blitz und Donner«, wie der sie beaufsichtigende Meister Siherton es treffend nannte.

»Wieviel noch?« fragte Avelyn nach einigen erfolglosen Drehungen mehr.

»Die Hälfte«, antwortete Quintall kühl. »Mindestens.« Avelyn seufzte schwer und setzte die schmerzenden Arme erneut in Bewegung.

Quintall schnaubte verächtlich; wäre er an der Reihe gewesen, hätte er sich längst an ihr Mittagsmahl machen können. Aber die Aufseher waren streng. Wenn Quintall die Kurbel einfach übernahm, dann kostete es sie beide das Essen. »Es mangelt ihm an Geduld«, stellte Meister Jojonah fest, ein wohlbeleibter Fünfziger mit freundlichen braunen Augen und dichtem braunen Haar, in dem sich kein bißchen Grau zeigte. Sein Gesicht war braun und bis auf die Krähenfüße faltenlos – ›Respektsrunzeln‹ nannte er sie.

»Blitz und Donner«, erklärte Meister Siherton, der groß und hager war, aber breite Schultern hatte, die ein gutes Stück von seinem dünnen Hals wegragten. Seine Züge entsprachen seiner Rolle des Klassenaufsehers, des Novizenmeisters. Er hatte ein scharfes Raubvogelgesicht mit schmalen, dunklen Augen – die, wenn er seine Zöglinge drohend ansah, was nicht selten vorkam, nur noch schmaler wurden.

»Quintall ist voller Leidenschaft«, fügte er mit sichtlicher Bewunderung hinzu.

Jojonah sah den Mann verwundert an. Sie befanden sich im höchstgelegenen Saal des Klosters, einem langen, schmalen Raum, durch dessen Fenster man auf der einen Seite auf die Brecher der rauhen See und auf der anderen in den Klosterhof hinabsehen konnte. Dort schufteten gerade sämtliche vierundzwanzig Brüder der jüngsten Klasse – ein Novize hatte aus gesundheitlichen Gründen gehen müssen –, aber das Augenmerk der beiden Meister war auf Avelyn und Quintall gerichtet, von denen man sich am meisten versprach.

»Avelyn ist der Beste seines Jahrgangs«, bemerkte Jojonah, der vor allem gespannt war, wie Siherton darauf reagieren würde.

Der Größere zuckte nichtssagend mit den Schultern.

»Manche sagen, er sei der Beste seit vielen Jahren«, fügte Jojonah hinzu. Das stimmte; Avelyns unglaubliche Hingabe hatte in St. Mere-Abelle rasch die Runde gemacht.

Wieder das Schulterzucken. »Er ist ohne Leidenschaft«, antwortete Siherton.

»Ohne menschliche Leidenschaft, weil er Gott näher ist?« erwiderte Jojonah in dem Glauben, daß er Siherton schließlich gekriegt hatte.

»Oder weil er längst tot ist«, sagte der hochgewachsene Mann trocken und starrte sein Gegenüber finster an.

Meister Jojonah zog leicht den Kopf ein, hielt dem durchdringenden Blick jedoch stand. Daß Siherton Quintall für den

Besten dieses überaus wichtigen Jahrgangs hielt, war ein offenes Geheimnis, aber daß er Avelyn, dem sämtliche andere Lehrer den Vorzug gaben – angeblich bis hinauf zum Abt persönlich –, geradeheraus schmähte, überraschte Jojonah doch.

»Wir haben heute Nachricht vom Tod seiner Mutter erhalten«, sagte Siherton ruhig.

Jojonah sah wieder in den Hof hinab, wo Avelyn arbeitete, als sei alles wie immer. »Habt Ihr es ihm schon gesagt?«

»Ich hielt es für überflüssig.«

»Was für ein makabres Spiel soll das sein?«

Wieder kam dieses entnervende Schulterzucken. »Würde es ihn kümmern?« antwortete Siherton. »Er würde sagen, daß sie nun selig beim Herrn ist, und dann würde er weiterarbeiten.«

»Macht Ihr Euch über sein Gottvertrauen etwa lustig?« fragte Jojonah scharf.

»Ich schmähe seine Unmenschlichkeit«, erwiderte Siherton.

»Seine Mutter ist gestorben, aber wird ihn das bekümmern? Ich bezweifle es. Er hat sich so fest in den Mantel seiner Überzeugungen gehüllt, daß nichts ihn erschüttern kann.«

»Das ist die Herrlichkeit des Gottvertrauens«, sagte Jojonah ruhig.

»Das ist eine Mißachtung des Lebens«, gab Siherton zurück und lehnte sich aus dem Fenster. »Heda, Bruder Quintall!«

Beide Novizen hielten in ihrer Arbeit inne und sahen hinauf. »Geh etwas essen«, befahl Siherton. »Und du, Bruder Avelyn, kommst zu mir in meine – in Meister Jojonahs Räume.«

Siherton zog den Oberkörper zurück und sah Jojonah an.

»Wollen wir doch einmal sehen, ob unser junger Held überhaupt ein Herz hat«, erklärte er kühl. Damit schritt er zu der Treppe, die zu den Wohnräumen der Meister hinabführte.

Für einen langen Moment sah Jojonah ihm nach und fragte sich, wem von beiden es wirklich an Herz mangelte, Siherton oder Avelyn.

»Ihr benutzt diesen Verlust für höchst unwürdige Zwecke«, beharrte Jojonah, als er Siherton drei Stockwerke tiefer eingeholt hatte.

»Er muß es erfahren«, erwiderte Siherton. »Wir sollten uns die Gelegenheit nicht entgehen lassen, den Menschen genauer kennenzulernen, in den wir vielleicht bald so viel Vertrauen setzen.«

Jojonah packte ihn an der Schulter und blieb stehen. »Avelyn hat acht Jahre der Bewährung hinter sich«, erinnerte er den Größeren. »Die letzten vier davon ist er ohne sein Wissen durchgehend überwacht worden. Was will Siherton denn mehr?«

»Er muß beweisen, daß er ein Mensch ist. Er muß beweisen, daß er fühlen kann. Mit Frömmigkeit allein ist es nicht getan, mein Freund. Zum Glauben gehören auch Gefühl, Zorn, Leidenschaft.«

»Acht Jahre«, sagte Jojonah erneut.

»Vielleicht findet sich im nächsten Jahrgang –«

»Nein. Die Bereiter müssen aus diesem oder einem der drei vorhergehenden Jahrgänge ausgewählt werden, und darunter findet sich nicht einer, der so vielversprechend wäre wie Avelyn Desbris.« Jojonah sah sein Gegenüber nachdenklich an. Siherton mußte wissen, daß das stimmte, doch schien er weder vor noch zurück zu können. Seine Argumente gegen Avelyn würden angehört werden, wie es sich geziemte, aber im Licht der Wahl, die das Kloster zu treffen hatte, klangen sie hohl. Und selbst wenn er gewichtigere Gründe gehabt hätte; seine Haltung, die schon an Zorn, an Wut grenzte, wäre immer noch reichlich unangemessen gewesen.

»Ja nun, mein lieber Siherton«, sagte Jojonah einen Moment später, als er begriff, »Ihr seid ja neidisch!«

Meister Siherton brummte und setzte seinen Weg fort.

»Ein Jammer, daß wir zwischen den Schauern geboren sind«, sagte Jojonah, der Sihertons Enttäuschung nachempfinden konnte. »Aber wir haben unsere Pflicht. Bruder Avelyn ist von allen der beste.«

Seine Worte trafen Siherton bis ins Mark. Er blieb an Jojonahs Tür stehen, senkte den Kopf und schloß die Augen, um Bilder des jungen Avelyn heraufzubeschwören. Bei der Arbeit oder im Gebet, anders erinnerte er sich nicht an ihn. Sprach das nun für Stärke oder Schwäche? Und welche potentielle Gefahr mochte es darstellen, jemand so Frommen an die kostbaren Steine zu lassen? Die Magie erforderte eine pragmatische Herangehensweise, die einem so tiefgläubigen Menschen, der so davon überzeugt war, Gottes Willen zu kennen, nicht gerade liegen mochte.

»Abt Markwart ist sehr von dem jungen Mann angetan«, bemerkte Jojonah.

Das ließ sich nicht bestreiten, und Siherton sah ein, daß er auf verlorenem Posten stand.

Wer jedoch der zweite Bereiter werden sollte, war noch lange nicht geklärt, und so beschloß der Mann prompt, sich lieber in dieser Sache für einen Schüler einzusetzen, der ihm besser gefiel. Jemand wie Quintall, jemand voller Feuer und voller Leben. Und dieser Leidenschaftlichkeit, dieser weltlichen Gelüste wegen, zugleich jemand, der sich lenken ließ.

Er war nicht überrascht; seine Lippen bebten nicht. »Bitte sagt mir, Meister Siherton, war es ein friedlicher Tod?« hörte er sich fragen.

Meister Jojonah war froh, diese mitfühlende Frage zu hören. Daß Avelyn auf die Nachricht vom Tod seiner Mutter keinerlei spontane Reaktion gezeigt hatte, hatte für Sihertons Einschätzung gesprochen. »Dem Boten zufolge ist sie einfach nicht mehr aufgewacht«, mischte Jojonah sich ein.

Meister Siherton warf ihm für diese Lüge einen grimmigen Blick zu. Der Bote, ein kleiner Junge, hatte nur die Nachricht von ihrem Tode überbracht, keine weiteren Einzelheiten.

Meister Jojonah, der ihn aus dem Augenwinkel finster anstarrte, war nicht einmal dabeigewesen. In einer seltenen Zurschaustellung von Mitgefühl beließ es Siherton dabei.

Avelyn nahm die Nachricht mit einem Kopfnicken auf.

»Du möchtest sicher gleich aufbrechen«, sagte Siherton, »um deinem Vater an ihrem Grab zur Seite zu stehen.«

Avelyn starrte ihn ungläubig an.

»Du mußt aber nicht«, warf Jojonah rasch ein, dem die Falle nicht entgangen war. Falls Avelyn das Kloster aus irgendeinem Grunde verließ, würde er erst im darauffolgenden Jahr wieder eintreten können. Die Wiederaufnahme war ihm garantiert. Die Position des Bereiters jedoch – von der er gar nicht wußte, daß sie ihm in Aussicht stand oder daß es sie überhaupt gab – war dann längst vergeben.

»Meine Mutter ist vermutlich schon bestattet«, antwortete der Novize Siherton, »und mein Vater hat sich sicher bereits nach Hause aufgemacht. Da sie St. Mere-Abelle erst vor kurzem verlassen haben, hat er noch einen weiten Weg vor sich.«

Meister Siherton kniff die Augen zusammen und beugte sich bedrohlich vor. »Deine Mutter ist gestorben, Junge«, sagte er langsam, jede Silbe betonend. »Berührt dich das?«

Die Worte trafen den jungen Avelyn schwer. Berührte ihn das? Am liebsten hätte er dem hochgewachsenen Meister einen Nasenstüber dafür verpaßt, etwas anderes auch nur anzudeuten. Am liebsten hätte er das Zimmer – und jeden, der ihn daran hindern wollte – zu Kleinholz gemacht!

Aber damit hätte er dem Gedenken an die sanfte Frau einen schlechten Dienst erwiesen. Seine Mutter war eine Erleuchtete gewesen. Davon mußte er ausgehen, andernfalls strafte er ihr ganzes Leben Lügen – und seines ebenfalls. Die Belohnung für ein solches Leben, für solche Gutherzigkeit, war ein besseres Dasein in einer besseren Welt. Annalisa war nun beim Herrn.

Dieser Gedanke bestärkte den jungen Mann. Er straffte die Schultern und sah dem imposanten Meister Siherton ins Gesicht.

»Meine Mutter hat gewußt, daß sie es nicht mehr nach Hause schaffen würde«, sagte er gleichmütig an Jojonahs Adresse. »Wir alle haben es gewußt. Sie hielt sich nur noch aufrecht, um meinen Eintritt ins Kloster miterleben zu können. Daß ich in die abellikanische Kirche eintrat, war ihre Erfüllung, und ich würde diese Erfüllung zunichte machen, wenn ich jetzt ginge.« Er atmete tief auf.

»Der Orden von St. Mere-Abelle, Jahrgang 816«, sagte Bruder Avelyn ohne das geringste Zittern in der Stimme. »Dort gehöre ich hin. Das ist die Vision, die Annalisa Desbris gestattet hat, friedlich von uns zu gehen.«

Meister Jojonah nickte. Avelyn hatte seinen Standpunkt ruhig und folgerichtig dargelegt, und seine Glaubensstärke war beeindruckend, ja erschreckend: Es lag auf der Hand, daß er seine Mutter geliebt hatte, und doch war Aufrichtigkeit in seinem Benehmen. Insofern wußte Jojonah, was Siherton meinte. Entweder hatte Avelyn einen direkten Draht zu Gott, oder der junge Mann hatte schlicht keine Ahnung, was es hieß, ein Mensch zu sein.

»Darf ich gehen?« fragte Avelyn.

Die Frage verblüffte Jojonah, und als er darüber nachdachte, kam er zu dem Schluß, daß es mit Avelyns Gleichmut vielleicht doch nicht so weit her war. »Du wirst für heute von deinen Pflichten entbunden«, erklärte er.

»Nein«, erwiderte Avelyn, ohne zu zögern. Er senkte den Kopf, als ihm klar wurde, daß er gerade gegen den Befehl eines Meisters gesprochen hatte, ein Vergehen, das zum Ausschluß aus der Abtei führen konnte. »Bitte erlaubt mir, meinen Pflichten nachkommen zu dürfen.«

Jojonah sah zu Siherton, der angewidert den Kopf schüttelte und ohne weiteres den Raum verließ.

Jojonah hatte den Verdacht, daß der junge Avelyn in den kommenden Wochen vorsichtig sein mußte. Meister Siherton würde bei bester Gelegenheit für seine Entlassung sorgen. Um sicherzugehen, daß Siherton weit weg war, wenn Avelyn den Raum verließ, wartete der freundliche Meister eine Weile.

»Wie du wünschst, Bruder Avelyn«, sagte er dann. »Geh nur. Du hast noch ein paar Minuten für dein Mittagsmahl.«

Avelyn verbeugte sich tief und ging.

Jojonah faltete die Hände auf dem Schreibtisch und starrte für geraume Zeit die geschlossene Tür an. Was störte Siherton an Bruder Avelyn wirklich? Seine angebliche Unmenschlichkeit? Oder etwas Tiefergehendes? War Avelyn vielleicht eine strengere Richtschnur, ein dunkler Spiegel, der den Mönchen von St. Mere-Abelle vorgehalten wurde, ein Zeugnis des wahren Glaubens, der in diesen Zeiten selbst in den heiligen Mauern einer Abtei so rar geworden war?

Diese Vorstellung war erschütternd. Jojonah sah sich in seinem schmuckvollen Zimmer um. Der schöne Wandteppich stammte von Porvon dan Guardinio, einem weltweit anerkannten Künstler. Das Schnitzwerk der Hartholzbalken, die die Decke trugen, war mit Blattgold belegt, der prächtige Teppich kam aus irgendeinem fernen Land, die Stühle waren gepolstert und die unzähligen Nippsachen und Kleinodien im Bücherregal waren jedes einzelne mehr Gold wert, als ein gewöhnlicher Arbeiter im Jahr verdiente.

Frömmigkeit, Würde, Armut, so hatte zu geloben, wer in den Orden von St. Mere-Abelle eintrat. Das war die Richtschnur. Wieder sah sich Jojonah in seinem Zimmer um und rief sich in Erinnerung, daß der überwiegende Teil der Meister und selbst einige der seit zehn Jahren hier weilenden Brüder schmuckvollere Räumlichkeiten besaßen.

Frömmigkeit, Würde, Armut.

Doch gehörte, wie Vater Markwart sagte, eigentlich auch das Wort Pragmatismus in dieses Gelöbnis. Das hatten auch die früheren Äbte stets erklärt, seit mehr als zwei Jahrhunderten. Im Königreich des Bären war Reichtum gleich Macht, und wie sollte ein machtloser Orden hoffen, Einfluß auf das Leben einfacher Leute auszuüben? Wurde Gott nicht besser mit Stärke als mit Schwäche gedient?

So lautete die weithin anerkannte Argumentation, dank der man es mit einigen Aspekten des heiligen Gelöbnisses nicht so genau nehmen mußte.

Nur lag damit auch auf der Hand, warum ein Schüler wie Avelyn Desbris Meister Siherton derart in Rage brachte.

Als Avelyn sich am Abend auf sein Zimmer zurückzog, war er seelisch und körperlich völlig erschöpft. Den ganzen Tag über hatte er freiwillig die schwersten Arbeiten übernommen. Erst hatte er Unmengen Wasser aus dem Brunnen geholt – irgendwo bei fünfzig Eimern hatte er den Überblick verloren –, dann war er stracks zum Nordende des oberen Walls marschiert, wo lose Steine entfernt und ordentlich aufgestapelt werden mußten, bevor am nächsten Tag die Maurer anrückten.

Erst der Ruf der Vesper, zum Abendgottesdienst, hatte seiner Arbeitswut ein Ende gesetzt. Er machte sich still ans Gebet, ließ das Abendessen aus und ging sofort auf sein Zimmer, einen Schlafraum von fünf mal fünf Fuß mit einem einzelnen Stuhl, der ihm zugleich als Tisch für die Kerze diente, und einem Bett, das sich von der Wand klappen ließ – kaum mehr als ein flaches Brett mit einer Decke.

Nun war die Arbeit getan, und der Schmerz setzte ein. Trotz seiner Erschöpfung fand Avelyn keinen Schlaf. Bilder seiner Mutter schossen ihm durch den Kopf, und er fragte sich, ob er wohl gleich eine Vision von ihr bekam, ob ihm ihre Seele erschien, bevor sie in den Himmel auffuhr. Würde Annalisa kommen, um ihrem jüngsten Kind Lebewohl zu sagen, oder hatte sie sich bereits draußen vor dem Kloster von ihm verabschiedet?

Avelyn rollte sich von der Pritsche und bemühte sich mit Flint und Eisen, bis die Kerze endlich brannte. Er sah sich im flackernden Licht um, als müßte Annalisa hier irgendwo stehen und auf ihn warten.

Zu seiner grenzenlosen Enttäuschung war das nicht der Fall.

Er setzte sich auf den Rand der Pritsche und ließ den Kopf hängen, die tauben Hände in den Schoß gelegt. Tränen sammelten sich in seinen Augen, aber er wollte sie nicht wahrhaben. Weinen wäre ein Zeichen von Schwäche, von mangelndem Gottvertrauen gewesen. Wenn das, woran er aus tiefstem Herzen glaubte, ihm in einer Zeit des Verlustes keine Kraft geben konnte, was sollte es dann wert sein? Die alten Handschriften der abellikanischen Kirche versprachen denen, die es verdient hatten, das Himmelreich, und wer konnte es mehr verdient haben als die sanfte und großmütige Annalisa Desbris?

Eine Träne rollte seine Wange hinab, dann eine zweite. Er wehrte sich, versuchte sie zurückzuhalten. Er sprach das Totengebet, das Gebet der Gläubigen, das Gebet der Ewigen Verheißung, eines nach dem anderen, mit mühsam gefaßter Stimme.

Doch die Tränen kamen noch immer, und in sein letztes Gebet schlichen sich Schluchzer ein.

Wieder und wieder durchlief er die Gebete. Er betete aus vollstem Herzen, umrahmte die Bilder seiner Mutter mit den Worten und fügte ihren Namen in die Verse mit ein. Er fand sich auf dem Boden wieder und wußte nicht, wie er dorthin gelangt war. Auf dem Boden zusammengerollt wie ein kleines Kind, das seine Mutter wiederhaben wollte und um sie betete.

Schließlich, nach mehr als einer Stunde, kam Avelyn zur Besinnung und setzte sich wieder auf die Pritsche. Er holte mehrmals tief Luft, um die letzten Schluchzer zu vertreiben. Dann dachte er lange und angestrengt über seinen Schmerz nach, suchte in seinem Innersten nach der Schwäche, die seinen Glauben befallen hatte.

Bald genug war die Antwort gefunden, und Avelyn war froh. Er weinte nicht um Annalisa, denn er war wirklich zutiefst überzeugt, daß sie in ein wohlverdientes besseres Sein hinübergetreten war. Er weinte um sich selbst, um seine Geschwister und seinen Vater, um alle, die Annalisa Desbris gekannt hatte und in diesem Leben nie wieder mit ihrer Gegenwart beschenkt werden würden.

Das konnte Avelyn akzeptieren. Sein Glaube war fest, also entweihte er auch nicht das Andenken seiner Mutter. Er wollte schon die Kerze auspusten, da überlegte er es sich anders und setzte sich erneut. Wieder suchte er mit den Augen die dunklen Winkel nach der Erscheinung seiner Mutter ab.

Vielleicht kam sie ja in seinen Träumen zu ihm.

Leise entfernten sich zwei Männer von Bruder Avelyns Tür. »Seid ihr nun zufrieden?« fragte Meister Jojonah seinen Begleiter, als der Abstand groß genug war.

Meister Siherton hatte sich in der Tat über Avelyns Weinen gefreut. Es war gut zu wissen, daß auch der allzu fromme junge Mann von menschlichen Gefühlen geleitet wurde, und doch hatten seine Schluchzer die Meinung des gestrengen Novizenmeisters nicht ändern können. Siherton nickte kurz und entfernte sich.

»Vater Markwart hat seinen Segen dazu gegeben, daß ich unserem jungen Bruder Avelyn die Steine zeige«, rief Jojonah ihm nach.

Siherton blieb wie angewurzelt stehen. Er schluckte die zornigen Widerworte hinunter, die ihm auf der Zunge lagen, und nickte erneut, andeutungsweise nur; dann setzte er seinen Weg fort.

Damit stand es fest. Bruder Avelyn Desbris würde einer der Bereiter sein.

Avelyn war bemüht, den Kopf gesenkt zu halten und den Blick auf den Boden zu richten, wie es seiner niedrigen Stellung geziemte, aber das konnte nicht verhindern, daß ihm einiges von dem Prunk auffiel, während er Meister Jojonah durch die sich windenden Gänge des Labyrinths folgte, dem geheimsten und ehrwürdigsten Teil des ganzen Klosters, den aufzusuchen ein Novize im ersten Jahr ganz sicher nicht erwarten durfte.

Jojonahs Begründung für diesen Gang war fadenscheinig gewesen, angeblich mußte hier etwas geputzt werden. Nach nur wenigen Wochen in der Abtei wußte Avelyn Bescheid genug, um zu begreifen, daß zu Arbeiten im Labyrinth, wie nichtig sie auch sein mochten, stets ältere Schüler herangezogen wurden. Außerdem wußte er, daß es gerade nichts Besonderes zu tun gab, also genug ältere zur Verfügung gestanden hätten.

Doch wunderte er sich im stillen darüber, denn es stand ihm nicht zu, die Meister etwas zu fragen. Er hatte zu gehorchen und tat das auch, lief hinter dem plumpen Mann her, so leise es ging, und hielt seinen Kopf gesenkt, um nur ab und zu einen Blick auf die Pracht zu werfen: auf die mit Blattgold belegten Seitentüren, das wundersame und komplizierte Schnitzwerk sämtlicher Tragbalken, die mosaikartig gemusterten Bodenfliesen und die Wandteppiche, die so detailreich waren, daß er wohl Stunden über Stunden damit hätte verbringen können, sich auch nur einen genau anzusehen. Meister Jojonah redete die ganze Zeit, aber es waren nur Nichtigkeiten, die er da von sich gab – über das Wetter, einen Sturm vor zwanzig Jahren und das Ableben seines Lieblingsbäckers in der Stadt St. Mere-Abelle, woran sich eine überraschend zweideutige Bemerkung über dessen »robuste« Frau anschloß. Nichts davon konnte Avelyns Aufmerksamkeit von den Wundern dieses Ortes ablenken, obwohl er durchaus zuhörte, damit ihm nicht eine an ihn gerichtete Frage entging.

Vor einer schweren Tür blieben sie stehen. Und was für eine Tür das war! Avelyn konnte gar nicht anders, als an ihr hinaufzusehen. Lagen um Lagen bemalter Schnitzereien bedeckten sie, Bilder über Bilder. Sankt Abelle auf dem Scheiterhaufen, die heilenden Hände von Mutter Bastibule, der Sieg der Engel über die Dämonen, der Todeskampf des Geflügelten, den die eigene Lava verschlang. All das wurde umrahmt von Halo, vom himmlischen Geschenk, das als ein Oval dargestellt war. Es begann, wenn man das von etwas Allumfassendem behaupten konnte, an der linken unteren Ecke der Tür und lenkte den Blick des Betrachters quer über das Portal zur oberen rechten. Und auf dem Weg dorthin, so ging Avelyn auf, wurde die Geschichte der Welt und ihres Glaubens erzählt, in Bildern, die so angeordnet waren, daß eines ganz leicht zum nächsten führte, so selbstverständlich wie das Verstreichen der Zeit, und doch jedes das Auge noch zu fesseln vermochte, wenn auch nur für einen Augenblick.

Er wollte niederknien und beten; er wollte fragen, welchem Künstler dies zu verdanken war – oder welchen Künstlern, denn all das konnte unmöglich das Werk eines einzelnen sein. Doch bevor er es aussprach, begriff er, daß die Namen belanglos waren, denn die Schnitzer und Maler, die dies geschaffen hatten, hatten es aus göttlicher Eingebung getan. Er allein, der alle Männer und Frauen der Welt Seine Kinder nannte, konnte dies vollbracht haben.

»Du weißt von den Juwelen des Himmels?« fragte Meister Jojonah abrupt, und Avelyn hätte beinahe einen Satz gemacht. Erschrocken fuhr er herum. Er wollte kaum glauben, daß ein Meister die Torheit besaß, angesichts solcher Schönheit den Mund aufzumachen.

Dann erst traf ihn die Frage wie ein Schlag.

»Du weißt von ihnen?« wiederholte Jojonah.

Avelyn mußte schlucken und suchte nach einer angemessenen Antwort. Natürlich wußte er von den Juwelen des Himmels, den göttlichen Gaben an das Kloster von St. Mere-Abelle, die die Quelle aller Zauberkraft dieser Erde waren. Darüber hinaus hatte er jedoch nur die üblichen Geschichten gehört; wie die Steine vom Himmel in die Hände der wartenden Mönche fielen, um dann vom Abt gesegnet zu werden, wodurch ihre besonderen Kräfte geweckt wurden.

»Wir sind die Hüter dieser Steine«, sagte Meister Jojonah, nachdem Avelyns Antwort auf sich warten ließ.

Der junge Mönch nickte leicht.

»Dies ist unsere heiligste Pflicht«, sagte Jojonah, während er an die Tür trat und den schweren Riegel hob. Avelyn blinzelte. Der Riegel war ihm zwischen all den Wundern der Tür glatt entgangen!

»Die Steine sind unser Glaubensbeweis«, bemerkte Jojonah und schob die Tür weit auf.

Avelyn stand da wie zur Salzsäule erstarrt. »Unser Glaubensbeweis«, flüsterte er und konnte kaum fassen, daß ein Meister von St. Mere-Abelle solche beinahe schon gotteslästerlichen Worte in den Mund nahm. Glauben bedurfte keiner Beweise – im Gegenteil, seine Größe lag ja gerade darin, daß sich sein Inhalt nicht beweisen ließ!

Natürlich hätte Avelyn das niemals gesagt, und selbst seine stillen Grübeleien fanden ein Ende, als die schwere Tür leise aufschwang, auf gut eingestellten geölten Angeln, um die größte Pracht von allen zu offenbaren.

Der Raum war hell erleuchtet, obwohl Avelyn nirgendwo Fackeln sah und auch nicht den typischen Geruch brennenden Holzes wahrnahm. Sie befanden sich tief unter der Erde im Herzen der Abtei, also konnte es dort auch keine Fenster geben. Und doch war der Raum von Licht erfüllt, einem Licht, das Avelyn an einen wolkenlosen Mittsommertag denken ließ. Es erfüllte jeden Winkel, jeden Riß in jedem Mauerstein, und wurde gleißend von den Glasdeckeln der vielen Schaukästen und deren Inhalt zurückgeworfen, Hunderten und Aberhunderten von polierten Steinen.

Die Juwelen des Himmels!

Jojonah trat ein, und Avelyn stolperte ihm förmlich hinterher. Der junge Mönch tat nicht länger so, als hielte er den Kopf gesenkt, sondern besah sich die herrlichen Juwelen, an denen sie vorbeigingen, die roten und die blauen, die gelbbraunen Steine und violetten Kristalle. Ein rundes Dutzend glatter Steine von dunkelgrüner Tönung, die dennoch irgendwie schwärzer als die Nacht wirkten, sprangen ihm ins Auge und ließen ihn erschaudern, ohne daß er wußte, warum. Als er in einem anderen Kasten durchsichtige Steine erblickte – er erkannte sie als Diamanten –, blieb er stehen. Da fiel ihm auf, daß Jojonah ebenfalls stehengeblieben war und ermunternd nickte.

Avelyn untersuchte, wie das Licht von den unzähligen Facetten der Diamanten gebrochen wurde, wie es in den Stein hineinzutauchen und in seine kristallinen Tiefen hinunterzuwirbeln schien. Dann begriff er die Wahrheit.

»Die Diamanten geben das Licht ab«, sagte er und biß sich auf die Lippen. Er hatte unaufgefordert den Mund aufgemacht.

»Sehr gut«, beglückwünschte ihn Meister Jojonah, und Avelyn entspannte sich wieder ein wenig. »Was weißt du von den Himmelsjuwelen?«

»Sie sind der Quell aller Magie auf Erden«, rezitierte Avelyn.

Jojonah nickte, erklärte jedoch: »Nicht ganz zutreffend.«

Avelyn starrte ihn an.

»Die Himmelsjuwelen sind der Quell aller guten Magie«, erklärte Meister Jojonah.

»Aller gottgegebenen Magie«, warf Avelyn mutig ein.

Jojonah zögerte – eine Pause, die Avelyn nicht bewußt wahrnahm, an die er sich in späteren Jahren jedoch erinnern sollte – und nickte dann. »Aber da wären auch noch die Erdsteine, der Quell aller bösen Magie und also die Macht der Geflügelten. Ihre Zahl ist Gott sei Dank nicht groß, und sie können nur von diesen Dämonen benutzt werden – deren Zahl Gott sei Dank noch kleiner ist!« Er schloß mit einem Lachen; Avelyn hingegen tat sich schwer damit, an geflügelten Dämonen etwas Amüsantes zu entdecken.

Jojonah räusperte sich verlegen. »Und auch bei den Touel'alfar gibt es Magie«, sagte er. »In ihrem lieblichen Gesang soll sie zu finden sein und in dem Metall, das in ihren Gärten aus der Erde ›wächst‹.«

»Wächst?« fragte Avelyn.

Meister Jojonah zuckte mit den Schultern; es war nicht wichtig. »Erzähl mir von den Juwelen des Himmels. Wer liest sie auf?«

»Die Brüder von St. Mere-Abelle«, antwortete Avelyn prompt.

»Und von wo kommen sie?«

»Sie fallen vom Himmel, aus dem Halo, in die wartenden Hände der –«

Jojonah schnitt ihm lachend das Wort ab. »Sie fallen schneller als der Pfeil vom Himmel. Und sie sind heiß, mein junger Freund, so heiß, daß sie einem das Fleisch verbrennen und den Knochen darunter gleich mit!« Lachend malte er seinem Novizen einen jungen Mönch aus, der ganz verdattert auf einem Feld stand, durchlöchert wie ein Käse aus Alpinador, während rings um ihn herum glühende Steine dampften.

Avelyn biß sich auf die Lippen. Daß Jojonah sich nicht über ihn lustig machte, lag auf der Hand; nur wußte er darum noch lange nicht, warum der Meister ihm das alles erzählte.

»Wo finden wir sie?« fragte Jojonah plötzlich.

»Im Halo«, wollte Avelyn gerade sagen, doch da ging ihm auf, daß sie so weit schon gewesen waren. Er konnte nur mit den Schultern zucken.

»Auf Pimaninicuit«, sagt Jojonah. Avelyn sah ihn ausdruckslos an.

»Eine Insel«, erklärte der Meister. »Pimaninicuit. Nur dort können die Steine aufgelesen werden.«

Avelyn hatte nie davon gehört.

»Solltest du diesen Namen je ohne ausdrückliche Erlaubnis – nein, ohne ausdrückliche Anweisung des amtierenden Abtes von St. Mere-Abelle an Uneingeweihte weitergeben, wird die Abtei alles in ihrer Macht Stehende tun, um deinen Tod herbeizuführen.«

Nun wußte Avelyn, warum er nie davon gehört hatte.

»Wann bekommen wir sie?« wechselte Jojonah so abrupt das Thema, daß Avelyn endgültig aufgab. Wieder konnte der junge Mönch nur hilflos mit den Schultern zucken, wißbegierig und ängstlich zugleich. In all dem schwang etwas Hochheiliges mit, ein Prickeln der Verzückung, zugleich jedoch etwas merkwürdig Weltliches und damit Gottloses, ein leicht fauliger Geschmack, den Avelyn Desbris nicht ignorieren konnte.

»Oft kommen die Steine nicht gerade heruntergeregnet«, erklärte Jojonah und klang dabei mehr wie ein Gelehrter als wie ein Priester. »Aber regelmäßig.« Er führte Avelyn zur linken Wand der großen Kammer, und im Näherkommen erkannte Avelyn, daß die Muster, die dort eingeschnitten waren, in Wirklichkeit Karten waren, Sternenkarten. Avelyn, der oft stundenlang in den wundersamen Nachthimmel hinaufgestarrt hatte, erkannte einige Sterne wieder. Da waren vier, die den Gürtel von Progos-Behemoth dem Krieger bildeten, das bekannteste Sternbild der nördlichen Hemisphäre, und dort war der Griff des Erntekorbs, den er nur hatte sehen können, wenn er ein Stück von der Hintertür seines Elternhauses weggetreten war, rechter Hand knapp über dem Dach. Korona mit dem Halo sprang natürlich ins Auge, schon allein, weil es der Mittelpunkt des Universums war.

Bei näherem Hinsehen erkannte Avelyn Rillen in der Wand. Zuerst hielt er sie für die Grenzen der bekannten Sphären, denn er hatte von der Theorie gehört, daß das Universum eine Reihe von einander überlappender, ineinandergreifender Himmelssphären war, von unsichtbaren Kugeln, die die Sterne an ihrem Platz hielten. Als er begriff, daß die meisten Rillen in der Nähe von Korona verliefen und die Sonne, die Mondin und die fünf Planeten miteinander verbanden, ging ihm ein Licht auf. Diese Rillen waren praktischer und nicht ästhetischer Natur, sie ermöglichten den Mechanismus der Karte, die Himmelskörper in Bewegung zu versetzen. Avelyn beobachtete Sheila aufmerksam, die Mondin. Er starrte sie so lange an, bis er sicher war, daß sie sich tatsächlich, wenn auch kaum merklich, auf ihrer Bahn um Korona fortbewegte.

»Sechs Generationen«, erklärte Meister Jojonah, nachdem er Avelyn für einige Minuten in Ruhe die sagenhafte Karte hatte betrachten lassen. »Ungefähr jedenfalls«, fügte er hinzu, als Avelyn sich ihm zuwandte. »Einhundertdreiundsiebzig Jahre dauert es immer bis zur nächsten Gabe.«

»Gabe?«

»Der Steinregen«, erklärte Jojonah. »Du darfst dich gesegnet schätzen, mein junger Freund, daß du in einer Zeit lebst, in der sie herabregnen.«

Schweratmend heftete Avelyn seinen Blick erneut auf die Karte, als müßten jeden Augenblick kleine Linien fallender Steine zwischen dem Halo und Korona sichtbar werden.

»Hast du jemals jemanden mit den Steinen arbeiten gesehen?« riß Jojonah ihn unvermittelt aus seinen Gedanken. Der junge Mann starrte ihn aus großen Augen an, voller Hoffnung und voller Eifer, und seine herabhängenden Hände vollführten Greifbewegungen.

Jojonah zeigte auf einen Kasten ungefähr in der Raummitte und bedeutete Avelyn, dorthin zu gehen. Kaum hatte er dem Meister den Rücken zugewandt, da klickte etwas in der Wand. Jojonah mußte irgendeinen zwischen den Sternenkarten verborgenen Hebel betätigt haben, um den Kasten zu entriegeln. Wenig später stand der Meister neben ihm und öffnete langsam den gläsernen Deckel.

Es befanden sich mehrere unterschiedliche Steine darin, alle glatt und poliert. Jojonah streckte die Hand nach einem der beiden grau schimmernden Steine aus.

»Die Seelensteine«, erklärte er. »Hämatite genannt.« Er nahm ihn fest in die Rechte und griff dann mit der Linken nach einem anderen Juwel, das beinah durchsichtig war, aber ein wenig ins Gelbgrüne ging. »Chrysoberyll«, sagte er. »Ein Schutzstein. Immer eine kluge Wahl, wenn man mit dem dunklen Hämatiten zu tun hat!«

Avelyn verstand das nicht recht, aber er war zu überwältigt von all dem, um auch nur daran zu denken, eine Zwischenfrage zu stellen.

Jojonah streckte den Chrysoberyll in die Tasche seiner schweren Robe und entfernte sich ein Stück von Avelyn, wobei er ihm ins Gesicht sah. »Zähl bis zehn«, wies er ihn an, »damit ich Zeit habe, den Zauber zu wirken. Dann nimm die Hände hinter den Rücken und strecke siebenmal langsam und mit deutlichem Abstand jeweils so viele Finger aus, wie du magst. Aber präge dir die Zahlenfolge gut ein!«

Der Meister schloß die Augen und begann leise zu singen. Einen Moment lang zögerte Avelyn, der das alles erst einmal verdauen mußte. Dann riß er sich zusammen und bildete wie befohlen mit den Fingern verschiedene Zahlen hinter seinem Rücken. Währenddessen fuhr der Meister Jojonah mit seinem Gesang fort, ohne auch nur mit den Lidern zu zucken. Sein ganzer Körper schien zu Stein erstarrt.

Einen Augenblick später öffnete der Meister die Augen.

»Sieben, drei, sechs, fünf, zwei und acht«, sagte er und schien sehr mit sich zufrieden.

»Ihr habt meine Gedanken gelesen!« japste Avelyn. »Nein«, berichtigte Jojonah prompt. »Ich habe meine leibliche Hülle verlassen und bin hinter dich geschwebt. Ich habe dir einfach nur auf die Finger gesehen.«

Avelyn wollte etwas sagen, behielt den Gedanken jedoch für sich; aber sein angestrengtes Atmen und der ungläubige Gesichtsausdruck sprachen Bände.

»Das ist gar nicht schwer!« platzte Meister Jojonah begeistert heraus. »Der Hämatit ist ein mächtiges Werkzeug, einer der stärksten Steine überhaupt. Mit seiner Hilfe den eigenen Körper zu verlassen, kratzt gerade einmal an der Oberfläche seines magischen Potentials. Mit ein wenig Übung kann das jeder. Ja, sogar du ...« Jojonahs Stimme verlor sich, ein Locken, das der eifrige Avelyn nicht ignorieren konnte.

»Bruder Avelyn«, sagte der Meister einen Moment später in aller Ernsthaftigkeit, »möchtest du es einmal versuchen?«

Bevor er auch nur über das Angebot nachdenken konnte, nickte Avelyn so nachdrücklich, daß er sich sofort wie ein Einfaltspinsel vorkam. Auch seine Füße bewegten sich, bevor er sie bewußt daran hindern konnte, als würde er von dem Stein angezogen. Jojonah, der bei diesem Anblick beinahe aufgelacht hätte, hielt ihm den Hämatit entgegen. Avelyn wollte danach greifen, aber der Meister zog ihn zurück.

»Dies ist ein mächtiger Stein«, sagte er ernst, »der dich dorthin schicken kann, wo du nicht hingehörst. Reise mit Bedacht, mein junger Freund, sonst gehst du im Nu verloren!«

Avelyn, der keine Dummheit begehen wollte, zog seine Hand ein Stück zurück. Aber der Reiz war zu groß, und als er diesmal nach dem Stein griff, ließ Jojonah es zu.

Der Hämatit fühlte sich unheimlich glatt an, beinah wie eine Flüssigkeit. Er war schwerer, als Avelyn erwartet hätte, sehr massiv und dicht. Er fuhr ein paarmal mit den Fingern darüber, und er spürte etwas in den Tiefen des Steins, eine geheimnisvolle, eine magische Stelle. Er sah Jojonah an. Der Meister drückte den Chrysoberyll an sein Herz.

»Sonst könnten unsere Geister vertauscht werden«, erklärte Jojonah. »Das wollen wir doch lieber vermeiden.«

Avelyn nickte und trat ein paar Schritte zurück. Jojonah nahm die leere Hand hinter den Rücken. »Nimm dir die Zeit, die du brauchst«, sagte er leise. »Ich werde wissen, wann du unter dem Einfluß der Magie stehst, und dann erst beginnen.«

Avelyn konnte ihn kaum hören. Der junge Mönch stürzte bereits in die Tiefen des Steins. Nun fühlte sich der Hämatit unter seinen Fingerspitzen wirklich flüssig an – und einladend. Avelyn starrte ihn für lange Zeit an, dann schloß er die Augen und sah ihn trotzdem noch. Der Stein wurde größer vor ihm, umschloß seine Hände, seine Arme. Dann stürzte Avelyn hinab und hinab.

Er sträubte sich, und der Hämatit fiel so unvermittelt zurück, daß Avelyn beinahe aus der Trance geschleudert wurde. Aber er bekam seine Ängste rechtzeitig in den Griff und begann die Reise von neuem.

Seine Hände verschwanden, seine Arme. Dann wurde alles grau, dann schwarz.

Avelyn trat aus seinem Körper. Er wandte sich um und sah sich dastehen und den Stein halten. Er wandte sich zu Jojonah um und sah vor allem den Chrysoberyll, der heftig glühte und den Meister in eine dünne weiße Kugel hüllte, einen für Avelyns Geist undurchdringlichen Schirm.

Er umrundete Jojonah in weitem Abstand. Er fühlte sich seltsam leicht, als könnte er sich mit bloßer Willenskraft vom Boden lösen und fliegen.

Dann sah Avelyn sich die Fingerfolge an: eins, drei, zwei, eins, fünf.

»Geh höher«, hörte er Meister Jojonah unvermittelt.

Avelyn war überrascht, in diesem Zustand überhaupt hören zu können. Er verstand, was von ihm verlangt wurde, und hob mit reiner Willenskraft vom Boden ab, schwebte anstrengungslos auf die Decke zu.

»Es gibt keine stoffliche Barriere, die dich aufhalten kann«, sagte Jojonah. »Überhaupt keine. Kennst du das Dach? Da ist etwas auf dem Dach, das du dir ansehen solltest.«

Trotz seiner Neugierde hielt Avelyn inne, als er durch die Decke schwebte, und bestaunte die luftige Balkonkonstruktion und die Dichte des darüberliegenden Fliesenbodens.

In der Kammer befanden sich mehrere Mönche, die ein paar Jahre weiter waren als er. Während er neben den ahnungslosen Männern emporschwebte, spürte Avelyn, daß er lächelte, daß sein Körper dort unten lächelte. Dann verging das Lächeln. Er spürte einen gewaltigen Sog, ein dunkles Drängen, in einen dieser Männer hineinzufahren, um dessen Geist hinauszuwerfen und seinen Körper zu übernehmen! Bevor ihm diese gefährliche Idee richtig zu Bewußtsein kam, war er auch schon an ihnen vorbei. Wieder ging es durch die Decke in den darüberliegenden Raum, der leer war, und dann durch dessen Decke und dessen und dessen und dessen, und diese letzte war um einiges dicker. Dann befand er sich im Freien, ohne es aber körperlich zu fühlen, weder die Wärme der Sonne noch die kühle Brise vom Meer. Er sah, daß er über einem der höchsten Teile von St. Mere-Abelle emporstieg, mitten über dem Dach. Und immer noch ging es weiter hinauf. Avelyn fürchtete, den Aufstieg nie wieder bremsen zu können, sondern durch die Wolken zu schweben bis zum Halo, zu den Sternen hinauf. Vielleicht würde er auf ewig dort oben im Himmel stehen, als fünfter Stern am Gürtel des Progos-Behemoth!

Er verwarf diese lächerliche Vorstellung und drehte sich um die eigene Achse. Von hier oben wirkte St. Mere-Abelle wie eine dicke ausgestreckte Schlange, die sich über die Meeresklippen schlängelte. Avelyn sah Bewegung im Hof, weit drüben, wo eine Gruppe junger Mönche am Brunnen und mit den Pferden und Eseln der Abtei zugange war.

»Komm zurück«, forderte ihn eine ferne Stimme auf, Meister Jojonahs Stimme, der ihn über seine leibliche Hülle ansprach. Die Trennung war also nicht vollständig. Der junge Mönch wollte sich lieber nicht ausmalen, was eine vollständige Ablösung vom Körper bedeuten mochte.

Rasch wandte Avelyn seine Aufmerksamkeit dem hohen Dach direkt unter sich zu. Er hatte es bereits von einem höheren Punkt der Abtei aus gesehen, doch erst aus diesem erhöhten Blickwinkel offenbarte sich die äußerst raffinierte Bauweise. Das Dach wies ein Schmuckwerk auf, das von weiter unten nicht erkennbar war. Zwei Armpaare mit nach oben gerichteten Handflächen, in denen Steine lagen.

Die Rückreise ging ganz schnell, bis Avelyn den Raum direkt über der Kammer mit den Himmelsjuwelen erreichte. Diesmal zogen ihn die anderen Körper noch stärker an, zogen ihn förmlich in sich hinein. Der Hämatit kam ihm wie ein lebendes Wesen vor, das ihn lenkte und ihm Macht versprach, ein Flüstern an seinem geistigen Ohr.

Avelyn spürte, wie etwas seine Hand berührte – nicht seine geistige Hand, sondern die physische, die den Stein hielt. Erneut spürte er den Chrysoberyll, diese magische Barriere, und dann wurde sein Geist zum Boden gezogen, durch den Boden hindurch, und sank in seinen wartenden Körper zurück.

Als er die stofflichen Augen öffnete und Meister Jojonah so dicht vor ihm stand, hätte Avelyn fast einen Satz gemacht.

»Eins, drei, zwei, eins, fünf«, sagte der junge Mönch rasch, um die Neugierde des Älteren zu befriedigen.

Jojonah winkte ab und schüttelte desinteressiert den Kopf. »Was hast du gesehen?« fragte er. Er hielt wieder beide Steine in den Händen, obwohl Avelyn sich nicht erinnern konnte, den Hämatit zurückgegeben zu haben.

Jojonah kam noch näher. »Was hast du gesehen?«

»Arme«, platzte Avelyn heraus. »Zwei Paare, mit geöffneten Händen ...« Bevor er ausreden konnte, zuckte Jojonah zurück, keuchend, lachend und weinend zugleich. Avelyn, der so etwas noch nie erlebt hatte, wußte sich keinen Reim darauf zu machen.

»Wie?« fragte er nachdrücklich genug, um Jojonah wieder zu Sinnen zu bringen. »Die Steine«, führte er aus, als er die Aufmerksamkeit des älteren Mannes zurückgewonnen hatte. »Wie haben sie das gemacht?«

Sofort begann Jojonah mit einer gedrängten Erklärung, die wie auswendig gelernt klang. Er sprach von den vier Säften des Menschen, die sich mit den andersgearteten Säften der Steine verbanden und so die scheinbar magische Reaktion hervorriefen. Er verglich Avelyns Erlebnis allen Ernstes mit der Medizin, die ein an Bauchschmerzen leidender Mönch verabreicht bekam, um einen Rülpser oder einen Furz auszulösen.

Je länger Avelyn zuhörte, desto mehr löste sich das Mysterium um sie herum in Luft auf. Zum ersten Mal seit Betreten des Raums lag keine Ehrfurcht in der Stimme von Meister Jojonah, nur lehrmeisterliche Trockenheit. Aber Avelyn nahm ihm keines seiner Worte ab, nicht eines. Er konnte nicht erklären, was ihm gerade widerfahren war, aber er wußte instinktiv, daß dieses Gerede von ›andersgearteten Säften‹ seine Erfahrung schmälerte. Sie standen hier vor einem echten Mysterium, und das legte man nicht durch einen einfallsreichen Wortschwall bloß; es war Ausdruck einer höheren Ordnung.

Meister Jojonah hatte den Steinregen ›Gaben‹ genannt, und in Avelyns Augen lag er mit dieser Beschreibung gänzlich daneben. ›Offenbarung‹, beschloß der junge Mönch, war der angemessene Begriff. Erneut sah er sich um, von Stein zu Stein, und seine Ehrfurcht hatte sich seit seinem Eintritt in diesen Raum verzehnfacht.

»Du sollst unter den wenigen Auserwählten sein, die die Reise machen«, verkündete Meister Jojonah, und die Gewichtigkeit seiner Erklärung ließ Avelyn sich zu ihm umdrehen.

»Nach Pimaninicuit«, erklärte Jojonah, und sein Grinsen war so breit, wie Avelyns braune Augen groß wurden. »Du bist jung und stark, und Gottes Stimme spricht aus dir.«

Bei der bloßen Vorstellung, daß er zu den wenigen Auserwählten zählen sollte, die die göttliche Offenbarung miterleben durften, benetzten Tränen seine Wangen.

Dann entließ Jojonah ihn, und Avelyn trat zutiefst erschüttert auf den Flur hinaus, wie in einer Trance.

Wieder allein, tat Meister Jojonah die Steine an ihren Platz zurück und verschloß den Kasten; dann trat er an die Wand und legte den verborgenen Hebel um. Währenddessen versuchte er abzuwägen, was er gerade miterlebt hatte. Entgegen seiner Behauptung Avelyn gegenüber hätte ein Novize im ersten Jahr gar nicht in der Lage sein dürfen, die Magie des Steins zu wecken. Und selbst wenn er es geschafft hätte, sich in die Magie zu versenken, hätte ihre Beherrschung ihn überfordern müssen. Es hätte eine kurze, zufällige außerkörperliche Erfahrung sein müssen, die den jungen Mann keuchend und fassungslos und zutiefst erschüttert zurückließ.

Daß Avelyn die Zauberkraft gut genug beherrschte, um hinter Jojonah zu treten und die Zahlenfolge mitanzusehen, war erstaunlich. Daß er sich mit Hilfe der Steine in die Lüfte erheben und sich das Muster vom Dach ansehen konnte, war schier unglaublich. Jojonah hätte es nie für möglich gehalten. Für einen Augenblick beklagte der Meister die eigene Schwäche. Er lebte seit mehr als drei Jahrzehnten in St. Mere-Abelle und hatte den Hämatit gerade einmal die letzten drei Jahre auf diese Weise benutzen können!

Jojonah schob sein Selbstmitleid beiseite und lächelte. Den jungen Mönch nach Pimaninicuit zu entsenden, war eine gute Wahl. In ihr drückte sich wahrhaft Gottes Wille aus.

6. Aasvögel

Als sie das Bewußtsein wiedererlangte, konnte sie sich nicht vorstellen, jemals wieder freien Himmel zu erblicken. Kaum hatte sie die blauen Augen geöffnet, da fuchtelte sie auch schon wild mit den Händen, um das enge Versteck von den schweren Ausdünstungen verkohlten Holzes zu befreien.

Ein Lichtstrahl durchschnitt den Rauch, ein einzelner dünner Strahl, der sie in das Land der Lebenden zurückholte. Sie näherte sich ihm wie in einem Traum und streckte vorsichtig die Hand nach oben aus, um den herabgefallenen Balken zu berühren, der die Öffnung teilweise versperrte.

Das Holz war warm. Da wurde Jilseponie klar, wie lange sie ohnmächtig gewesen sein mußte. Sie stellte fest, daß sie den Arm kräftig gegen den Balken pressen konnte, solange sie das empfindliche Fleisch nur mit dem Ärmel schützte.

Sie schob und drückte, doch der Balken gab nicht nach. Störrisch wie immer suchte Pony mit den Beinen nach Halt, so gut es ging, dann nahm sie all ihre Wut zusammen und warf sich gegen den Balken, ächzend vor Anstrengung.

Der Klang ihrer Stimme ließ sie erstarren. Was, wenn sich draußen noch Goblins herumtrieben? Sie wich zurück und saß ganz still da, angestrengt lauschend, wagte nicht einmal zu atmen.

Sie hörte Vögel krächzen – Aasvögel, das war gewiß. Mehr hörte sie nicht – da wimmerte kein Überlebender, da winselte und kreischte kein Goblin, grunzte kein Bergriese.

Da waren nur die Vögel und labten sich an den Leichnamen ihrer gefallenen Freunde.

Diese abscheuliche Vorstellung versetzte sie in Rage. Wieder stemmte sie sich mit aller Kraft, die sie hatte, gegen den Balken. Wieder ächzte sie, aber diesmal war es ihr egal, ob irgendwelche Goblins sie hörten.

Der Balken hob sich ein Stück und rutschte zur Seite, aber Pony konnte sein Gewicht nicht halten, und so kam er mit einem endgültig klingenden Schlag wieder herab. Pony wußte, daß sie ihn in der neuen Stellung nicht erneut würde bewegen können, also versuchte sie es erst gar nicht. Sie zwängte sich in die Öffnung. Sie bekam einen Arm hindurch, dann den Kopf und eine Schulter. Für einen Augenblick holte sie einfach nur Luft, voller Erleichterung, daß sie wenigstens ihr Gesicht wieder der Sonne entgegenstrecken konnte.

Mit ihrer Erleichterung war es vorbei, als sie sich umsah. Dies war Dundalis – das sagte ihr ihr Verstand –, und trotzdem hatte sie diesen Ort nie zuvor gesehen. Von Elbryans Haus war nicht mehr geblieben als ein paar Balken und das steinerne Fundament; von ganz Dundalis war nicht mehr geblieben als ein paar Balken, ein paar Steine.

Und Leichen. Von dieser Stelle aus sah Pony nur zwei, einen Goblin und eine ältere Frau, aber der Leichengeruch hing so schwer in der Luft wie der Rauch von den Bränden. Eine kräftige Stimme in ihrem Kopf riet ihr, sich wieder in dem Loch zu verkriechen und zu weinen oder am besten gleich zu sterben, denn selbst der Tod – ob da nun ein Himmel war oder endloses Nichts – konnte nicht schlimmer sein als dies hier.

Eine ganze Weile hing sie dort, halb drinnen, halb draußen, an der Grenze zur Hysterie, zur Hoffnungslosigkeit. Ihr fiel nicht mehr ein, als sich erneut zu verkriechen, aber irgend etwas, irgendein innerer Widerstand, den sie nicht begriff, ließ das nicht zu.

Da wand sie sich erneut wie eine Schlange, bis sie endlich im Freien war, mit zerrissenen Kleidern und zerschundener Haut. Reglos lag sie da, still auf dem Rücken, und ihre Gedanken sprangen hierhin und dorthin und endeten doch immer wieder nur in Verzweiflung.

Unter großen Mühen kam Pony auf die Beine und trat zwischen den Schutthaufen hervor, die einmal die Häuser von Olwan Wyndon und Shane McMichael gewesen waren. Die Hauptstraße gab es noch, mit ihren Schottersteinen und den Abflußrinnen aus sorgfältig festgetretener Erde links und rechts, und das allein überzeugte sie davon, daß sie sich wirklich in Dundalis befand, in den Überresten dessen, was einmal ihr Zuhause gewesen war. Kein einziges Haus stand mehr. Kein einziger Mensch schien am Leben, nicht einmal eines der Pferde. Auch lebende Goblins oder Riesen waren nicht zu sehen, aber das erleichterte Pony kaum. Da waren nur die Aasvögel, Dutzende und Aberdutzende. Manche kreisten über ihr in der Luft, aber die meisten waren am Fressen, zerrten an Haut, die sich nur einen Tag zuvor noch warm unter Ponys Fingern angefühlt hatte, und hackten die Augen aus, die ihr noch in die Augen gesehen hatten; geteilte Blicke, geteilte Gedanken.

Plötzlich fiel ihr der Kampf auf der Straße ein, der letzte Anblick ihres Vaters, und Pony drehte sich um. Dort lagen die Leichen. Olwan lag noch immer zerschmettert an derselben Stelle, wo sie ihn hatte hinabstürzen sehen. Rasch wandte sie den Blick ab, denn sie fürchtete zwischen den Toten auch Thomas Ault zu entdecken, ihren geliebten Vater. Er mußte tot sein, was denn sonst? Tot wie ihre Mutter, wie Elbryan, wie alle hier.

Sie fühlte sich so hilflos und klein, daß sie beinahe zusammengebrochen wäre, und wieder hielt sie nur dieser störrische Instinkt aufrecht. Ihr fiel die große Zahl erschlagener Goblins auf, sogar zwei Riesen lagen im Staub. Besonders ein Haufen monströser Leichen mitten auf der Straße gab ihr Rätsel auf. Sie lagen da, als hätten sie sich zur Verteidigung zu einem Ring zusammengezogen; bloß lagen keine toten Menschen in ihrer Nähe. Nur die Goblins und ein einzelner Riese, übereinandergefallen und überströmt von Blut aus zahllosen winzigen Wunden. Eigentlich hätte sie es sich genauer ansehen sollen, aber ihr Magen rebellierte ohnehin.

Mit weit aufgerissenen Augen stand sie da, und eine Taubheit kam über sie und raubte jedes Gefühl. Es hatte sich ausgerätselt, denn Pony war zu erschöpft, um dastehen und darüber nachdenken zu können, um überhaupt über irgend etwas nachdenken zu können – zu erschöpft, um irgend etwas anderes tun zu können, als südwärts aus der Stadt zu taumeln und an der ersten Abzweigung die Straße nach Westen einzuschlagen, auf die untergehende Sonne zu.

Reiner Instinkt lenkte ihre Schritte. Die nächstgelegene Stadt war Weedy Meadow, aber Pony glaubte nicht wirklich, daß es dort anders aussah. Die ganze Welt lag in Schutt und Asche, und alle Menschen waren tot, und alle Aasfresser pickten und zerrten an ihnen herum.

Etwas später, als die Dämmerung sich senkte, spürte Pony, daß sie nicht allein war. Zu ihrer Rechten zitterten leicht die Zweige eines kleinen Gebüschs. Es hätte ein Erdhörnchen sein können, aber Pony wußte, daß dem nicht so war.

Zu ihrer Linken kicherte jemand, ganz leise und hoch. Pony ging einfach weiter. Sie verfluchte sich dafür, keine Waffe aus Dundalis mitgenommen zu haben. Doch hätte das viel geändert? Wehrlos wie sie war, hatte sie es womöglich schneller hinter sich.

Also setzte sie ihren Weg störrisch fort, den Blick starr nach vorn gerichtet, und scherte sich nicht weiter darum, daß sie nicht allein war, daß hinter jedem Baum Goblins stecken mochten, die sie beobachteten, verhöhnten und begutachteten, die sich vielleicht sogar um den Spaß stritten, sie töten zu dürfen – und um den Spaß, den es davor zu holen gab.

Bei dieser Vorstellung brach sie beinahe zusammen, denn nun fiel ihr Elbryan wieder ein, der Augenblick vor der Katastrophe, der Kuß …

Sie fing an zu weinen. Dennoch ging sie weiter, immer weiter, die Schultern gestrafft. Aber gegen die Tränen war sie machtlos, gegen die Schuldgefühle und den Schmerz.

Sie schlief unruhig am Fuße des Baums, mit freiem Blick auf die Straße, vor Kälte zitternd und wegen der Alpträume, die sie vielleicht für den Rest ihres Lebens verfolgen würden.

Gnädigerweise hatte sie die Träume mit dem Aufwachen vergessen, und sie konnte sich auch nicht mehr an ihr Dorf erinnern, ihre Familie und ihre Freunde. Sie wußte nur, daß sie draußen unterwegs war, aus irgendeinem Grunde, irgendwo. Sie wußte, daß sie Schmerzen litt, körperliche und seelische, doch der Grund für letztere war ihr entfallen.

Sie wußte nicht einmal mehr, wie sie hieß.

Der Riese lag da, mit dem Gesicht im eigenen Blut, an derselben Stelle, wo Elbryan ihn zuletzt gesehen hatte, nur ein paar Fuß weit entfernt. Kurz bevor er ohnmächtig geworden war, hatte das Ungetüm seine Keule gehoben, um ihn zu zerschmettern; nun war es tot.

Und ein Dutzend Goblins ebenfalls, sie lagen überall um ihn herum.

Elbryan setzte sich auf und rieb sich das Gesicht, bemerkte die Schnittwunde und das getrocknete Blut an seiner einen Hand. Plötzlich fiel ihm Pony wieder ein – und der Kuß unter den beiden Kiefern oben auf dem Kamm. Und dann fiel ihm alles wieder ein, das ganze entsetzliche Geschehen – die Goblins in den Wäldern, der arme Carley, der Rauch über Dundalis, Jilseponie, wie sie auf das Dorf zulief und bei jedem Schritt schrie. Es war alles unwirklich gewesen; alles war viel zu schnell geschehen. In der Spanne weniger unglaublicher Minuten war Elbryans Welt vernichtet worden.

All das war dem jungen Mann klar, als er dort im Staub saß und verwundert den toten Riesen anstarrte. Ihm war klar, daß nichts je wieder sein würde wie zuvor.

Er kämpfte sich auf die Beine und ging vorsichtig näher, obwohl die Größe der Blutlache und die Reglosigkeit des Riesen eindeutig darauf schließen ließen, daß er tot war. Neben dem

Kopf kniete Elbryan nieder und untersuchte die unzähligen Wunden.

Stichverletzungen, wie von Pfeilen, nur wesentlich kleiner. Ihm fiel das Summen wieder ein, und er dachte an Bienen. Er raffte seinen Mut zusammen und zog mit dem Daumen einen Wundrand auseinander.

»Kein Pfeil«, sagte er laut und versuchte sich die Sache zusammenzureimen. Bienen – Riesenbienen vielleicht, die sich herabstürzten und zustachen und gleich wieder fortflogen. Doch nach einer raschen Zählung konnte er nur ratlos den Kopf schütteln. Allein das ungeschützte Gesicht des Riesen wies mindestens zwanzig solcher Verletzungen auf, vom Rest seines fünfzehn Fuß messenden Körpers ganz zu schweigen.

Darauf fiel dem jungen Mann nichts mehr ein. Er hatte sich tot geglaubt und lebte. Er hatte Dundalis verloren geglaubt …

Elbryan sprang auf und überprüfte flüchtig die toten Goblins. Einigermaßen überrascht und auch etwas gedemütigt stellte er fest, daß sogar die beiden, mit denen er gekämpft hatte, zahllose dieser geheimnisvollen Stichverletzungen aufwiesen, selbst derjenige, den er mit eigenen Händen erschlagen hatte.

»Bienen, Bienen, Bienen«, sang Elbryan hoffnungsvoll, während er den Hang zum Dorf hinablief. Die Worte, die Hoffnungen wurden von einem heiseren Keuchen erstickt, sobald er Dundalis erblickte, den verkohlten Schutthaufen, der einmal Dundalis gewesen war.

Er begriff, daß sie alle tot waren, allesamt. Selbst aus dieser Entfernung, fünfzig Meter vor dem Nordende des Dorfes, wußte Elbryan genau, daß niemand eine solche Katastrophe überlebt haben konnte. Mit aschfahlem Gesicht und hämmerndem Herzen – das seinen schlaff herabbaumelnden Armen und den plötzlich bleischweren Beinen dennoch Kraft genug gab – ging der junge Mann, der sich wie ein verlorengegangener kleiner Junge fühlte, nach Hause. Er erkannte jeden Toten, der kein Opfer der Flammen geworden war – die Eltern seiner Freunde, die Jünglinge, nur ein paar Jahre älter als er, und die Kinder, die nicht mehr hatten auf Patrouille gehen dürfen. Auf der verkohlten Schwelle einer Ruine lag ein winziger Leichnam, eine geschwärzte Kugel. Es mußte Carralee Ault sein, Ponys Cousine, denn es hatte im Dorf kein anderes Neugeborenes gegeben. Carralees Mutter lag mit dem Gesicht nach unten auf der Straße, nur ein paar Schritte von der Schwelle und dem Kind entfernt. Sie mußte bei dem Versuch erschlagen worden sein, zu Carralee zu gelangen, das Haus vor Augen, wie es über ihrer Kleinen in Flammen aufging.

Elbryan kämpfte gegen sein lebhaftes Mitgefühl an, denn er wußte, daß er ansonsten leicht in tiefster Verzweiflung enden konnte. Diese Aufgabe wurde um so schwerer, als er sich einer großen Zahl erschlagener Goblins und Riesen auf der Straße näherte – als er dorthin kam, wo am heftigsten gekämpft worden war, als er vor Olwans Leichnam stand, vor seinem toten Vater.

Elbryan konnte sehen, daß sein Vater tapfer gestorben war, und da er dessen ingrimmige, energische Art kannte, überraschte ihn das nicht. Olwan war im Kampf gestorben.

Aber das änderte für Elbryan auch nichts mehr.

Der Junge stolperte auf die Ruine ihres Hauses zu. Er schnaubte, ein unterdrücktes Schluchzen, als er sah, daß das Fundament, auf das sein Vater so stolz gewesen war, noch intakt war, obwohl das Haus nicht mehr stand. Elbryan bahnte sich seinen Weg durch die immer noch schwelenden Trümmer. Eine der hinteren Ecken war aus irgendeinem Grunde von den Flammen verschont geblieben und hatte einen Teil des einstürzenden Daches gehalten.

Er schob einen Balken zur Seite – vorsichtig, weil das geneigte Dach protestierend ächzte – und ging auf Knie, spähte in die Nische hinein. Ganz hinten konnte er zwei Gestalten ausmachen. »Bitte, bitte«, flüsterte Elbryan und kroch langsam auf sie zu.

Vorn lag ein Goblin mit zerschmettertem Schädel. Von unsinniger Hoffnung vorwärtsgetrieben, krabbelte Elbryan über das Ding hinweg zu der zweiten Gestalt, die genau in der Ecke saß. Es war seine Mutter, und sie war tot – erstickt wohl, denn sie hatte nicht eine Verletzung am Leib. Mit einer Hand umklammerte sie ihren schweren hölzernen Rührlöffel. Mit ihm hatte sie Elbryan und seinen Freunden oft zugewunken, wenn sie es zu arg trieben, und ihnen einen heißen Hintern versprochen.

Ihm fiel erst jetzt auf, daß sie nie damit zugeschlagen hatte. Jedenfalls nicht bis zu diesem Tage, fügte er mit einem Blick auf den toten Goblin in Gedanken hinzu.

Dann stürmten all ihre Blicke, all ihre Gesten auf ihn ein, die er im Leben je gesehen hatte – wie sie den Löffel schwenkte, über ihren frechen Sohn den Kopf schüttelte, wie sie Olwan neckte und Jilseponie zublinzelte, als teilten die beiden irgendein Geheimnis, das Elbryan betraf. Er schob sich vorwärts, setzte sich neben seine Mutter, um ihren erstarrten Leib ein letztes Mal zu umarmen.

Und er weinte. Er weinte um Mutter und Vater, um seine Freunde und deren Eltern, um ganz Dundalis. Er weinte um Pony und ahnte nicht, daß er das geschundene Mädchen noch die Straße nach Süden hätte hinunterstolpern sehen, wenn er nur gleich nach dem Erwachen ins Dorf gelaufen wäre.

Und auch um sich selbst weinte Elbryan, um seine düstere und ungewisse Zukunft.

Als die Sonne unterging, saß er noch immer in dieser Ecke ihres Hauses, diesem winzigen Bindeglied zu dem, was gewesen war, saß dort und hielt seine Mutter fest, die ganze kalte Nacht hindurch.

7. Mathers Blut

»Mathers Blut!« schimpfte Tuntun, eine so schmal gebaute Elfenmaid, daß sie sich ohne weiteres hinter einem dreijährigen Baum hätte verstecken können. Wenn Tuntun sich aufregte, ging ihre normalerweise wohlklingende Stimme in ein Kieksen über; darum zuckten ihre Gefährten zusammen, und mancher preßte sich sogar die Hände auf die empfindsamen Spitzohren. Tuntun übersah es geflissentlich. Herrisch verschränkte sie die schlanken Arme vor den kleinen, spitzen Brüsten. Ihre feinen Nasenflügel bebten. Die durchscheinenden Flügel auf dem Rücken ebenfalls.

»Sein Neffe«, wiederholte Belli'mar Juraviel, ohne seinen Blick von Elbryan zu wenden, der sich durch die Überreste seines Zuhauses bewegte. Juraviel brauchte Tuntun nicht anzusehen, er wußte auch so, welche Pose sie einnahm, denn die eigensinnige Elfe stellte sie oft genug zur Schau.

»Sein Vater hat sich gut geschlagen«, sagte ein dritter. »Wäre der Bergriese nicht gewesen –«

»Mather hätte den Riesen erschlagen«, unterbrach ihn Tuntun.

»Mather hat Sturmwind geführt«, sagte Juraviel streng. »Der Vater des Jungen hatte gerade einmal eine Keule.«

»Mather hätte den Riesen mit bloßen Händen –«

»Tuntun, es reicht!« sagte Juraviel scharf, und dennoch blieb seine Stimme so klar wie Glockenklang. Die Elfen brauchten sich über die Lautstärke ihres Gesprächs keine Sorgen zu machen, denn da Elbryan kaum ein Dutzend Meter entfernt war, hatten sie ein Klangschild errichtet, und so konnte kein menschliches Ohr mehr wahrnehmen als Gezwitscher und Pfeifen; Laute also, die sich leicht mit Tieren erklären ließen.

»Lady Dasslerond hat ihn für passend befunden«, schloß

Juraviel weniger laut. »Es steht dir nicht zu, ihre Entscheidung in Zweifel zu ziehen.«

Tuntun, die wußte, daß sie bei dieser Sache nur den kürzeren ziehen konnte, beschränkte sich darauf, herausfordernd mit dem Fuß auf den Boden zu klopfen und dabei Elbryan anzusehen – der ihr überhaupt nicht gefallen wollte. Sie hatte wenig für die großen, plumpen Menschen übrig. Selbst Mather, den sie unterwiesen und mehr als vier Jahrzehnte lang gekannt hatte, hatte sie mit seiner anmaßenden Geradlinigkeit und Gelassenheit eher abgestoßen. Sie brauchte Elbryan, dieses flennende Bürschlein, nur anzusehen, um den Gedanken an sieben Jahre Unterweisung unerträglich zu finden!

Wozu braucht die Welt überhaupt Hüter?

Belli'mar Juraviel genoß Tuntuns Entnervtheit über alle Maßen. Aber er hütete sich zu lachen, denn wenn er sie nun in Verlegenheit brachte, würde sie ihm nur das Leben schwermachen.

Also schwang er sich mit kräftigen Schlägen seiner kleinen Flügel in die Luft empor und nahm ein Dutzend Fuß über dem Boden auf einem niedrigen Ast Platz, der ihm einen besseren Blick auf den Jungen bot, der Mather einst ersetzen sollte.

Gnädigerweise war mit seiner Trauer auch Erschöpfung gekommen, und Elbryan hatte etwas Schlaf gefunden. Er war in der Ruine geblieben, um seine Mutter zu wiegen und ihr zärtlich über das Haar zu streichen, selbst dann noch, als ihn schon die ersten Wogen des Schlafes überkamen. Er erwachte in der Dämmerung – und in Tränen aufgelöst.

Die Augen immer noch feucht, trat er aus dem Haus, den Leichnam seiner Mutter in den Armen. Diesmal wappnete sich Elbryan gegen das Bild der Verheerung. Er hatte eine Pflicht, die ihm Kraft schenkte, und diese Pflicht lautete, die Toten zu bestatten. Er steckte das Schwert in den Gürtel, suchte sich einen Spaten und begann zu graben. Zuerst bestattete er seine Eltern, Seite an Seite, und es brachte ihn fast um, kalte Erde auf die Leichname derjenigen zu schütten, die er über alles geliebt hatte.

Als nächstes stieß er auf Thomas Ault und einige andere Männer, und da erst begriff er den vollen Umfang seiner Pflicht. Dundalis hatte mehr als hundert Menschen beherbergt. Wie lange würde es dauern, sie alle zu begraben? Und was war mit den Jüngeren oben auf dem Berg? Und mit der anderen Patrouille im Kieferntal, die zwischen der Rentierflechte hingemetzelt lag?

»Ein Tag«, beschloß Elbryan, und selbst die eigene Stimme kam ihm in dieser unwirklichen Situation fremd vor. Er würde nur einen Tag darauf verwenden, die Leichen für ein Massengrab zusammenzutragen. Das würde genügen müssen.

Doch was dann? Was sollte er tun, wenn das geschafft war? Wohin sollte er sich wenden? Vielleicht nach Weedy Meadow, das einen Tag harten Marsches entfernt lag. Oder den Goblins folgen, sofern er irgendwelche Spuren fand. Letzteres verwarf er sofort; nur allzu leicht würden Zorn und Rachedurst sein Urteilsvermögen trüben oder ganz von ihm Besitz ergreifen. Seine nächste Aufgabe lag auf der Hand, und obwohl es ihn maßlos schmerzte, an ihre erfolgreiche Erledigung auch nur zu denken, stand außer Frage, daß er den Leichnam von Jilseponie Ault finden mußte, seiner lieben Pony.

Und so machte er sich auf die Suche, zog Leichen aus den Häuserruinen, trug die Gefallenen auf das Feld, das einmal Bunker Crawyers Koppel gewesen war, und reihte sie dort nebeneinander auf. Der halbe Tag verging, aber Elbryan dachte nicht ans Essen. Als die Stunden verstrichen, wurde seine Suche nach Jilseponie gehetzter. Bald ließ er die Leichen einfach liegen, wo sie waren, und konzentrierte sich ganz auf Pony, obwohl ihm in seiner Verzweiflung klar wurde, daß dies unwirtschaftlich sein mochte und er wenig Zeit zu verschwenden hatte. Ein derartiges Gemetzel lockte gewiß noch andere Raubtiere an – Großkatzen und Bären vielleicht –, und eine Rückkehr der Goblins war ebenfalls nicht auszuschließen. Also machte er weiter, drehte Leichen um, spähte unter Schutt, trat haufenweise Goblins zur Seite, um zu sehen, ob jemand darunterlag. Er versuchte, den Überblick über seine makabre Sammlung zu behalten, indem er Dundalis im Geiste Haus für Haus durchging und die Namen der Gefundenen abhakte.

Die Aufgabe überstieg seine Fähigkeiten. Er konnte sich nicht sicher sein. Viele Leichen waren zu verkohlt, um ihre Identität zu bestimmen. Eine von ihnen mußte Pony gewesen sein.

Am Nachmittag mußte Elbryan sich geschlagen geben. Es bestand keine Möglichkeit, alle Toten anständig zu bestatten. Vierzig Leichen hatte er auf dem Feld aufgereiht, und so beschloß er, nur diese zu begraben. Der Rest …

Elbryan seufzte hilflos; er griff zum Spaten und machte sich ans Graben. Er verwandelte die Trauer, die erneut in ihm hochstieg, in Wut und hackte auf die Erde ein, als wäre sie es gewesen und nicht die Horde Goblins, die Dundalis angegriffen und ihm alles genommen hatte, was ihm wichtig gewesen war auf dieser Welt. Alle, die er geliebt hatte.

Seine Muskeln protestierten, aber er bemerkte es nicht; sein Magen knurrte, aber er hörte es nicht.

Selbst Tuntun war von seinem Durchhaltevermögen beeindruckt.

In dieser Nacht legte sich Elbryan außerhalb Dundalis schlafen, am Fuße des Kamms. »Pony«, sagte er laut, weil er eine Stimme hören mußte, irgendeine, und wenn es nur die eigene war.

Die leisen Elfen um ihn herum spitzten neugierig die Ohren. Tuntun nahm an, daß der Junge vielleicht den Namen seines Reittieres ausgesprochen hatte; Juraviel jedoch, der dem

Jungen und seinen Beziehungen mehr Aufmerksamkeit gewidmet hatte, kannte die Wahrheit.

»Bitte sei noch am Leben«, sprach Elbryan in den leichten Wind. Er schloß die Augen, in denen sich erneut Tränen sammelten, Tränen um Mutter und Vater, um all seine Freunde und das ganze Dorf. »Ich kann das durchstehen«, sagte Elbryan bestimmt, »aber nur mit dir zusammen.« Er streckte sich aus und verschränkte die Unterarme vor dem Gesicht. »Ich brauch dich, Pony. Ich brauch dich.«

»Ein sehr bedürftiges Bürschlein«, bemerkte Tuntun. »Etwas Mitgefühl bitte!« fuhr Juraviel sie an.

Ein Stück entfernt setzte sich Elbryan ruckartig auf. Juraviel funkelte Tuntun zornig an, denn er hatte sich von ihrer lästerlichen Art provozieren lassen, bevor noch ein Klangschild errichtet worden war.

Elbryan zog sein Kurzschwert und spähte argwöhnisch in die Schatten. »Kommt heraus und stellt euch!« befahl er, und es war keine Furcht in seiner Stimme.

Tuntun nickte. »Oh, wie tapfer«, hauchte sie.

Juraviel nickte ebenfalls, nur war seine Bewunderung ernst gemeint. Der junge Mann, der so plötzlich kein Kind mehr war, hatte Trauer und Angst hinter sich gelassen. Er war wirklich tapfer – es war nicht nur gespielt –, bereit, sich jedem Feind entgegenzustellen, ohne Angst vor dem Tod.

Nach einigen Augenblicken wurde Elbryans Nervenkostüm dünner. Er ging zum nächsten Baum, schlich herum, nahm sich einen zweiten vor. Den Elfen fiel es naturgemäß nicht schwer, sich vor ihm zu verstecken. Nach einigen Minuten beruhigte sich der junge Mann wieder, doch beschloß er trotz seiner Erschöpfung, daß er nicht so ungeschützt im Freien bleiben durfte. In der Nähe fielen ihm keine besseren Lagerplätze ein, aber vielleicht konnte er diesen etwas sicherer machen. Ruhig und methodisch machte er sich ans Werk, bog junge Bäume um und stellte aus dem Schnürband seines

Hemdes, dem Gürtel und allem, was sich sonst noch fand, Schlingen her.

Die Elfen sahen ihm dabei zu, einige mit Respekt, andere mit einer Miene gewaltiger Überlegenheit. Mit seinen Fallen konnte Elbryan nicht einmal ein Hörnchen fangen, geschweige denn einen Elf. Jeder Elf mit ein wenig Ehrgefühl würde munter mitten hineinspringen und den Abzug festhalten, bis er auf der anderen Seite wieder hinausspaziert war!

»Mathers Blut!« stellte Tuntun mehr als einmal fest.

Juraviel, der wie Lady Dasslerond ein Fürsprecher des Jungen war, nahm es gelassen. Er erinnerte sich noch gut an Mather. Bevor aus dem unbeholfenen Burschen der legendäre Hüter geworden war, hatte er sich auch nicht geschickter angestellt und nicht einmal so gute Anlagen erkennen lassen wie Elbryan.

Binnen einer Stunde hatte Elbryan getan, was er konnte – und das war nicht viel. Er fand eine hohe Kiefer mit tiefhängenden Zweigen und schlüpfte in ihr naturgewachsenes Zelt. Nur die schärfsten Augen konnten ihn unter diesem Sichtvorhang noch ausmachen, allerdings war sein Gesichtsfeld dadurch natürlich ebenfalls eingeschränkt. Das Schwert quer über den Schoß gelegt, lehnte er sich an den Baumstamm. Da ihn die Gewißheit plagte, nicht allein zu sein, und er annahm, daß alles gutging, wenn er nur bis zur Dämmerung durchhielt, kämpfte er entschlossen gegen den Schlaf an. Aber die Erschöpfung übermannte ihn selbst im Sitzen. Langsam fielen ihm die Augen zu.

Die Elfen kamen näher.

Etwas weckte Elbryan. Musik? Ein leiser Gesang am Rande seines Wahrnehmungsvermögens? Er hatte keine Ahnung, wie lange er geschlafen hatte. Dämmerte es gleich? Oder hatte er glatt einen Tag verschlafen?

Er kämpfte sich auf die Knie, krabbelte zum Vorhang und schob vorsichtig einen der Äste zur Seite.

Sheila stand am Himmel, die Mondin, aber sie hatte ihren Höchststand noch nicht erreicht. Also konnte er kaum mehr als ein, zwei Stunden geschlafen haben. Er lauschte. Irgend etwas war dort draußen, außerhalb seines Blickfelds.

Da war die Ahnung eines Liedes in seinem Ohr, irgendwo gleich unterhalb seiner bewußten Wahrnehmung. Sanft und betörend klang es, aber das vermochte ihn kaum zu beruhigen.

Es wollte nicht enden, sondern wurde immer lauter, als kämen seine Feinde im nächsten Augenblick aus dem Schatten gestürmt, nur um dann wieder beinahe unhörbar zu werden. Elbryans Fingerknöchel wurden weiß, so fest hielt er das Schwert umklammert. Das war nicht Pony da draußen, das war nicht einmal ein Mensch. Und für den jungen Mann, der einen Goblinangriff überlebt hatte, ohne recht zu wissen wie, konnte das nur eines bedeuten.

Er sollte sich besser versteckt halten. Seine Vernunft sagte ihm, daß Deckung die beste Verteidigung war. Das Beste, was er gegen zurückkehrende Goblins unternehmen konnte, war, ihnen so gut wie möglich aus dem Weg zu gehen. Doch der Gedanke an seine erschlagenen Eltern und Freunde, an Pony, trieb ihn voran. Seiner begründeten Furcht zum Trotz, Elbryan wollte Rache.

»Ich hab dir doch gesagt, er ist tapfer«, flüsterte Juraviel Tuntun zu, als Elbryan unter den Kiefernzweigen hervorschlüpfte.

»Dumm«, korrigierte Tuntun prompt.

Wieder ließ Juravial die abfällige Bemerkung auf sich beruhen. Tuntun nickte seinen Gefährten zu und brach auf. Der lockende Feengesang, der immer nur gerade noch zu hören war, leitete Elbryan viele Minuten lang. Dann verstummte er plötzlich, und die unvermittelte Stille war für Elbryan wie das Erwachen aus einem Traum. Er fand sich in der Mitte einer beinahe kreisrunden Lichtung wieder, einer kleinen, von hohen Bäumen umringten Wiese. Über den östlichen Wipfeln stand Sheila und warf schräge Lichtstrahlen über ihn, und er begriff, wie dumm er gewesen war – und wie verwundbar nun. Geduckt wollte er zum Rand der Lichtung schleichen, fuhr aber keine zwei Schritte später kerzengerade in die Höhe, mit weit aufgerissenen Augen und offenstehendem Mund.

Er wirbelte einmal um die eigene Achse. Sie waren überall. Dutzende von Wesen, wie er sie noch nie zuvor gesehen hatte, betraten die Lichtung. Sie waren nicht größer als er und konnten auch kaum seine neunzig Pfund wiegen. Von schlankem Wuchs waren sie, zart und schön, mit eckigen Zügen, spitzen Ohren und einer Haut, die in dem weichen Licht beinahe durchscheinend wirkte.

»Elfen?« flüsterte Elbryan. Der Gedanke kam irgendwo ganz hinten in seinem Gedächtnis. Die Geschichten stammten aus alter Zeit, so daß der nervöse junge Mann nicht recht wußte, was von diesen Wesen zu halten war. Die Elfen faßten einander an den Händen und begannen im Kreis um ihn herumzugehen, und erst da fiel Elbryan auf, daß sie tatsächlich sangen. Die Silben klangen ganz deutlich, aber sie verbanden sich zu Wörtern, die er nicht verstand. Es waren fremdartige, melodische Klänge, als wäre es die Erde selbst, die da sang. Besänftigende Klänge, und das versetzte den argwöhnischen Elbryan nur noch mehr in Panik. Hektisch versuchte er, den Anführer dieser Wesen auszumachen.

Ihr Tempo steigerte sich. Einmal hielten sie sich an den Händen, dann wieder ließen sie einander kurz los, um eine anmutige Pirouette zu drehen. Elbryan konnte sich nicht konzentrieren; wann immer er eins der Wesen genauer betrachten wollte, lenkte ihn eine Bewegung am Rand seines Blickfelds oder eine höhere Gesangsstimme ab. Und wenn er dann wieder zurücksah, war dieser bestimmte Elf nicht mehr zu finden, denn für ihn sah einer aus wie der andere.

Der Tanz wurde schneller. Wenn die Elfen sich nun trennten, drehten einige keine Pirouetten, sondern hoben wie von Zauberhand – im Mondlicht waren ihre zarten Flügel kaum zu sehen – vom Boden ab, um langsam wieder auf derselben Stelle zu landen.

Das war zuviel für den armen Elbryan. Er kniff die Augen zusammen, und ein paarmal hob er sogar sein Schwert zum Angriff und versuchte den Ring zu durchbrechen und im Wald zu verschwinden. Es war zwecklos, denn obwohl er schnell geradeaus marschierte, wurde der junge Mann unausweichlich vom Fluß der Tänzer mitgerissen und lief im Kreis herum, bis all die Bewegungen und die liebliche Melodie ihn erneut verwirrt hatten und er orientierungslos stehenblieb.

Dann fiel ihm auf, daß er sein Schwert fallen gelassen hatte. Vielleicht sollte er es besser wieder aufheben. Aber das Lied …

Das Lied! Es hatte etwas an sich, das nicht lockerließ. Er fühlte eher, als daß er es hörte, ein leichtes Vibrieren im ganzen Leib. Es liebkoste und neckte ihn. Es brachte Bilder einer jüngeren Welt mit sich, einer reineren und lebensstrotzenden Welt. Es erzählte ihm, daß diese Wesen nicht zum bösen Goblinvolk gehörten, daß sie Freunde waren, denen man vertrauen konnte.

Gegen letztere Vorstellungen wehrte sich Elbryan, in dem soviel Wut und Trauer steckten, nach Kräften, und darum gelang es ihm, länger auf den Beinen zu bleiben als andere Menschen. Langsam jedoch fiel sein Widerstand in sich zusammen und damit auch seine Kraft. Er nahm die Einladung der weichen Erde an.

Er lag auf dem Boden. Das war das letzte, was er mitbekam.

»Mathers Blut«, murmelte Tuntun, als der Elfenzug sich in Bewegung setzte und Elbryan auf einem Bett aus seidenen Fäden, Federn und Gesang mit sich zog.

»Das sagst du aber oft«, erwiderte Juraviel. Dabei umspielten seine Finger einen grünen Stein, Serpentin, der leichte Schwingungen ausstrahlte. Normalerweise erwies sich solch simpler Zauber bei jemandem mit Tuntuns Erfahrung als wirkungslos, aber die Elfin, die etliche Jahrhunderte hatte kommen und gehen sehen, war viel zu sehr damit beschäftigt, ihr Mißfallen an den Arbeiten dieser Nacht kundzutun.

»Das werde ich noch viel öfter sagen!« beharrte sie, aber ihre Drohung ging im Wuuusch einer Falle unter. Die agile Elfin bekam ihren Fuß rasch wieder aus der Schlinge, aber obwohl sie kräftig mit den Flügeln schlug, landete sie ziemlich unsanft auf der Erde.

Der Blick, mit dem sie Juraviel bedachte, als rings um sie Gelächter ausbrach, hätte töten können. Normalerweise, und das wußten die anderen ebensogut wie sie, wäre Tuntun nie in eine dermaßen plumpe Falle getappt – es sei denn, es war ein wenig Magie im Spiel.

Wer etwas nachgeholfen hatte, lag auf der Hand.

8. Der Bereiter

Das Pensum war grausam. Es sollte Schwächen aufzeigen und diejenigen zerbrechen, die den täglichen Anforderungen des Ordens von St. Mere-Abelle nicht gewachsen waren. Das Leben der vier auserwählten Bereiter, Avelyn und Quintall, Thagraine und Pellimar – zwei Schüler des Jahrgangs 815 –, war noch um einiges härter. Zu den Tagespflichten der Schüler im ersten und zweiten Jahr kamen noch die Vorbereitungsstunden für ihre Reise nach Pimaninicuit hinzu.

Ihre Klassenkameraden knieten nach dem Abendmahl für eine Stunde zum Gebet nieder, verwendeten eine weitere Stunde für ihre Lektüre und zogen sich dann frühzeitig zur Meditation und zur Nachtruhe zurück, um ihren Körper für die Aufgaben des kommenden Tages zu stärken.

Für die vier Bereiter hingegen begann nach dem Abendmahl ein vierstündiger Einzelunterricht. Sie studierten den Halo und die Sternkarten, mit denen sich die Zeit der Schauer ermitteln ließ. Sie lernten, wie die Seefahrer mit Hilfe des Nachthimmels navigierten und wie dieser sich wandelte, wenn das Schiff gewisse Breitengerade überquerte. Sie lernten sämtliche Knoten, die für die Arbeit an Bord eines Segelschiffes notwendig waren. Sie lernten, wie man sich auf hoher See benahm. Vor allem jedoch lernten sie die Merkmale der verschiedenen Edelsteine und auf welche Weise sie unmittelbar nach dem Schauer zu präparieren waren.

Avelyn versprachen diese nächtlichen Lektionen die Erfüllung seines Daseins. Er hatte überwiegend mit Meister Jojonah zu tun und wurde seinem Ruf als bester Ordensschüler seit Jahrzehnten mehr als gerecht. Nach nur zwei Wochen kannte er sämtliche Sternbilder in- und auswendig, und binnen eines Monats konnte er alle bekannten magischen Steine aufzählen, vom Adamanten bis zum Türkis, mitsamt ihren wichtigsten Merkmalen und den größten überlieferten magischen Effekten, die mit ihnen erzielt worden waren.

Meister Jojonah sah dem jungen Bruder mit wachsendem Stolz dabei zu, und Avelyn begriff, daß der Ältere ihn als seinen Schützling betrachtete. Das bedeutete nicht nur Sicherheit, sondern auch Verantwortung. Einige der anderen Meister, Siherton vor allem, sahen Avelyn ständig auf die Finger, damit sie einen Grund fanden, ihn zu schelten. Avelyn kam es so vor, als sei er mitten in eine alte Rivalität zwischen den beiden Meistern geraten.

Das bekümmerte den jungen Mönch zutiefst. Bei den Meistern von St. Mere-Abelle auf solche menschlichen Schwächen zu stoßen, rührte an den Grundfesten seines Glaubens. Dies waren Männer der Kirche, die ihr Leben Gott geweiht hatten, und derart engstirnige Handlungen schmälerten unmittelbar die Bedeutung der abellikanischen Kirche. Das einzig Wichtige hätte das Bergen der Steine sein müssen. Den anderen gegenüber, mit denen er im Wettstreit um das begehrte Recht lag, die Insel Pimaninicuit als einer von zwei Auserwählten tatsächlich betreten zu dürfen, verspürte Avelyn keine Rivalität. Ihr Erfolg war ihm ebenso wichtig wie der seine. Sollten sie sich als die Besseren erweisen, dann war das nun einmal Gottes Wille. Die erwiesenermaßen besseren zwei mußten auf die Insel; es zählte einzig der Erfolg der Reise, die Bergung des höchsten Geschenkes, das der Herrgott der Menschheit machte.

Den beteiligten Meistern wurde rasch klar, daß Avelyn Desbris einer der beiden sein würde. Während der langen Nachtstunden konnte ihm keiner das Wasser reichen; die anderen waren noch mit den Sternkarten beschäftigt, als er schon die spezifischen Säfte studierte, die die »magische« Reaktion hervorriefen. Auch vermochte er zu diesem Zeitpunkt die Steine bereits durch Augenschein und Berührung zu bestimmen und ihr Potential aufgrund ihrer Strahlkraft, Form und Größe einzuschätzen. Nach nur fünf Wochen der vierjährigen Ausbildung stand die erste Stelle des Bereiters nahezu fest. Solange Avelyn nicht wegen Krankheit ausfiel, kämpften nun drei Mönche um die letzte verbliebene Möglichkeit, auf die Insel Pimaninicuit zu gelangen.

Den Tagesunterricht fand Avelyn nicht so angenehm und inspirierend. Die vielen Gebetsrituale waren langweilig und, im Licht seiner nächtlichen Erkenntnisse betrachtet, sogar banal. Die Kerzenzeremonien, das Wassertragen, das Steineschleppen für den Neubau, den der Jahrgang 816 der Abtei hinzufügen würde, all das konnte einfach nicht mit den Mysterien der gottgegebenen Steine konkurrieren. Am schlimmsten und härtesten war die körperliche Ertüchtigung. Jeden Tag von Sonnenaufgang bis Mittag, unterbrochen nur von einer Stunde Essen und Gebet, taten die Schüler nichts anderes, als im Hof Kampftraining zu absolvieren oder barfuß an den rauhen Mauern der Abtei entlangzulaufen oder in den kalten

Fluten der Allerheiligenbucht zu schwimmen. Monatelang machten sie Fallübungen und härteten ihre Körper ab, indem sie einander klatschende Schläge versetzten, immer und immer wieder, bis die Empfindlichkeit ihrer Haut nachließ. Immer wieder durchliefen sie die Angriffs- und Verteidigungsmuster, langsam, endlos, bis ihre schmerzenden Muskeln sich die Bewegungen eingeprägt hatten. Im ersten Jahr standen waffenlose Techniken auf dem Programm, Boxen und Ringen. Anschließend sollten sie lernen, mit Waffen umzugehen. Und die ganze Zeit hindurch, ob nun mit oder ohne Waffen, mußten sie gegeneinander antreten, immer wieder aufeinander losgehen. Körperliche Vollkommenheit war das Ziel; es hieß, daß ein Mönch von St. Mere-Abelle jeden Menschen auf der Welt besiegen konnte, und die Meister schienen diesen Ruf unter keinen Umständen aufs Spiel setzen zu wollen.

Avelyn war nicht der Schlechteste seiner Klasse, aber er kam auch bei weitem nicht an ihren Besten heran: Quintall. Der kleine, gedrungene Mann machte sich ebenso eifrig an das Kampftraining wie Avelyn an die nächtlichen Studien. Im Laufe des Jahres, in dem Avelyn sich immer weiter von den anderen drei Bereitern abhob, begann er die täglichen Zweikämpfe mit ihnen zu fürchten, vor allem mit Quintall. Sie sollten einander nicht mit Zorn begegnen, sondern nur mit Respekt und dem Wunsch, voneinander zu lernen. Quintall jedoch knurrte, wann immer ihn die Meister gegen Avelyn antreten ließen.

Avelyn durchschaute seine Motive. Quintall trug hier die abendliche Rivalität aus. Im Studium der Himmelsjuwelen vermochte er Avelyn nicht zu übertreffen, also holte er sich sein Maß Überlegenheitsgefühl am Tage. Bei den meisten Manövern sollten die Mönche ihre Schläge nur andeuten, Quintall allerdings drosch Avelyn oft genug die Luft aus der Lunge, und obwohl Schläge oberhalb der Schulterlinie untersagt waren, knallte Quintall ihm mehr als einmal eine »Schlangenhand« gegen die Kehle, so daß er keuchend in die Knie ging.

»Willst du auf diese Weise nach Pimaninicuit gelangen?« fragte Avelyn leise, als es wieder einmal zu einem solchen Ausrutscher gekommen war.

Der Blick, mit dem der stämmige Mann ihn daraufhin bedachte, konnte das wachsende Mißtrauen des Mönches kaum verringern. Quintall schenkte ihm das gottloseste Lächeln, das er je gesehen hatte, und die Tatsache, daß das Waffentraining, bei dem man sich leichter ernste Verletzungen zuziehen konnte, in nicht allzu weiter Ferne lag, verursachte dem jungen Gelehrten eine Gänsehaut.

Etwas anderes bekümmerte ihn aber wesentlich mehr. Wenn er durchschaute, was da gespielt wurde, dann konnte es den Meistern, die ein so gestrenges Auge auf jeden ihrer Schüler hatten, auch nicht verborgen geblieben sein. Der Orden von St. Mere-Abelle nahm die Leibesertüchtigung sehr ernst; vielleicht wurde von Avelyn erwartet, sich gegen solche Taktiken zur Wehr zu setzen. Vielleicht war dieses Training gar nicht so anders als das abendliche Studium, das Avelyn soviel wichtiger erschien. Wenn er im Hof der Abtei nicht überleben konnte, welche Chancen hatte er dann auf der hohen und rauhen See?

Er sah Quintall nach, der zuversichtlich, ja großspurig davonschritt. Dann faltete er die Hände und senkte den Kopf, um sich mit geschlossenen Augen eine Verteidigung für das nächste Mal zurechtzulegen, wenn Quintall und er gegeneinander aufgestellt wurden.

Sämtlicher Ärger des Tages verflog des Nachts, wenn Avelyn sich an seine richtige Arbeit machte, üblicherweise unter der Anleitung von Meister Jojonah. Manchmal erforderte diese Arbeit umfassende Studien, dann mußte er Schriften über Schriften lesen und manche Prozeduren so oft wiederholen, immer und immer wieder, daß er sie wortwörtlich im

Schlaf herunterbetete. In anderen Nächten stiegen Meister Jojonah und er einfach nur auf das Dach hinauf, wo sie sich vor der kalten Meeresbrise zusammenkauerten, ohne ein Feuer zu entzünden. Dann saßen sie da und starrten zu den Sternen empor. Ab und zu kam eine Frage auf, ansonsten jedoch war ihr Schweigen so tief wie die Nacht. Meister Jojonahs Instruktionen waren bestenfalls vage zu nennen, aber Avelyn begann sie aus dem tiefsten Innern heraus zu verstehen. Er sollte den Nachthimmel beobachten, sollte sich jedes Funkeln einprägen, um so vertraut mit den sichtbaren Sternen zu werden, daß er sie nicht nur beim Namen nennen, sondern sich sogar Spitznamen für sie ausdenken konnte.

Avelyn mochte diese Nächte. Dann fühlte er sich allem so nahe, Gott, seiner toten Mutter, der ganzen Menschheit, den Lebendigen und den Toten. Dann spürte er, wie er in den größeren und höheren Wahrheiten aufging und eins wurde mit dem Universum.

Doch auf der Liste seiner Lieblingspflichten kam die stille Betrachtung der Sterne nur weit abgeschlagen auf den zweiten Platz. Seine wahre Begeisterung und Liebe kam in den Nächten zum Vorschein, in denen Meister Jojonah und er mit den Steinen arbeiteten. Es gab annähernd fünfzig verschiedene Arten in der Abtei, jede mit ihren ganz eigenen Merkmalen und jeder einzelne Stein mit seiner ganz eigenen Stärke. Manche Steine dienten mehreren Zwecken – mit einem Hämatit zum Beispiel konnte man einfache außerkörperliche Erkundungen unternehmen, von jemandes Körper Besitz ergreifen, seinen Geist beherrschen oder auch seine Verletzungen heilen.

Avelyn kannte sämtliche Verwendungszwecke sämtlicher Steine, und langsam entwickelten seine Fingerspitzen die nötige Sensibilität, um die magischen Säfte jedes Steins zu ertasten. Drückte man ihm zwei Steine gleicher Art in die Hände, so konnte er rasch feststellen, welcher der stärkere von beiden war.

Jojonah nickte jedesmal, als ob er so etwas von allen seinen Schülern erwartete. In Wirklichkeit jedoch war der Meister von dem überragenden Können des jungen Mannes beeindruckt. Es gab in der ganzen Abtei nicht mehr als vier weitere Mönche, drei von ihnen Meister und der vierte der Abt höchstpersönlich, die auf solche Weise magische Stärke erkennen konnten, und diese Tatsache war für Dalebert Markwarts Aufstieg in den höchsten Rang der ausschlaggebende Faktor gewesen, denn sein größter Rivale war nicht dazu in der Lage gewesen.

Und hier, vor Jojonahs staunenden Augen, stand ein junger Novize, ein Mann von gerade zwanzig Wintern, und führte Kunststücke vor, die den Abt von St. Mere-Abelle an die Grenzen seiner Fähigkeiten bringen würden!

»Der Himmel ist bewölkt«, wagte Avelyn eines grauen und kalten Novemberabends zu bemerken, als er Meister Jojonah die Wendeltreppe des Turmes hinauf folgte, von dem aus sie sich die Sterne anzusehen pflegten.

Meister Jojonah setzte seinen Weg fort, ohne etwas zu sagen, und Avelyn wußte, daß ein Nachhaken vergebens gewesen wäre.

Seine Verwunderung stieg, als sie auf der Turmspitze von Meister Siherton und dem Abt empfangen wurden. Siherton hielt einen kleinen Diamanten in der Hand, der genug Licht abstrahlte, daß Avelyn die Züge des Abtes deutlich erkennen konnte. Der junge Mann verbeugte sich tief und hielt die Augen selbst dann noch auf den Boden gerichtet, als er wieder hochkam. Im harten Licht des Diamanten zeichnete sich jede Steinfuge als klare, schwarze Linie ab. Avelyn befand sich seit mehreren Monaten in St. Mere-Abelle und hatte den Abt erst bei einer Handvoll Gelegenheiten erspähen können, meist zur Vesper, wenn der Vorsteher überraschend einmal erschien, um das Lesen der Messe zu beaufsichtigen.

Die drei Älteren traten an den Rand des Turmes und begannen einen leisen Wortwechsel. Avelyn versuchte weg-zuhören, aber er bekam dennoch das eine oder andere mit. Siherton beschwerte sich massiv über einen schweren Regelverstoß. »Für einen Schüler im ersten Jahr stellt dies weder eine Voraussetzung noch eine sinnvolle Prüfung dar«, argumentierte der hochgewachsene Meister mit dem Raubvogelgesicht.

»Keine Prüfung, sondern eine Vorführung«, hielt Jojonah unabsichtlich laut dagegen.

»Eine Zurschaustellung wohl eher«, schnaubte Siherton. »Er hat seinen Platz doch sicher in der Tasche. Was soll das also noch?«

Jojonah stampfte mit dem Fuß auf und zeigte anklagend auf Siherton. Avelyn ersparte sich diesen beunruhigenden Anblick. Er fand es unglaublich, daß Meister sich so zankten! Besonders als ihm aufging, daß er der Zankapfel war!

Nun begann Avelyn, seine Abendgebete zu sprechen, um nicht länger zuhören zu müssen. Er schnappte nur noch auf, wie Meister Jojonah etwas über die morgendlichen Übungen sagte: daß sie zu gefährlich wären.

Schließlich hob der Abt die Hand und beendete das Gespräch. Er führte die beiden Meister zu Avelyn zurück und bat den jungen Mann, ihn anzusehen. »Es ist unüblich«, sagte er ruhig. »Wisset, Meister Siherton und Meister Jojonah, daß es sich hierbei weder um eine Prüfung noch um eine Vorführung handelt und die Entscheidungsfindung in Sachen Pimaninicuit davon unbeeinflußt bleiben wird. Es genügt wohl, wenn ich sage, daß es einfach nur meine Neugierde befriedigen soll.«

Dann sah er Avelyn an, gelassen, beruhigend. »Ich habe viel von dir gehört, mein Sohn«, sagte er leise. »Meister Jojonah zufolge sind deine Fortschritte überwältigend.«

Avelyn konnte vor Ehrfurcht nicht einmal strahlen.

»Du hast mit den Steinen gearbeitet?«

Es dauerte einen Moment, bis Avelyn aufging, daß er etwas gefragt worden war. Er nickte dümmlich.

»Meister Jojonah sagt, du seist mit dem Hämatit gereist«, fuhr Markwart fort. »Und du sollst etliche Kamine mit den kleinen Zölestinkristallen angezündet haben.«

Avelyn nickte erneut. »Der Hämatit war das größte«, bekam er heraus.

Der Abt lächelte sanft. »Befriedige meine Neugierde«, bat er Avelyn. Er streckte seine linke Hand vor und öffnete sie. Drei Steine lagen darin: ein grün gestreifter Malachit, ein schimmernder, polierter Bernstein und ein silberhelles Stück Chrysolith; dieser größte der drei Steine erinnerte an eng nebeneinander gelegte, längliche Balken.

»Kennst du dich mit ihnen aus?« fragte Markwart.

Avelyn kannte ihre magischen Eigenschaften in der Tat, und so wunderte es ihn, die drei grundverschiedenen Steine in der Hand des Abtes versammelt zu sehen. Er nickte.

Markwart reichte ihm die Steine. »Spürst du ihre Kraft?« fragte er und sah ihn streng an. Da begriff Avelyn, daß der Abt die Wahrheit wissen wollte. Er wollte absolut sichergehen.

Avelyn versenkte sich in die Steine, mit geschlossenen Augen, nahm einen nach dem anderen in die freie Hand, um ihre Zauberkraft zu ermessen. Einen Augenblick später öffnete er die Augen, sah den Abt ernst an und nickte.

»Warum müssen wir eine solche Kombination nehmen?« erkühnte sich Meister Jojonah.

Markwart, dessen Augen im Licht der Edelsteine wild glühten, winkte lediglich ab.

Als Jojonah erneut aufbegehrte, wurde ihm das Wort abgeschnitten. »Die Bedingungen waren doch klar!« grollte der alte Abt.

Avelyn mußte heftig schlucken. Eine solche Schroffheit hätte er dem gütigen Mann, dem göttlichsten Menschen auf Erden, niemals zugetraut.

»Ich werde es nicht gestatten, den Rubin dicht bei St. Mere-Abelle zu benutzen«, fuhr Markwart fort. »Ein solches Risiko gehe ich nicht ein, nur um den Stolz eines Schülers zu nähren.« Er wandte sich erneut zu Avelyn um und lächelte, aber es war ein gieriges Grinsen, in dem wenig Freundlichkeit oder Wohlwollen lag. »Wenn Bruder Avelyn mit den simplen Steinen nicht zurechtkommt, die ich ihm gegeben habe, dann steht es ihm nicht zu, diesen hier auch nur in der Hand zu halten.« Damit brachte er die andere Hand nach vorn, öffnete sie und brachte den schönsten, vollkommensten Edelstein zum Vorschein, den Avelyn je gesehen hatte.

»Korund«, erklärte der Abt. »Ein Rubin. Bevor ich ihn dir gebe, sei dir darüber im klaren, daß das, was ich von dir verlange, höchst gefährlich ist.«

Avelyn nickte und streckte die Hand aus. Er war zu fasziniert, um den Ernst in Markwarts Stimme wirklich zu bemerken. Der alte Mann händigte ihm den Edelstein aus.

»Das Rätsel liegt offen vor dir«, erklärte der Abt. »Kein Schiff weit und breit. Finde die Lösung.« Damit zog er sich zur anderen Seite des Turms zurück und bedeutete den beiden Meistern, ihm zu folgen.

Avelyn sah zu ihnen hinüber. Der Abt schien aufs schlimmste erregt. Seine Augen glänzten beinahe manisch. Es sah zum Fürchten aus. Meister Siherton hatte sich abgewandt. Sicher erhoffte er, daß Avelyn versagte. Meister Jojonahs Aufregung war am größten, aber sie war von freundlicherer Art. Avelyn konnte die Angst des Mannes riechen – Angst um Avelyns Sicherheit –, und erst da begriff der junge Mönch, welch schwere Folgen sein Tun haben konnte.

»Finde die Lösung«, sagte der Abt drängend.

Avelyn senkte den Kopf und widmete sich den Steinen. Der Rubin summte in seiner Hand. Seine Magie war stark und lechzte nach Freiheit. Avelyn wußte, was man mit diesem Edelstein tun konnte, und als er darüber nachdachte, was aus den anderen Mönchen werden würde, wenn er den Rubin als erstes benutzte, schien das Rätsel nicht mehr ganz so schwer. Der Abt hatte betont, daß weit und breit keine Schiffe seien. Das war Hinweis genug. Malachit, Bernstein, Chrysolith, Rubin, in dieser Reihenfolge.

Kurz bedachte Avelyn, was das bedeutete. Wenn er mit der Beschwörung des Rubins begann, würde er nicht nur einen Stein bereits in Benutzung haben, sondern zwei. Er hatte schon einmal zwei Steine zugleich benutzt – einen Hämatit und einen Chrysoberyll, damit er seinen Körper ohne das drängende Begehren verlassen konnte, von jemand anderem Besitz zu ergreifen. Aber drei?

Avelyn holte tief Luft und wich den neugierigen Blicken seiner Zuschauer aus.

Zuerst der Malachit. Er trat an den Rand des Turms und sah auf das schwarze, brandende Meer hinab, hundert Meter in der Tiefe. Er verstärkte den Griff um den Malachit, dessen Magie prickelnd in seine Hand zu fließen begann, in seinen Arm und seinen ganzen Körper hinein. Und dann fühlte er sich auf merkwürdige Art leichter, beinahe ebenso leicht wie bei den Seelenreisen mit dem Hämatit. Ohne merkliches Zögern trat er über den Rand und begann sachte und kontrolliert zu fallen.

Während die Mauern des Turms an ihm vorbeiglitten, versuchte Avelyn, nicht weiter an die Realität seiner Lage zu denken. Die Klippe unterhalb des Turms war weniger glatt und bei weitem nicht senkrecht, und der junge Mönch mußte sich immer wieder von ihr abstoßen.

Als er sich der donnernden Brandung näherte, tat Avelyn den Bernstein zu dem Malachit und setzte auch dessen Kräfte frei.

Als er wie eine Feder auf der Brandung landete, schalt er sich dafür, nicht einfach in der Waagerechten die Klippe zum Kai hinunterspaziert zu sein. Aber dafür war es zu spät. Er ließ den Malachit fließen, bis er auf den tanzenden Wellen das Gleichgewicht fand; dann holte er tief Luft und schloß ihn.

Nun floß nur noch der Bernstein, und er bewahrte Avelyn davor, ins Wasser einzusinken. Wieder holte er tief Luft, und als er genug Vertrauen in den Stein hatte, wanderte Avelyn über die dunklen Fluten hinaus, und seine Füße hinterließen auf den Wellen kaum eine Spur.

Während er sich von der Abtei entfernte, sah er ab und zu über die Schulter zurück. Er mußte so weit hinausgehen, daß die Benutzung des Rubins für das Bauwerk keine Gefahr darstellte – und wenn die beiden Meister und der Abt auf dem hohen Turm etwas von seiner Vorführung haben sollten, dann sogar noch ein Stück darüber hinaus.

Nun beschwor Avelyn den Chrysolith, einen Stein, den er nie zuvor wirklich benutzt hatte. Die überlieferten Eigenschaften waren ihm natürlich bekannt, aber er hatte sie nie zu nutzen versucht. Meister Jojonah hatte einmal damit vor seinen Augen ein Juwel aus einer heißen Feuerstelle gefischt, und so mußte der junge Mönch nun einfach darauf vertrauen, daß der Chrysolith ihn schützen würde.

Allzu früh war der Moment gekommen. Er war weit genug von der Küste entfernt, stand sicher auf den tanzenden Wellen, ein starkes Chrysolithfeld um sich herum. Avelyn griff zu dem Rubin.

»Wahrscheinlich ist er untergegangen«, sagte Siherton trocken. »Wird ein schweres Stück Arbeit, die Steine wieder zu bergen.«

Der Abt lachte, Meister Jojonah jedoch schätzte das leichtfertige Gerede nicht. »Bruder Avelyn ist mehr wert als sämtliche Steine von St. Mere-Abelle zusammen«, versicherte er, was ihm fassungslose Blicke von seinen Gefährten eintrug.

»Ich fürchte, Ihr habt Euch vielleicht ein wenig zu sehr mit diesem Novizen beschäftigt«, warnte ihn der Abt.

Bevor der alte Mann jedoch fortfahren konnte, verschlug es ihm die Sprache, denn draußen auf See explodierte ein gewaltiger Feuerball. Sengende Flammenringe breiteten sich aus.

»Betet, daß der Chrysolithschild gehalten hat!« keuchte Markwart, den die Wucht und das Ausmaß der Explosion gänzlich überraschten. Der Rubin war stark, aber dies war unfaßbar!

»Hab ich's nicht gesagt!« rief Meister Jojonah immer wieder. »Hab ich's nicht gesagt!«

Diesmal fiel Siherton keine passende Entgegnung mehr ein. Nicht minder beeindruckt als seine Gefährten sah er zu, wie der Feuerball sich ausdehnte und die Wellen peitschte, wie die obersten Wasserschichten zu dichtem Nebel verdampften. In seiner Wut zischte der Ozean so laut, daß sie es bis zum Turm deutlich hören konnten. Bruder Avelyn war stark, in der Tat!

Und aller Wahrscheinlichkeit nach tot. Aber Siherton war zu erschüttert, um das Jojonah gleich aufs Brot zu schmieren. Wenn Avelyn so viel seiner Kraft auf den Rubin konzentriert hatte, dann war der Chrysolithschild sicher zusammengebrochen. Dann war er nur noch ein verkohltes Etwas, das zum Meeresgrund hinuntersank.

Die drei warteten lange Zeit. Jojonahs Besorgnis stieg und stieg, Markwart jedoch sagte nur immer wieder resigniert »ein Jammer«, und Siherton schien sich das Lachen gerade noch verkneifen zu können.

Dann war nicht weit unter ihnen ein Geräusch zu hören, ein tiefer Atemzug, wie man ihn nach einer großen Anstrengung tat. Sie traten an den Rand und sahen hinab. Siherton richtete das gebündelte Licht des Diamanten nach unten und holte damit einen geschwächten, aber quicklebendigen Bruder Avelyn aus der Dunkelheit. Den Malachit fest in der einen Hand, hielt er sich mit der anderen an der Mauer fest und zog seinen nahezu gewichtslosen Körper empor. Avelyns braune Kutte war zerfetzt und tropfnaß, und ihm ging der Geruch verbrannten Haares voraus.

Als er die Turmspitze erreicht hatte, zog Jojonah ihn über die Kante.

»Ein paar Flammen konnten durchdringen«, erklärte Avelyn zitternd und senkte schamerfüllt den Kopf. Er breitete die Arme aus, um die Überreste seiner Kutte vorzuführen. »Ich mußte den Bernstein benutzen und untertauchen.«

Da erst fiel Jojonah auf, wie blau Avelyns Lippen waren. Er sah Siherton scharf an, und als dieser nicht reagierte, riß er ihm den Diamanten aus der Hand. Für einen kurzen Moment war das Licht weg, dann kehrte es zurück, strahlender als zuvor. Und wärmer. Jojonah hielt den Diamanten dicht neben Avelyn, und der junge Mönch spürte, wie die Wärme in seinen schmerzenden, frierenden Leib drang.

»Es tut mir leid«, sagte Avelyn zähneklappernd zu dem Abt. »Ich habe versagt.« Erschöpft hielt er ihm die Steine hin.

Abt Markwart brach in das herzhafteste Gelächter aus, das Avelyn je gehört hatte. Der alte Mann steckte die vier Steine kichernd in die Tasche, dann ballte er die leere Faust und machte mit einem kleinen Diamantring an seinem Finger Licht. Er bedeutete Siherton, ihm zu folgen, und ging zur Treppe.

Meister Jojonah wartete, bis die beiden allein waren, dann faßte er Avelyn unter das Kinn, damit ihm der junge Bruder direkt in die sanften braunen Augen sah. »Du wirst einer der beiden Auserwählten sein, die die Insel Pimaninicuit betreten«, sagte er voller Zuversicht.

Dann führte er Avelyn zu den wärmeren unteren Stockwerken hinab. Avelyn zog sich aus und hüllte sich in eine Decke; danach setzte er sich vor ein prasselndes Feuer, allein mit seinen Gedanken. So sehr ihn die Erprobung der vier Steine, die hohe Mauer und die kalte See auch erschöpft hatten, in dieser Nacht fand er keinen Schlaf.

9. Touel'alfar

Die Wärme war das erste, was Elbryan spürte, eine sanfte, feuchte Berührung am ganzen Leib. Langsam, als kehre es aus weiter Ferne zurück, sickerte sein Bewußtsein wieder in ihn hinein. Eine Zeitlang lag er einfach nur da, genoß die schmeichelnde Wärme und hielt dieses klare Bewußtsein auf Abstand. Für ihn, der gerade soviel Blut und Tod gesehen hatte, war ein halbbewußter Zustand vorzuziehen.

Erst als eine Erinnerung an Dundalis, an seine toten Eltern, seine Abwehr durchbrach und Ruhe und Frieden hinwegfegte, öffnete er die olivgrünen Augen.

Er lag auf einem Bett aus Moos, an einem leichten Hang, so daß der Kopf angenehm höher lag als die Füße. Warmer, dichter Nebel umwaberte ihn sanft und einschläfernd. Die Sichtweite betrug nur wenige Fuß, und als er sich auf die Ellbogen stützte, wurde rasch deutlich, daß die Hörweite auch nicht viel größer war. Der fast greifbare Nebel verschluckte jedes Geräusch. Elbryan befand sich in einem Wald, soviel war klar – er lag knöcheltief im Laub. Seine Instinkte – eine Witterung vielleicht, das Aroma der Luft – sagten ihm, daß es sich nicht um den Hang zwischen Dundalis und dem Kamm handelte, den Hang, auf dem er die …

Die was? Elbryan wußte nicht, wer oder was diese zarten, geflügelten Geschöpfe gewesen sein mochten.

Trotz der Wunden, die er in den Kämpfen mit den Goblins davongetragen hatte, und der unbequem verbrachten Nacht in der Ecke seines zerstörten Hauses fühlte der junge Mann keinerlei Schmerz, keine Steifheit in den Gliedern. Er setzte sich auf, drehte sich zur Seite und kam auf die Knie. Langsam ging er in die Hocke und versuchte herauszufinden, wo er sich befand.

Den knorrigen und verdrehten Stämmen der wenigen

sichtbaren Bäume nach zu urteilen, war der Wald alt. Die Sonne war nur ein grauer Flecken über ihm, ein hellerer Punkt am Himmel. »Westen«, entschied Elbryan, nachdem er sie einen Moment lang betrachtet hatte. Wenn sein Orientierungssinn nicht verwirrt war, dann stand die Sonne im Westen, auf halbem Weg zwischen Mittag und Sonnenuntergang.

Ihm blieb nicht viel Zeit bis zur Abenddämmerung. Er stand auf, duckte sich aber, da er sich trotz des dichten Nebels schutzlos fühlte. Sein Verstand riet ihm, den Nebel zu verlassen, um sich umsehen zu können, aber sein Körper wollte die dampfende Wärme nicht verlassen.

Der Verstand siegte, und Elbryan versuchte, bergauf über das graue Tuch hinauszugelangen. In seiner Hast geriet er oft ins Stolpern und verfluchte sich für jeden zerbrechenden Ast. Nach wenigen Minuten hatte er den Nebel so plötzlich hinter sich gebracht, daß er vor Schreck beinahe wieder gestolpert wäre. Im selben Moment, als sich die Luft um ihn herum klärte, schlug ihm ein starker Wind ins Gesicht – keine Böen, sondern ein stetiger Wind. Elbryan sah verwundert den Hang hinab. Nur wenige Fuß tiefer lag der Nebel unbewegt da. Es schien fast, als wehrte der Nebel die Winde irgendwie ab oder entging ihnen zumindest, aber wie war das möglich?

Als er seinen Aufstieg fortsetzte, ließ ihn ein zweites unerklärliches Rätsel große Augen machen. Vor ihm ging es bergauf und bergauf und bergauf, so daß er sich ganz klein vorkam, klein und unbedeutend. Da erkannte er, daß er weit von Dundalis fort war. Dieser Berg hatte nichts mit den sanften, bewaldeten Hügeln seiner Heimat gemein. Elbryan befand sich auf der Westseite seines Berges, der nur Teil einer großen, schroffen Kette war, und sah in ein längliches, nebelverhangenes Tal hinab, das zwischen zahlreichen hohen Gipfeln lag. Nicht weit über ihm war Schnee auszumachen; sämtliche Berge um ihn herum trugen Schneekuppen, und sie sahen nicht danach aus, als ob sie im Frühling schmolzen.

Er schüttelte hilflos den Kopf. In welchem Teil Koronas befand er sich? Und wie hatte es ihn hierher verschlagen?

Da riß er die Augen noch weiter auf und sah sich entsetzt um. »Bin ich tot?« fragte er den Wind.

Keine Antwort, kein Fingerzeig. Nur das Gemurmel, das endlose, geheimnisvolle Flüstern.

»Vater?« rief Elbryan und kletterte drei Schritte nach rechts, als ob das einen Unterschied machte. »Pony?«

Keine Antwort.

Sein Herz raste wie wild. Bald schnappte er in schierer Panik nach Luft. Er rannte los, zuerst nach links, dann bergauf, dann, als sich diese Richtung als zu schwierig erwies, zurück nach rechts, und die ganze Zeit rief er nach seinem Vater, seiner Mutter, nach sonstwem.

»Du bist nicht tot«, erklang eine sanfte Stimme hinter ihm.

Eine Zeitlang stand Elbryan einfach nur da und holte Luft, um sich zu wappnen. Irgendwie war ihm klar, daß der Sprecher kein Mensch war, daß keine menschliche Stimme so sanft, so überirdisch klingen konnte.

Langsam, mehr auf seinen Atem konzentriert als auf alles andere, drehte Elbryan sich um.

Vor ihm stand eines der Wesen von der Lichtung. Es war ein wenig kleiner als er und wahrscheinlich nur dreiviertel so schwer. Sein Körper war unglaublich feingliedrig, aber nicht so eckig und knochig wie Jilseponie vor etlichen Jahren. Seine Gliedmaßen sahen nicht dürr aus, sondern erinnerten eher an die biegsamen Äste einer Weide. Auch sah dieses winzige Geschöpf nicht schwach aus, bei weitem nicht. Es hatte eine Sicherheit, eine agile Straffheit an sich, die Elbryan warnte, daß dieser winzige Feind ihm mehr Ärger bereiten konnte als sämtliche Goblins, mit denen er sich geschlagen hatte, vielleicht sogar noch mehr als der Riese.

»Komm wieder herunter ins Warme«, forderte das Wesen ihn auf, »in die Nebel, wo der Wind nicht bläst.«

Elbryan sah zum Tal hinab – und bemerkte zum ersten Mal, daß aus dem grauen Baldachin nicht ein Baumwipfel hervorragte, als hätten sämtliche Bäume genau auf dieser Höhe zu wachsen aufgehört. Elbryan hatte das unbestimmte Gefühl, daß es zwischen dem Nebel und den Bäumen eine Verbindung gab.

»Komm«, sagte das Wesen. »Du bist nicht tot und auch nicht in Gefahr. Die Gefahr liegt hinter dir.«

Die Erwähnung der Tragödie von Dundalis fuhr Elbryan in die Glieder. Die Redeweise des Wesens jedoch – geradeheraus und offensichtlich ohne Arglist – ließ Elbryan sich ein wenig entspannen. Anstatt das kleinwüchsige Geschöpf zu einem potentiellen Feind aufzublasen, betrachtete er es nun in einem anderen Licht. Nun erst sah er, wie zart und schön es war, mit perfekt geformten eckigen Zügen und Haar von einem Blond, daß selbst Ponys dichte, glänzende Mähne nicht heller schimmern konnte. Es war, als ob das Wesen von innen heraus leuchtete und dieses Licht das fließende Haar glühen und schimmern ließ. Seine Augen waren nicht weniger beeindruckend, zwei goldene Sterne, die in kindlicher Unschuld leuchteten, aber zugleich die Tiefe der Weisheit besaßen.

Das Geschöpf ging den Hang hinab, blieb jedoch unmittelbar an der Nebelgrenze stehen, als der junge Mann keine Anstalten machte, ihm zu folgen.

»Wer bist du?« kam die naheliegende Frage.

Das Wesen lächelte entwaffnend. »Ich bin Belli'mar Juraviel«, antwortete es aufrichtig und deutete auf den Nebel; dann setzte es sich wieder in Bewegung. Seine Schienbeine wurden von dem Grau verschluckt.

»Was bist du?« fragte Elbryan. Er nahm an, daß es sich um einen Elf handelte, nur wußte er leider gar nicht so genau, was ein Elf war.

Das Wesen blieb erneut stehen und drehte sich zu ihm um. »Weißt du denn so wenig?«

Elbryan, der nicht in der Stimmung für kryptisches Gerede war, sah Juraviel finster an.

»Die Welt ist verloren, fürchte ich«, fuhr Juraviel fort. »Wenn man uns nach kaum einem Jahrhundert vergessen hat.«

Elbryans finsteres Gesicht bekam einen neugierigen Ausdruck.

»Weißt du es denn wirklich nicht?«

»Weiß was nicht?« erwiderte Elbryan trotzig.

»Nichts, was über dein eigenes Volk hinausgeht«, führte Juraviel aus.

»Ich weiß von Goblins und Bergriesen!« beharrte Elbryan, und seine Lautstärke stieg mit seiner Wut.

Juraviel lag eine passende Entgegnung auf der Zunge, und zwar, daß die Dundalier angesichts solchen Wissens verhältnismäßig schlecht vorbereitet gewesen waren. Wenn dieser Junge von den bösen Völkern wußte, warum war sein Dorf dann so mangelhaft bewaffnet gewesen, daß es nicht einmal mit einer Bande raubgieriger Goblins fertig wurde? Aber der Elf war sich bewußt, daß die Wunden dieses Menschenjungen noch zu frisch waren, und so behielt er die Frage höflicherweise für sich. »Und, trifft dein Wissen über diese Wesen auf mich zu? Bin ich ein Goblin oder ein Bergriese?« fragte er gelassen, und allein seine melodische Stimme ließ jeden Vergleich mit den krächzenden und grollenden Monstern lächerlich erscheinen.

Elbryan, dem keine angemessene Antwort einfallen wollte, kaute auf seiner Lippe. Schließlich schüttelte er den Kopf.

»Nun komm«, bat ihn Juraviel und setzte sich wieder in Bewegung.

»Du hast meine Frage noch nicht beantwortet.«

Als Juraviel sich diesmal umwandte, machte er ein strengeres Gesicht. »Diese Frage läßt sich auch nicht mit einfachen Worten beantworten«, erklärte er. »Ich könnte dir einen Namen nennen, und vielleicht hast du ihn auch schon einmal gehört, aber das würde dir wenig von der Wahrheit vermitteln und viel von dem Mythos.«

Elbryan stand sein Unverständnis ins Gesicht geschrieben.

»Zwischen deine Augen und mich würde ein Schatten fallen«, fuhr Juraviel fort. »Du hast mich nach meinem Namen gefragt, und ich habe ihn dir willig gesagt, denn die Worte ›Belli'mar Juraviel‹ bringen keine vorgefaßten Meinungen mit sich. Du hast mich gefragt, was ich bin, und das kann ich dir nicht sagen. Das ist etwas, das Elbryan Wyndon aus Dundalis selbst herausfinden muß.«

Bevor der verblüffte junge Mann auch nur fragen konnte, woher Belli'mar Juraviel seinen Namen wußte, kehrte dieser ihm auch schon den Rücken zu und verschwand im Nebel. Elbryan zögerte; ihm schwirrte der Kopf. Dann begriff er, daß er wieder allein war, mutterseelenallein. Er hatte keine große Wahl, und die beste Alternative schien zu sein, diesem Wesen zu folgen, was auch immer es sein mochte.

Elbryan eilte bergab und stieß wenige Schritte unterhalb der Nebelgrenze auf den lächelnden Juraviel. Zuerst wunderte sich Elbryan, warum er ihn von draußen nicht gesehen hatte, doch dann ging ihm auf, daß er auch die Bäume von dort nicht hatte sehen können, dabei ragten sie nun, nur fünf Schritte innerhalb des Nebels, hoch und dicht über ihm empor.

Zu viele Fragen auf einmal, entschied der junge Mann, und eigentlich interessierten ihn die Antworten in diesem Moment auch gar nicht. Sein Sinn für Neues war überstrapaziert.

Er folgte Juraviel, der gemächlich den Hang hinabschritt. Wenig später hatten sie den nebligen Baldachin durchschritten, und das bewaldete Tal tauchte vor ihnen auf. Es war verblüffend. Trotz allem, was passiert war, trotz seiner begründeten Ängste, fühlte sich Elbryan plötzlich gar nicht mehr allein, sondern wohl und munter. Wenn er gestorben war – und wieder kam ihm das ganz plausibel vor –, dann war der Tod gar nicht so schlecht!

Denn dieser Wald übertraf an Schönheit alles, was er in seinem jungen Leben je gesehen hatte. Das Unterholz war so üppig und dicht, daß der schmale Pfad, den Juraviel ihn entlangführte, immer nur wenige Schritte vor ihnen zu enden schien. Und doch ging er weiter, anscheinend in jede Richtung, für die Belli'mar Juraviel sich entschied. Das Wesen schien keinem Pfad zu folgen, sondern ihn erst zu erschaffen, einfach indem es so leicht und frei durch das Unterholz ging, wie ein Mann durch einen flachen Teich waten mochte. Kaum hatte Elbryan diese Vorstellung halbwegs verdaut, da war er schon wieder ganz überwältigt, diesmal von dem Kaleidoskop leuchtender Farben, von den zarten Düften, dem Gezwitscher unzähliger Vögel, dem fröhlichen Lied eines unsichtbaren Baches und dem Blöken eines fernen Geschöpfes. Der ganze Wald war ein Lied; jeder von Elbryans Sinnen war hellwach, und er fühlte sich lebendiger als je zuvor.

Sein Geist kämpfte gegen diese Sinneseindrücke an. Er zwang sich, an Dundalis zu denken und den Schrecken erneut zu durchleben, damit ihm seine Kampfbereitschaft nicht verlorenging. Er dachte an Flucht, wenngleich er nicht wußte, wohin oder auch nur warum er fliehen sollte. Er betrachtete die niedrigen Zweige eines Baumes und überlegte sich, welche Waffe, gleich welcher Art, hier völlig unangebracht schien. Diese Starrsinnigkeit hielt er eine ganze Weile durch, was nur seine Willensstärke bewies. Doch nicht einmal die Erinnerung an die kürzliche Tragödie konnte sich lange behaupten, als Elbryan zum ersten Mal den Wald durchwanderte, in dem die Elfen lebten, Belli'mar Juraviels Volk. Düstere Gedanken ließen sich da, wo Juraviels Volk tanzte und spielte, nicht lange aufrechterhalten.

»Kannst du mir wenigstens sagen, wo ich bin?« fragte Elbryan einige Minuten später aufgeregt.

Juraviel, der wie im Traum dahinschlenderte und den jungen Mann völlig vergessen zu haben schien, blieb erst nach einem Dutzend Hüpfern stehen. Er drehte sich um. »Auf euren Landkarten, wenn man ihn denn darauf findet, heißt dieser Ort einfach nur Nebeltal.«

Elbryan zuckte mit den Schultern; dieser Name sagte ihm gar nichts. Aber er war froh zu hören, daß man ihn immerhin auf einer Landkarte finden mochte. Wenn das stimmte, dann war er wohl doch nicht tot.

»In Wahrheit ist dies Andur'Blough Inninness, der Wolkenwald, wenngleich nur wenige deines Volkes diesen Namen kennen dürften. Und wer ihn kennt, wird es wahrscheinlich nicht zugeben.«

»Sprichst du immer in Rätseln?«

»Stellst du immer dumme Fragen?«

»Was ist dumm daran, wissen zu wollen, wo ich bin?« fragte Elbryan aufgebracht.

»Das habe ich dir doch schon gesagt«, antwortete Juraviel gelassen. »Und, ändert es irgend etwas? Fühlst du dich nun wohler, da du weißt, daß du in der Fremde bist?«

Ächzend fuhr sich Elbryan mit beiden Händen durch das braune Haar.

»Aber so sind die Menschen«, fuhr der Elf in herablassendem Tonfall fort. »Allem müssen sie einen Namen geben, müssen es wiegen und messen und schön ordentlich in eine Schublade tun, nur damit sie sich einbilden können, über etwas Kontrolle zu haben, das sich nicht kontrollieren läßt. Ein falsch verstandener Sinn für Göttlichkeit, nehme ich an.«

»Göttlichkeit?«

»Arroganz«, stellte Juraviel klar. »Mein junger Mensch!« rief er unvermittelt aus und schlug begeistert die Hände zusammen. »Du befindest dich in Andur'Blough Inninness!«

Elbryan zuckte hilflos mit den Schultern.

»Ganz meine Rede«, sagte Juraviel trocken und setzte seinen Weg fort.

Elbryan stieß einen Seufzer aus und folgte ihm.

So verging eine halbe Stunde. Elbryan sah sich um, und nach wie vor konnte er die Schönheit und Pracht von Andur'Blough Inninness nur ehrfürchtig bestaunen. Immer wieder jedoch wurde sein Blick von dem merkwürdigen Geschöpf angezogen, das dort vor ihm dahinschlenderte.

»Ob die wohl zum Fliegen taugen?« platzte er heraus und merkte erst, daß er laut gedacht hatte, als Juraviel herumfuhr. Verlegen nahm er den Zeigefinger wieder herunter.

Juraviels Schmunzeln beruhigte Elbryan. »Eine vernünftige Frage«, bemerkte der Elf, der Verständnis für Elbryans Neugierde hatte, und fügte dann mit übertriebener Erleichterung hinzu: »Endlich.«

Elbryans Gesichtsausdruck verfinsterte sich.

»Doch wozu willst du das wohl wissen?« antwortete Juraviel unergründlich wie immer. »Um dir im Kampf einen Vorteil zu verschaffen, vielleicht?« Als er sah, daß Elbryan seine Muskeln anspannte, fügte er rasch hinzu: »Nicht daß du und ich jemals miteinander kämpfen werden.«

Diese Erklärung beruhigte den jungen Mann, und so sagte Juraviel: »Es sei denn, wir …«, nur um den Satz neckisch in der Luft hängen zu lassen.

Elbryan, der weder wußte, wo ihm der Kopf stand, noch wo er überhaupt stand, holte tief Luft und schob seine Unruhe beiseite – nicht mehr und nicht weniger. Er schloß seine Befürchtungen und düsteren Gedanken lediglich weg, um sich ausschließlich auf die Gegenwart konzentrieren zu können. Es mochte Resignation sein, die schlichte Feststellung, daß er sowieso an nichts etwas ändern konnte. Juraviel jedoch fand die sichtliche Wandlung des Jungen vielversprechend. Sich von seinen Gefühlen distanzieren zu können, würde sich für diesen Menschenjungen, der so viel durchgemacht und noch etliche nervenaufreibende Erlebnisse mehr vor sich hatte, noch als sehr heilsam erweisen.

Mit einem breiten Lächeln begann Juraviel mit den Flügeln

zu schlagen, ging in die Knie und schwang sich in die Luft empor. Halb sprang, halb flog er zum untersten Ast eines Ahorns hinauf.

»Sie taugen«, verkündete Juraviel, »für kurze Sprünge und um einen Sturz abzufangen. Aber nein, wie die Vögel fliegen können wir nicht.« Er kam wieder herunter und machte plötzlich ein ernstes Gesicht. »Ein Jammer.«

Dem konnte Elbryan nur zustimmen. Fliegen mußte herrlich sein! Auf dem Wind zu reiten, während die grünen Baumwipfel wie ein Teppich unter einem vorbeiglitten ...

»Du wirst hier keine unangenehme Zeit haben, es sei denn, du sorgst selbst dafür«, verkündete Juraviel mit plötzlichem Ingrimm.

Elbryan starrte ihn nur an, sprachlos vom unvermittelten Wandel in seinem Auftreten.

»Sei dir bewußt, daß einige von uns dich hier nicht haben wollen«, fuhr Juraviel mit strenger Stimme fort. »Einige von uns finden nicht, daß du Ähnlichkeiten mit Mather hast.«

Elbryan nahm all seinen Mut zusammen. »Ich weiß von niemandem namens Mather.« Wieder ging er innerlich auf Distanz, indem er sich sagte, daß er nichts mehr zu verlieren hatte, weil längst alles verloren war.

Juraviel antwortete mit der Andeutung eines Schulterzuckens. »Das ist nur eine Frage der Zeit«, versprach er. »Hör mir nun genau zu, junger Mann. Obwohl du kein Gefangener bist, bist du auch nicht frei. Solange du in Andur'Blough Inninness weilst, wird ein strenges Auge auf dir ruhen, ob es nun deine Führung oder deine Übungen betrifft.«

»Übungen?« fragte Elbryan, aber Juraviel fuhr bereits fort.

»Weichst du von den Regeln ab, dann auf eigene Gefahr. Erbitte keine zweite Chance, wenn die unerbittliche Gerechtigkeit der Touel'alfar über dich kommt.«

Das war eine offene und unmißverständliche Drohung. Mit dem typischen Stolz der Wyndons straffte Elbryan die Schultern und schob das Kinn vor; nur schien Juraviel nichts davon mitzubekommen. Der Name, mit dem er sein Volk benannt hatte, Touel'alfar, kam Elbryan irgendwie bekannt vor, und zwar im Zusammenhang mit Elfenmärchen.

»Du kannst dich jetzt ausruhen«, meinte Juraviel. »Ich werde dich bei Sonnenaufgang in deine Pflichten einweisen. Erhole dich gut«, schloß er mit grimmiger und düsterer Stimme, »denn deiner Pflichten sind viele, und sie sind nicht leicht.«

Elbryan hätte am liebsten losgebrüllt, er werde tun, was er wolle und wann er wolle. Ihm lag eine regelrechte Unabhängigkeitserklärung auf der Zunge, aber bevor er auch nur das erste Wort herausgebracht hatte, hob Juraviel mit einem Satz vom Boden ab. Leichtfüßig landete er auf einem Zweig, flatterte sofort zum nächsten empor und war so rasch zwischen den Blättern verschwunden, daß Elbryan sich nur verdutzt die Augen reiben konnte.

Da stand er nun, im Tal von Andur'Blough Inninness, und vielleicht hatte er sich ja alles nur eingebildet. Er wollte zu Mutter und Vater. Er wollte zu Pony. Vielleicht hatten sie ja doch noch eine Chance, das Dorf zu warnen, bevor die schwarze Woge der Goblins über es hereinbrach. Er wollte ...

Er wollte zuviel und alles auf einmal. Er setzte sich auf den Boden und kämpfte gegen seine Gefühle an, denn weinen wollte er nicht.

Aus Juraviels Sicht war die erste Begegnung zufriedenstellend verlaufen. Natürlich gab es Vorbehalte gegen Elbryan, vor allem von seiten Tuntuns, der man es allerdings auch kaum rechtmachen konnte! Nachdem er nun jedoch mit dem Jungen gesprochen hatte, war er um so überzeugter, daß in seinen Adern tatsächlich Mathers Blut floß und er der Ausbildung zum Hüter würdig war. Elbryan hatte die gleiche vorlaute Art wie Mather, eine Lebendigkeit und Lebenslust, die jederzeit zum Vorschein kommen konnten. Der Junge war in der Lage, sie zu beherrschen und die notwendige Kühle aufzubringen ... und dennoch konnte er nicht anders, als nach den Flügeln zu fragen, und kaum wußte er Bescheid, da konnte er nicht anders, als sich vorzustellen, selbst durch die Lüfte zu sausen. Juraviel hatte dem Jungen jeden wunderbaren Gedanken vom Gesicht ablesen können, und er hatte sie nicht weniger genossen als Elbryan selbst.

Es war gut, daß der Junge in der dunkelsten Zeit seines Lebens noch an solche Dinge denken konnte, gut, daß er gleichmütig und entschlossen weitermachen konnte. Tuntun lag falsch, davon war Juraviel felsenfest überzeugt. Der Junge hatte Charakter.

Elbryan hätte gern etwas gegessen oder geschlafen. Er sah sich sogar kurz nach einem Flecken Moos oder einem anderen Ruheplatz um. Andererseits war Andur'Blough Inninness einfach zu verlockend, all die Geräusche und Farben waren viel zu lebhafte Sinneseindrücke. Juraviel hatte nichts davon gesagt, daß Elbryan sich nicht von der Stelle bewegen durfte, also stand er auf, klopfte sich ab und begann zwischen den Bäumen herumzustromern.

Den Rest des Nachmittags schwelgte er in Farben und Düften. Er entdeckte einen Bach mit gelblichen Fischen, die ihm unbekannt waren, und schaute ihnen mehr als eine Stunde lang zu. Er erblickte einen Hirsch, dessen langer weißer Wedel zuckte, aber kaum versuchte er sich zu nähern, da witterte ihn das Tier und sprang davon und war so rasch in den Schatten verschwunden wie zuvor Juraviel.

Trotz dieses wundersamen Nachmittags, trotz aller Erleichterung, einfach nur im Hier und Jetzt zu weilen statt in der fürchterlichsten Vergangenheit oder der ungewissen Zukunft, war Elbryan noch mehr überwältigt, als die Dämmerung einsetzte.

In der Mitte des Nebels, der das Elfental abschirmte, öffnete sich ein Loch und gab den Blick auf den dunkelblauen Himmel frei. Langsam wurde das Loch größer, ganz gleichmäßig, und Elbryan, der gebannt zusah, begriff, daß etwas Übernatürliches, etwas Magisches den Nebel lenkte. Bald war nur noch klarer Himmel über ihm, und die ersten Sterne blitzten auf.

Elbryan suchte hektisch nach einer Lichtung, die ihm einen besseren Blick gewährte. Er fand einen kleinen, baumlosen Hügel und kletterte hinauf. Mehr als einmal geriet er ins Stolpern, da er die Augen nicht vom Himmel lassen konnte.

Der Nebel war bis an die Ränder des Tals zurückgewichen; dort hing er und verschleierte die dunklen Schatten der hochaufragenden Berge, verschleierte die Grenzlinie zwischen Himmel und Erde. Elbryan hatte die Hügelspitze erreicht und war stehengeblieben, trotzdem hatte er noch immer das Gefühl, weiter emporzusteigen, immer weiter zu diesen hellen, strahlenden Punkten aufzufliegen. Da erst bemerkte er, daß die Luft von Musik erfüllt war, von wohlklingender Musik, und auch sie schien ihn weiter emporzuheben, als sollte er zwischen den Sternen wandeln, in ihrem Lichte und Geheimnis. Allzu tiefgründige Fragen schossen ihm durch den Kopf.

Als er aus seiner Trance erwachte, wußte er nicht, wie viele Minuten oder gar Stunden vergangen waren. Um ihn herum war schwarze Nacht, und ihm tat der Nacken weh, so lange hatte er hinaufgestarrt.

Obwohl er nun wieder Boden unter den Füßen hatte, hörte er die Musik noch immer. Sanft und herrlich entstieg sie jedem Schatten, jedem Baum, ja der Erde selbst.

Den Gesang der Elfen im Ohr, waren seine schrecklichen Erinnerungen und seine Befürchtungen vergessen. Langsam und entschlossen verließ Elbryan den Hügel und sah dabei immer wieder zum Himmel hinauf. Dann blieb er stehen und zwang sich dazu, auf die dunkelste Stelle zu starren, die er finden konnte, damit seine Augen sich vollständig anpaßten.

Leise drehte er sich um die eigene Achse, vorsichtig, ganz auf den Gesang konzentriert. Als er die ungefähre Richtung ausgemacht hatte, schlich er vorwärts.

Immer wieder in dieser Nacht glaubte Elbryan, es gleich geschafft zu haben. Immer wieder sprang er um einen Baum oder Busch herum, hinter dem er den singenden Elf vermutete, und einmal vermeinte er sogar in der Ferne eine Fackel aufleuchten zu sehen.

Der Gesang war kraftvoll, wenn auch nicht laut, und immer wieder fielen andere Stimmen mit ein, aber Elbryan erblickte nicht einmal den Schatten eines Elfen oder irgendeines anderen Wesens, die ganze Nacht lang nicht.

Juraviel fand ihn in der Dämmerung, zusammengerollt in einer Mulde am Fuß einer breiten Eiche.

Es war an der Zeit zu beginnen.

Teil Zwei

Entwicklungen

Oftmals sitze ich staunend da und schaue zu den Sternen hinauf. Ihr Leuchten symbolisiert mir sämtliche ungeklärten Fragen der menschlichen Existenz – was unseren Platz in diesem weiten Himmel betrifft, unseren Daseinszweck, den Tod an sich. Sie sind mir das Funkeln des unerklärlichen Wunders und die Leuchtfeuer der Hoffnung zugleich.

Der Nachthimmel hat mir während meiner Jahre in Andur'Blough Inninness am meisten bedeutet. Wenn bei Sonnenuntergang der Nebel an den Waldrand zurückwich, dann verschleierte er die bekannte Welt und hüllte die schroffen Schatten der Berge in ein weiches und zartes Geheimnis, und die Sterne kamen heraus und leuchteten klarer als irgendwo sonst auf der Welt. Dieser magische Nebel hob mich – meinen Geist und scheinbar sogar meinen greifbaren Leib – in die Himmel empor, auf daß ich zwischen den Sternen wandeln und im Lichte des Mysteriums baden könne, in den Geheimnissen des Universums, wie es ist.

In diesem Elfenwald, unter diesem Elfenhimmel, wußte ich, was Freiheit ist. Ich kannte die reinste Kontemplation, die Befreiung von materiellen Fesseln, die Bruderschaft mit dem ganzen Universum. Unter diesem Himmel, der mir so viele Fragen aufwarf, ließ ich die Sterblichkeit hinter mir, denn ich war eins geworden mit etwas Ewigem. Aus dieser vorübergehenden Existenz erhoben, wechselte ich von einem Ort der ständigen Veränderung an einen Ort der Ewigkeit.

Ein Elf mag eine Handvoll Jahrhunderte erleben, ein Mensch eine Handvoll Jahrzehnte, doch für beide stellt dies nur den Beginn einer endlosen Reise dar – oder vielleicht die Fortsetzung einer Reise, die lange vor dieser gegenwärtigen, bewußten Inkarnation begann. Denn der Geist lebt fort, wie die Sterne fortleben. Unter diesem Himmel lernte ich, daß dies die Wahrheit ist.

Unter diesem Himmel sprach ich zu Gott

ELBRYAN WYNDON

10. Aus härterem Holz geschnitzt

Elbryan krempelte sich die Kniebundhosen bis zu den Schenkeln hoch – nicht daß der zerschlissene und fadenscheinige Stoff dort lange bleiben würde! –, dann tauchte er einen Zeh in das dunkle Wasser.

Kalt. Es war immer kalt; der Junge wußte wirklich nicht, warum er es überhaupt noch jeden Morgen probierte, bevor er hineinging.

Irgendwo im dichten Buschwerk hinter ihm rief es: »Schlaf nicht ein!« Die Worte wurden nicht in der Landessprache des Bärenreiches gesprochen, sondern in dem Singsang der Elfensprache, einer Sprache, die Elbryan allmählich zu verstehen begann.

Er warf einen finsteren Blick in die Richtung, aus der die Stimme gekommen war, obwohl er genau wußte, daß er keinen Touel'alfar würde erspähen können. Seit drei Monaten befand er sich nun in Andur'Blough Inninness. In die Lande außerhalb des Elfentals war der Winter eingezogen und hatte auch vor dem Nebel nicht ganz haltgemacht. Elbryan wußte nicht genau, wo Andur'Blough Inninness lag, aber er nahm an, daß er sich nicht mehr im Bärenreich befand, sondern irgendwo in den nördlichen Breiten Koronas, jenseits der Grenze zu den Wilderlanden. Seiner Berechnung nach war die Wintersonnenwende vorüber, und Dundalis oder das, was von dem Dorf noch übrig war, lag unter mehreren Fuß Schnee begraben. Er konnte sich noch gut an die Härten und Aufregungen des winterlichen Dundalis erinnern, an den heulenden Wind und das Geprassel der Eispartikel auf den Wänden der Hütte. Manchmal waren sein Vater und er morgens vor lauter Schneeverwehungen kaum aus dem Haus gekommen!

In Andur'Blough Inninness war es anders. Irgendein Zauber, wahrscheinlich derselbe, der das Tal tagsüber in Nebel hüllte, ließ die Winterzeit wesentlich wärmer und feundlicher sein. Das Nordende des Tals war von Schnee bedeckt, aber nur ein paar Fingerbreit, und der kleine Teich dort oben war zugefroren – einmal hatte Elbryan eine Handvoll Elfen auf dem Eis tanzen und spielen sehen. Viele der robusteren Pflanzen jedoch hatten ihr Sommerkleid behalten, zahlreiche Blumen blühten noch, und dieser schilfbedeckte Sumpf, der einzige Ort im ganzen Tal, den Elbryan von Herzen haßte, war nicht einmal zugefroren. Das Wasser war kalt, aber auch nicht kälter als im Herbst.

Der Junge holte tief Luft und trat mit einem Fuß ins Wasser. Er wartete einen Moment und tauchte dann den zweiten Fuß hinein. Er hob den Korb auf und fluchte, als ein Hosenbein ins Wasser rutschte, dann watete er durch das Schilfrohr hinaus. Wenigstens fühlte es sich gut an, wie der kalte Schlamm zwischen den Zehen hervorquoll.

»Schlaf nicht ein!« tönte es erwartungsgemäß aus dem Gestrüpp, mal hier, mal dort, mal in Elfen-, mal in Menschenzunge. Die Elfen machten sich lustig über ihn. Das taten sie immer. Jedesmal nörgelten sie herum und rieben ihm seine allzu zahlreichen Unzulänglichkeiten unter die Nase.

Zu seiner Ehre muß gesagt werden, daß es Elbryan inzwischen recht gut gelang, nicht weiter auf sie zu achten.

Ein Schilfbüschel teilend, fand der Junge seinen ersten Stein des Tages, der flach im Wasser trieb. Er schöpfte ihn heraus und tat ihn in seinen Korb, dann watete er zu einer Gruppe von nahezu einem Dutzend solcher treibenden Steine hinüber. Diejenigen, die zu hoch im Wasser lagen, tauchte er unter, damit sich die schwammartigen Gebilde erst noch ein wenig voller sogen, bevor er sie herausholte. Nichtsdestotrotz würden sich die Elfen unausweichlich darüber beschweren, wie wenig der wohlschmeckenden Flüssigkeit er diesmal gesammelt hatte.

Das war nur ein weiterer Teil des täglich gleichen Rituals.

Bald war der Korb gefüllt, also schleppte ihn Elbryan zum Ufer zurück und griff sich den nächsten. So ging es den größten Teil des Morgens weiter, den größten Teil jeden Morgens: Behutsam watete der Junge durch den eiskalten Sumpf, bis er zehn Körbe mit Melksteinen gesammelt hatte.

Und das war noch der leichte Teil, denn anschließend mußte er die schweren Körbe einen nach dem anderen fast eine halbe Meile weit zum Sammeltrog schleppen. Dabei mußte er schnell sein, denn hier konnte er leicht wertvolle Zeit verlieren und sich nahezu endlose Beleidigungen von seiten der unsichtbaren Elfen einhandeln. »Fünf Meilen beladen, fünf Meilen unbeladen«, hatte Belli'mar Juraviel diesen Teil seiner Arbeit beschrieben. Ironischerweise waren die beladenen Gänge die leichteren, denn auf dem Rückweg zum Sumpf stellten die Elfen dem Jungen gern Fallen. Es waren keine besonders heimtückischen Fallen, sie dienten eher der Erniedrigung als der Verletzung. Eine Stolperschnur hier, ein getarnter Fleck rutschigen Schlammes dort. Am schlimmsten war das Gelächter, wenn er ihnen in die Falle ging. Sie lachten sich halbtot, während er sich aus einem Dornenbusch oder was auch immer zu befreien suchte. Daß die seidenen Elfenschnüre so klebrig und zäh wie Spinnenfäden sein konnten, hatte er früh genug am eigenen Leib erfahren.

Die Belohnung für seine allmorgendliche Plackerei bekam er, wenn er zum Sumpf zurückkehrte, um den zehnten Korb zu holen. Dann stand sein Mittagessen für ihn bereit – nur war es längst Nachmittag, bis er davon kosten durfte. Die Elfen stellten einen großen Tisch auf, mit dampfendem Eintopf und Wildbret, manchmal auch mit Federwild vom Grill; dazu gab es kochend heißen Tee, der einen vom Kopf bis zu den kalten Füßen durchwärmen konnte. Sie tischten ihm jedesmal ein warmes Essen auf, und Elbryan begriff bald, warum. Die Elfen stellten es jeden Tag genau zur gleichen Zeit bereit, aber wenn er zu sehr trödelte, dann *»tolque ne'pesil siq'el palouviel«* – dann sei der Dampf schon von der Suppe, wie eine besonders garstige Elfe, eine zierliche Maid namens Tuntun, ihn oftmals aufzog.

Also lief Elbryan mit seinem neunten Korb, was das Zeug hielt, wohl wissend, daß jeder Stein, der ihm in den Dreck fiel, für diesen Tag umsonst gesammelt war. Kaum hatte er den Korb vorsichtig neben den Trog gestellt, da nahm er auch schon die Beine in die Hand und lief die halbe Meile zum Sumpf zurück. Die erste Zeitlang aß er jeden Mittag kalt, aber je vertrauter ihm das Gelände wurde, je stärker seine Beine wurden und je besser er die teuflischen Elfenfallen zu erkennen und ihnen auszuweichen verstand, desto wärmer wurde sein Essen.

Heute, beschloß Elbryan, würde er sich an dem Tee die Zunge verbrennen!

Er stellte den neunten Korb pünktlich beim Trog ab, holte einmal tief Luft, um innerlich zur Ruhe zu kommen, und rief sich den letzten elfischen Hinderniskurs ins Gedächtnis. Erst zum dritten Mal in all diesen Wochen war das Essen noch nicht bereitgestellt gewesen, als er den neunten Korb geholt hatte. Bei den ersten beiden Gelegenheiten war der hoffnungsvolle Junge nur um so hinterhältigeren Fallen auf den Leim gegangen. »Diesmal nicht«, sagte er mit ruhiger Entschlossenheit, dann lief er los.

In einer scharfen Kurve erblickte er Schlamm. Ohne zu verlangsamen, sprang Elbryan über die schlüpfrige Stelle hinweg. Dank eines Sonnenstrahls, der schräg durch eine Lücke im Blätterdach fiel, erkannte er eine Reihe beinahe durchsichtiger Stolperfäden, die auf Knöchel- bis Kniehöhe über ein Stück gerader Wegstrecke gespannt waren. Kurz dachte er daran, sich einfach parallel dazu durchs Unterholz zu schlagen, doch dann verlangsamte er. Durch eine so offensichtliche Falle spazierte er am besten mitten hindurch.

»Heute nicht«, knurrte er, dann senkte er den Kopf und sprintete los. Er hatte den günstigsten Blickpunkt rasch heraus, nur einen Schritt vor ihm auf Bodenhöhe, und sprang mit hohen Sätzen den Weg entlang, über jeden einzelnen Stolperfaden hinweg.

Gelächter verfolgte ihn, als er weiterrannte, und ihm war, als läge auch ein wenig Bewunderung darin.

Nach einigen Minuten kam auf dem letzten Wegstück das Ziel in Sicht – der Sumpf, der Korb, das Essen. Hier waren beide Seiten des Weges von hohen Steinen gesäumt, die es nahezu unmöglich machten, die Strecke zu umgehen; es sei denn, Elbryan wich ziemlich tief ins Unterholz aus.

Er sollte lieber vorsichtig sein und lief langsam weiter, im Schrittempo fast. Die paar Sekunden mehr würden die Qualität seiner Mahlzeit wohl kaum noch beeinträchtigen.

Sie hatten eine Grube ausgehoben – wie nur in der kurzen Zeit? – und sie geschickt mit einer Lage Erde und Laub auf einem Gitter aus geflochtenen Ästen getarnt. Davon abgesehen sah der Weg eigentlich aus wie immer.

Eigentlich wie immer.

Elbryan ging in die Hocke, um Anlauf zu nehmen und die Falle zu überspringen. Im letzten Moment trug ihm der Wind ein leises Kichern entgegen.

Da breitete sich ein Schmunzeln auf dem Gesicht des Jungen aus. Er winkte mit dem Zeigefinger in Richtung Unterholz. »Geschickt gemacht«, gratulierte er, dann ging er zum Rand der Falle und schob das Gitter zur Seite. Darunter war einfach nur Waldboden.

Die tatsächliche Falle entdeckte er ein paar Schritt weiter vorn. Er wäre gemütlich über die vorgetäuschte hinweggesprungen, nur um schwer in die richtige zu krachen.

Nun war es an Elbryan, lauthals zu lachen, während er die Ausmaße der tatsächlichen Fallgrube abschätzte und über sie hinwegsprang. Jetzt lagen die letzten Meter des Pfades, die ihn noch von seinem Essen trennten, frei vor ihm.

»Diesmal nicht!« rief er laut, und nun kam kein Gelächter aus dem Buschwerk. Nicht ein Geräusch war zu hören. *»Ne leque towithel!«* wiederholte er auf elfisch.

In aller Seelenruhe passierte er den letzten Baum und wähnte sich schon am Ziel.

Da schoß etwas an ihm vorbei, gleich unter dem Kinn. Er hörte einen dumpfen Schlag neben sich und fuhr herum. Einer dieser winzigen Elfenpfeile hatte sich tief in die Baumrinde gebohrt. Wieder pfiff ein Geschoß an ihm vorbei. Als Elbryan den Silberfaden sah, den der Pfeil hinter sich herzog, wurde ihm klar, was hier gespielt wurde.

Ein dritter und vierter Pfeil folgten ebenso gefährlich nahe.

»Unfair!« schrie der Junge und wollte fliehen – aber die klebrigen Fäden hatten ihn schon. Hilflos sah er vom Unterholz zu der dampfenden Suppe vor seiner Nase.

Weitere Pfeile schossen vorbei, weitere Fäden spannen das Netz enger, das Elbryan von seinem Essen fernhielt.

»Unfair!« rief er immer wieder und zerrte an den Fäden. Es gelang ihm, einige abzureißen – entweder löste sich der Pfeil aus der Rinde, oder die Fäden rissen von den gefiederten Schäften ab –, doch half ihm das nur wenig, denn nun klebten ihm die Fäden an den Kleidern und behinderten ihn um so mehr.

Dann streifte ein Pfeil seinen Unterarm. Der sengende Schmerz ließ seinen Protest als Knurren herauskommen, und er hörte mit seinem Gezerre auf und hielt sich den Arm.

»Feiglinge!« schrie er völlig frustriert. »Goblinpack! Nur ein Feigling schießt aus dem Hinterhalt. Nur ein Feigling mit Goblinblut in den Adern greift jemanden an, der keine Waffen hat, um sich zu wehren!«

Der nächste Pfeil rasierte ihm so schmerzhaft den Nacken, daß es blutete.

»Es reicht!« kam eine gestrenge Stimme aus dem Unterholz. Elbryan erkannte den Sprecher – und war ziemlich froh, ihn zu hören.

Protest, Gelächter und Hohngeschrei erklangen aus allen Richtungen.

»Es reicht, Tuntun!« sagte Belli'mar Juraviel unnachgiebig. Der Elf trat aus dem Buschwerk hervor und ging zu Elbryan hinüber. Den Bogen in der Hand, erschien Tuntun auf der gegenüberliegenden Seite und folgte ihm rasch.

»Ruhig, mein Freund«, forderte Juraviel den armen Elbryan auf, der um sich schlug und sich dadurch nur noch mehr verhedderte. »Die Schnüre lassen erst los, wenn Tuntun es ihnen befiehlt.« Juraviel wandte sich um und sah die Elfe streng an. Sie seufzte ergeben und murmelte ein paar Worte.

Prompt fielen die Schnüre zu Boden, von denjenigen abgesehen, die noch fest gespannt vom Baum zu dem Gebüsch führten, aus dem heraus Tuntun sie abgeschossen hatte, und denen, in die der junge Mann sich verheddert hatte. Kaum hatte Elbryan sich mit Juraviels Hilfe von ihnen befreit, da stürzte er auch schon auf Tuntun los, ein gefährliches Glitzern in den grünen Augen.

Die Elfe sah seelenruhig und völlig gelassen zu ihm hinauf.

»Ich hatte mir das Essen verdient!« fauchte der Junge.

»Dann geh und iß«, erwiderte Tuntun, und überall im Unterholz kicherte es. »Du brauchst keine Angst mehr zu haben, daß du dir die Zunge verbrennst.«

»Elbryan«, warnte Juraviel, als er sah, daß der Junge die Fäuste ballte. Tuntun bat ihren Elfengefährten mit erhobener Hand, die Situation ihr zu überlassen. Juraviel war klar, was kommen mußte, und obwohl es ihm nicht gefiel, weil er es für verfrüht hielt, stimmte er in gewisser Weise zu, daß die Lektion notwendig sein mochte.

»Du würdest mich so gern schlagen«, kicherte Tuntun.

Elbryan kochte, aber er konnte diesem kleinwüchsigen Wesen, das bestenfalls halb soviel wog wie er und noch dazu ein Mädchen war, doch nicht einfach eins auf die Nase geben!

Tuntun hob den Bogen so rasch, daß Elbryan es kaum mitbekam, und schickte einen Pfeil den Pfad hinab. Er traf den Suppentopf, der umfiel und das ganze Essen ruinierte. »Wohl bekomm's«, sagte Tuntun.

Zu diesem Zeitpunkt waren die Knöchel von Elbryans Fäusten weiß, und seine Kiefer knirschten vor Anspannung. Er wollte sich abwenden, weil er glaubte, die Beherrschung behalten und sämtliche Beleidigungen einfach wegstecken zu müssen, aber bevor er sich noch halb weggedreht hatte, bekam er Tuntuns Bogen ins Genick.

Elbryan wirbelte herum und wollte die Elfe schlagen. Er verfehlte sie aufs peinlichste, denn sie duckte sich unter dem vorhersehbaren Schlag weg und trat ihn in rascher Folge gegen die Innenseite beider Knie.

Elbryan gelang es, auf den Beinen zu bleiben. Tuntun schleuderte ihren Bogen beiseite und bedeutete ihm, mit bloßen Händen zu kommen.

Der Junge blieb stehen. Der Wald lag still, absolut still, und Juraviel ließ mit keinem Wort und keiner Geste erkennen, wie Elbryan sich verhalten sollte.

Er mußte seine Wahl wohl selber treffen. Also duckte er sich tief, die Hände weit ausgestreckt, und fühlte, wie sich sein Gewicht auf den Fußballen verteilte. Er wartete. Er wartete ab, bis Tuntun sich entspannte, dann sprang er sie an wie eine Katze.

Er erwischte nur Luft und begriff erst, daß die Elfe nicht mehr vor ihm war, als er hinter sich Flügelschlagen hörte und kräftig ein paar hinter die Ohren bekam.

Er fuhr herum, aber Tuntun machte die Drehung mit und legte einen wahren Trommelwirbel auf seinem Kreuz hin.

Wütend warf sich Elbryan zur Seite, um endlich ein wenig Abstand zu seiner schwer faßbaren Gegnerin zu bekommen.

»Mathers Blut!« höhnte Tuntun. »Er kämpft genauso täppisch wie alle Menschen!«

Juraviel verkniff sich die Bemerkung, daß Mather in den ersten Jahren seiner Ausbildung auch nicht viel besser gekämpft hatte. Sollte Tuntun an diesem Tag doch ihren Spaß haben. Wenn Elbryan sich schließlich bewährte, würde das seinen Sieg um so süßer machen.

Wie aufs Stichwort griff Elbryan erneut an, aber diesmal setzte er seine Schritte mit Bedacht und ließ die tanzende Elfe nicht aus den Augen. Tuntun, die wieder gelandet war, wiegte sich langsam hin und her und bewegte die Hände vor dem Gesicht.

Elbryan sah eine Möglichkeit und ergriff seine Chance – kurzer linker Haken, Schritt und dann mit der rechten Faust quer über Tuntuns abwehrenden Arm hinweg. Als der Haken danebenging, wollte er den linken Arm rasch wieder zurückziehen, um durch die Drehung der Schultern mehr Gewicht hinter die Rechte zu bringen. Er wollte eine Menge machen, wollte auf die Kombination einen Schulterstoß folgen lassen oder einen raschen Doppelschlag, wenn sich die Gelegenheit dazu ergab. Doch kaum war seine linke Faust so quälend nahe an Tuntuns ausweichendem Kopf vorbeigeschossen, da mußte er auch schon feststellen, daß er die Sache nicht mehr im Griff hatte.

Tuntun drehte sich mit dem Schlag mit, so daß ihr Kopf vor Elbryans rechte Körperhälfte kam; gleichzeitig packte sie ihn mit der rechten Hand beim Handgelenk und schob es nach außen, und mit der linken griff sie hinter seinen Ellenbogen und zog ihn heran.

Als Elbryans Arm durchgedrückt war – und bevor er auch nur einen Schritt machen und den Querschlag beginnen konnte –, setzte Tuntun den Hebel an.

Elbryan blieb nichts anderes übrig, als die Bewegung mitzumachen. Er taumelte einen Schritt nach links, dann ging er unsanft zu Boden und krachte schwer in ein Gebüsch. Zu seiner Ehre muß gesagt werden, daß er den Überschlag gar nicht erst zu vermeiden suchte, sondern sich aufrappelte und sofort wieder zurückgekrabbelt kam, um Tuntun bei den Beinen zu packen.

Die Elfe versteifte sich und beugte sich nach vorn über seinen Kopf und seine Schultern.

Ihre Stärke überraschte Elbryan, denn er konnte sie nicht zu Fall bringen. Noch viel mehr überraschte es ihn allerdings, als ihre Hände hart auf die empfindliche Stelle gleich unterhalb seines rechten Schulterblatts schlugen.

Sofort wich sämtliche Kraft aus seiner rechten Körperhälfte. Er ging erneut zu Boden und bekam kaum mit, daß er die Elfe nicht mehr gepackt hielt. Sie war irgendwo über ihm, er hörte ihre Flügel schlagen. Als ihm seine Deckungslosigkeit bewußt wurde, kam er rasch auf die Knie. Er hörte ein Kichern, dann erfolgte schon die Explosion. Tuntun hatte ihn umrundet und war flugs auf einem Fuß gelandet, unmittelbar zwischen den Knöcheln des Jungen, um ihm dann den anderen Fuß zwischen den Schenkeln hinauf in den Unterleib zu treiben.

Mit einem Ächzen kippte Elbryan zur Seite, die Hände zwischen den Beinen. Ihm war plötzlich speiübel.

»Tuntun!« hörte er Juraviel protestieren, und die Stimme des Elfen schien aus weiter Ferne zu kommen.

»Er kämpft wie ein Mensch«, meinte Tuntun verächtlich.

»Er *ist* ein Mensch!« erinnerte Juraviel die Elfe.

»Noch ein Grund mehr für eine ordentliche Abreibung.« Das Gelächter aus den Bäumen schmerzte Elbryan mindestens ebensosehr wie sein Unterleib. Eine ganze Weile lag er nur mit geschlossenen Augen da, zusammengerollt wie ein Embryo.

Schließlich öffnete er die Augen und rollte sich herum. Juraviel stand neben ihm. Der Elf bot ihm eine Hand an, aber Elbryan übersah sie störrisch und kämpfte sich auf die wackligen Beine.

»Erdulde die Beleidigungen, mein junger Freund«, sagte Juraviel. »Sie sind nicht unbegründet.«

»Lutsch doch 'ne Rotkappe«, fluchte Elbryan. Diese unter Menschen geläufige Beleidigung bezog sich eigentlich auf Zwerge. Elbryan wußte kaum, was eine »Rotkappe« war, und so entging ihm die Bedeutung seines eigenen Fluches.

Juraviel hingegen entging sie nicht, denn der Elf hatte in den vergangenen Jahrhunderten oft genug gegen die wilden, bösen Zwerge gekämpft. Aber da ihm die grenzenlose Pein und Scham des Jungen nur zu deutlich waren, sah er großzügig über die Beleidigung hinweg.

Elbryan eierte zu dem Tisch und aß störrisch auf, was noch genießbar war. Dann schulterte er den letzten Korb und machte sich zum Trog auf.

Juraviel folgte leise und in einigem Abstand. Er wollte das Beste aus Tuntuns schmerzhafter Lektion herausholen, aber er war sich nicht sicher, ob Elbryan in der geistigen Verfassung war, etwas zu lernen.

Während der Junge die halbe Meile hinter sich brachte, erklang immer wieder Gelächter in den Schatten. Er beachtete es nicht, ja hörte es nicht einmal, so verloren war er in seinem Selbstmitleid und seiner frustrierten Wut. Er fühlte sich mutterseelenallein und im Stich gelassen. Hätten diese verfluchten Elfen ihn doch nur nicht vor dem Bergriesen gerettet!

Bei dem Trog angelangt, begann der anstrengendere Teil seiner Arbeit. Er nahm einen der vollgesogenen Steine und hielt ihn über den Trog, dann drückte er mit aller Kraft zu, bis das aromatisierte Wasser hinausgerieselt war. Anschließend warf er den Stein ins Gras und nahm sich den nächsten vor. Allzu rasch, bevor er auch nur den ersten Korb geschafft hatte, schmerzten ihm vor Anstrengung die Unterarme.

Juraviel trat neben Elbryan und schöpfte mit den Händen etwas Wasser aus dem Trog. Er begutachtete kurz seine Farbe und roch sein feines Bukett. Die Kombination aus Sumpfwasser und Melksteinen, wie die Elfen sie nannten, ergab eines der wohlschmeckendsten Getränke von ganz Korona. Aus diesem Rohprodukt stellten die Elfen ihren berauschenden Wein her, den sie *Questel ni'touel* nannten, der der übrigen Welt jedoch schlicht als ›Elfennebel‹ bekannt war. Die landschaftliche Nebenbedeutung des Namens entging den Menschen üblicherweise; sie nahmen an, er rührte nur von dem Geisteszustand her, der einen nach wenigen Schlucken des gehaltvollen Tropfens überkam. Nicht, daß viele Menschen in den Genuß des Weines gekommen waren, denn die Elfen handelten nicht frei damit. Ihre Kontakte zur weiten Menschenwelt waren diskret und nicht sehr zahlreich; sie betrieben gerade soviel Handel, daß ihre Neugierde befriedigt wurde und sie die schönsten Lieder der wenigen Menschenbarden kennenlernten, die ihnen Freude bereiten konnten.

»Eine gute Ausbeute heute«, kommentierte Juraviel in der Hoffnung, den Jungen aus seiner angesäuerten Stimmung zu reißen.

Elbryan grunzte nur. Er griff zum nächsten Stein und hielt ihn hoch über den Trog, dann drückte er in der Hoffnung, daß Juraviel einige Spritzer abbekam, mit aller Kraft zu.

Dafür war der Elf jedoch viel zu flink.

Juraviel nickte bloß. Er war erstaunt, wieviel Kraft der Junge in so wenigen Wochen erlangt hatte. Bevor er Elbryan verließ, wollte er noch ein letztes Mal versuchen, ihn zu beruhigen und der beschämenden und schmerzhaften Lektion eine positive Bedeutung zu verleihen. »Es ist gut, daß du soviel Feuer hast«, sagte er, »und noch viel besser, daß du es so unter Kontrolle hältst.«

»So sehr nun auch wieder nicht«, erwiderte Elbryan knurrend. Um das Gesagte zu unterstreichen, hob er den nächsten

Stein auf, und anstatt ihn über den Trog zu halten, schleuderte er ihn mit einer Geste des Trotzes in das nächste Gebüsch. Selbst wenn er ihn wieder aufhob, die aufgesogene Flüssigkeit würde verunreinigt und damit unbrauchbar sein.

Für einen langen Moment starrte Juraviel auf die Lücke, die der Stein in den Blättern hinterlassen hatte. Er versuchte die Dinge mit Elbryans Augen zu sehen, versuchte seine Frustration nachzuvollziehen und die schreckliche Tragödie zu ermessen, die er vor noch nicht allzu langer Zeit hatte durchstehen müssen.

Es nutzte nichts. Was auch immer heute und in den vergangenen Tagen und Wochen geschehen war, dieses störrische Benehmen konnte nur zu einem schlimmen Ende führen. Rasch drehte sich Juraviel zu Elbryan herum und machte mit Hilfe seiner Flügel einen kurzen Satz. Mit der einen Hand packte er den Jungen am Schopf, mit der anderen unterm Kinn, und obwohl dieser mindestens ebenso stark wie der Elf war, hatte er keine Chance, denn Juraviels Winkel war günstiger. Er brachte den Kopf des Jungen über den Trog. Damit ruinierte er vielleicht einen Teil der heutigen Ausbeute, aber das war die Sache wert.

Er drückte Elbryans Kopf unter Wasser, zog ihn wieder heraus, daß der Junge nur so spuckte, dann tauchte er ihn erneut unter. Beim dritten Mal schien es Minuten zu dauern, bis er den Jungen wieder hochzog, und als er ihn langsam freigab, fiel dieser benommen zu Boden und japste verzweifelt nach Luft.

»Ich bin dein Freund«, sagte Belli'mar Juraviel streng. »Aber wir wollen uns doch über eines im klaren sein. Du bist *n'Touel'alfar*, nicht vom Volke. Du bist nach Andur'Blough Inninness gebracht worden, um die Ausbildung zum Hüter zu durchlaufen. Das ist beschlossene Sache und wird nicht wieder rückgängig gemacht. Wenn du versagst, wenn du dich der Freundschaft der Elfen als unwürdig erweist, dann kannst du nicht einfach mit all deinem Wissen über unsere Heimat und unsere Lebensweise wieder in die Welt entlassen werden.«

Doch als Elbryan, entsetzt von der Vorstellung, für immer gefangen zu sein, protestieren wollte, fügte Juraviel grimmig hinzu: »Und bleiben kannst du auch nicht.«

Das fand Elbryan höchst widersprüchlich. Er konnte nicht gehen, er konnte nicht bleiben. Wie das denn?

Ihm klappte die Kinnlade herunter, als er auf die einzig mögliche Lösung kam, als ihm klar wurde, daß Tuntun ohne jegliches Zögern seine Exekution durchführen würde, sollte Juraviel dies nicht übernehmen wollen.

Demütig sagte er kein Wort, sondern machte sich, als Juraviel ihn verließ, gleich wieder an die Arbeit.

Diese Nacht verbrachte Elbryan oben auf dem kahlen Hügel, den er inzwischen als den seinen ansah – unter dem Sternenzelt, allein mit seinen Gedanken. Bilder, Erinnerungen an sein vergangenes Leben, an ein paar Wochen, die ihm manchmal wie Minuten und manchmal wie Jahrhunderte vorkamen, dümpelten an den Ufern seines Bewußtseins. Er versuchte sich auf die Gegenwart zu konzentrieren, auf die schlichte Schönheit des Sternenhimmels oder auf die Zukunft, die Fragen der Unendlichkeit, der Ewigkeit. Unausweichlich jedoch führten ihn diese Gedanken zur Vergänglichkeit und damit zum Schicksal seiner Familie und seiner Freunde zurück.

Und über all diesem inneren Durcheinander standen Elbryans gemischte Gefühle den Elfen gegenüber. Er verstand diese Wesen nicht, die im einen Moment voller Freude und kindlicher Begeisterung waren und im nächsten so abgrundtief hart. Selbst Juraviel! Elbryan hatte ihn als seinen Freund angesehen, und vielleicht war Juraviel das auch, auf seine eigene, nichtmenschliche Art, aber die Grausamkeit und Gelassenheit, mit der der Elf ihn unter Wasser gedrückt hatte, waren furchteinflößend. Elbryan hatte immer gedacht, etwas von einem Krieger in sich zu haben. Er hatte immerhin schon Goblins getötet, obwohl er noch lange kein Mann war. Verglichen mit der Schnelligkeit und Wendigkeit der Elfen jedoch, die ihren Mangel an Gewicht und Kraft durch perfekte Körperbeherrschung ausglichen, kam er sich wirklich wie ein Novize vor. Der leichtere und kleinere Juraviel hatte ihn mit erstaunlicher Mühelosigkeit unterworfen, mit schlichter Beweglichkeit, der er nichts entgegenzusetzen gehabt hatte.

Da war er nun, in einem ebenso märchenhaften wie erschreckenden Land, und teilte den Wald mit Wesen, die er nicht verstehen und auch nicht besiegen konnte. In dieser Nacht, auf diesem Hügel, kam Elbryan sich vor, als ob er allein im Universum wäre, als ob alles um ihn herum – die Welt und die Elfen, die Goblins, die Dundalis angegriffen hatten, und die Leute, die er dort gekannt hatte – nicht mehr als ein Traum war, *sein* Traum. Elbryan war sich nur zu bewußt, welche Selbstherrlichkeit sich dahinter verbarg, ein fast schon sündhafter Stolz, aber er stand dermaßen neben sich, kam sich dermaßen unbedeutend und schutzlos vor, daß er sich mit einem reinen Gewissen auch nicht wohler gefühlt hätte.

Auf diesem Hügel, unter diesem Himmel, wagte Elbryan Gott zu spielen, und dieses Gedankenspiel gestattete ihm schließlich, friedlich zu schlafen und mit dem Entschluß zu erwachen, nicht aufzugeben, mit der entschlossenen Zuversicht, daß er an diesem Tag, genau heute, heiße Suppe zu Mittag essen würde. Er packte seine Körbe zusammen und lief zum Sumpf.

Und als er zum zehnten und letzten Korb zurückgerannt kam, dampfte der Tee noch immer.

Es war ein schweres, anstrengendes Stück Arbeit, das sich Tag für Tag wiederholte, endlos. Aber es hatte seinen Nutzen. Als aus den Wochen Monate wurden und aus den Monaten erst ein Jahr und dann zwei, war Elbryan nur noch schwer als das schlaksige Jüngelchen zu erkennen, das einmal von Jilseponie besiegt worden war. Seine Beine, die Lasten tragen und Fallen ausweichen mußten, wurden stark beweglich. Brust und Schultern wurden breit und kräftig, und an seinen Armen, vor allem den Unterarmen, wölbten sich eisenharte Muskeln.

Im zarten Alter von sechzehn Jahren war Elbryan Wyndon stärker, als es Olwan gewesen war.

Und Olwan war der stärkste Mann von Dundalis gewesen.

11. Cat die Streunerin

»Ecktisch, Cat«, rief Graevis Chilichunk, der Schankwirt und Besitzer der Geselligen Runde, die als bestes Gasthaus von ganz Palmaris galt. Das Haus zur Geselligen Runde oder die Runde, wie es zumeist genannt wurde, war nicht groß. Im ersten Stock fanden gerade einmal ein Dutzend kleiner Gästezimmer und ein einziger Schlafsaal Platz, und die Schenke konnte nicht mehr als hundert Gäste fassen, und dann mußten die meisten stehen. Aber Graevis, ein fetter, herzensguter Glatzkopf, der vor Frohsinn und guter Laune schier platzte, hatte aus dem Haus das beste der billigen gemacht, um es einmal so zu sagen. Die adeligen Besucher von Palmaris stiegen meist in den feineren Häusern gleich in der Nähe des Schlosses ab, aber für diejenigen, die Bescheid wußten, die Wandersmänner und kleineren Kaufleute, gab es kein besseres Haus auf der Welt als die Gesellige Runde. In der Runde bekam man für einen einzigen Silberling ein heißes Essen, und schon ein schlichtes Lächeln konnte den Wirtsleuten oder einem der Stammgäste eine wunderbare Geschichte entlocken. In der Runde war immer für ein prasselndes Feuer, ein weiches Bett und ein schmetterndes Lied gesorgt.

Die junge Frau seufzte schwer; dann machte sie sich zu dem

Ecktisch auf, an dem drei Männer saßen, und bemühte sich nach Kräften, ihre finstere Miene abzulegen. Sie war sich der Blicke bewußt, die auf ihr lagen; Männer sahen sie immer so an. Sie war keine Zwanzig, besaß aber den wohlgeformten Körper einer fünf Jahre älteren Frau. Sie war nicht groß, lediglich vier Fingerbreit über fünf Fuß, aber das ließ ihr blondes Haar nur um so kräftiger und länger wirken. Sie fuhr mit den Fingern hindurch und schüttelte es auf, während sie den Raum durchquerte, denn nachdem sie gerade in der Küche ausgeholfen hatte, klebte es vor Schweiß und Fettdünsten unangenehm im Nacken.

»Ah, die schöne Dame!« neckte sie einer der Männer. »Sei ein braves Mädchen«, fügte er hinzu und blinzelte lüstern.

Der jungen Frau – Cat die Streunerin nannte man sie hier – entglitten die Gesichtszüge. Aber sie faßte sich rasch und zog die Mundwinkel nach oben, was hoffentlich halbwegs als Lächeln durchging. Nicht, daß das dem Betrunkenen überhaupt auffiel, sein Augenmerk lag ein gutes Stück weiter unten.

Mit einem weiteren tiefen Atemzug bekam sie sich in den Griff. Sie dachte an Graevis, den lieben Graevis, der sie vor einer Vergangenheit gerettet hatte, an die sie sich nicht erinnern konnte, der ein gebrochenes kleines Mädchen aufgenommen und es mit seinem warmen Lächeln und warmen Herzen zumindest soweit aufgepäppelt hatte, daß es irgendwie weitermachen konnte. Im Augenwinkel sah sie Pettibwa Chilichunk umherwirbeln; Graevis' ausgelassene Frau schien beinahe zu tanzen. Als Cat ihr zum ersten Mal begegnet war, hatte sie sie für einfältig gehalten. Pettibwa lachte die ganze Zeit, während sie mit ihrem Tablett vom einen Tisch zum nächsten tanzte. Sie wurde bei jedem Halt gekniffen und von jedem Stammgast zum Abschied gedrückt, aber es schien ihr nichts auszumachen. Tatsächlich genoß Pettibwa jeden einzelnen Moment davon. Wenn ein Mann ihr in den runden Hintern kniff und sie gerade eine Hand frei hatte, dann kniff sie einfach zurück; oft schnappte sie sich während ihres Tanzes von Tisch zu Tisch auch einfach einen Mann und fegte mit ihm durch den Raum. Und all das tat sie mit so guter Laune, daß weder Graevis noch einer ihrer unfreiwilligen Tanzpartner es ihr je übelzunehmen schienen.

Die ernste Cat brauchte eine ganze Weile, um Pettibwa richtig einschätzen zu können. Die Frau war nicht einfältig, bei weitem nicht. Die genoß es einfach, am Leben und unter Leuten zu sein.

Cat liebte sie – ganz so, wie sie ihre Mutter geliebt hatte. Das glaubte sie jedenfalls, denn obwohl sie sich nicht an ihre Mutter erinnern konnte, konnte sie sich nicht vorstellen, daß man jemanden mehr liebte. Manchmal machte sie dieser Gedanke nur noch trauriger.

Sie nahm die Bestellung auf – wie erwartet nur drei weitere Krüge vom billigsten Bier – und wollte gerade zum Tresen gehen, als ihr der Zwinkerer einen kräftigen Klaps aufs Hinterteil gab. Sie erstarrte und ließ das Gelächter über sich ergehen. Am liebsten hätte sie sich umgedreht und den Kerl zu Boden gestreckt. Jeder, der einmal eine Kostprobe ihres Temperamentes bekommen hatte, hätte bestätigen können, daß ihr das nicht schwergefallen wäre – aber hinter dem Tresen stand Graevis und lächelte sie an. Sein Kopfnicken und die funkelnden braunen Augen bedeuteten ihr, es dabei zu belassen.

Nicht, daß er sie nicht in Schutz genommen hätte. Er hatte sie schließlich bei sich aufgenommen und liebte sie mindestens ebensosehr wie seinen eigenen Sohn, den griesgrämigen Grady. Niemand würde Cat je etwas zuleide tun, solange Graevis' Herz schlug – und Pettibwas natürlich –, aber in der Runde mit ihrer wilden Wirtin machte man aus einem Klaps auf das Hinterteil nicht gerade eine Staatsangelegenheit.

Die junge Frau beließ es dabei und bahnte sich einen Weg durch den überfüllten Raum, um die Getränke zu holen.

»Nimm's als Kompliment, Schätzchen«, sagte Pettibwa mit ihrem »Bürgersfrauen-Akzent« und kam neben ihre Adoptivtochter an den Tresen geschlendert.

»Jetzt muß ich das Kleid auch noch waschen morgen früh«, erwiderte Cat die Streunerin. Ihr Akzent war nicht so breit, wenngleich er ihre vier Jahre bei den Chilichunks nicht verbergen konnte.

»Na, na, nich' so ernst!« Pettibwa kniff der jungen Frau in die Wange. »So sind die Mannsbilder nun mal, wenn sie einen Weiberrock sehen.«

Die junge Frau errötete und schaute weg.

»Na, zum Glück gibt's bei dir nich' viel zu seh'n, was?« zog Pettibwa sie schmunzelnd auf und strich ihr über das Haar. »Wenn du bloß mal lächeln würdest, Mädchen. Die ganze Welt würde dir zu Füßen liegen.«

Die junge Frau schloß die Augen und genoß die zärtliche, harmlose Berührung. Hatte ihre Mutter sie auch so gestreichelt? Sie spürte, daß ihr Haar damals viel kürzer gewesen war, in ihrer Kindheit, als ihr die ganze Welt wie ein einziges großes Abenteuer vorgekommen war, als die Teufel nur Märchengestalten waren, die einem am Feuer eine Gänsehaut bereiteten, aber imaginäre Feinde, gegen die sich Krieg spielen ließ.

Der Moment ging allzu rasch vorüber, denn der Lärm des überfüllten Raums hatte sie wieder eingeholt. Sie nickte Pettibwa zu und lächelte müde, was diese mit einem Zwinkern quittierte. Die Ältere nahm ihr Tablett und war mit wenigen raschen Schritten in der lärmenden Menge verschwunden.

»Wenn er frech wird, sag Bescheid«, brummte Graevis und stellte drei Bier vor sie hin. »Mußt nich' mit ihm schäkern, wenn du nich' willst.«

Wieder nickte Cat die Streunerin mit einem müden Lächeln. Sie wußte, daß es Graevis ernst damit war; sie – und nicht die Stammgäste – hatte hier das Sagen. Aber sie wußte auch, wie es in der Runde zuging, und sie wollte Graevis und Pettibwa, ihre Retter, auf keinen Fall in Schwierigkeiten bringen.

Sie nahm ihr Tablett und kurvte durch die Menge, ohne auf dem Weg zum Ecktisch mehr als einen Tropfen zu verschütten. Meister Zwinker-und-Klaps verzog bei ihrem Anblick das Gesicht und prustete erneut los. »Vielleicht können wir uns ja zusammentun, wenn das Feuer runtergebrannt ist. Ich hab da noch ein Goldstück loszuwerden.« Es war mehr eine Feststellung als eine Frage.

Wieder dieses ordinäre Gelächter, und diesmal stimmten seine Gefährten mit ein.

Cat ignorierte es und stellte die Humpen auf den Tisch.

»Dann eben zwei Goldstücke. Hauptsache, du bist es wert«, sagte der schmuddelige Kerl, und als Cat ihn immer noch ignorierte, packte er sie grob am Arm.

Ihre freie Hand kam vorgeschossen und knickte ihm den Daumen nach hinten um, so schnell, daß der Betrunkene kaum wußte, wie ihm geschah. Erst verlor er das Gleichgewicht, dann saß er auf dem Boden, und das schöne Schankmädchen war bereits außer Reichweite. Seine Kumpane johlten vor Begeisterung.

Cat ließ die Schmährufe über sich ergehen, konnte aber der Erkenntnis nicht ausweichen, daß Pettibwa die Sache anders angepackt hätte, und zwar besser. Pettibwa hätte verkündet, daß zwei armselige Goldstücke für eine Frau mit ihren Talenten geradezu eine Beleidigung seien, und dann vielleicht noch hinzugefügt, daß sie ohnehin nie einen Mann mit ins Bett nehme, für den »Badewanne« ein Fremdwort sei.

Damit hätte sie sich elegant aus der Affäre gezogen und zugleich den Spieß umgedreht und den Mann so geschickt zum Narren gehalten, daß er es wohl erst mitbekommen hätte, wenn sie längst weg war.

So aber schäumte der Mann schier über, und als Cat das

Wort »Hure« aufschnappte, überraschte es sie nicht, daß Graevis angerauscht kam, mit einigen Stammgästen im Schlepptau, aus deren Gesichtern keine Geselligkeit mehr sprach.

Cat hörte sich die unausweichliche Entschuldigung an, die der Kerl nur hervorkeuchte, weil ihm der Arm auf den Rücken gedreht worden war. Dann wandte sie sich brüsk ab, um nicht mit ansehen zu müssen, wie Graevis den Betrunkenen unsanft auf die Straße setzte und seine verdatterten Freunde hinterherschob.

Am peinlichsten fand Cat jedoch die eifrigen Blicke der vielen Burschen, die nur zu gern ihre Ehre verteidigt hätten, sei es nun mit einer Tracht Prügel oder Schlimmerem. Vor allem einer fiel ihr auf, ein vornehmer junger Herr mit hellbraunen Augen, die vor Klugheit sprühten, und einer dezenten Art, die auf eine gute Kinderstube hindeutete. Er nickte ihr mit der Andeutung eines Lächelns zu und lud sie so ein, ihn zu ihrem Favoriten zu machen. Sie sah ihn lange an – wie er dasaß, sich bewegte – und hegte keinen Zweifel, daß er mit dem schmalen Schwert, das locker an seiner Hüfte baumelte, wohl umzugehen verstand. Ein Wort von ihr, und das Leben der drei Betrunkenen wäre keinen Pfifferling mehr wert gewesen.

Und damit war er bei weitem nicht der einzige. Es war eigentlich schmeichelhaft, aber Cat die Streunerin verabscheute es, so im Mittelpunkt zu stehen; sie verabscheute das gönnerhafte Benehmen dieser Möchtegernhelden, die doch – von Graevis einmal abgesehen – allesamt genau dasselbe wollten wie der hinausgeworfene Säufer. Sie mochten vornehmer und weniger dreist vorgehen, aber eigentlich wollten sie mit ihrer Ehrenhaftigkeit nichts anderes erreichen als der Betrunkene mit seinem Gold.

Sie arbeitete noch eine Stunde weiter, doch als ihr Lächeln nicht wiederkehrte, forderte Graevis sie auf, früher Schluß zu machen. Cat verneinte, weil sie Pettibwa nicht noch mehr Arbeit aufbürden wollte, aber die Wirtin winkte nur verächtlich ab und schob sie dann regelrecht durch die Seitentür, die zu den Privaträumen führte. Als Cat dankbar zu ihr zurücksah, erblickte sie hinter Pettibwas großer, runder Schulter wieder den ebenso gutaussehenden wie -gekleideten jungen Mann, der ihr sein Weinglas entgegenhob, offensichtlich als Abschiedsgruß.

Erschrocken hastete sie davon.

Der Lärm aus der Schänke verstummte, kaum daß die schwere Tür zugefallen war, und plötzlich befand sich die junge Frau in seliger Einsamkeit – beinahe jedenfalls, denn einen Moment später hörte sie Grady Chilichunk in seinem kleinen Zimmer rumoren.

Cat seufzte erneut. Gradys Gesellschaft konnte sie jetzt gar nicht gebrauchen. Er war ein gutaussehender Mann von dreißig Jahren, beinahe doppelt so alt wie sie, mit wachsamen braunen Augen. Vom Aussehen her war er angeblich das genaue Ebenbild seines Vaters in jüngeren Jahren, aber vom Temperament her konnten die beiden in Cats Augen kaum verschiedener sein. Seit ihren ersten Tagen in diesem Haus hatte er die junge Frau nervös gemacht. Nicht etwa, weil er so lüstern war wie der Betrunkene in der Schänke oder so aufdringlich wie der gutaussehende junge Herr. In vier Jahren hatte Grady die erblühende junge Frau nicht ein einziges Mal wollüstig angesehen. Er war seiner Adoptivschwester gegenüber stets höflich, allzu höflich. Steif geradezu, und als die junge Frau etwas erfahrener wurde, was den Lauf der Welt anging, wurde ihr klar, daß Grady sie als Bedrohung seines rechtmäßigen Erbes ansah, wie er das wohl insgeheim nannte.

Nicht, daß ihn die Gesellige Runde wirklich interessiert hätte. Er war kaum je dort. Aber ihn interessierte das Geld, das das Haus einbrachte, und die junge Frau hatte längst begriffen, daß Grady nicht gerade entzückt sein würde, wenn Graevis und Pettibwa es plötzlich ihr vererbten.

»Darf man erfahren, was du hier machst?« fragte er, als er sein Zimmer verließ. Seine feine Redeweise stand in scharfem Kontrast zu dem Gassendialekt seiner Eltern. Wie Cat wußte, sah er sich als etwas Besseres, als einen Man von Wichtigkeit. Er besuchte nicht nur die teureren Wirtshäuser beim herzöglichen Schloß, sondern war sogar schon mehrere Male bei Hofe gewesen. Ihr ging auf, daß er den gutgekleideten Edelmann in der Runde kennen mußte; vielleicht hatte er ihn sogar eingeladen.

»Du machst doch nicht etwa schon Schluß für heute?« hakte er nach.

Cat, der sein herablassender Tonfall nicht gefiel, biß sich auf die Lippen. »Ich habe heute abend mehr gearbeitet als du im letzten halben Jahr«, erwiderte sie.

Grady runzelte die Stirn. »Manche sind eben zum Arbeiten geboren«, sagte er ruhig, »und andere zum Müßiggang.«

Cat entschied, daß es den Streit nicht wert war. Sie schüttelte den Kopf, warf ihre Schürze über die Lehne des nächsten Stuhls, griff sich ihren Umhang und trat in die Palmarer Nachtluft hinaus.

Ein kalter Wind kam vom Golf herüber und pfiff um die Ecken der zahlreichen zwei- und dreistöckigen Häuser dieser großen Stadt. Lediglich Ursal, die weiter flußaufwärts gelegene Königsstadt, übertraf sie noch an Größe. Allerdings nur, was das Bärenreich anging, denn die großen, geschäftigen Städte des Königsreichs Behren im Süden beherbergten angeblich noch weit mehr Menschen. Cat die Streunerin, die am Rand der Wilderlande in einem Dorf aufgewachsen war, in dem zehn Leute schon eine Menschenmenge darstellten, war von Palmaris zunächst ganz erschlagen gewesen. Selbst jetzt, nach beinahe vier Jahren, da sie jede Straßenecke kannte und wußte, welche Gegenden zu empfehlen waren und welche nicht, selbst jetzt, da ihr der dunkle Strom des breiten Masur Delaval und die frische, salzige Brise sehr vertraut geworden waren, konnte sie diesen Ort nicht als ihr Zuhause ansehen. So warm das Nest auch war, das ihr die Chilichunks bereitet hatten, dieser Ort konnte das verblaßte Bild der Hütte nicht ersetzen, das sie in ihrem Herzen bewahrte. Sie liebte die Chilichunks, Grady eingeschlossen, aber die beiden Wirtsleute waren nicht ihre Eltern, konnten es gar nicht sein, und Grady würde nie die Stelle eines wahren Freundes annehmen, wie sie spürte, ihn einmal gehabt zu haben.

Cat die Streunerin überfiel es eiskalt. Sie hatte ihn fast völlig verdrängt, konnte sich nur an flüchtige Momente erinnern, an gewisse Blicke und einen Kuß, von dem sie nicht sicher war, daß es ihn überhaupt gegeben hatte. Und sein Name war ihr entfallen, wie alle Namen. Das war das Schlimmste! Sie konnte sich ebensowenig an den Namen ihres Freundes erinnern wie an ihren eigenen!

»Cat die Streunerin«, flüsterte sie angewidert. Sie sah zu, wie sich die Atemwolke in der kalten Nachtluft verflüchtigte, und bedauerte, daß dieser Name es nicht ebenfalls tat. Er war ihr als Kosename gegeben worden, keine Frage; voller Mitgefühl für ihre mißliche Lage. Nur war sie ihn allmählich mehr als leid.

Eine dunkle Gasse, die nichts Beängstigendes hatte, führte die junge Frau zur Rückseite des Gasthofes, und dort ging es die Regenrinne zu dem einzigen Teil des Daches hinauf, der nicht abgeschrägt war. Nun erstreckten sich die Lichter von Palmaris unter und die Lichter des Nachthimmels über ihr. Dies war ihr Geheimplatz, ihr Ort der Besinnung. So oft ihre Pflichten es gestatteten, kam sie hier herauf, um mit ihren Erinnerungen allein zu sein und herauszubekommen, wer sie war und woher sie stammte.

Sie erinnerte sich, in ein Dorf gekommen zu sein, wund und zerlumpt, schwarz von Ruß und geronnenem Blut. Sie erinnerte sich an die fürsorgliche Art, mit der man sie aufgenommen hatte, an die endlosen Fragen, deren Antworten sie schuldig geblieben war. Dann an die lange Straße, die sie mit einer Handelskarawane hinuntergezuckelt war. Die Händler hatten Handwerkswaren zu den kleinen Grenzstädtchen gebracht, um sie dort gegen Felle und gewaltige Baumstämme zu tauschen, die sich als Masten für die in Palmaris hergestellten Segelschiffe eigneten. Mit dieser Karawane war Graevis Chilichunk nordwärts in die Wilderlande gekommen, um einen ganz besonderen Tropfen zu erstehen, den man Elfennebel nannte. Er hatte sich des armen, verlorenen Mädchens angenommen – und sich prompt den Namen Cat die Streunerin einfallen lassen. Die Dörfler waren mehr als willig gewesen, sich von der Waise und zugleich auch von etlichen der schwächeren Dorfbewohner zu trennen, da sie einen Überfall fürchteten, wie er die benachbarte Siedlung schon verheert hatte, Cats Siedlung.

Sie lehnte sich gegen einen rußgeschwärzten Kamin, dessen warme Steine die kalte Nacht ein wenig erträglicher machten.

Warum konnte sie sich an den Namen ihres Dorfes nicht erinnern? Sie wußte nicht einmal mehr, wo Graevis sie aufgelesen hatte. Mehrmals schon hatte sie Pettibwa und Graevis danach fragen wollen, aber sie war jedesmal davor zurückgeschreckt. Vielleicht wollte sie sich ja gar nicht erinnern. Ihre Adoptiveltern drängten sie jedenfalls nicht dazu; Cat hatte eines Abends zufällig mit angehört, wie die beiden einander schworen, daß Cat alle Zeit zur Heilung haben sollte, die sie brauchte. »Vielleicht erinnert sie sich überhaupt nicht mehr«, hatte Pettibwa gesagt. »Wär vielleicht sogar das beste.«

»Und einen Namen hat sie ja schon wieder«, stimmte Graevis zu. »Aber wenn ich gewußt hätte, daß er an ihr hängenbleibt, hätt ich mir einen anderen ausgedacht!«

Damit brachen sie in Lachen aus, und es war in keiner Weise abfällig gemeint, sondern drückte nur ihre Freude aus, jemandem geholfen zu haben, der in solcher Not gewesen war.

Cat liebte sie aus tiefstem Herzen. Nur war es allmählich an der Zeit herauszufinden, wer sie war und woher sie stammte. Sie sah in den Himmel hinauf. Einige Wolkenstreifen waren herangezogen und gaben den noch sichtbaren Sternen eine andere Perspektive. Ebenso ließen sich vertraute Dinge oft aus einem anderen Blickwinkel betrachten. Cat ließ sich von dem Anblick des Sternenzeltes förmlich aufsaugen, um die schmerzliche Blockade in ihrem Inneren zu überwinden. Diesen Anblick kannte sie schon ihr ganzes Leben lang – diese überall funkelnden Lichter mochten ihr helfen, sich an ein anderes Land zu erinnern.

Sie war einen bewaldeten Hang hinaufgelaufen, und als sie dabei zu ihrem Dorf zurückgeschaut hatte, das in der geschützten Talsohle verborgen lag, hatte sie über den Dächern die blassen Farben des Halo erblickt.

»Der Halo«, murmelte Cat die Streunerin. Seit ihrer Ankunft in Palmaris hatte sie diese Himmelserscheinung nicht mehr gesehen. Besorgt legte sie das Gesicht in Falten. Gab es so etwas wie den Halo tatsächlich, oder war diese Erinnerung nur ein Phantasiegespinst?

Wenn es ihn gab, dann handelte es sich um eine echte Erinnerung, dann hatte sie ein weiteres Bruchstück ihres Lebens wiedergefunden.

Sie dachte daran, in die Runde zurückzugehen, um diese Frage sofort zu klären, doch da riß sie ein scharfes, metallisches Geräusch aus ihren Gedanken.

Jemand kam die Regenrinne heraufgeklettert.

Cat war nicht allzu alarmiert – bis über der Dachkante ein vertrautes Gesicht auftauchte.

»Hier steckst du also, Zuckerpüppchen«, sagte der Betrunkene aus der Schänke. »Hier sollen wir zueinander finden.«

»Mach, daß du wegkommst«, warnte ihn Cat, aber der Mann rollte sich auf das Dach und kam auf die Knie.

»Mach du lieber, daß ich komme«, sagte er, und dann hörte

Cat noch jemanden die Dachrinne hinaufklettern. Sie war in ernstlichen Schwierigkeiten. Der Mann hatte seine Kumpane mitgebracht. Wozu, das lag auf der Hand.

So schnell, wie es ihrem Namen gebührte, warf sich Cat herum und knallte ihm ein Knie gegen die Brust, daß er zu Boden ging. Sie fegte seine gierigen Hände zur Seite und verpaßte ihm zwei kräftige Schläge ins Gesicht.

Dann sprang sie auf, und als der Kopf des zweiten Kerls über der Dachkante auftauchte, trat sie ihm ins Gesicht. Er konnte sich halten und setzte zu einer Schimpfkanonade an; Cat trat ihm genau unters Kinn.

Mit einem Ächzen verschwand er in der Dunkelheit, krachte schwer auf den Dritten im Bunde, dann schlugen die beiden hart auf das Kopfsteinpflaster. Zwei auf einen Streich, aber es hatte zu lange gedauert. Cat wollte sich gerade wieder ihrem ersten Angreifer widmen, doch da umklammerte er sie schon so fest von hinten, daß ihr die Luft auszugehen drohte.

Sie spürte seinen heißen Atem im Nacken, roch die Ausdünstungen des billigen Biers. »Na, na, meine Hübsche«, flüsterte er. »Wenn du stillhältst, hast du um so mehr davon.«

Er knabberte an ihrem Ohrläppchen oder versuchte es jedenfalls, aber sie stieß ihm den Hinterkopf kräftig ins Gesicht. Benommen stöhnte er auf.

Das einzige aus ihrer Vergangenheit, das Cat die Streunerin noch vollständig präsent hatte, war kein Anblick oder Name, sondern ein Gefühl, nämlich die Wut der tiefsten Verzweiflung. Diese Wut ließ sie nun frei, auf dem Dach der Geselligen Runde in Palmaris. Sie ließ all die Tränen und die Schreie heraus, auf die niemand geantwortet hatte, und bündelte sie zu einer Gewalttätigkeit, an die der Betrunkene nicht mal im Traum gedacht hätte.

Sie zerkratzte ihm die Arme, sie trat um sich und strampelte, sie wand sich wie eine Schlange.

»Vielleicht macht's aber auch mehr Spaß, wenn du *nicht*

stillhältst«, keuchte der Betrunkene, aber ihm entging, daß sie seinen Klammergriff bereits gelockert und ihr Gesicht nah an seine verschränkten Hände herangebracht hatte.

Cat die Streunerin trieb ihm ihre Zähne tief in die Knöchel.

»Verdammte Hure!« brüllte er und wollte ihr einen Faustschlag versetzen.

Aber dazu mußte er sie loslassen, und prompt wirbelte Cat herum und duckte sich weg, um den Schlag mit ihren Schulterblättern abzufangen. In ihrem Gefühlstumult spürte sie ihn nicht einmal. Sie stieß dem Angreifer die gespreizten Finger ins Gesicht, krallte nach seinen Augen. Er drückte ihre Arme auseinander, und sie nutzte die Öffnung, um ihm erneut einen Kopfstoß zu verpassen.

Sie bekam ihre Hände frei und packte ihn bei den Haaren. Er traf sie seitlich am Kopf, aber das entlockte ihr nur einen wilden Schrei; dann zog sie seinen Kopf mit beiden Händen nach unten und sprang gleichzeitig hoch und winkelte ein Bein an. Als ihr Knie und sein Gesicht zusammentrafen, hörte sie Knochen brechen. Er bäumte sich auf und fiel hintenüber, aber Cat war noch nicht fertig mit ihm.

Immer noch schreiend, stürzte sie sich auf ihn und trieb ihm ein Knie in die Kehle.

»Hör auf!« würgte er weinerlich hervor »Ich tu dir nichts.«

Das war nicht der Punkt. Cat tat *ihm* etwas. Sie prügelte, sie trat, sie biß, sie kratzte. Schließlich, als er grün und blau geschlagen war und aus einem Dutzend Wunden blutete, schaffte er es, auf die Beine und aus ihren Fängen zu kommen, und warf sich der Länge nach das Dach hinab.

Da erst sah Cat, daß unten in der Gasse ein Licht brannte. Sie trat an die Dachkante und rechnete damit, daß wieder einer seiner Kumpane die Dachrinne hinaufgeklettert kam. Sie hoffte es förmlich.

Aber das war nicht der Fall. Der Betrunkene lag leise ächzend auf dem Pflaster, und aus seinen vielen Wunden und dem gebrochenen Schädel sickerte Blut. Der Mann, den sie von der Dachrinne getreten hatte, saß an der gegenüberliegenden Hauswand auf dem Boden. Er stützte sich mit einer Hand ab, mit der anderen hielt er sich das Kinn. Er hatte sich während des Sturzes ein Bein gebrochen, Cat konnte das zersplitterte Ende eines Knochens aus dem Fleisch ragen sehen.

Der dritte Betrunkene stand unmittelbar unter ihr mit dem Gesicht zur Wand und hielt die Hände hoch, eine Schwertspitze zwischen den Schulterblättern.

»Ich habe jemanden schreien hören«, erklärte der gutaussehende Mann aus der Runde, derjenige mit den hellbraunen, blitzenden Augen und dem strahlendsten, weißen Lächeln. »Ich bin kurz nach dir gegangen, weil es dort ohnehin nichts Sehenswertes mehr gab.«

Cat spürte, wie ihr das Blut in die Wangen schoß.

»Ein feiner Held bin ich«, sagte er und reckte das Schwert empor, um die junge Frau zu ehren. »Es will mir eher scheinen, als hätte ich die drei hier gerettet!«

Cat die Streunerin wußte nicht, was sie dem ritterlichen Mann erwidern sollte. Ihre Wut war wie weggefegt. Sie wandte sich ab und floh in die Einsamkeit des dunklen Daches zurück.

Nach einigen peinlichen Minuten rief der Mann nach ihr, aber bevor sie noch antworten konnte, war die Gasse plötzlich von Stimmengewirr erfüllt. Irgendwo fluchte Graevis.

Cat die Streunerin wollte niemanden sehen. Sie war verlegen, sie schämte sich, und sie wollte einfach nur allein gelassen werden. Aber das war unmöglich. Ebensowenig konnte sie einfach auf der anderen Seite des Hauses hinunterschlüpfen, ohne daß halb Palmaris hektisch nach ihr suchte. Sie nahm einen tiefen Atemzug und ging zur Dachrinne, kletterte hinab und warf sich, ohne auch nur einen Blick zu erwidern, Pettibwa an den Busen, kaum daß sie die Frau in der Menge ausgemacht hatte. Dann bat sie leise, sie auf ihr Zimmer zu bringen.

12. Die *Windläufer*

Ihre Tage waren endlos: Sie standen vor der Dämmerung auf und waren nach Mitternacht noch immer nicht im Bett. Die Brüder Avelyn, Quintall, Pellimar und Thagraine lernten, mit nicht mehr als vier Stunden Schlaf auszukommen, und zwar gut auszukommen. Sie erlernten die tiefsten Formen der Meditation, die ihnen gestatteten, nach einer nur zwanzigminütigen Pause wieder stundenlang weiterzuarbeiten. Am Tage übten sie gemeinsam mit ihren jeweiligen Klassenkameraden die kirchlichen Pflichten und Bräuche ein, die täglichen Abläufe in der Abtei sowie sämtliche Kampftechniken. Nach der Vesper bildeten die heiligen Steine den Schwerpunkt ihrer Studien – vom Sammeln über die anschließende Zeremonie des Präparierens bis hin zu den verschiedenen magischen Fähigkeiten jeder einzelnen Edelsteinart. Hinzu kamen die seemännischen Lektionen. Stundenlang schaukelten sie mit einem kleinen Boot auf dem rauhen, kalten Wasser der Allerheiligenbucht.

Was Kampftechniken und Seefahrt anging, konnte Avelyn mit seinen drei Kameraden nicht mithalten, und die kirchlichen Studien enttäuschten den jungen Bruder mehr und mehr. Es schien, als verlöre jede Zeremonie, sobald sie ihm in Fleisch und Blut überging, ein wenig von ihrem Mysterium und damit ihre Heiligkeit. Waren die Fünfzehn Gebote, die Gesetze der Rechtschaffenen, wirklich von Gott gesandt, oder waren es einfach nur Regeln, die in einer zivilisierten Gesellschaft für Ordnung sorgen sollten? Solche Zweifel hätten Avelyn zugrunde gerichtet, wäre da nicht der Unterricht nach Sonnenuntergang gewesen. Denn in den Juwelen des Himmels fand der junge Mann seine Ideale verkörpert. Das Mysterium der magischen Edelsteine ließ sich nicht mit der menschlichen Sehnsucht nach Ordnung und Kontrolle wegerklären. Für Avelyn waren diese Steine tatsächlich ein Geschenk Gottes, der Zauber des Himmels, das Versprechen des ewigen Lebens und der Herrlichkeit.

Also ließ er die grausamen Stunden des Tages über sich ergehen, die Kämpfe, in denen Quintall ihn fast immer bezwang. Zu Beginn des dritten Jahres stieg die Eifersucht zwischen den vieren merklich. Avelyn und Thagraine waren formell zu den Bereitern ernannt worden, zu den beiden Auserwählten, die das Schiff verlassen und die Insel Pimaninicuit betreten würden, um die Steine einzusammeln und zu präparieren, wohingegen Quintall und Pellimar an Bord zu bleiben hatten und nur einen Fuß auf die Insel setzen würden, falls einer der beiden Bereiter ausfiel. Im Jahre des Herrn 821, dem Jahr der Steinschauer, galten Seereisen nicht gerade als sicher, und so sorgte man lieber vor.

Was die Kampfkünste anging, machte keiner der anderen Quintall etwas vor. Er war unglaublich stark, was ihm die Möglichkeit gab, Avelyn jedesmal in Grund und Boden zu stampfen. Der hochaufgeschossene Mönch wurde den Verdacht nicht los, daß Quintall ihn umbringen wollte. Stünde ihm dann nicht der Weg nach Pimaninicuit frei?

Dieser Gedanke war mehr als nur ein wenig beunruhigend für den sanftmütigen Avelyn Desbris, dem allerdings auch die Ironie des Ganzen nicht verborgen blieb. Quintalls Zorn war nicht weniger als der Beweis, daß man mit Avelyn die richtige Wahl getroffen hatte, was Pimaninicuit anging. Wäre die Situation umgekehrt gewesen, wäre nicht er, sondern Quintall auserwählt worden, so war Avelyn zutiefst überzeugt, daß er diesen dann aus vollster Seele unterstützt hätte. Er wäre überglücklich gewesen, überhaupt mit auf die Reise gehen zu dürfen, und hätte außerdem darauf vertraut, daß nicht er, sondern die Meister die Mönche besser beurteilen konnten. Abgesehen davon, daß er seine Eignung des Nachts und vor allem dann, wenn die auserwählten Schüler mit den

Steinen arbeiteten, mit Leichtigkeit unter Beweis stellte. Im vierten Jahr konnte ihm niemand das Wasser reichen, was die Steinzauber anging, nicht einmal einer der Meister. Selbst der skeptische Siherton, welche Vorbehalte er auch nach wie vor gegen Avelyns menschliche Eigenschaften hatte, mußte zugeben, daß der Mann für Pimaninicuit die richtige Wahl war, die gottgegebene Wahl. Siherton, der weiterhin fest auf Quintalls Seite stand, sorgte dafür, daß der junge Mann mit auf die Reise ging – als Ersatz für Thagraine und nicht für Avelyn. Im dritten Jahr wurde Meister Siherton außerdem unverzichtbar als Mittler zwischen den beiden Rivalen des Jahrganges 816. Er war es, der Quintall dazu brachte, seine Eifersucht auf Avelyn zu zügeln.

In den ersten drei Monaten des Jahres 821 befand sich das gesamte Kloster in heller, erwartungsvoller Aufregung. Beinahe täglich – wenn das Wetter mild genug war, daß die jüngeren Mönche auf den Hof konnten – sahen die Schüler auf das dunkle Wasser der Allerheiligenbucht hinab und schüttelten die Köpfe, wann immer ein Eisberg vorbeitrieb, nur um zu bemerken, daß es nicht mehr lange dauern konnte. Als Bafway näherrückte, der dritte Monat, dessen Ende die Frühjahrstagundnachtgleiche brachte, wurde aus dem Geflüster ein offener Wettstreit. Jeder wollte die viereckigen Segel des Schiffes als erster erspähen.

Der Bafway erwies sich als langer, ereignisloser Monat. Die Tagundnachtgleiche ging vorbei, und wann immer es nach einem Wetterumschwung aussah, kam eine weitere Kaltluftfront von Alpinador heruntergerollt und peitschte das Wasser der Allerheiligenbucht, so daß es bedrohlich schäumte.

Als der vierte Monat verstrich, Toumanay, kam es zu freimütigen Diskussionen, an denen sich selbst ältere Brüder beteiligten – und sogar einige Meister. Die älteren und erfahreneren heiligen Männer gaben zu, daß dies wahrhaftig ein gesegnetes Jahr sei und wahrhaftig ein Schiff erwartet werde.

Nur der spätere Zielort dieses Schiffes blieb ein Geheimnis, denn der magische Name Pimaninicuit war allein den Meistern und den vier auserwählten Mönchen bekannt.

Bruder Avelyns Gedanken waren von dieser Insel und der langen Reise erfüllt, die vor ihm lag. An ihre Gefahren dachte er kaum, obwohl er aus den alten Schriften wußte, daß manche Bereiter nie mehr zurückgekehrt waren, sondern die Opfer von Stürmen, Zwergen oder den großen Seeschlangen des Mirianischen Ozeans geworden waren. Selbst wenn die Reisen von Erfolg gekrönt gewesen waren, kehrte meist mindestens einer der vier Mönche nicht zurück, denn mit Erkrankungen war an Bord eines Schiffes nicht zu spaßen. Worauf Avelyn seine Aufmerksamkeit richtete, war das Ziel der Reise, die Insel selbst. Das Studium der Schriften beschwor Bilder von üppigen Gärten voller exotischer Blumen herauf, und er malte sich aus, wie er in einem dieser Gärten stand und rings um ihn herum bunt glitzernde Steine herabregneten, während die Luft von himmlischer Musik erfüllt war. Mit nackten Füßen würde er durch die Steine pflügen und in ihnen baden, baden in Gott.

Natürlich wußte Avelyn, wie absurd diese Vorstellung war. Wenn die Steine herabregneten, würden sein Kamerad und er unter der Erde vor ihnen Schutz suchen müssen. Anschließend würden die beiden noch einige Zeit warten müssen, bis sich mit den heißen Steinen überhaupt arbeiten ließ, und dann würde alles so schnell gehen müssen, daß für religiöse Inbrunst gewiß keine Zeit blieb.

Doch trotz dieser harten Realität, trotz der zahlreichen Möglichkeiten, ums Leben zu kommen, tat Avelyn nichts lieber, als den Meereshorizont auf ein Anzeichen dieser eckigen Segel abzusuchen. Für ihn stand der Höhepunkt seines Daseins bevor, die größte Freude, die ein Mönch von St. Mere-Abelle kennen konnte, die größte Nähe, die er vor seinem Tode zu Gott haben konnte.

Es war kaum Mitte Toumanay, da zeigte sich die zweimastige Karavelle. Schnell glitt sie über das bewegte Wasser in den geschützten Hafen unterhalb von St. Mere-Abelle. Avelyn verbrachte den ganzen Morgen in stiller Andacht, wie es ihm aufgetragen worden war, und als er schließlich zum Abt gerufen wurde, zitterte er so sehr, daß Meister Jojonah ihm einen Arm reichen mußte. Die beiden betraten den weitläufigen Amtsraum als letzte. Avelyns drei Reisegefährten waren schon da, außerdem sämtliche Meister von St. Mere-Abelle sowie zwei Männer, die Avelyn nicht bekannt waren, der eine groß und schlank, der andere kleiner, wesentlich älter und so dürr, daß Avelyn sich fragte, ob er im vergangenen Monat überhaupt irgend etwas gegessen hatte. Avelyn erkannte bald, daß der größere von beiden der Kapitän des Schiffes war. Er hatte etwas Überlegenes an sich, wie er so dastand, die Hand auf dem vergoldeten Rapier. Er trug eine, wie Avelyn fand, prächtige grelle Narbe zur Schau, die von einem Ohr zum Kinn reichte, und im Gegensatz zu seinem schmuddeligen Begleiter war er bis auf einen eleganten Schnurrbart mit nach oben gezwirbelten Enden glattrasiert. Seine Augen waren dunkelbraun, so dunkel, daß kaum ein Unterschied zwischen Pupille und Iris zu sehen war; sein langes Haar war schwarz gelockt, und unter dem Arm hielt er einen großen Hut mit nach oben gebogener Krempe und einer Feder an der Seite. Auch seine übrigen, allerdings etwas mitgenommenen Kleider waren prächtig anzuschauen. Besonders das brokatgemusterte, juwelenbesetzte Gehenk erregte Avelyns Aufmerksamkeit, denn er spürte, daß mindestens einer dieser Steine, ein kleiner Rubin, mehr als nur Schmuckwerk war.

Avelyn fiel es schwer, nicht ständig hinzuschauen. Wie konnte dieser Mann, der nicht dem Orden von St. Mere-Abelle angehörte, im Besitz eines heiligen Steines sein – und das vor den Augen des Abtes! Die Meister und er mußten den Stein doch als das erkennen, was er war.

Avelyn beruhigte sich rasch wieder. Natürlich erkannten sie das Juwel, und anscheinend scherten sie sich nicht weiter darum. Vielleicht stellte der Stein die Bezahlung für das Schiff dar, vielleicht war er auch nur eine Leihgabe, ein nützliches Werkzeug für die gefährliche Reise; wer wußte das schon.

Der zweite, ältere Mann erregte Avelyns Aufmerksamkeit nur, weil er so aufgeregt hin und her schaute wie ein Truthahn; ständig ruckte er mit dem Kopf woanders hin. Seine Kleider schienen ihm an Alter kaum nachzustehen und waren an zahlreichen Stellen so fadenscheinig, daß darunter sonnengegerbte Haut zum Vorschein kam. Er war grau und ungewaschen, und Bart und Haare waren ungepflegt. Avelyn hatte einmal gehört, wie jemand einen Seemann als »Seebären« bezeichnet hatte, und dieser Begriff erschien ihm hier höchst angemessen.

»Bruder Quintall, Bruder Pellimar, Bruder Thagraine, Bruder Avelyn«, stellte der Abt sie seinen Gästen vor, und die vier verbeugten sich. »Dies sind Kapitän Adjonas, der Herr des guten Schiffes *Windläufer*, und sein erster Mann Bunkus Smealy.« Der stolze Kapitän rührte sich nicht, Smealy jedoch verbeugte sich so ruckartig, daß er vornübergefallen wäre, hätte ihn der große Schreibtisch des Abtes nicht gebremst.

»Kapitän Adjonas kennt euren Kurs«, schloß Markwart, »und was sein Schiff angeht, so gibt es auf dem ganzen Mirianik kein besseres.«

»Am besten laufen wir eine Stunde nach der Dämmerung aus«, sagte Adjonas mit einer klaren und wohltönenden Stimme – wie Avelyn sie von einem Mann seines Ranges auch nicht anders erwartet hätte. »Wenn wir die Flut versäumen, verlieren wir einen ganzen Tag.« Er sah die vier Mönche streng an, als sollten sie von vornherein wissen, daß er auf dem Schiff das Sagen hatte. »Das wäre nicht allzu klug. Wir werden zumindest so lange gegen das Wetter ansegeln müssen, bis wir südlich der Allerheiligenbucht sind. Jeder Tag, den wir so weit nördlich fahren, kann diese Mission zum Scheitern bringen.«

Die vier jungen Mönche sahen einander an. Avelyn hatte gegen diese Vorstellungen nichts einzuwenden; die unmißverständliche, wenn auch unterkühlte Art des Kapitäns flößte ihm sogar ein wenig Ruhe ein. Seinen drei Kameraden schien es anders zu gehen. Quintall machte aus seiner Feindseligkeit keinen Hehl; er schien es als Beleidigung zu empfinden, daß ihm ein einfacher Schiffskapitän mit solcher Vehemenz entgegentrat.

Der Abt, dem die plötzliche Anspannung nicht entging, räusperte sich vernehmlich. »Ihr seid nunmehr entlassen«, sagte er zu den vieren. »Nehmt etwas zu euch und geht auf eure Zimmer. Für heute seid ihr von euren Pflichten freigestellt. Das gilt auch für die Zeremonien. Macht euren Frieden mit Gott und wappnet euch für das, was vor euch liegt.«

Dann verließen sie den Amtsraum, ohne Begleitung. Die Tür war noch nicht ganz ins Schloß gefallen, da legte Quintall auch schon los.

»Käpt'n Adjonas wird die Reise ganz schön lang werden, wenn er meint, daß er das Sagen hat«, erklärte der stämmige Mann, und Thagraine und Pellimar nickten prompt.

»Es ist sein Schiff«, sagte Avelyn.

»Das wir gemietet haben«, erwiderte Quintall brüsk. »Adjonas kann seine Mannschaft herumkommandieren, damit sie tut, wofür sie bezahlt worden ist, aber uns kommandiert er nicht herum. Damit das ein für allemal klar ist: Auf der *Windläufer* gehorchen Thagraine und du nur Pellimar, und Pellimar gehorcht nur mir.«

Darauf hatte Avelyn nichts zu entgegnen. Die Rangfolge war für die Überfahrt tatsächlich so festgelegt worden. Und wenn es auf See derart rauh zuging wie erwartet, dann war der imposante Quintall von den vieren wohl am besten dazu in der Lage, mit jeder Situation fertigzuwerden.

Avelyn verabschiedete sich von den anderen und ging auf sein Zimmer, wie der Abt es angeordnet hatte. Er war schon ein ganzes Stück den Gang hinab, und trotzdem hörte er die drei immer noch vor den Amtsräumen schimpfen. Wahrscheinlich waren sie damit noch beschäftigt, als er längst neben seiner kargen Pritsche niederkniete, um sich in ein wichtiges Gebet zu versenken.

Die Zeremonie am nächsten Morgen war das herrlichste, was Avelyn in seinen viereinhalb Klosterjahren je erlebt hatte. Mehr als achthundert Mönche, jedes einzelne Mitglied des Ordens, darunter vierzig Mönche, die nicht mehr in der Abtei lebten, sondern als Missionare im Gebiet der Allerheiligenbucht tätig waren, standen an den Kais und vereinten ihre Stimmen im Gesang. Immer wieder läuteten die Glocken der Abtei und lockten Schaulustige aus dem benachbarten Städtchen an. Die Zeremonie begann vor der Dämmerung und nahm an Intensität zu, als über dem Wasser gleißend die Sonne aufging. Ein frommer Gesang folgte auf den anderen, einer lauter als der vorhergehende.

Die vier Seeleute in ihrem Landungsboot, das immer wieder geräuschvoll gegen den hölzernen Kai geworfen wurde, saßen die ganze Zeit über nur grinsend da, nicht im mindesten beeindruckt. Als es heller wurde, konnte Avelyn den Rest der dreißigköpfigen Mannschaft an der Reling der Karavelle stehen sehen, die vielleicht fünfzig Meter weiter draußen vor Anker lag.

Den Seeleuten war diese überaus wichtige Mission völlig gleichgültig, begriff Avelyn, solange sie nur ihr Gold bekamen – und welche Kostbarkeiten der Abt noch in den Handel mit aufgenommen hatte. Avelyn mußte wieder an den heiligen Stein im Wehrgehenk des Kapitäns denken und war äußerst beunruhigt. Wenn dieser ebensowenig einem Glauben angehörte wie seine feixende Mannschaft, dann sollte er ein solches Kleinod nicht besitzen dürfen, ganz gleich zu welchem Zweck.

Aber dies, so fürchtete Avelyn allmählich, war wohl nur der erste Fingerzeig, daß die lange Reise – acht Monate sollte sie dauern – nicht allein im körperlichen Sinne auf eine Strapaze hinauslief.

Keine Stunde nach Sonnenaufgang unterbrach der erste Mann Bunkus Smealy die Zeremonie mit dem barschen Ruf: »Wird Zeit!«

Vater Markwart, der dem Fahrzeug am nächsten war, sah den Mann an, dann wandte er sich wieder zu der plötzlich verstummten Versammlung um. Er nickte Siherton zu, und der Meister geleitete die vier auserwählten Brüder an den Kai. »Geh mit Gott«, sagte er jedesmal, wenn einer von ihnen in das schaukelnde Gefährt stieg. Avelyn hatte Mühe, nicht ins Wasser zu fallen, und schlug mit dem Bein hart an den Kai. Ihm entgingen die Blicke nicht, die Quintall und Siherton wechselten. Quintall schien angewidert, Siherton dagegen blieb reserviert und bedeutete seinem verärgerten Zögling wortlos, daß Pflicht über persönliche Gefühle ging.

Als Avelyn sah, wie Quintall auf diese stille Mahnung reagierte, wurde ihm eines klar: Sosehr Quintall ihn auch haßte und beneidete, er würde ihn auf dieser Reise dennoch mit seinem Leben beschützen.

Zumindest, was die Hinreise betraf.

Die Gesänge folgten ihnen durch das ganze Hafenbecken bis zur *Windläufer*, und als Quintall sie die Strickleiter auf das Deck hinauf anführte, erwartete Kapitän Adjonas sie schon, das Gesicht so streng wie gehabt.

»Mit Ihrer Erlaubnis, Sir«, sagte Quintall ruhig, wie man es ihm aufgetragen hatte. Adjonas nickte leicht, und Quintall schritt an ihm vorbei, die anderen drei Mönche im Schlepptau.

Avelyn blieb noch eine Weile an der Heckreling stehen – einem reichverzierten Geländer, das in Hüfthöhe um das Achterdeck verlief – und sah zu, wie die Mauern von St. Mere-Abelle kleiner wurden, während die herüberwehenden Freudengesänge allmählich verstummten. Bald war die zerklüftete Küste zu einem grauen Streifen geschrumpft, und die *Windläufer*, deren Masten ihn im geschützten Hafenbecken noch so beeindruckt hatten, schien nun kaum mehr als eine Nußschale zu sein, so gewaltig und endlos dehnte sich um sie herum der Mirianik aus.

13. Im Eiltempo eine lange, lange Straße hinab

Elbryan erstarrte, als der überfrorene Schnee unter seinem Fuß knirschte. Langsam und gleichmäßig atmete er in seinen angespannten Körper hinein, damit sich die Muskeln lockerten und ihr Zusammenspiel noch feiner, noch vollkommener wurde. Über der nächsten Bodenwelle war die Schulter des Hirsches zu sehen. Den Kopf hielt das Tier immer noch gesenkt, es hatte das leise Geräusch nicht gehört.

Das leise Geräusch, das Elbryan so laut vorgekommen war!

Diese Tatsache führte dem jungen Mann vor Augen, welche Fortschritte er gemacht hatte. Noch im vergangenen Herbst, seinem vierten in Andur'Blough Inninness, hatte er es nicht vermocht, dichter als fünfzig Fuß an eines dieser wachsamen Tiere heranzukommen. Noch im vergangenen Herbst wäre ihm sein falsches Auftreten nicht einmal aufgefallen. Die Elfen hatten hart mit ihm gearbeitet, sehr hart. Er schleppte nach wie vor jeden Tag seine Melksteinkörbe, nur daß sein Essen nun stets dampfte, weil er selbst auf die hinterhältigsten Fallen nicht mehr hereinfiel. Der Rest des Tages gehörte jedoch nicht mehr wie früher ihm, denn die Elfen hatten seine

Nachmittage und frühen Abende mit Lektionen über das Tier- und Pflanzenreich gefüllt. Er hatte die verschiedenen Pflanzen und ihre meist medizinischen Verwendungszwecke zu unterscheiden gelernt. Er hatte gelernt, nahezu lautlos zu gehen – obwohl er sich im Vergleich zu den anmutigen Elfen immer noch plump vorkam. Er hatte zutiefst verinnerlicht, mit welchen Augen ihn die verschiedenen Tiere sahen, so daß er besser mit dem Wald in seinem Rücken verschmelzen konnte. Er hatte gelernt, die Welt mit den Sinnen eines jeden Tieres wahrzunehmen, und konnte sich in jedes Tier hineinfühlen. Auf ein Eichhörnchen oder einen Hasen konnte er so unbedrohlich wirken, daß sie ihm ohne weiteres aus der Hand fraßen. Und was den Hirsch betraf, das wohl scheueste Tier von allen ...

Elbryan war kein halbes Dutzend Schritte mehr von ihm entfernt, unbemerkt und auf freiem Gelände.

Er konzentrierte sich wieder auf seine Aufgabe, auf die sechs schwierigsten Schritte von allen. Er bedachte die Luft um sich herum, die leichte Brise auf seinem Gesicht. In diesem Teil von Andur'Blough Inninness herrschte noch Winter. Dem Hirsch fiel es aber nicht schwer, unter der löchrigen Schneedecke Gras zu finden, und dieser Leckerbissen lenkte ihn vielleicht ein wenig ab.

Elbryan konnte ein breites Grinsen nicht unterdrücken. Eifer wallte in ihm empor, die sehr begründete Hoffnung, daß er das Tier diesmal berühren würde. Er machte wieder einen Schritt, dann noch einen.

Zu hastig, um auf sein Gleichgewicht zu achten.

Der Hirsch hob den Kopf und spitzte die Ohren. Elbryans Grinsen war wie weggewischt. Er nahm die flache Bodenwelle, so schnell er konnte. Verzweifelt hechtete er sich nach vorn, um dem Tier wenigstens noch einen Klaps zu versetzen; dabei wußte er genau, daß eine solche Hast nicht gerade das war, was Juraviel und Tuntun von ihm wollten.

Würde sich sein Sieg als makelhaft erweisen?

Die Frage erwies sich als müßig, denn Elbryan kam nicht einmal annähernd an das schwer zu fangende Tier heran. Mit einem einzigen großen Satz war der Hirsch außer Reichweite und verschwand so schnell im Gewirr der Bäume, die die kleine Lichtung säumten, daß Elbryan ihn schon aus den Augen verloren hatte, als er aus seiner Hechtrolle hochkam.

Enttäuscht ließ sich der junge Mann ins feuchte Gras fallen. Sofort stand Juraviel neben ihm und nickte aufmunternd. *»Elu Touise!«* erklärte er und klopfte dem jungen Mann auf den Rücken. »Ganz knapp!«

»Ich habe die Beherrschung verloren«, sagte Elbryan mutlos. »Im letzten und kritischsten Moment waren meine Bewegungen vom Eifer diktiert.«

»Ja, aber das ist nur die halbe Wahrheit«, entgegnete der Elf. »Du hast die Beherrschung *behalten* und dich perfekt angenähert.«

»Ich habe den Hirsch nicht berührt!«

»Aber du hast das Ziel erreicht«, rief Juraviel. »Du hast doch gerade erst begonnen, mein junger Freund. Denk nicht an das Versagen, sondern an den Triumph. So nahe bist du noch nie herangekommen; aber du wirst es wieder schaffen, und dann weißt du Bescheid und wirst deinen Eifer zügeln.«

Elbryan, der froh über diese Worte war, sah den Elfen lange an. So betrachtet, hatte er tatsächlich Grund zum Feiern. Er hatte den Hirsch nicht berührt, das stimmte; aber von den letzten ungeschickten Metern einmal abgesehen, hatte er sich deutlich gesteigert.

Gerade als der junge Mann wieder zu lächeln begann, kam Tuntun aus dem Unterholz spaziert, in dem der Hirsch verschwunden war. Sie baute sich vor Elbryan auf und hielt ihm ihre winzige Hand unter die Nase.

Die Finger rochen nach Hirsch.

»Mathers Blut«, schnaubte Tuntun und stolzierte davon. Elbryan konnte diesen Spruch allmählich nicht mehr hören. Er sah hilfesuchend zu Juraviel, mußte jedoch feststellen, daß der Elf sich große Mühe gab, ein ernstes Gesicht zu machen.

Elbryan seufzte schwer. Er versuchte, seine Fortschritte im richtigen Licht zu sehen. Hätte es einer der Männer aus Dundalis, hätte es sein Vater geschafft, je so dicht an einen Hirsch heranzukommen? Nur befand sich Elbryan nicht mehr unter Menschen, und wenn er seine Fortschritte auf sämtlichen Gebieten außer der Körperkraft mit den Fähigkeiten der Elfen von Andur'Blough Inninness verglich, dann kam er sich wie der blutigste Anfänger vor. Man konnte sich schlecht freuen, wieviel man gelernt hatte, wenn es noch dermaßen viel zu lernen gab.

Juraviel hielt ihm eine Hand hin, und Elbryan ergriff sie, obwohl der Elf dem großgewachsenen Menschen in Wirklichkeit kaum beim Aufstehen behilflich sein konnte. Elbryans Körper hatte nichts Jungenhaftes mehr. Er maß drei Fingerbreit über sechs Fuß und wog mit seinen durchtrainierten zweihundertzwanzig Pfund mehr als dreimal soviel wie ein durchschnittlicher Elf. Nicht, daß es Juraviel und seinen Leuten an Kraft mangelte, im Gegenteil; Elbryan war immer wieder aufs neue überrascht, mit welcher Wucht sie während der Fechtübungen ihr Schwert führten!

Während sie zum Südende des verzauberten Tals spazierten, nach dem der Winter seine Klauen stets vergeblich ausstreckte, genossen die beiden den schönen Tag und plauderten; Tuntun blieb außer Sichtweite – was Elbryan nur recht war. Meist übernahm Juraviel das Reden. Er erzählte von dieser und jener Pflanze und den verschiedenen Möglichkeiten, eine Wunde zu verbinden; dann wechselte er wieder zu der Frage zurück, an welchen Punkten Elbryan bei seinem Versuch, den Hirsch zu berühren, gut vorgegangen war und wo er versagt hatte. So feinsinnig waren Juraviels Gesprächstechniken, so bezaubernd und fesselnd, daß Elbryan kaum mitbekam, daß dies der wohl wichtigste Teil seiner Ausbildung war, dieses tägliche Plauderstündchen voller vergnüglicher Anekdoten.

Sie folgten verwirrenden Pfaden, die mal einen Kreis zu beschreiben und mal abrupt zu enden schienen. Elbryan fand sich in diesem Gebiet noch immer nicht zurecht, aber er begann langsam ein Gefühl dafür zu entwickeln. Juraviel ließ ihn öfters die Führung übernehmen und korrigierte ihn, wenn er eine falsche Richtung einschlug – was nicht mehr allzu häufig vorkam. Bald waren die beiden in dem flachen, kleinen Tal angelangt, das Caer'alfar hieß: Elfenheim. Es war ein Ort voller dichtem Gras und gerader Baumreihen, und die Häuser waren über dem Boden in die Bäume gebaut. Es war ein Ort voller Blumen und Gesang, an dem der Wald weniger dicht war und an zahlreichen Stellen einen freien Ausblick auf den Himmel gestattete. Obwohl Caer'alfar mitten in dem Nebel lag, der Andur'Blough Inninness tagsüber verbarg, war der Himmel hier nur selten bedeckt. In dem grauen Baldachin blieb stets eine kleine, nur von dieser Niederung aus sichtbare Öffnung, damit die Elfen die Sonne ebenso genießen konnten wie den Anblick der Sterne.

An diesem Tag waren Dutzende von Elfen zu sehen. Einige kämpften mit Übungswaffen, andere tanzten. Manche saßen an Bäume gelehnt da und tranken ihren lieblichen *Questel ni'-touel*-Wein, oder sie lagen gemütlich im weichen Gras. Hier und da erhoben sich Debatten über Qualität und Handelswert des Jahrgangs, denn der Aufbruch der Frühjahrskarawane zu ihren geheimen Verbindungsleuten in den Grenzstädten stand kurz bevor.

Die Friedlichkeit dieses Bildes führte Elbryan nur um so deutlicher vor Augen, wie fremd er hier war, und doch empfand er sich in gewisser Weise auch als zugehörig. Seit der Jahreswende kam er regelmäßig nach Caer'alfar, und inzwischen fiel er hier kaum noch auf. Er war kein Ausgestoßener mehr, er nahm sogar an ihren nächtlichen Feiern mit Tanz und Gesang teil. Und dennoch, seine Andersartigkeit sprang sofort ins Auge. Die ganze Zeit über kam er sich hier vor wie als Kind in Dundalis, wenn seine Eltern Freunde eingeladen hatten. Manchmal hatte er länger aufbleiben und manchmal sogar an ihren Würfelspielen teilnehmen dürfen, bevor er ins Bett ging. Wie erwachsen er sich dann vorgekommen war! Und doch hatte er nicht wirklich dazugehört, nicht einmal beim Würfeln. Seine Eltern und ihre erwachsenen Freunde hatten ihn mitmachen lassen, aber ihr Lächeln war, wie ihm jetzt erst klar wurde, in gewisser Weise herablassend gewesen.

Genauso war es auch bei den Elfen. Er konnte gar nicht wirklich dazugehören.

Juraviel und er setzten ihr Gespräch fort, bis Tuntun vorbeikam, Elbryan spöttisch anschaute und sich auf die zarte Kinnpartie klopfte. Elbryan wußte, was das bedeutete. Juraviel ebenfalls, und der Elf schickte den jungen Mann prompt nach Haus. Vor allem anderen waren die Elfen peinlichst auf ein gepflegtes Äußeres bedacht. Von Elbryan wurde erwartet, daß er täglich ein Bad nahm, seine Kleidung in Ordnung hielt und sich, obwohl sein flaumiger und löchriger Bart noch der eines Jünglings war, stets gut rasierte. Dieser Pflicht verstand sich der junge Mann stets zu entziehen, bis Tuntun ihn unausweichlich mit der Nase darauf stieß – dabei war die Rasur mit einer feingeschliffenen Elfenklinge weder schmerzhaft noch schwierig.

Widerwillig ging Elbryan zu seiner Unterkunft, einem flachen, breiten Haus in den untersten Ästen einer dicken Ulme, das der Erde näher war als dem Himmel. Er griff zu Schale, Handtuch und Messer; da fiel ihm ein, daß er Juraviel noch nicht gefragt hatte, wann sie sich das nächste Mal an einen Hirsch heranpirschen würden, und das mußte er unbedingt noch wissen.

Er schlüpfte aus dem Baumhaus und spazierte durch

Caer'alfar, bis er Juraviel im Gespräch mit einer Elfe erspähte. Mit einem hinterhältigen Grinsen ging Elbryan in Deckung. Noch schwerer als der wachsame Hirsch war höchstens der Waldelf zu überraschen! Unter Aufbietung all seiner Fähigkeiten schlich der junge Mann sich durch die Bäume an und huschte von Versteck zu Versteck, wo immer sich eines bot. Die anderen Elfen, die sich um seine Spiele wenig scherten, sahen kaum auf, und Juraviel und sein Gegenüber schienen völlig ahnungslos.

Kaum ein Dutzend Fuß von den beiden entfernt, lehnte sich Elbryan rückwärts an einen Baum und überlegte, wie es nun weitergehen sollte.

»Bis auf sechs Schritt«, sagte Juraviel in der Sprache der Elfen. »Oder sogar fünf. Und der Hirsch hat nichts bemerkt.«

»Gut gemacht!« gratulierte sein Gegenüber.

Elbryan fiel beinahe in Ohnmacht. Die wohlklingende, etwas höhere Stimme gehörte Lady Dasslerond, der Herrin von Caer'alfar und ganz Andur'Blough Inninness.

Und sie sprach von ihm! Elbryan hielt den Atem an und konzentrierte sich auf jedes Wort, denn obwohl er die wohlklingende Sprache verstand, entgingen ihm einzelne Worte leicht, wenn er nicht aufpaßte. Wenn Lady Dasslerond von ihm sprach, wollte er auf keinen Fall etwas verpassen.

»Auch im Kampf«, fuhr sie fort, »hat er schon einiges von der Ungeschicklichkeit abgelegt, die von seiner menschlichen Herkunft herrührt. Was für ein Zusammenspiel von Kraft und Eleganz er abgeben wird, wenn er bei seiner Größe lernt, die Klinge wie ein Elf zu führen!«

Als Elbryan um den Baumstamm spähte, nickte Juraviel gerade. Auf einmal hatte der junge Mann gar keine Lust mehr, sich anzuschleichen; statt dessen zog er sich ebenso vorsichtig wieder zurück und machte, daß er in sein Baumhaus kam, um sich zu rasieren und schon einmal auf den Übungskampf einzustimmen, den er plötzlich unbedingt gewinnen wollte.

Am frühen Abend trat Elbryan auf die tiefgelegene Lichtung, die von hohen, dichten Kiefern umstanden und vom Sternenhimmel gekrönt war. Er hatte nur einen langen, glatten Stock bei sich, seine Waffe. Sein Gegner erwartete ihn bereits, und zu Elbryans Erleichterung handelte es sich nicht um Tuntun.

Gegen Tuntun hätte er keine Chance gehabt; sie schien die Kämpfe mit ihm regelrecht zu genießen, weil sie ihn dann endlich mal in aller Ruhe fertigmachen durfte. Nachdem sie ein paarmal aneinandergerasselt waren, hatte Elbryan sich gefragt, was er der verstimmten Elfe eigentlich getan hatte. Die Antwort war rasch gefunden: gar nichts, aber er war eben kein Elf.

Sein heutiger Gegner war Tallareyish Issinshine, ein älterer und ruhigerer Vertreter seines Volkes, der kaum einmal den Mund aufbekam, obwohl er Juraviel zufolge die beste Gesangsstimme von ganz Andur'Blough Inninness besaß. Elbryan hatte erst einmal mit ihm gekämpft, ganz zu Anfang, und im Handumdrehen verloren.

»Diesmal nicht«, flüsterte der junge Mann und trat entschlossen auf die Lichtung. Fünf Fuß vor dem Elfen verbeugte er sich respektvoll, und Tallareyish erwiderte seinen Gruß.

Elbryan hielt den langen Stock quer vor sich; der Elf erwiderte, indem er seine zwei kürzeren Stöcke, die den schmalen Elfenklingen nachgebildet waren, vor sich kreuzte.

»Möge der Bessere gewinnen«, sagte Tallareyish, wie es sich gehörte.

»So sei es«, antwortete Elbryan, und dann stürzte er mit wilder Entschlossenheit auf ihn los. Seine Fertigkeiten hatten sich verbessert, das hatte Juraviel selbst gesagt, und nun wollte Elbryan sie unter Beweis stellen.

Er begann mit einer geschickten Finte und tat, als wollte er den Elfen ohne viel Federlesens aufspießen, dann kam er abrupt zum Stehen und vollführte einen kräftigen Streich zur

Seite. Er mußte natürlich raten, wohin der flinke Tallareyish ausweichen würde, und obwohl er ganz richtig annahm, daß der Elf nach rechts ging, wurde ihm sein Übungsspeer weggeschlagen, und das nicht nur mit einer, sondern gleich mit drei Paraden.

Tallareyish war sofort wieder da und ließ die Holzschwerter nur so tanzen, beschrieb erst Achten mit ihnen, um sie dann plötzlich wild vorschießen zu lassen. Auf sie zu reagieren war unmöglich, Elbryan mußte ihre Bewegungen vorausahnen, und das tat er auch. Er drehte seinen Speer über die Hand und dann wieder zurück, immer hin und her. Auch wenn er die Attacken des Elfen kaum sehen konnte, die klackenden Geräusche, mit denen der wirbelnde Stock sämtliche Vorstöße abwehrte, waren beruhigend.

»Gut gemacht!« kommentierte Tallareyish und steigerte seinen Angriff noch.

Elbryans grüne Augen funkelten stolz, aber er ließ sich nicht ablenken. Er mußte langsam aus der Defensive kommen. Stundenlang hatte er mit Juraviel *Pellell* gespielt, das sehr an ein Schachspiel mit drei Ebenen erinnerte, und dabei hatte er gelernt, wie wichtig es war, die Initiative zu übernehmen. Im Augenblick war es Tallareyish, der Weiß spielte und angriff, aber das wollte Elbryan nun ändern.

Einmal, zweimal, dreimal ließ er den Stock herumwirbeln, und jedesmal schob er sich ein wenig weiter nach rechts. Tallareyish setzte mit einer Drehung und einem Schritt mit dem linken Fuß nach. Elbryan spannte die Muskeln an.

Noch ein Schritt, rechter Fuß.

Elbryan beendete den Wirbel, indem er den langen Stock mit beiden Händen fing. Er stieß das linke Ende nach vorn und ließ es los, gleichzeitig setzte er das rechte Ende mit dem Ellbogen gegen die Hüfte. Der Stock flog nach vorn, schmetterte Tallareyishs Waffe zur Seite und zwang ihn zu einem Ausweichschritt.

Eifrig stürmte der junge Mann vorwärts, den Speer mit beiden Händen gepackt. Ein paar rasche Schritte an Tallareyishs rechter Flanke vorbei, dann fuhr er herum und vollführte einen flachen Streich.

Als der Speer durch die Luft zischte, ohne auf Widerstand zu treffen, riß Elbryan schockiert die Augen auf. Tallareyish mußte seine Bewegungen perfekt mitgemacht haben und sich unmittelbar hinter ihm befinden. So war es auch: Schon trafen ihn die Holzschwerter – nicht allzu hart – am Rumpf und in der linken Kniekehle. Das Bein knickte ihm fast ein, aber er konnte noch herumwirbeln und mit der Speerspitze einen weiten, verzweifelten Bogen beschreiben.

Tallareyish duckte sich darunter hinweg und stach mit beiden Schwertern nach dem Bauch des jungen Mannes, ohne jedoch zu treffen. Plötzlich schoß der Elf wild vor, und Elbryan stoppte den Fluß seines Stockes und riß ihn zurück vor seine Brust: eine Rückkehr in die Grundposition wie aus dem Lehrbuch.

Gegen einen Menschen oder Goblin hätte es durchaus funktioniert. Tallareyish jedoch duckte sich, bevor die Stange auch nur wieder vor Elbryan war. Der Elfe hechtete geradewegs durch seine gespreizten Beine hindurch, rollte sich ab und kam hinter dem aufschreienden und herumfahrenden Jungen wieder hoch, um beide Stöcke über die Schultern nach hinten zu stoßen.

Elbryan hatte zu spät reagiert und bekam die Holzschwerter hart in die Nierengegend. Er konnte sich zwar noch umdrehen, aber die Wogen von Schmerz zwangen ihn in die Knie, und er bekam kaum mit, daß Tallareyish noch einen draufsetzte.

Mit einem kräftigen Schlag quer über die Schulterblätter schickte er den jungen Mann bäuchlings ins feuchte Gras.

Für eine ganze Weile lag Elbryan einfach nur still da, mit geschlossenen Augen und wirbelnden Gedanken. Wären die

Waffen echt gewesen, hätte er sogar in übertragener Bedeutung ins Gras gebissen.

»Gut gemacht«, hörte er jemanden sagen – Juraviel. Er rollte herum und öffnete die Augen, und tatsächlich, da stand nicht Tallareyish über ihm, sondern Juraviel, und aus irgendeinem unerfindlichen Grund lobte er ihn.

»Unterhältst du dich öfters mit Leichen?« fragte Elbryan sarkastisch, und der Schmerz verzerrte seine Stimme.

Juraviel lachte bloß.

»Ich habe euch gehört«, sagte Elbryan anklagend.

Der Elf setzte eine ernsthafte Miene auf.

»Lady Dasslerond und dich«, führte Elbryan aus. »Ihr habt gesagt, daß ich auch schon viel besser kämpfen könne.«

Juraviels Gesichtsausdruck änderte sich kaum. Er schien überhaupt nicht zu verstehen, worauf der junge Mann hinauswollte.

»Das habt ihr selbst gesagt!« warf Elbryan ihm vor.

»Genau«, erwiderte Juraviel.

»Aber hier bin ich jetzt!« fauchte Elbryan. Er kam auf die Knie und schleuderte den Stock zur Seite – ein nutzloses Stück Holz, soweit es ihn betraf. Als er sich aufrichtete, verzog er das Gesicht und griff sich an die Nieren.

»Hier bist du jetzt«, pflichtete Juraviel ihm bei, »und kämpfst besser, als jeder es für möglich gehalten hätte, Tuntun eingeschlossen.«

»Hier bin ich jetzt und spucke Gras!«

Juraviel lachte laut auf, was dem jungen Mann sichtlich mißfiel. »Zwei von drei«, sagte der Elf.

Elbryan schüttelte verständnislos den Kopf.

»Sein Manöver«, erklärte Juraviel. »Die Rolle durch deine Beine. Zwei von drei Versuchen funktionieren. Der dritte endet tödlich.«

Das gab Elbryan zu denken. Die Siegeschancen waren zu gering – nur einer von dreien –, aber die bloße Tatsache, daß er Tallareyish zu einem so verzweifelten Manöver gezwungen hatte – und jedes Manöver, das mit dem eigenen Tod enden konnte, war ein verzweifeltes –, verblüffte ihn.

»Und von den zweien, die gutgehen, erzielt man nur bei einem einen anständigen Treffer«, fuhr Juraviel fort. »Und was noch schlimmer ist, du kennst jetzt den ›Schattentaucher‹, wie wir ihn nennen, und wirst nie wieder darauf hereinfallen.«

»Tallareyish war in Schwierigkeiten«, sagte Elbryan leise.

»Tallareyish war fast geschlagen«, stimmte Juraviel zu. »Das Manöver, mit dem du den Stab an die Hüfte gesetzt hast, war fehlerfrei, und deine Schritte waren bestens aufeinander abgestimmt. Schon als er hinter dich lief, hatte er keinen festen Stand mehr; darum zeigten seine entsprechenden Stöße kaum eine Wirkung. Deine Drehung und die nachfolgenden Schläge wären letztlich auf einen Nahkampf hinausgelaufen, und den möchte ein Elf bei jemandem von deiner Statur und Stärke gern vermeiden.«

»Also ging er in die Hechtrolle«, folgerte Elbryan.

»Er war ohnehin ins Stolpern geraten«, erklärte Juraviel. »Und nur durch dieses Stolpern ging dein mächtiger Streich über seinen Kopf hinweg.« Der Elf lachte leise. »Ich fürchte, bei einem Treffer würde Tallareyish jetzt noch alle viere von sich strecken!«

Elbryan lächelte zaghaft. Da hätte er also um ein Haar gewonnen! Da hatte er also einen der agilen Elfen aus dem Gleichgewicht gebracht!

»Als wir mit den Kampfübungen begonnen haben, hätte dich jeder Elf in Caer'alfar schlagen können, ohne sich sonderlich Mühe zu geben«, sagte Juraviel. »Wir mußten jede Nacht Lose ziehen, um einen Gegner für dich zu finden, denn außer Tuntun wollte niemand seine Zeit mit dir verschwenden.«

Elbryan lachte auf. Daß Tuntun sich darum gerissen hatte, ihn verprügeln zu dürfen, konnte er sich lebhaft vorstellen.

»Inzwischen werden deine Gegner immer sorgfältig danach ausgewählt, welcher Kampfstil dir gerade die größte Herausforderung bietet. Du bist weit gekommen.«

»Ich habe noch weit zu gehen.«

Das wollte Juraviel nicht bestreiten. »Du hast unsere Unterredung gehört«, antwortete er. »Unsere Herrin hat nicht übertrieben, als sie dein Potential erwähnte, mein junger Freund. Mit deiner ernormen Kraft und dem tänzerischen Fechtstil der Elfen wirst du jedem Gegner gewachsen sein, ob Mensch, Elf, Goblin oder Bergriese. Du bist erst seit gut vier Jahren bei uns. Du hast noch viel Zeit.«

Dieser letzte Satz erweckte seltsame Gefühle in Elbryan. Er war überaus dankbar für die freundlichen und zuversichtlichen Worte und fühlte sich wesentlich besser, was seine Niederlage gegen Tallareyish anging. Zugleich jedoch war ihm etwas flau im Magen. Was wartete da noch auf ihn? Er hatte angenommen, daß er nun für immer bei den Elfen leben würde, bis ans Ende seiner Tage. Die Vorstellung, Andur'Blough Inninness zu verlassen und womöglich wieder unter seinesgleichen zu leben, war erschreckend.

Und verlockend.

Mit einemmal kam ihm die Welt viel größer vor.

14. Jilly

Cat die Streunerin war mehr als nur ein wenig überrascht und verlegen, als ihr Möchtegernretter in der darauffolgenden Woche wieder in der Runde erschien. Zu seiner Ehre muß gesagt werden, daß der Edelmann weder einen direkten Annäherungsversuch startete, noch ein lüsternes Gesicht oder auch nur irritierende Bemerkungen machte.

Was Cat anging, so behielt sie ihre Distanziertheit bei und

lächelte zwar ein- oder zweimal scheu, sah ihn ansonsten aber nicht an. Einerseits war sie sehr froh über das Wiedersehen, andererseits jedoch, und dieses Gefühl war wesentlich stärker, war ihr die ganze Angelegenheit nicht geheuer. Sie war inzwischen gute sechzehneinhalb und sichtlich kein Mädchen mehr, und der Anblick des gutaussehenden Mannes verleitete sie zu faszinierenden, wohligen Gedanken.

Der Mann brach frühzeitig auf, tippte sich zum Abschied an den Hut und funkelte sie dabei mit seinen hellbraunen Augen fröhlich an. Die junge Frau war über das jähe Ende dieser zweiten Begegnung erleichtert und enttäuscht zugleich; sie machte sich jedoch mit einem Achselzucken wieder an die Arbeit und hatte den Fremden bald vergessen.

Eine Woche später kam er erneut in die Runde.

Wieder war er mehr als höflich, der vollkommene Edelmann, und versuchte nicht einmal, ihr eine Begrüßung zu entlocken. Aber er ließ sie seltener aus den Augen, und wann immer sie seinen Blick erwiderte, leuchteten seine Augen auf.

Seine Absichten waren mehr als deutlich.

In dieser Nacht, allein auf ihrem Zimmer, gelang es Cat der Streunerin weniger gut, den Mann zu vergessen. Sie fragte sich, wie ihr Leben in den folgenden Jahren wohl aussehen mochte, ohne Pettibwa und Graevis womöglich. Sie ging so weit, sich ein Leben ohne die Arbeit in der Geselligen Runde vorzustellen, in einem eigenen Zuhause, mit eigenen Kindern. Diese Überlegung ließ sie unwillkürlich an die eigene Kindheit denken, an ihre Mutter …

Cat die Streunerin schüttelte heftig den Kopf, als gälte es, die quälenden Bruchstücke aus der Vergangenheit abzuschütteln. Plötzlich war ihr Tagtraum zu etwas Ungeheuerlichem geworden, das in ihrem Leben nichts zu suchen hatte.

Ihr Platz war in der Runde, bei Graevis und Pettibwa. Hier war sie zu Hause, und dieses Zuhause diente ihr, auch wenn ihr das im Moment nicht klar war, als Zuflucht vor den schrecklichen Erinnerungen, denen sie sich noch nicht zu stellen vermochte.

Eine Woche später jedoch war der gutaussehende Edelmann wieder da und eine Woche darauf ebenfalls, und so gab es natürlich Gerede, daß er sein Herz an ein gewisses Schankmädchen verloren habe. Cat die Streunerin versuchte das Gerede und die verstohlenen Blicke zu ignorieren, aber vergeblich. Zumindest gegen Pettibwa war kein Kraut gewachsen.

»Kannst du für mich kurz den Fenstertisch übernehmen?« fragte die Schankwirtin ein ums andere Mal und nickte mit einem listigen Schmunzeln zu dem Fremden hinüber.

Da konnte Cat die Streunerin schlecht nein sagen. Also fragte sie ihn kühl, was sie ihm bringen dürfe, womit klargestellt war, daß es hier lediglich um Speis und Trank zu gehen hatte. Wieder war sein Benehmen tadellos, denn er bedrängte die junge Frau nicht, sondern bestellte nur etwas Wein.

Eine Woche darauf war er erneut zur Stelle, und diesmal machte Pettibwa, die langsam ein wenig von der jungen Frau enttäuscht zu sein schien, von vornherein klar, daß Cat ihn zu bedienen hatte. Noch entmutigender war jedoch, daß sie die Runde wenig später verließ, nur um dann mit Grady zurückzukehren.

»Geht jetzt lang genug so, wenn du mich fragst«, hörte Cat die Wirtin zu ihrem Sohn sagen, worauf dieser lachte und Cat ansah. Prompt kam er herüber und nahm sie bei der Hand; dann steuerte er auf den Mann zu, der sich inzwischen so regelmäßig in der Schänke sehen ließ.

Cat wehrte sich, bis ihr auffiel, daß die meisten Stammgäste schmunzelnd zusahen. Denen blieb auch nichts verborgen.

Sie riß ihre Hand los. »Schon gut, ich kann allein gehen«, flüsterte sie grimmig, als wäre er irgendein Zwergenkapitän, der sie auf sein Tonnenschiff schaffen wollte.

Als der Edelmann Grady erkannte, lächelte er.

»Meine ehrerbietigsten Grüße, Herr Bildeborough«, sagte Grady und machte eine tiefe Verbeugung.

»Und ebensolche an Euch, Herr Chilichunk«, erwiderte Bildeborough, ohne sich jedoch der Mühe des Aufstehens und Verbeugens zu unterziehen.

»Ich glaube, Ihr habt sie bereits kennengelernt. Darf ich Euch meine …« Grady suchte nach dem richtigen Wort, und Cat, die heftig errötete, hätte ihm dafür am liebsten eine Kopfnuß verpaßt.

»Schwester vorstellen«, endete Grady. »Meine Adoptivschwester, versteht sich.«

»Das versteht sich von selbst«, stimmte Bildeborough zu. »Sie ist viel zu schön, um mit Euch blutsverwandt sein zu können!«

Grady schien plötzlich keine Lippen mehr zu haben, dabei stimmte es. Zwischen ihm und Cat der Streunerin gab es wenig Familienähnlichkeit. Die junge Frau war von unbestreitbarer Schönheit, selbst in ihrer schlichten Servierschürze. Ihr Haar war lang und golden, ihre Augen waren von einem aufregend klaren und satten Blau, und ihre Haut war seidenglatt und leicht gebräunt. Alles an ihr schien wunderbar aufeinander abgestimmt – Nase, Augen und Mund waren perfekt proportioniert, und ihre Glieder waren rank und schlank, aber gewiß nicht dürr. Ihr Gang erhöhte diesen Eindruck noch, denn sie bewegte sich ganz natürlich und fließend.

»Cat die Streunerin lautet ihr Name«, sagte Grady und warf der jungen Frau einen einigermaßen geringschätzigen Blick zu. »Oder besser, diesen Namen hat mein Vater ihr gegeben, als er sie bei uns aufnahm.«

»Ein Waisenkind?« fragte Bildeborough. Er klang mitfühlend.

Cat nickte, und ihr Gesichtsausdruck sagte dem Edelmann, daß er es dabei belassen sollte, was er natürlich auch tat.

»Und, Cat«, fuhr Grady fort, »darf ich dir Herrn Connor

Bildeborough von Chasewind Manor vorstellen. Sein Vater ist der Bruder von Baron Bildeborough, der über die Grenzländer der Grafschaft Palmaris herrscht und dabei nur dem Herzog untersteht – und sie beide natürlich dem König.«

Cat hätte beeindruckter dreinschauen sollen, nur hatte sie für Standesfragen noch nie viel übrig gehabt. Immerhin lächelte sie den Mann an – und wenn Cat lächelte, wollte das einiges heißen!

Connor erwiderte ihr Lächeln; dann bedeutete er Grady mit den Worten: »Habt vielen Dank für die Vorstellung«, sich nunmehr zurückzuziehen. Diesem Wunsch entsprach Grady nur zu gern und stieß ihm Cat dabei förmlich auf den Schoß. Nach einer kurzen Verbeugung eilte er davon, zurück zu einer breit lächelnden Pettibwa.

Cat wich zurück und warf einen Blick nach hinten, dann strich sie sich die Schürze glatt. Sie wußte, daß sie rot angelaufen war, und kam sich wie das Dummchen vom Lande vor, aber Connor Bildeborough war kein Anfänger, wenn es darum ging, einer Frau den Hof zu machen.

»All diese Abende hier in der Runde habe ich gehofft, dich erneut in Gefahr vorzufinden«, sagte er unvermittelt.

»Welch frommer Wunsch«, erwiderte sie bissig.

»Nun, natürlich nur, um dir beweisen zu können, daß ich willig zu deiner Rettung geeilt käme«, sagte Connor.

Cat gelang es, ihr Gesicht nicht zu verziehen. Ihrem Stolz wollte diese herablassende Bemerkung nicht schmecken – wer sagte denn, daß sie überhaupt irgend jemandes Schutz brauchte! –, aber sie ermahnte sich, daß der Mann ihr nichts Böses wollte, und blieb ruhig.

»Denn gehört es sich nicht so?« fragte Connor leichthin und goß etwas von seinem Wein in ein leeres Glas auf dem Tisch; dann händigte er Cat das ursprüngliche Glas aus, von dem er noch nicht getrunken hatte. »Der galante Held befreit die junge Maid aus den Klauen der Bösewichter.«

Aus seinem Tonfall wurde sie nicht recht schlau, aber es hörte sich nicht gerade danach an, als mache er sich über sie lustig.

»Unsinn«, fuhr Connor fort. »Ich hätte wohl besser darauf gehofft, selbst in eine Schlägerei zu geraten, damit du mich retten kannst.«

»Und warum sollte ich das tun wollen?«

Cat konnte kaum fassen, daß ihr das herausgerutscht war, aber ihr Schrecken ließ nach, als Connor herzhaft lachte. »Ja, warum eigentlich? Immerhin kam ich ja reichlich spät in jener Nacht, und wie ich schon sagte, habe ich wohl eher die drei Halunken vor dir gerettet als anders herum!«

»Macht Ihr Euch lustig über mich?«

»Ich mache dir Komplimente, junge Dame«, erwiderte Connor ohne Zögern.

»Dann soll ich jetzt wohl entzückt sein?« fragte Cat mutiger. »Soll ich losziehen und ein paar willige Halunken auftreiben, damit Euer Stolz wiederhergestellt werden kann?«

Wieder ertönte sein herzhaftes Gelächter, und diesmal konnte Cat nicht anders – sie stimmte mit ein.

»Du bist die geistvolle von uns beiden«, sagte Connor. »Potztausend, an dir ist ein wildes Pony verlorengegangen!«

Kaum hatte Cat begriffen, was er gerade gesagt hatte, da war ihr das Lachen auch schon vergangen. Irgend etwas an diesem Vergleich ließ ihr den Atem stocken; sie wußte nicht, was.

»Verzeihung«, sagte Connor einige Augenblicke später. »Ich wollte nicht respektlos erscheinen.«

Davon kann keine Rede sein, dachte Cat, sagte jedoch nichts.

»Bei meiner Seele, meine Bemerkung bezog sich nicht auf deine Tugendhaftigkeit, die ich überhaupt nicht in Abrede stellen möchte«, fügte Connor ernst hinzu.

Cat nickte und rang sich ein Lächeln ab. »Ich muß mich wieder an die Arbeit ...«, begann sie

»Wie wäre es mit einem kleinen Spaziergang, wenn du fertig bist?« fragte Connor kühn. »Ich habe wochenlang gewartet – über einen Monat –, nur um deinen Namen zu erfahren. Was hältst du davon?«

Cat wußte nicht, was sie sagen sollte. »Da muß ich erst Pettibwa fragen«, erklärte sie, um Zeit zu schinden.

»Ich werde an meiner Ehrenhaftigkeit keinen Zweifel lassen«, versicherte Connor und erhob sich.

Cat hielt ihn an der Schulter zurück – und ihre Kraft schien ihn zu überraschen. »Nicht nötig«, sagte sie. »Nicht nötig.«

Sie lächelte ihn noch einmal an, schob ihm das Weinglas wieder hin, ohne davon getrunken zu haben, und ging.

»Oh, was für ein Prachtstück von einem Mann!« strahlte Pettibwa, als sie wenig später zu Cat in die kleine Küche hinter dem Tresen kam. Die Wirtin klatschte in die dicklichen Hände und lächelte bis über beide Ohren; dann riß sie Cat an ihre Brust, daß dem Mädchen die Knochen nur so knackten.

»Ist mir gar nicht aufgefallen«, antwortete Cat kühl, ohne die Umarmung zu erwidern, und versuchte eine gleichgültige Miene aufzusetzen, als Pettibwa auf Armeslänge zurücksprang.

»Ist dir nicht?«

»Du hast mich in Verlegenheit gebracht.«

»Ich?« fragte Pettibwa unschuldig. »Ach Mädchen, du findest doch nie den Richtigen, wenn man dich einfach machen läßt. Für dich scheint ja keiner gut genug zu sein!« Die Wirtin zwinkerte anzüglich. »Nun sag bloß, dir wird's nicht ein bißchen warm im Bauch, wenn du Herrn Bildeborough anschaust.«

Cat lief puterrot an.

»Kein Grund, sich zu schämen«, sagte die Wirtin. »Ist doch ganz natürlich.« Sie hakte einen Finger in den Brustansatz von Cats Kleid, zog ihn tiefer und schüttelte ihn hin und her, daß die Brüste der jungen Frau nur so tanzten. »Oder was meinst du, wofür du die hier hast?« fragte Pettibwa.

Cat sah sie entsetzt an.

»Um Männer zu fangen und Kinder zu stillen«, sagte die Wirtin augenzwinkernd. »Und das geht nur in der Reihenfolge!«

»Pettibwa!«

»Ach, was denn! Ich weiß doch, daß er dir gefällt. Wem würde der nicht gefallen? Ein Prachtkerl mit guten Manieren, der in Gold nur so schwimmt. Neffe des Barons persönlich! Na, selbst mein Grady sagt nur Gutes über ihn, und wie wir von Grady wissen, sagt der Mann nur Gutes über Cat. Dem fallen doch jedesmal fast die Augen aus dem Kopf, wenn er dich ansieht, und in der Hose wird's ihm reichlich –«

»Pettibwa!«

Die Wirtin lachte schallend, und Cat nutzte die vollkommene Pause, um das Gesagte zu überdenken. Pettibwa zufolge sah Grady die Entwicklung gern, aber Cat wußte, daß es ihm dabei weniger um die Herkunft des eventuellen Bräutigams ging. Wenn sie einen Adeligen freite, hätte Grady zweierlei davon. Zum einen stünde er endlich in einem Verwandtschaftsverhältnis zum Adel, was ihm Eintritt zu sämtlichen wichtigen gesellschaftlichen Ereignissen verschaffte, zum anderen – und das war weit wichtiger – hatte Cat kaum Grund, Anspruch auf die lukrative Gesellige Runde zu erheben, sobald sie dermaßen weich gebettet war.

Gradys Begeisterung für diese Verbindung war also kaum ernst zu nehmen, Pettibwas Überschwang hingegen schon. Hinter allen Anzüglichkeiten war spürbar, wie sehr es ihre Adoptivmutter freute, daß ihr jemand den Hof machte – und dann auch noch der einflußreiche und gutaussehende Herr Connor Bildeborough von Chasewind Manor.

Und was hielt Cat davon? Das war doch die entscheidende Frage, die einzige, auf die es wirklich ankam, aber dieser Blickwinkel war der jungen Frau gerade von Pettibwa verstellt, die mehr strahlte als je zuvor.

»Er möchte mit mir spazierengehen, wenn ich mit der Arbeit fertig bin«, gestand Cat.

»Nur zu! Und wenn er dich küssen möchte, dann laß ihn.« Sie tätschelte Cats Wange. »Aber mit denen hier«, sagte sie dann und ließ erneut Cats Brüste tanzen, »wartest du besser noch ein bißchen.«

Cat errötete erneut und sah weg, aber immerhin nicht zu Boden. Ihre Brüste hatten sich spät entwickelt, erst kurz nach ihrem sechzehnten Geburtstag, und obwohl sie ihren schönen, weiblichen Körper noch schöner machten, hatte sie sich noch nicht mit ihnen anfreunden können. Sie standen für eine andere Seite von ihr, eine frauliche, sinnliche, sexuelle Seite, die ihr mädchenhafter Verstand noch nicht anzunehmen bereit war. Früher hatte Graevis öfter mit ihr gerungen, um ihrem Kampfstil den letzten Schliff zu geben, aber kaum waren diese Brüste da, war keine Rede mehr davon gewesen. Sie waren beinahe so etwas wie eine Grenze zwischen ihrem geliebten Adoptivvater und ihr, das Signal, daß sie nicht länger seine Kleine war.

In Wirklichkeit war Cat nie seine »Kleine« gewesen. Dieses Wort war für jemand anderen reserviert gewesen, irgendwo weit, weit weg; Cat wußte nicht, wo.

Sie war noch nicht bereit, erwachsen zu werden, nicht ganz.

Und doch konnte sie die Avancen des gutaussehenden Connor Bildeborough nicht ignorieren, nicht, wenn dies Pettibwa das Herz gebrochen hätte.

Sie ging mit ihm spazieren und hatte eine schöne Zeit, denn Connor war nicht nur gutaussehend, man konnte sich auch gut mit ihm unterhalten. Ganz gleich, welches Thema sie anschnitt, er überließ die Gesprächsführung ihr und war darauf bedacht, keine allzu vertraulichen Fragen zu stellen. Sie erzählte ihm nur, daß sie in einem fernen Städtchen namens Weedy Meadow adoptiert worden war, so hatte Graevis jedenfalls gesagt. »Habt Ihr je einen so dummen Namen gehört?« fragte sie verschämt. Dann erklärte sie ihm, daß sie nicht wußte, wo sie davor gewesen war, und sich auch nicht an ihre Familie oder ihren richtigen Namen erinnern konnte.

Connor verabschiedete sich an der Hintertür der Geselligen Runde. Er unternahm keinen Versuch, Cat zu küssen, jedenfalls nicht ins Gesicht; er nahm nur ihre Hand und hob sie sanft an seine Lippen.

»Ich komme wieder«, versprach er, »aber nur, wenn du es wünschst.«

Bevor sie auch nur über diese Frage oder ihre tiefere Bedeutung nachdenken konnte, war sie von der Art und Weise, wie sich seine Wimpern über diesen schönen braunen Augen schlossen, schon wie hypnotisiert. Er war groß – er mußte annähernd sechs Fuß messen – und schlank, aber sein Leib strotzte vor wohlgeformten Muskeln. Seltsame Gefühle wallten in ihr auf, als er sachte ihren Arm berührte; Gefühle, die ihr vage bekannt vorkamen, aus einer längst vergangenen Zeit.

»Darf ich, Cat?« fragte er.

»Nein«, antwortete sie, und er machte ein niedergeschlagenes Gesicht. »Nicht Cat«, erklärte sie rasch und fügte dann zu ihrer großen Verblüffung hinzu: »Jilly.«

»Jilly?«

»Oder Jill«, antwortete sie zutiefst verwirrt. »Jill. Jill, nicht Cat. Jilly haben sie mich immer genannt.«

Ihre Aufregung nahm mit jedem Wort zu, und Connor erging es nicht anders. »Dein Name!" rief er aus. »Du weißt ihn wieder!«

»Nicht Cat, auf keinen Fall Cat«, sagte Jill nachdrücklich. »Ich heiße Jilly, Jill. Ganz bestimmt!«

Er küßte sie, mitten auf die Lippen, zuckte jedoch sofort zurück, wie um sie wissen zu lassen, daß es ohne Absicht geschehen war, nur aus seiner unvermittelten Freude heraus.

Jill tat, als sei nichts geschehen.

»Das mußt du auf der Stelle Pettibwa erzählen«, forderte

Connor sie auf, »so sehr ich es auch verabscheue, jetzt von dir scheiden zu müssen.« Er wies mit dem Kinn auf die Tür hinter ihr.

Jill nickte und wandte sich ab, aber Connor ergriff ihre Schulter und drehte sie noch einmal zu sich herum.

»Darf ich wieder in die Gesellige Runde kommen?« fragte er in aller Ernsthaftigkeit.

Jill wollte schon sagen, daß die Schänke schließlich für jedermann offen sei, aber sie ließ es bleiben und nickte nur, mit einem warmen Lächeln. Es folgte ein Moment der Anspannung, als Jill sich fragte, ob Connor sie wohl gleich wieder zu küssen versuchen würde – und ihm wahrscheinlich der gleiche Gedanke durch den Kopf schoß.

Er tat es nicht; er ergriff nur mit beiden Händen ihre Hand und drückte sie freundlich. Dann ging er davon.

Jill hatte keine Ahnung, ob sie froh darüber war oder nicht.

Pettibwa nahm die Neuigkeiten mit der hellsten Freude auf – und Jill hatte befürchtet, daß es sie verletzen würde, wenn ihre Adoptivtochter plötzlich anders heißen wollte. Im Gegenteil, die Wirtin verging schier vor Freudentränen. »Cat hat sowieso nicht mehr gepaßt, jetzt, wo du kein Mädchen mehr bist«, sagte sie und warf sich ihr so heftig in die Arme, daß Jill sie bei aller Kraft fast nicht hätte halten können.

An diesem Abend ging die junge Frau voller wohliger Gefühle ins Bett, von denen einige angenehm, andere jedoch zu intensiv und unvertraut waren, um sie genießen zu können. Ihre Gedanken sprangen zwischen der Erinnerung an ihren richtigen Namen und ihrem Abend mit Connor hin und her. So viel war in einer einzigen Nacht geschehen! So viele Gefühle und Erinnerungen waren an die Oberfläche gekommen. Nun kannte sie ihren Namen: Jill – aber sie wußte, daß sie häufiger Jilly genannt worden war.

Und dieses Gefühl, als Connor so dicht vor ihr gestanden

hatte! Wie hatte sie in einer so kalten Nacht so sehr schwitzen können?

Auch dieses Gefühl schien etwas aus ihrer Vergangenheit zu sein, etwas Wunderbares und Erschreckendes zugleich.

Sie konnte es nicht benennen, und sie versuchte es auch gar nicht erst. Sie wußte ihren Namen wieder, und sicher würde das allein schon weitere Erinnerungen zurückbringen. Und so geschah es in einem wahren Taumel der Gefühle, einem absolut jugendlichen Hin- und Hergerissensein zwischen Wärme und Angst, Seligkeit und fast schon Entsetzen, daß die junge Frau, die nicht länger Cat die Streunerin hieß, in einen Schlaf der süßesten Träume und scheußlichsten Alpträume versank.

15. Die kleine Miss

Allzu rasch war das Land außer Sicht, und die *Windläufer* rollte auf großen Wogen und in einem so schweren Geruch dahin, daß Avelyn den Eindruck hatte, ihn beinahe greifen zu können. Das Schiff hatte seit etlichen Jahren keine offene See mehr befahren, und so war Kapitän Adjonas sichtlich nervös. Er ließ ihnen keine ruhige Minute. Ständig hatten sie mit der Takelage zu tun – und wenn sie nur Leinen prüften und noch mal prüften. Der alte Bunkus Smealy schien großes Vergnügen daraus zu ziehen, die gefährlichsten Arbeiten den Mönchen zuzuweisen.

Aber der alte Seebär konnte nicht ahnen, wie durchtrainiert die Brüder waren. Er schickte Thagraine und Quintall zur Rah des Großmasts hinauf, und schwupps, schon waren sie oben, schneller als jeder Seemann. Smealy schickte sie zu den Enden der Rah, und schon hangelten sie sich nach außen und kümmerten sich um die Takelage, um im nächsten Moment hinunter aufs Deck zu gleiten, direkt vor den ersten Mann.

»Na schön, als nächstes –«, begann Smealy, aber Quintall schnitt ihm das Wort ab.

»Achtung, Meister Smealy«, sagte der Mönch ruhig. »Wir zählen mit zur Mannschaft, also werden wir auch arbeiten –« Er faßte Smealy fest ins Auge. Sie waren etwa gleich groß, aber Quintall wog fünfzig Pfund mehr, und zwar reinste Muskelmasse. »– genau wie die Mannschaft. Wenn Ihr mit dem Gedanken spielt, den Brüdern von St. Mere-Abelle mehr abzuverlangen als Euren eigenen Männern, dann freundet Euch schon mal mit der Vorstellung an, ein kühles Bad zu nehmen.«

Smealy blinzelte vielleicht ein dutzendmal und kratzte sich dabei kräftig das graue Haar – um ein paar Läusen den Garaus zu machen, wie Avelyn vermutete. Verkniffen sah der kleine Mann über das Deck, an den ausdruckslosen Gesichtern der Mannschaft vorbei zu der hochgewachsenen Gestalt des Kapitäns.

Quintall sah die Brüder und sich schon in einen Kampf verwickelt, aber was sollte man machen? Entweder wurden die Verhältnisse auf der Stelle geklärt, oder ihnen stand wahrhaftig eine lange und gefährliche Reise bevor. Das Schiff gehörte Adjonas, was Quintall auch gar nicht bestreiten wollte, aber die Abtei hatte viel für die Überfahrt bezahlt, und die Brüder waren nicht als Sklaven an Bord gegangen.

Zur Erleichterung der Mönche – nur Quintall empfand auch eine Spur Enttäuschung – tippte Adjonas sich an den großen Federhut und nickte dem Mönch dabei zu, eine deutliche Respektsbezeugung.

Quintall schaute zu Smealy. Der alte Seebär zitterte vor Enttäuschung. Er funkelte die vier Mönche erbost an, spie ein paar unverständliche Worte und stürmte davon, um sich an seiner Mannschaft auszutoben.

»Das war riskant«, sagte Pellimar.

Quintall nickte. »Möchtest du lieber wie Vieh behandelt

werden? Wir wären alle tot, bevor Pimaninicuit auch nur erreicht ist.« Damit marschierte er davon.

»Müssen ja nicht gleich alle sein«, sagte Thagraine, und Quintall blieb stehen.

Bei diesen gewagten Worten stockte Avelyn und Pellimar der Atem. Offensichtlich war Thagraine ebenfalls aufgefallen, welche Mißgunst unter den vieren in Sachen Pimaninicuit herrschte.

Langsam wandte Quintall sich um. Zwei große Schritte, und er stand unmittelbar vor Thagraine. »Du hättest vom Mast fallen können«, sagte er freimütig, und es klang wie eine Drohung. »Dann wäre es jetzt an mir, auf die Insel zu gehen.«

»Aber ich bin nicht heruntergefallen.«

»Und ich habe dich nicht hinuntergestoßen. Du hast deine Pflicht und ich die meine. Ich werde euch beide heil ans Ziel bringen.« Er sah Avelyn kurz an. »Und wenn Kapitän Adjonas oder Bunkus Smealy – oder sonstwer an Bord der *Windläufer* – anderes vorhat, dann bekommt er es mit Quintall zu tun.«

»Und mit Pellimar«, fügte der vierte Mönch hinzu.

»Und mit Thagraine«, sagte dieser lächelnd.

»Und mit Avelyn«, mußte Avelyn nun natürlich sagen. Und plötzlich war ein festes Band zwischen ihnen geknüpft, und ihre persönlichen Streitigkeiten spielten angesichts der größeren Gefahren keine Rolle mehr. Avelyn, der seit mehr als vier Jahren eng mit Quintall zusammengearbeitet hatte, stellte fest, daß er ihm voll und ganz vertraute. Er sah zu Thagraine, den das Schicksal zu einem vertrauenswürdigen Verbündeten gemacht hatte, und mußte lächeln. Thagraine und Pellimar, die noch ein Jahr länger als Quintall und er miteinander zu tun gehabt hatten, schüttelten einander entschlossen die Hand.

Das war wahrhaftig ein guter Anfang.

Für drei Tage kam kein Land in Sicht, denn die *Windläufer* nahm direkten Kurs auf das südöstliche Ende des Golfs von

Korona, auf die Nordspitze einer Halbinsel, die als Gottesanbeterin bekannt war. Am Abend des dritten Tages tauchte weit im Süden, aber hoch über dem Meer, ein Licht auf.

»Pireth Tulme«, erklärte Adjonas seinen Passagieren. »Die Küstenwache.«

»Was auch immer«, warf Pellimar ein, »es tut gut, wieder einmal Land zu sehen.«

»Das werdet ihr in den kommenden zwei Wochen oft können«, antwortete der Kapitän. »Wir segeln den Rücken der Gottesanbeterin hinab, bis wir über das offene Meer direkt auf Freeport und Entel zuhalten können.«

»Und dann?« Pellimar platzte schier vor Erwartung.

»Und dann geht unsere Fahrt erst richtig los«, warf Quintall entschlossen ein. Der stämmige Mann kannte die Reiseroute besser als seine drei Gefährten – sie war Bestandteil seines Einzelunterrichts mit Meister Siherton gewesen Eine Meerfahrt bot zahlreiche Gefahren für Leib und Leben, vor allem jedoch für die geistige Verfassung. Pellimar wirkte übereifrig, als läge Pimaninicuit gleich hinter Entel; in Wirklichkeit jedoch würde die *Windläufer* rund vier Monate bis zur Insel benötigen, und das bei günstigen Winden. Und selbst wenn sie früher bei der Insel ankamen, würden sie ihre Tage nur damit verbringen, vor ihr zu kreuzen, bis der Tag der Steinschauer gekommen war.

»Dann halten wir uns weiter südlich«, fügte Adjonas hinzu.

»In Küstennähe?« fragte Pellimar.

Adjonas funkelte ihn an. »Da käme ja wohl nur die Küste von Behren in Frage.«

»Wir liegen mit Behren nicht im Krieg«, erwiderte Pellimar prompt.

»Nur hat das Südreich seine Seeräuber nicht im Griff«, erklärte Adjonas. »In Küstennähe zu sein hieße, in der Nähe von Piraten zu sein.« Er schnaubte und ging davon, dann jedoch blieb er stehen und sah auffordernd zurück.

Die vier wollten ihm folgen.

»Nur du«, sagte Adjonas und wies auf Quintall.

Der stämmige Mann folgte dem Kapitän in seine Kajüte und ließ seine drei neugierigen Gefährten im kalten, feuchten Wind und unter dem fernen Licht von Pireth Tulme zurück.

Erst spät am Abend stieß Quintall unter Deck wieder zu ihnen, in dem schrankgroßen Raum, den sie nun ihr Zuhause nannten. Sein Grinsen wirkte auf Avelyn einigermaßen befremdend; soviel Grund zur Freude schien es hier doch gar nicht zu geben.

Quintall nahm Thagraine beim Arm und führte ihn aus dem Kabuff, um wenig später allein zurückzukehren.

»Wo steckt er?« fragte Pellimar.

»Das wirst du schon noch erfahren«, entgegnete Quintall. »Ich denke, zwei in einer Nacht sind genug.« Damit warf er sich in seine Koje. Avelyn und Pellimar konnten einander nur schulterzuckend ansehen. Bevor er in einen tiefen Schlaf fiel, lachte er mehrmals leise auf, was ihre Neugierde nicht gerade senkte.

Am nächsten Tag an Deck grinste Thagraine ebenfalls vor sich hin. Avelyn wußte nicht, ob der Mann in der vergangenen Nacht überhaupt wieder zu ihnen gestoßen war; er sah übernächtigt, aber durchaus nicht unzufrieden aus. Der gleichmütige Avelyn hatte die Angelegenheit bald vergessen. Quintalls und Thagraines Geheimnis schien keine Bedrohung darzustellen, also spielte es für ihn auch keine Rolle. Avelyn hatte seiner Arbeit nachzukommen, und mit jeder Meile, die sie dahinglitten, kam er seinem Ziel näher.

Pellimar dagegen brachte nicht soviel Geduld auf. Ein paarmal löcherte er Quintall, und als das zu nichts führte, knöpfte er sich seinen alten Freund vor. Schließlich, als die grelle Sonne beinahe im Zenit stand, nickten Quintall und Thagraine einander zu.

»Die Speisung der Bedürftigen«, erklärte Quintall mit einem Grinsen – einem ziemlich sündhaften Grinsen, wie Avelyn fand.

»Gutes Stück«, fügte Thagraine hinzu. »Noch nicht allzu lange im Geschäft, würde ich sagen.«

Sosehr er sich auch den Kopf zerbrach, Avelyn konnte sich keinen Reim darauf machen.

»Jedenfalls nicht hier«, hauchte Pellimar hoffnungsvoll. Avelyn sah ihn ratsuchend an.

»Nur für Käpt'n Adjonas«, erklärte Quintall. »Und für uns vier, die wir uns den Respekt des Käpt'ns verdient haben.«

»Dann wird uns die Fahrt nicht lang werden!« rief Pellimar. »Auf geht's!«

»Aber du mußt dich doch noch um ein paar Taue kümmern«, zog Thagraine ihn auf.

»Und das werd ich auch tun, aber erst –«

»Nach der Speisung der Bedürftigen«, sagten Thagraine und Quintall wie aus einem Munde und lachten. Quintall nickte, und Thagraine führte den eifrigen Pellimar davon.

»Worum geht es hier eigentlich?« fragte Avelyn.

»Armer, kleiner Avelyn«, sagte Quintall tadelnd. »Hast an Mutterns Rockzipfel nie von solchen Köstlichkeiten gehört.«

Damit ließ er Avelyn stehen, der sich für den Rest des Nachmittags schier die Lippen zerbiß vor Frustration. Dann beschloß er trotzig, die Sache auf sich beruhen zu lassen und seiner Neugierde Herr zu werden, die schließlich eine Schwäche war.

Er hielt nur bis zum Abendessen durch, das sie in ihrem engen Kabuff zu sich nahmen. Quintall löffelte die klumpige, lauwarme Hafergrütze in sich hinein und erklärte, die erste Wache übernehmen zu wollen.

»Wir übernehmen keine Wachen«, protestierte Avelyn. »Das ist Sache der Männer vorm Mast.« Der Mönch hatte nicht die geringste Lust auf eine Nachtwache an Deck, denn es hatte ordentlich zu regnen begonnen. Da war selbst die muffige, enge Kabine dem schlüpfrigen Deck oder gar den Masten vorzuziehen.

»Ich bin zweiter«, sagte Thagraine rasch, und Pellimar zog einen Flunsch.

»Keine Angst«, sagte Quintall zu ihm. »Thagraines Wache ist bestimmt rasch vorbei.« Die beiden Männer brachen, offensichtlich auf Thagraines Kosten, in Gelächter aus.

Nun hatte Avelyn genug davon, nicht in ihr kleines Geheimnis eingeweiht zu sein. Zornig stieß er seinen Teller von sich. Doch erst, nachdem Quintall gegangen war, bekam er den nötigen Fingerzeig.

»Sie ist wirklich toll«, sagte Pellimar leichthin. Avelyn konnte Thagraine die Enttäuschung vom Gesicht ablesen; nur deshalb fiel ihm überhaupt auf, was Pellimar da entschlüpft war.

»Sie?« fragte Avelyn.

»Die Schiffshure.« Thagraine starrte Pellimar finster an. »Ich glaube, Bruder Pellimar, deine Wache ist gerade an die vierte Stelle gerutscht.«

»Ich geh als dritter. Wenn Avelyn heute nicht reiten will, dann soll er gefälligst warten, bis ich fertig bin!«

Bruder Avelyn ließ sich fassungslos gegen die Wand zurücksinken. Die Schiffshure? Die Speisung der Bedürftigen? Er bekam feuchte Hände – vor Angst, nicht vor Vorfreude. So etwas hatte er nicht erwartet. Unvorstellbar, daß seine Gefährten sich auf dieser wichtigsten Fahrt ihres Lebens, und sollten sie hundert Jahre alt werden, solch niederen Gelüsten hingaben.

»Schau doch nicht so beleidigt drein«, spöttelte Thagraine. »Oder nein, es ist schlichte Scham. Mein lieber Pellimar, ich glaube, unser Freund hier hat noch nie eine Frau geritten.«

Eine Frau geritten? Die derbe Ausdrucksweise hallte Avelyn in den Ohren. Daß seine Mitbrüder von etwas so Heiligem wie der Liebe in solchen Tönen sprachen, überraschte und verletzte ihn.

Aber er sagte nichts, da er fürchtete, vollends als Narr dazustehen. Er konnte sich in dieser Sache gehörig ihren Respekt verscherzen, und ein solcher Fehler konnte ihn während der vielen, langen Wochen auf der *Windläufer* teuer zu stehen kommen.

»Nach Thagraine bist du dran«, sagte er zu Pellimar mit so fester Stimme wie möglich. »Ich hab's nicht so eilig.« Damit streckte er sich auf seiner Koje aus. Ihm entging der abschätzende Blick Thagraines nicht. Da wurde ihm klar, daß hier nicht weniger als seine Männlichkeit auf die Waagschale kam. Ein Versagen konnte er sich nicht leisten. Wenn Thagraine oder einer der anderen den Respekt vor ihm verlor, konnte das alles gefährden. Es gab schließlich Alternativpläne für Pimaninicuit, und Quintall, der so stark und viril war, Quintall, der in der Kunst des Liebens sicher seine Erfahrungen hatte, Quintall, der diese Frau wahrscheinlich mindestens einmal täglich aufsuchte, war als Ersatz für ihn vorgesehen.

Doch allein schon der Gedanke, die Frau aufzusuchen, ließ Avelyn die Haare zu Berge stehen. Thagraines Vermutung, was seine sexuellen Erfahrungen anging, traf zu. Sein ganzes Erwachsenenleben hatte er dem Studium gewidmet; für derlei Ablenkungen hatte es keine Zeit gegeben. Er versuchte, nicht mehr daran zu denken und Frieden im Schlaf zu finden, aber der nächste Schock kam, als Thagraine und Pellimar in sehr vertrautem Ton über eine gewisse Dienstmagd und zwei Küchenmädchen in der Abtei sprachen.

»Von denen könnte es keine mit ihr aufnehmen«, versicherte Thagraine Pellimar.

»Ach, komm. Auch die Kleine nicht? Wie hieß sie noch gleich? Bien deLouisa, glaube ich.« Pellimar klang fast wehmütig.

In Avelyns Magen rumorte es; er kannte das Mädchen, sie

war fast noch ein Kind. Sie arbeitete in der Küche der Abtei: schön, jung, mit langem, schwarzem Haar und dunklen, geheimnisvollen Augen.

Und nun debattierten diese beiden Mitbrüder darüber, wie gut sie im Bett war!

Avelyn verschlug es schier den Atem. War er wirklich so blind gewesen? Er hätte nie vermutet, daß in St. Mere-Abelle derart schmutzige Dinge vor sich gehen konnten.

In dieser Nacht tat er kaum ein Auge zu.

In den Tagen darauf herrschte rauhe See – ein Segen, wie Avelyn fand, denn so hatten sie alle Hände voll zu tun, entweder hoch oben über Deck, was in dem böigen Wind gefährlich, aber auch aufregend war, oder tief unten im Bauch des Schiffes, der auf Lecks abgesucht werden mußte. Tatsächlich mußte er sogar einmal leergeschöpft werden.

All die Plackerei hatte ein Gutes: Sie hielt Avelyn seine persönlichen Probleme vom Leib. Er wußte genau, was von ihm erwartet wurde – für die drei anderen war Sex eine Art Männlichkeitsbeweis –, und auf einer gewissen Ebene beeindruckte ihn das auch. Ansonsten jedoch war er schlicht entsetzt. Auf diese Art hatte er noch nie mit einer Frau zu tun gehabt. Er wußte nicht einmal, wie er reagieren würde. Jedesmal, wenn er an der kleinen Einzelkabine gleich hinter der Kapitänskajüte vorbeikam, bekam er weiche Knie.

Er schlief unruhig in diesen Nächten und wälzte sich schlimmer hin und her als die *Windläufer* auf der rauhen See. All seine Träume verschmolzen zu dieser einen, wildwuchernden Furcht. Er begann sich Ungeheuer hinter dieser Kabinentür auszumalen, entsetzliche Zerrbilder einer Frau, die ihn lüstern anschielte, wenn er eintrat, ganz wild darauf, seine zarteren Gefühle zu zerstören und ihm die Seele zu rauben. Manchmal trug sie sogar die Züge seiner Mutter. Aber das war noch nicht das Schlimmste, denn auch anderes drang an die Oberfläche, das er immer tief unten gehalten hatte; dann attackierte er diese Dämonin ebenso heftig wie sie ihn, dann biß und bezwang er sie in wilder, hemmungsloser Lust. Er erwachte jedesmal in kalten Schweiß gebadet, und einmal fand er sich in einem weitaus unangenehmeren Zustand wieder.

Es kam, wie es kommen mußte: Das Wetter klarte auf. Leicht glitt die *Windläufer* durch ruhigeres Gewässer dahin, und im Westen tauchte ein grauer Streifen auf, die Südküste der Gottesanbeterin. Die vier Mönche befanden sich an Deck, als Bunkus Smealy sie davon in Kenntnis setzte, daß es an diesem Tag nichts für sie zu tun gab und sie ihren eigenen Angelegenheiten nachgehen dürften. »Seid doch bestimmt mit'n paar Gebeten im Rückstand«, sagte der alte Seebär und zwinkerte Quintall anzüglich zu. »Sagt eins für mich mit, wenn ihr so freundlich wärt.«

»Eines für jeden Mann an Bord«, warf Thagraine ein und entlockte Smealy damit ein meckerndes Lachen. Der alte Mann schlenderte auf seinen krummen Beinen davon.

»Ich könnte wirklich eine Morgenrunde gebrauchen«, fügte Thagraine überglücklich hinzu. Er rieb sich die Hände und wollte schon nach achtern gehen, als Quintall ihn an der Schulter festhielt.

»Avelyn«, sagte der stämmige Mann. »Wir haben die Lieblichkeit der kleinen Miss bereits geschmeckt. Nur unser Bruder Avelyn nicht.«

Drei Augenpaare richteten sich auf den jungen Mönch, der sich plötzlich sehr klein vorkam. »Geh ruhig«, sagte er nervös zu Thagraine, ohne groß nachzudenken. »Mir steckt noch der Sturm in den Knochen.«

»Warte!« sagte Quintall, bevor Thagraine auch nur einen Schritt getan hatte. Dann wandte er sich an Avelyn. »Du willst dich doch nicht etwa zu den Faßstopfern gesellen?«

Abelyn hob verdutzt die Brauen. Er hatte das Wort schon einmal gehört, Quintall und die anderen nannten die einfachen Seeleute so, aber Avelyn hatte keine Ahnung, warum. Daß es jetzt in sexuellem Zusammenhang benutzt wurde, verwirrte den armen Avelyn nur noch mehr.

»Ja«, sagte Quintall ruhig, »das wäre vielleicht eher was für dich.« Thagraine und Pellimar kicherten; Avelyn fiel auf, daß sie es zu unterdrücken suchten, also brachten sie immerhin noch ein bißchen Mitgefühl für ihn auf.

»Ich weiß wirklich nicht, wovon du sprichst, Bruder Quintall«, gab er freimütig zu und schob den Kiefer vor. »Vielleicht hättest du die Güte, mir zu sagen, was ein ›Faßstopfer‹ ist.«

Das ließ Pellimar laut losprusten. Thagraine verpaßte ihm einen Rippenstoß.

Avelyn verzog angewidert das Gesicht. Es schmerzte ihn zutiefst, daß sich Brüder seines Ordens dermaßen … *infantil* aufführten – anders konnte man es wirklich nicht nennen.

»Siehst du dieses Faß dort?« fragte Quintall lächelnd und zeigte über das Deck nach vorn.

Avelyn nickte grimmig. Ihm gefiel die Richtung nicht, die dieses Gespräch nahm.

»Es hat ein kleines Loch an der Seite«, fuhr Quintall fort, »für alle, die mit der Frau nicht können.«

Avelyn holte tief Luft, um seinen wachsenden Ärger zu bezwingen.

»Es tut natürlich ein bißchen weh, wenn du an der Reihe bist«, schloß Quintall.

»Wenn *du* ins Faß klettern mußt!« grölte Thagraine, und die drei brachen in Gelächter aus.

Avelyn fand die beleidigenden Zoten alles andere als witzig – und den zwei, drei Seeleuten in ihrer Nähe ging es nicht anders. Seiner Meinung nach stellte ihre Mission die hochheiligste Pflicht der abellikanischen Kirche dar; wer sie dadurch entweihte, daß er einer Orgie freien Lauf ließ, der lästerte Gott.

»Die Frau ist mit Erlaubnis des Abtes an Bord«, sagte Quintall plötzlich streng, als hätte er Avelyns Gedanken gelesen –

was angesichts dessen säuerlicher Miene nicht weiter schwer war. »In seiner Weisheit sind ihm die Versuchungen einer Meerfahrt nicht unbekannt, und so hat er dafür gesorgt, daß wir mit gesundem Körper und gesundem Geist nach Pimaninicuit kommen.«

»Und was ist mit der Seele?« fragte Avelyn. Aber Quintall schnaubte nur abfällig.

»Du hast die Wahl«, sagte er dann.

Das sah Avelyn gänzlich anders. Er war zur Disposition gestellt, um es einmal so zu sagen. Ganz gleich, wie er sich entschied, es würde ernstliche Konsequenzen im Umgang mit seinen Gefährten nach sich ziehen. Wenn er ihren Respekt verlor, konnte er keine Loyalität mehr von ihnen erwarten, und das bei der Eifersucht, die zwischen ihnen gärte, seit sie die auserwählten Bereiter geworden waren …

Avelyn trat mutig vor, zwischen Quintall und Thagraine. Der stämmige Mann trat willig zurück, ein Schmunzeln im dunklen Gesicht – dunkler als nach einer Woche ohne Rasur –, Thagraine jedoch packte Avelyn am Arm.

»Erst ich«, sagte er unnachgiebig.

Aber nun hatte Avelyn die Nase voll. Er fuhr herum, verhakte seinen Arm mit Thagraines und riß ihn von den Füßen. Ein Stoß, ein flacher Tritt, und der Mönch lag der Länge nach auf dem Deck. Bevor er auch nur aufstehen konnte, marschierte Avelyn davon.

Quintalls Gelächter verfolgte ihn.

Als Avelyn sich der Kapitänskajüte näherte, trat Adjonas heraus. Er sah dem erhitzten Mönch ins Gesicht und dann über das Deck zu den drei anderen. Sein Grinsen sprach Bände, aber er tippte sich nur kurz an den großen Federhut und setzte seinen Weg fort.

Avelyn sah nicht nach hinten. Er trat vor die Einzelkabine und wollte schon anklopfen, als ihm aufging, wie lächerlich das gewesen wäre, und er trat einfach ein.

Sie fuhr herum, nur mit einem schmuddeligen Nachthemd bekleidet, und riß sich die Bettdecke vor den Leib.

Sie sah ganz anders aus, als er erwartet hatte – nicht wie das Ungeheuer aus seinen Träumen. Sie war jünger als er, höchstens Anfang zwanzig, mit langem schwarzem Haar und blauen Augen, die schon vor langer Zeit ihren Glanz verloren hatten; keine Schönheit, aber nett anzusehen mit ihrem kleinen, vom wallenden Haar umrahmten Gesicht und der zierlichen Figur. Dünn war sie, und das war wohl eher auf mangelhafte Ernährung als auf ein ausgeprägtes Modebewußtsein zurückzuführen.

Sie hatte den Schrecken rasch verdaut und sah Avelyn neugierig an. »Einer von den Mönchen, ja?« fragte sie mit kehliger Stimme. »Er hat was von vieren gesagt, aber ich dachte, die wären alle schon mal dagewesen ...« Sie schüttelte den Kopf und wirkte verwirrt.

Avelyn schluckte schwer; sie schenkte ihren Besuchern so wenig Beachtung, daß sie sie nicht einmal richtig auseinanderhalten konnte.

»Stimmt's?«

»Was?«

»Daß du einer von den Mönchen bist.«

Avelyn nickte.

»Na, dann ist's ja gut.« Damit schleuderte sie die Decke auf das Bett, griff nach dem Saum ihres kurzen Hemds und zog es nach oben.

»Nein!« sagte Avelyn beinahe entsetzt. Trotz seiner guten Absichten wurde sein Blick hinuntergezogen, und er sah die blauen Flecken auf ihren Beinen. Ihre Schmutzigkeit sprang förmlich ins Auge. Nicht, daß er sauberer gewesen wäre; es war erstaunlich schwer, inmitten von soviel Wasser den Schmutz abzuwaschen.

»Noch nicht«, erklärte er rasch, als die Frau ihn verdutzt ansah. »Ich meine ... wie heißt du denn?«

»Wie ich heiße.« Sie lachte leise und zuckte mit den Achseln. »Deine Freunde nennen mich kleine Miss.«

»Ich meine, wie du wirklich heißt.«

Eine Weile sah sie ihn nur an, verdutzt zuerst, dann aber auch ein wenig neugierig. »Na schön«, sagte sie langsam. »Du kannst Dansally zu mir sagen. Dansally Comerwick.«

»Ich heiße Avelyn Desbris«, antwortete der Mönch.

»Und? Soll's losgehen, Avelyn Desbris?« Dansally zog den Saum ein wenig höher und nahm eine aufreizende Pose ein.

Avelyn betrachtete ihr Angebot aus zwei sehr unterschiedlichen Blickwinkeln. Einerseits hätte er sich am liebsten auf sie gestürzt, andererseits jedoch konnte er, der mehr als sein halbes Leben der inbrünstigen Anstrengung gewidmet hatte, sich und die gesamte Menschheit irgendwie über diese Ebene hinauszuheben – über das blinde, grundlose Ausleben der niedersten animalischen Instinkte –, es unmöglich tun.

»Nein«, sagte er erneut und nahm sanft ihre Hand weg, so daß das Nachthemd wieder über ihre Schenkel fiel.

»Was soll ich dann machen?« fragte die Frau verwirrt.

»Reden«, sagte Avelyn ruhig und beherrscht.

»Reden? Und was möchtest du gern hören?« fragte sie, und in ihre Augen trat ein schelmisches, verdorbenes Funkeln.

»Erzähl mir, wo du herkommst. Erzähl mir von deinem früheren Leben.«

Nach einer Ohrfeige hätte sie auch nicht verletzter aussehen können. »Wie kannst du es wagen?« fragte sie.

Avelyn konnte ein Lächeln nicht verbergen. Sie schien beleidigt, als wäre er ihr zu nahe getreten, und doch gab sie willig das her, das die größte Nähe erforderte! Er hob die Hände und trat einen Schritt zurück.

»Bitte setz dich, Dansally Comerwick.« Er zeigte auf das Bett. »Ich tu dir nichts.«

»Wofür bin ich dann bloß hier«, sagte sie trocken, setzte sich aber auf die Bettkante.

»Um uns Freude zu bereiten«, sagte Avelyn mit einem Nicken. »Und mir bereitet es Freude zu reden. Ich möchte dich gern kennenlernen.«

»Wohl um mich zu retten, was?« fragte Dansally höhnisch. »Um mir zu erklären, wo ich gefehlt habe, und mich wieder auf den rechten Weg zu bringen?«

»Ich würde mir niemals anmaßen, über dich zu urteilen«, sagte Avelyn aufrichtig. »Aber ich möchte gern erklärt bekommen, was ich nicht verstehe.«

»Fühlst du dich denn nie so'n bißchen merkwürdig?« Wieder funkelte es neckisch in ihren Augen. »So'n bißchen juckelig?«

»Ich bin ein Mann«, versicherte Avelyn ihr mit fester Überzeugung. »Aber ich glaube nicht, daß ich darunter auch nur annähernd dasselbe verstehe wie meine Gefährten.«

Dansally, die nicht dumm war, ließ sich seine Worte durch den Kopf gehen. Die vier Tage des Sturms hatte sie allein verbracht – von Quintalls regelmäßigen Besuchen einmal abgesehen, der nie genug von ihr zu kriegen schien. Tatsächlich jedoch hatte sie sich schon viel länger allein gefühlt – schon auf der Fahrt nach St. Mere-Abelle, von den Jahren davor ganz zu schweigen.

Es brauchte mehr als ein bißchen gutes Zureden, aber schließlich bekam Avelyn die Frau dazu, seine Fragen zu beantworten und mit ihm zu reden wie mit einem Freund. Zwei Stunden lang taten sie nichts anderes.

»Ich muß langsam wieder an meine Pflichten denken«, sagte Avelyn schließlich. Er tätschelte ihr die Hand und ging zur Tür.

»Bist du dir sicher, daß du nicht noch ein bißchen bleiben willst?« fragte Dansally. Avelyn drehte sich um. Sie räkelte sich auf dem Bett, ein Funkeln in den blauen Augen.

»Nein«, sagte er ruhig und respektvoll. »Aber wenn ich es recht bedenke, du könntest mir einen Gefallen tun.«

»Keine Sorge«, sagte Dansally augenzwinkernd, bevor er noch fortfahren konnte. »Deine Freunde werden beeindruckt sein!«

Avelyn erwiderte ihr Lächeln. Er stellte fest, daß er ihr vertraute, und als er in das Sonnenlicht hinaustrat, war er sehr erleichtert, aber in ganz anderer Hinsicht, als Quintall und die anderen dachten, ja überhaupt denken konnten.

Avelyn suchte Dansally mindestens ebensooft auf wie die anderen. Sie saßen da und redeten, lachten, und eines Abends weinte sich Dansally sogar bei ihm aus. Sie erzählte von dem Kind, das sie verloren hatte, und wie ihr Mann sie nach der Totgeburt wütend auf die Straße gesetzt hatte.

Kaum war die Geschichte aus ihr heraus, da entzog sie sich Avelyn und starrte ihn an. Sie konnte nicht glauben, daß sie sich ihm derart offenbart hatte. Es war mehr als nur ein wenig beunruhigend. Alle Kleider noch am Leib, war Avelyn ihr auf eine Weise nähergekommen, auf eine intime Weise, die allen anderen Männern verschlossen geblieben war.

»Er war ein Schwein«, sagte Avelyn, »mehr nicht. Und ein Dummkopf noch dazu, Dansally Comerwick, denn eine bessere Gefährtin könnte kein Mann bekommen.«

»Hier kommt Bruder Avelyn Desbris«, sagte Dansally mit einem Riesenseufzer. »Und rettet mich schon wieder.«

»Ich glaube, du bedarfst der Rettung weniger als die meisten Menschen.« Die Ernsthaftigkeit, mit der Avelyn diese Worte sprach, traf Dansally bis ins Mark. Sie blickte zu Boden, und wieder kamen ihr die Tränen.

Avelyn rückte näher und nahm sie in den Arm.

Die *Windläufer* machte gute Fahrt und hatte die Südspitze der Gottesanbeterin bald erreicht. Bevor es jedoch auf direktem Westsüdwestkurs Richtung Freeport ging, ließ Adjonas sie einen weiten Bogen beschreiben. Er wollte vermeiden, allzu nahe an die trügerische Katzenbucht heranzukommen, in der das Wasser binnen zwanzig Minuten leicht um vierzig Fuß stieg und die Unterströmungen dieser gewaltigen Flut einen Segler selbst bei günstigem Wind ergreifen und auf die Klippen schmettern konnten.

In Freeport machten sie nur kurz halt, gerade einmal eine Handvoll Seeleute wurde mit dem Boot an Land geschickt. Mit der nächsten Flut ließen sie den gesetzlosen und gefährlichen Ort hinter sich und erreichten bald den Hafen von Entel.

Entel war die drittgrößte Stadt Koronas, hinter Ursal, dem Sitz der Krone, und Palmaris. Die Kaianlagen reichten weit genug in das Wasser hinaus, daß ein Schiff mit dem Tiefgang der *Windläufer* anlegen konnte, und Adjonas gewährte der gesamten Besatzung in zwei Schichten Landurlaub.

Auf Quintalls Geheiß sahen sich die vier Mönche gemeinsam die Stadt an. Pellimar schlug vor, die örtliche Abtei zu besuchen. Thagraine und Avelyn stimmten zu, der pragmatische Quintall aber verwarf den Vorschlag. Er wollte möglichen Fragen aus dem Weg gehen, warum es vier Brüder aus St. Mere-Abelle so weit nach Süden verschlagen hatte. Die Geheimnisse von Pimaninicuit waren nur dem Orden von St. Mere-Abelle bekannt; Meister Siherton zufolge wußten ansonsten nicht einmal die Äbte der abellikanischen Kirche, woher die magischen Steine stammten.

Avelyn, der sich noch gut daran erinnern konnte, wie Meister Jojonah ihn eindringlich gewarnt hatte, daß schon die bloße Erwähnung des Namens ohne ausdrückliche Anweisung durch den Abt mit dem Tode bestraft wurde, hielt Quintalls Vorsicht für angemessen.

Also schlenderten sie einfach umher und sahen sich die große Stadt an, bewunderten die dichten Reihen exotischer Blumen auf dem grünen Stadtplatz, die leuchtend weißen Häuser und das Gewühl des Bazars: Es war der größte offene Markt, den sie je gesehen hatten, und angeblich der größte offene Markt im ganzen Bärenreich. Auch die lebhaft bunten

Gewänder der Einwohner kamen den vier sehr ungewöhnlich vor. Es hieß, Entel sehe schon gar nicht mehr aus wie eine Stadt des Bärenreiches, sondern gehöre eigentlich schon zum exotischen Behren, und nachdem Avelyn einen halben Tag mit großen Augen umhergeschlendert war, war er überzeugt, daß es ihm in Behren sehr gefallen würde.

»Ein andermal vielleicht«, murmelte er mit einem Blick nach hinten, als er den anderen wieder auf den Kai hinaus folgte und über der Stadt die Sonne unterging.

Am nächsten Morgen lief die *Windläufer* aus, den Bauch voll mit Vorräten, die Segel voller Wind, der sie flink gen Süden trug.

Avelyns Wunsch ging rascher in Erfüllung als erwartet, denn Kapitän Adjonas ließ das Schiff ohne ein Wort der Erklärung kaum zwei Dutzend Meilen später in den Hafen von Jacintha einlaufen, gleich hinter dem Gebirgszug, der die beiden Königreiche trennte.

Die drei Mönche sahen nervös zu Quintall, aber dieser war ebenso überrascht wie sie. Er ging sofort zum Kapitän und verlangte eine Erklärung.

»Niemand kennt die Südwasser besser als die Seeleute Behrens«, erklärte Adjonas. »Welche Winde günstig sind, welche Schwierigkeiten wir zu erwarten haben. Ich habe Freunde hier, wertvolle Freunde.«

»Paßt auf, daß Eure Fragen Euren Kontaktleuten nicht den Weg nach Pimaninicuit weisen«, flüsterte Quintall drohend.

Adjonas drückte das Kreuz durch. Blut schoß ihm ins Gesicht, daß die flammende Narbe nur um so beeindruckender wirkte. Aber Quintall wich nicht einen Fingerbreit zurück. »Ich begleite Euch besser zu Euren … Freunden.«

»Dann legt die verräterische Kutte ab, Bruder Quintall«, erwiderte Adjonas. »Ich kann für Eure Sicherheit nicht garantieren.«

»Und ich auch nicht für die Eure.«

Am späten Nachmittag brachen die beiden zusammen mit Bunkus Smealy auf, unter den nervösen Blicken von drei Mönchen und dreißig Seeleuten. Pellimar versuchte sich mit einem Besuch bei der Frau – deren richtigen Namen er und die anderen zu Avelyns Befriedigung noch immer nicht kannten – von der Anspannung abzulenken; Avelyn und Thagraine jedoch blieben an Deck und sahen zu, wie die Sonne unterging und die Stadt hinter dem Hafen zu funkeln begann.

Endlich vernahmen sie den ersehnten Klang von Ruderschlägen, und die drei waren wohlbehalten wieder zurück. »Beim ersten Tageslicht brechen wir auf«, sagte Adjonas ungewöhnlich scharf zu Smealy und seinen Leuten, als die drei wieder auf den Decksplanken standen. Quintall machte ein finsteres Gesicht.

Thagraine und Avelyn sahen sich ernst an.

»Sieht gar nicht gut aus, da draußen«, erklärte Quintall seinen Brüdern.

»Piraten?« fragte Thagraine.

»Ja. Und Pauris.«

Mit einem Seufzer sah Avelyn wieder zu der unvertrauten Küste hinüber, zu der glitzernden Stadt und den schwarzen Umrissen des Gebirges, das als Großer Gürtel bekannt war. Er war weit, weit fort von zu Hause; und nun, den herben Geruch des Mirianischen Ozeans in der Nase und das Gerede von wilden Pauris im Ohr, wurde ihm klar, daß er noch viel weiter würde fortgehen müssen.

Auch er besuchte Dansally in jener Nacht. Bruder Avelyn brauchte einen Freund.

16. Endkrieg

Elbryans fünfter Sommer in Andur'Blough Inninness war mit die schönste Zeit seines jungen Lebens. Er war nun kein Junge mehr, sondern ein junger und starker Mann, der nichts Kindliches mehr an sich hatte außer seiner schelmischen Art, von der Tuntun fürchtete, daß er sie niemals ablegen würde. Noch immer stürzte er sich jeden Morgen voller Eifer auf das Melkstein-Ritual, denn er konnte sehen, welchen Effekt die ständige Übung auf seine hochgewachsene, anmutige Gestalt hatte. Seine Beine waren lang und sehnig, und seine Arme strotzten vor dicken, deutlich voneinander abgegrenzten Muskeln. Wenn Elbryan den Arm anspannte, konnte er mit der anderen Hand – und seine Hände waren nach menschlichen Maßstäben kaum klein zu nennen! – nicht einmal zur Hälfte um den Unterarm herumfassen.

Doch trotz all dieser Muskelmasse war nichts Ungelenkes an dem jungen Mann. Er tanzte mit den Elfen, er kämpfte mit den Elfen, er sprang die gewundenen Wege von Andur'Blough Inninness entlang. Sein hellbraunes Haar reichte ihm bis auf die Schultern, aber es war ordentlich geschnitten, und er trug es aus dem Gesicht gekämmt, das er sich nach wie vor täglich rasierte.

Inzwischen war er bei jedem Ritual der Elfen ein gern gesehener Gast, ganz gleich ob Tanz, Feierlichkeit oder Jagd. Und doch kam Elbryan sich einsam vor, vielleicht einsamer denn je. Nicht, daß er sich nach menschlicher Gesellschaft gesehnt hätte; die fürchtete er nach wie vor. Nein, es war das schlichte Wissen, wie sehr er sich von diesen Wesen unterschied, und das nicht nur vom Aussehen her. Sie hatten ihm beigebracht, die Welt wie ein Elf zu sehen, grenzenlos frei und oft mehr im Traum als in der Wirklichkeit zu Hause. Elbryan mußte feststellen, daß er eine solche Haltung nicht lange aufrechterhalten konnte. Sein Sinn für Ordnung war einfach zu groß, sein Sinn für Recht und Unrecht zu tief verwurzelt. Eines ruhigen Nachmittags äußerte er diese Bedenken Juraviel gegenüber, auf einem ausgedehnten Spaziergang, während sie über Tiere und Pflanzen sprachen.

Juraviel blieb stehen und starrte den jungen Mann an. »Was hast du denn anderes erwartet?« fragte er.

Diese schlichte Frage spendete Elbryan allen Trost, den er brauchte. Zum ersten Mal ging ihm auf, daß die Elfen von ihm womöglich gar nicht erwarteten, einer der ihren zu sein.

»Wir zeigen dir die Welt aus einem anderen Blickwinkel«, erklärte Juraviel, »der dir unterwegs helfen soll, wenn das Schicksal dich prüft. Wir geben dir Werkzeuge, die dich über deinesgleichen erheben.«

»Warum?« fragte Elbryan schlicht. »Warum gerade mir?«

»Mathers Blut«, antwortete Juraviel mit den Worten, die der junge Mann allzuoft gehört hatte, wenn Tuntun sich über ihn lustig machte. »Mather war dein Onkel, der ältere Bruder deines Vaters.«

Während er sprach, wanderten Elbryans Gedanken zu einem ganz bestimmten Moment vor fünf Jahren zurück, als er auf dem Kamm über Dundalis gestanden und mit Pony zusammen zum Halo hinaufgeschaut hatte. Obwohl ihm dieses Bild so deutlich vor seinem geistigen Auge stand, daß er den Moment fast spüren konnte, entging ihm keines von Juraviels Worten.

»Er starb in sehr jungen Jahren – so glaubten dein Vater und der Rest der Wyndons jedenfalls.«

»Ich erinnere mich –« Elbryan verstummte. Er wußte nicht recht, woran er sich erinnerte. Er hatte den Eindruck, daß sein Vater einmal einen verlorengegangenen älteren Bruder erwähnt hatte und vielleicht sogar den Namen Mather. So mußte es gewesen sein, denn Elbryan hatte den Namen schon gekannt, bevor er zu den Touel'alfar gekommen war.

»Der junge Mather war fast tot, als wir ihn im Wald fanden«, fuhr Juraviel fort. »Ein Bär hatte ihn angefallen. Wir brachten ihn nach Caer'alfar. Er wurde lange nicht wieder gesund, aber er war zäh; das liegt bei euch in der Familie. Als es dann soweit war, hätten wir ihn nach Hause schicken können, aber unseren Spähern zufolge waren die Wyndons bereits vor Monaten weitergezogen.«

Der Elf hielt inne, als frage er sich, wie er fortfahren sollte. »In den vergangenen Jahrhunderten«, begann er ernst, »lebte mein Volk nicht so zurückgezogen. Elfen und Menschen waren Nachbarn, sie tauschten Güter und Geschichten aus, und manchmal teilten sie sogar dasselbe Dorf. Es gab sogar Ehen zwischen Elf und Mensch, wenn sie auch meist kinderlos blieben, von zweien habe ich selbst gelesen.«

»Was hat unsere Völker auseinandergebracht?« fragte Elbryan, der fand, daß dies zumindest für sein Volk eine traurige Entwicklung darstellte.

Juraviel lachte leise. »Du bist jetzt seit fünf Jahren in Andur'Blough Inninness. Ist dir nicht aufgefallen, daß hier etwas fehlt?«

Elbryan runzelte die Stirn. Was sollte diesem verzauberten Ort schon fehlen?

»Kinder«, sagte Juraviel nach einer Weile. »Kinder. Wir sind anders als Menschen. Ich könnte tausend Jahre alt werden – die Hälfte habe ich bereits geschafft – und doch nicht mehr als ein, zwei Kinder zeugen.«

Juraviel schwieg erneut, und eine Wolke schien seine eckigen Züge zu verdunkeln. »Und dann ist der Geflügelte erwacht, dreihundert Jahre ist es jetzt her.«

»Der Geflügelte?« fragte Elbryan.

»Ein Dämon.« Juraviel trat an den Rand der kleinen Lichtung. Er hob den Kopf zu den Himmelssphären und die Stimme zu einem Lied.

»Wenn der Wächter Blicke sich einwärts kehr'n,
Wenn Gier der Menschen Herzen befällt,
Wenn Liebe für Lust verlorengeht.
Wenn auf der Waage der Daumen liegt schwer,
Wenn der Frauen Schenkel weit klaffen,
Wenn Ehre tiefer als Geldwert steht.
Dann seht hinauf, Menschen, zur Finsternis.
Dann schaut zu dem Rauchschwarz empor.
Dann fühlet, Menschen, wie die Erde bebt
Und wisset, euer Tod steht bevor.
Am eigenen Fleisch, am eigenen Blut
Habt ihr viel zu lang euch gelabt,
Nun stellt euch dem Sturm von Goblin und Zwerg,
Den vor Gier überseh'n ihr habt.
Drum kehrt eure Wut auf den wahren Feind,
Entsagt aller gottlosen Pracht
Und wißt, es ist Zeit für Rechtschaffenheit!
Der Geflügelte ist erwacht!«

Unzählige Bilder zogen an Elbryans geistigem Auge vorbei, während Juraviel sang: Szenen von Krieg und Zerstörung, entsetzliche Szenen, wie Dundalis sie an jenem schrecklichen Tag geboten hatte, als die Goblins gekommen waren. Als Juraviel sich schließlich wieder umwandte, waren Elbryans Wangen von Tränen benetzt und die des Elfen nicht minder.

»Was da erwacht, nennen wir jedenfalls den Geflügelten«, sagte Juraviel leise, »wenngleich darunter eher die ganze Welt verstanden werden sollte als ein einzelner Dämon. Wir selbst sind es – die Menschen und vor langer Zeit auch die Elfen –, die dem dunklen Wesen gestatten, auf Erden zu wandeln.«

»Und wenn der Dämon erwacht, gibt es Krieg«, folgerte Elbryan aus dem Lied. »Wie die Schlacht, bei der meine Eltern starben.«

Juraviel zuckte mit den Achseln. »Solche Schlachten sind

nicht selten, wo Mensch und Goblin dicht beieinander leben. Ebenso verhält es sich auf offener See, wenn die flachen Schiffe der Pauris gesichtet werden. Was dann passiert, liegt auf der Hand.«

Elbryan nickte; er hatte von den wilden Pauris und ihrer Zerstörungswut gehört.

»Es liegt dreihundert Jahre zurück, daß der Geflügelte zuletzt erwachte«, sagte Juraviel. »Damals trieb mein Volk offenen Handel mit den Menschen. Es gab mehr Elfen zu jener Zeit, sehr viel mehr, wenn auch nicht so viele wie Menschen. *Co'awille*, ›Endkrieg‹, nennen wir diese Schreckenszeit, in der vier von fünf Elfen ihr Leben ließen.« Er seufzte schicksalsergeben. »Und da wir uns nicht in nennenswertem Umfang fortpflanzen ...«

»Mußtet ihr euch verstecken«, folgerte Elbryan. »Um eurem Volk das Überleben zu sichern, mußtet ihr euch von den anderen Völkern fernhalten.«

Juraviel nickte; die kluge Schlußfolgerung schien ihn zu freuen. »Und so kamen wir nach Andur'Blough Inninness und in andere abgelegene Gegenden. Mit Hilfe der Menschenheiligen und ihrer kostbaren Gaben, den magischen Steinen, ergriffen wir von diesen Gegenden Besitz und schirmten sie vor den neugierigen Blicken der weiten Welt ab. So ist in jener fernen Zeit zwar unter großen Opfern der Geflügelte besiegt worden, aber zugleich waren auch unsere Tage in der Welt gezählt. Und nun leben wir hier und dort unter Wolkendecken und im Schutz der Dunkelheit. Unsere Zahl ist klein, und darum darf niemand von uns wissen, nicht einmal die Menschen, obwohl wir sie als unsere Freunde ansehen.«

»Einige von euch jedenfalls«, sagte Elbryan, der an Tuntun denken mußte.

»Selbst Tuntun tut das.« Juraviel lachte auf, dann war er wieder ernst. »Sie beneidet dich.«

»Mich?«

»Um deine Freiheit. Dir steht die Welt offen, ihr jedoch nicht. Sie hat nichts gegen dich persönlich.«

»Das will ich gern glauben, aber nur bis wir das nächstemal gegeneinander antreten.«

Juraviel mußte lachen. »Sie ist eine harte Gegnerin«, gab er zu. »Und dir gegenüber ist sie besonders streng. Ist das nicht Beweis genug, daß sie auf deiner Seite steht?«

Elbryan steckte sich einen Grashalm zwischen die Lippen und ließ sich das Gesagte durch den Kopf gehen.

»Tuntun weiß, welche Schwierigkeiten dich erwarten«, betonte Juraviel. »Sie möchte, daß du gut vorbereitet bist.«

»Worauf?«

»Ah, die entscheidende Frage«, sagte Juraviel, und seine Brauen schossen ebenso in die Höhe wie sein Zeigefinger. »Wenngleich wir dem Menschenvolk aus dem Weg gehen, so haben wir es doch nicht vergessen. Wir, die Elfen von Caer'alfar, sind es, die die Hüter ausbilden, Beschützer derjenigen, die meist gar nicht wissen, daß sie des Schutzes bedürfen.«

Elbryan schüttelte den Kopf. Von Hütern hatte er noch nie gehört, nur die Elfen hatten sie manchmal erwähnt.

»Mather war ein solcher Hüter«, sagte Juraviel. »Einer der besten. Nahezu vierzig Jahre hielt er einen Streifen von hundert Meilen Länge frei von Goblins und Bergriesen. Seine Siege sind bei weitem zu zahlreich, um sie hier aufzuzählen; dazu reicht kaum eine Woche.«

Merkwürdigerweise fühlte Elbryan so etwas wie Familienstolz. Wieder fiel ihm der Morgen auf dem Kamm ein, als sie sich den Halo angesehen hatten und ihm plötzlich der Name Mather durch den Kopf geschossen war.

»Und das sollst du werden«, erklärte Juraviel. »Elbryan der Hüter.«

Mit einem abschließenden Nicken spazierte der Elf davon.

Elbryan begriff, daß die Lektion zu Ende war, und es kam ihm so vor, als wäre sie die wichtigste, die er hier in Andur'Blough Inninness je erhalten hatte.

»Da, fühlst du es?«

Belli'mar Juraviel bat mit erhobener Hand um Stille, dann schob er den empfindlichen nackten Fuß auf der Oberfläche des Steins hin und her. Einen Moment später nickte er grimmig. Die Schwingungen strömten fein, aber deutlich seine Zehen hinauf.

»Etliche Meilen weiter nordwestlich.« Tallareyish wandte den Blick in die Richtung, als drohe jeden Moment eine gewaltige Horde der Finsternis von dort in Andur'Blough Inninness einzufallen.

»Lady Dasslerond weiß Bescheid?« fragte Juraviel.

»Natürlich«, antwortete ein Elf namens Viellain, der zu den ältesten Einwohnern Caer'alfars zählte. »Die Späher sind bereits ausgesandt. Keine zwanzig Meilen jenseits unseres Tals soll sich ein gewaltiger Spalt aufgetan haben.«

Juraviel sah nach Norden, zu den wilden Landen jenseits seiner Elfenheimat und weit jenseits sämtlicher menschlicher Siedlungen. »Kennst du diesen Ort?« fragte er Viellain.

»Er sollte nicht so schwer zu finden sein«, antwortete Tallareyish prompt, der ihn ebensogern in Augenschein nehmen wollte wie Juraviel. Die beiden sahen Viellain an, und ihre Mienen sprachen Bände.

»Die Späher werden an dem Graben, wenn es ihn denn gibt, vorbeiziehen und weiter nach Norden gehen«, erklärte der alte Elf. »Viele Tage werden vergehen, bis sie wieder in Caer'alfar weilen.«

»Aber so lange sollte Lady Dasslerond nicht warten müssen«, überlegte Tallareyish, da Viellain, der die Gesetzestreue in Person war, ihnen sicher bereits auf die Schliche kam.

»Wir könnten diesen Ort aufsuchen und morgen vor Sonnenuntergang wieder zurück sein«, sagte Juraviel. »Falls wir ihn finden.«

»Die Vögel werden ihn kennen«, versicherte ihm Viellain. »Die Vögel kennen alles.«

An diesem Abend war es merkwürdig still im Tal. Nirgendwo waren Elfen zu sehen – obwohl das nichts hieß, denn Elbryan kannte die Touel'alfar lange genug, um zu wissen, daß sich eine ganze Horde von ihnen in unmittelbarer Nähe befinden konnte. Selbst er, der hier inzwischen jeden Baum und jeden Strauch kannte, war mitunter darauf angewiesen, daß sie sich bemerkbar machten.

Dennoch war er sich einigermaßen sicher, daß er an diesem Abend allein war – bis auf seinen Gegner natürlich, der ihm gegenüber in den Schatten stand.

Der junge Mann hielt den Atem an, als die Gestalt ins Mondlicht trat.

Tuntun.

Elbryan packte seinen Stock fester und wappnete sich innerlich. Er war seit Wochen nicht gegen Tuntun angetreten; nun sollte die hochnäsige Elfin eine Überraschung erleben.

»Ich werde erst von dir ablassen, wenn du dich laut und deutlich ergibst«, zog Tuntun ihn auf und trat in die Mitte der Lichtung. Mit der einen Hand ließ sie die Nachbildung eines Elfenschwertes im Kreis herumwirbeln und mit der anderen einen hölzernen Dolch in engeren Kreisen über die Finger tanzen. Wirbel um Wirbel beschrieben die Waffen und gemahnten Elbryan an Tuntuns nachtwandlerische Geschicklichkeit. Die Elfe konnte vier Münzen auf einmal durch die Finger tanzen lassen, und zwar mit beiden Händen zugleich; das Jonglieren mit einem Dutzend Dolchen oder gar brennenden Fackeln kostete sie keine Mühe.

Aber diese Gewandtheit und Genauigkeit würden ihr nicht viel nützen, schwor sich Elbryan. Diesmal nicht.

Er trat in die Mitte, den Stock waagerecht vor sich, rechte Handfläche nach oben, linke nach unten. Normalerweise wurden vor einem Kampf erst die Regeln festgelegt, aber das war in diesem Falle überflüssig. Nach all den Jahren waren Tuntun und Elbryan vollkommen aufeinander eingespielt; da hatten Regeln keine Bedeutung mehr.

Elbryan nahm eine geduckte Haltung ein, und Tuntun ließ es sich nicht zweimal sagen. Blitzschnell brachte sie ihr Schwert nach vorn. Elbryan ließ seinen Stock mit der linken Hand los, drehte die rechte herum, dann wieder zurück. Die Überhandparade lenkte den Schwertstoß ab; die zweite, von unten geführte Abwehrbewegung jedoch, die die Holzklinge weit nach oben fliegen lassen sollte, geriet Elbryan viel zu langsam. Tuntun hatte das Schwert längst zurückgezogen.

Der Stock klatschte in Elbryans Linke zurück, und so blieb der junge Mann stehen, bereit für Tuntuns nächsten Angriff.

Da aber überraschte er die Elfe. Mit seiner schwereren Waffe und der schlechteren Beweglichkeit hätte er die einleitenden Attacken eigentlich ihr überlassen und sozusagen Schwarz spielen müssen, denn jeder Angriffsfehler konnte leicht auf eine gefährliche Lücke in der Deckung hinauslaufen.

Trotzdem stürzte der junge Mann vor und ging zum Angriff über. Wieder brachte er seine Überhand-Unterhand-Parade, doch fing er den Stock diesmal nicht mit der Linken ab, als er wieder in der Waagerechten war, sondern wirbelte ihn mit der Rechten erneut zurück. Kaum zeigte das lange Ende nach oben, da winkelte Elbryan schon den Arm an und fing das kurze Ende ab, indem er es zwischen Ellbogen und Rippen einklemmte; dann ließ er den Stock nach vorn schießen wie einen Speer.

Tuntuns Überraschung hielt nicht lange vor; sie hatte eine Attacke von diesem Mann, der sie so sehr haßte, beinahe erwartet. Während der ersten Stockwirbel wich sie zurück, und dem Stoß entging sie, indem sie Schwert und Dolch x-förmig über den Kopf brachte und sich den Stock damit vom Leib hielt. Eigentlich wollte sie bei der erstbesten Lücke in seiner Deckung zum Gegenangriff übergehen, aber sie mußte feststellen, daß der junge Mann mit seiner überraschend geschickten Schrittfolge noch nicht fertig war.

Elbryan zog den Stock zurück, bevor Tuntun ihn mit ihren gekreuzten Klingen zur Seite zwingen konnte. Dann schickte er ihn zum zweiten Mal nach vorn, brach den Stoß jedoch ab, als die Elfe sich wie erwartet duckte. Er brachte das vordere Ende nach oben und über seinen Kopf, dann ließ er den Stock herumwirbeln. Als die Drehung vollständig war, fing er ihn mit der linken Hand ab und stürmte vorwärts. Mit beiden Händen ließ er den Stock eine zweite Drehung machen und dann schräg zu Boden schwingen, auf Tuntun zu.

Die Elfe kreischte auf und brachte ihr Schwert zur Seite, die Klinge senkrecht, die Spitze fast den Boden berührend. Als der Stock dagegenknallte, war sämtliche Wucht dahinter, die der bemerkenswert kräftige und schwere junge Mann aufzubringen hatte. Tuntun wurde fast von den Füßen gerissen. Sie mußte sogar mit dem zarten Flügel schlagen, um die Wucht abzufangen.

Elbryan lächelte grimmig und setzte ihr nach, mit Wirbeln, Stößen, Streichen, Schwingern – mit allem, was die Elfin in der Defensive und außer Atem hielt.

Seinen Erfolg verdankte er zum Teil der Überraschung. Die kluge Elfe wußte ihn rasch besser und respektvoller einzuschätzen; schon stimmte sie ihre Paraden – und den Abstand, den sie zu ihm hielt – neu auf ihn ab.

So kämpften sie für lange Zeit, einander ebenbürtig; und die Stangen krachten manchmal in so rascher Folge gegeneinander, daß Elbryan sich fragte, warum das Holz nicht durch die bloße Reibung zu brennen begann! Beide erzielten und erlitten kleinere Treffer, und doch schien sich keiner einen wirklichen Vorteil zu verschaffen, während die Minuten verstrichen.

Unausweichlich wurden die Treffer schwerer, als die zunehmende Erschöpfung zu Fehlern in der Defensive führte, vor allem auf Elbryans Seite. Aber er wußte, daß Tuntun ebenfalls ermüdete und er den Kampf mit einem einzigen ordentlichen Treffer für sich entscheiden konnte.

Beim nächsten Streich spürte Elbryan, wie sein Stock einmal, zweimal, vielleicht ein halbes dutzendmal getroffen wurde, bevor er den Ausfall auch nur beendet hatte. Nur ein ordentlicher Treffer, dachte er, aber den zu landen war keine leichte Aufgabe!

Einen Sekundenbruchteil später unterstrich Tuntun diese Feststellung noch. Ihre Parade mit dem Schwert hatte seinen Stock gerade weit genug nach außen gezwungen, daß die Elfe vorschießen und die Finger von Elbryans hinterer Hand mit dem Dolch treffen konnte.

Er brauchte etwas Neues, etwas, das Tuntun bei ihm noch nicht erlebt hatte und also auch nicht erwartete. Etwas Gewagtes, ja Verzweifeltes wie den Schattentaucher, mit dem Tallareyish ihn besiegt hatte. Er merkte, daß Tuntun neue Zuversicht schöpfte. Sie meinte, ihn wieder im Griff zu haben.

Sie war reif fürs Pflücken.

Eine Folge von harten Schlägen, Stößen und Ausfallschritten brachte Elbryan in die gewünschte Position. Er wußte genau, welche Attacke die Elfe jetzt vorhatte, und blieb genau außer Reichweite des kleinen Schwertes stehen.

Dann stürzte er nach vorn, den Stock fest gepackt, die Hände weit auseinander, und ließ ihn von links nach rechts durch die Luft zischen, so hoch, daß Tuntun ihn nicht abfangen konnte, sondern sich wegducken mußte.

Das tat sie formvollendet, aber Elbryan ließ den Stock mit der linken Hand los und tat mit der rechten kaum mehr, als seine Drehung zu lenken. Als die Waffe hinter ihm herumkam, übernahm er sie mit der linken Hand, überhand diesmal und in der Mitte, dann ließ er sie erneut rechtsherum wirbeln, seine Hüfte als Hebelpunkt nutzend.

Obwohl Tuntun nur mit einer simplen Rechts-Links-Kombination gerechnet hatte, schaffte sie es erneut, dem Hieb zu entgehen, aber nur ganz knapp.

Aber Elbryan war bei weitem noch nicht fertig. Als der Stock wieder waagerecht vor ihm war, fing er ihn mit der Rechten auf, brachte die Linke rasch unter die Waffe, dann setzte er Tuntun nach und brachte den dritten Schlag an, wieder von links nach rechts, indem er die rechte Hand anzog und die linke nach vorn schießen ließ.

Tuntun blieb nichts anderes übrig, als sich zu Boden zu werfen, und das tat sie auch.

Elbryan fing den Schwung des Stockes nicht ab, sondern drehte sich um die eigene Achse und ließ die Waffe dabei ganz nach außen rutschen, hielt sie wie eine Keule mit beiden Händen fest, als wolle er damit Steine durch die Luft dreschen wie damals als Kind.

Er drehte sich einmal um die eigene Achse, obwohl er wußte, wie gefährlich es war, jemand so Flinkem wie Tuntun den Rücken zuzuwenden – und wenn es nur für einen Sekundenbruchteil war. Als er herumkam, ließ er sich mit einem Aufschrei auf sein Knie fallen und den Stock mit aller Kraft und so tief es ging über den Boden streichen.

Die Waffe zischte wirkungslos durch die Luft. Tuntun war verschwunden!

Seine Gedanken wirbelten schneller herum als er selbst, angespornt durch die Befürchtung, daß ihm doch wieder nur eine Abreibung drohte. Tuntun konnte unmöglich zur Seite ausgewichen sein, ohne daß er es mitbekommen hätte.

Damit blieb nur eine Möglichkeit übrig – und für die brauchte man Flügel.

Elbryan rollte sich seitlich über die linke Schulter ab und

landete mit dem Rücken im Gras. Er spannte die kräftigen Arme an, um den Schwung des Stockes zu bremsen, und brachte ihn in die Senkrechte zum Stehen.

Und da kam Tuntun, deren hauchzarte Flügel sie nicht länger in der Luft halten konnten, auch schon herunter, die Klinge nach unten gerichtet. Sie hatte dem dummen Elbryan mitten ins Kreuz springen und ihm das hölzerne Übungsschwert in den Nacken bohren wollen. Wie groß ihre blauen Augen wurden, als sie die Stockspitze herankommen sah!

Verzweifelt schlug sie mit dem Schwert danach, doch es war vergebens. Ächzend krachte sie auf den Stock hinunter, der mit dem anderen Ende fest auf dem Boden stand. Sie bekam die Spitze genau unter das Brustbein.

Für einen langen Moment hing sie dort oben in acht Fuß Höhe, ohne mit dem Schwert auch nur annähernd an Elbryan heranzukommen, der noch immer auf dem Rücken lag. Dann ließ sie das Schwert los – unfreiwillig, denn es fiel wirkungslos ins Gras –, also senkte der junge Mann langsam den Stock nach vorn, damit Tuntun nicht zur Seite herunterfiel. Sie landete auf den Füßen und stolperte ein Stück nach hinten, von der Waffe weg, aber dann fiel sie doch und schnappte verzweifelt nach Luft.

Elbryan ließ die Waffe fallen und eilte zu ihr. Er schalt sich einen Dummkopf, als er sich hinkniete, denn vielleicht brachte die undurchsichtige Tuntun ja doch noch die Kraft für einen Dolchstoß auf, nur um den Sieg beanspruchen zu können.

Aber diese Kraft besaß Tuntun nicht mehr. Sie konnte nicht einmal mehr reden, und der Dolch rutschte ihr ebenso aus der Hand wie zuvor schon das Schwert. Elbryan legte ihr tröstend einen Arm um die Schultern.

»Tuntun«, sagte er wieder und wieder, aus lauter Angst, daß sie ihm hier, mitten auf dem Übungsplatz, unter den Händen wegstarb.

Aber schließlich atmete sie wieder einigermaßen regelmäßig. Sie sah zu ihm auf, und in ihren Augen stand aufrichtige Bewunderung. »Ein verdienter Sieg«, gratulierte sie. »Ich dachte ... du hättest ... deine Möglichkeiten bereits ausgeschöpft ... aber von wegen.«

Tuntun nickte und stand schwankend auf, dann verließ sie die Senke.

Elbryan blieb noch eine Weile im Gras hocken. Er war viel zu verblüfft, um aufzustehen. Nach so vielen langen Monaten hatte er seinen ersten Sieg errungen.

Die Reihe kleiner, ausladender Apfelbäume verlief nahezu vollkommen gerade, nur daß sie an einer Stelle ein Dutzend Fuß versetzt war und einen Hügel hinaufführte, der doppelte Elfenhöhe erreichte. Die Verwerfung war jung, das lag klar auf der Hand, denn der Erdboden unterhalb der Kante war lose und dunkelbraun. Hier und da ragte eine Wurzel heraus, nur frisches Grün zeigte sich nirgends. Irgend etwas hatte nach dieser Reihe Apfelbäume gegriffen und einfach ein Drittel davon ein Stück verschoben.

»Die hat noch Bruder Allarbarnet angelegt«, sagte Tallareyish. Die anderen zwei nickten zustimmend, denn Allarbarnet, ein Wandermönch der Palmarer Abtei St. Precious, war ihnen und jedem anderen vernunftbegabten Lebewesen auf Korona nicht unbekannt. Vor über einhundert Jahren war er durch die Wilderlande gewandert – weit jenseits der zivilisierten Stätte seiner Geburt – und hatte reihenweise Apfelkerne gepflanzt, um das Volk des Bärenreiches zur Erforschung der Welt zu ermutigen. Bruder Allarbarnet – der Prozeß seiner Heiligsprechung war bereits im Gange und sollte innerhalb der nächsten Dekade erfolgreich abgeschlossen sein – hatte nicht mehr miterleben können, wie sein Traum wahr wurde; tatsächlich war er auch gar nicht wahr geworden, aber zahlreiche seiner Apfelhaine waren prächtig gediehen. Allerdings war den Menschen weder bekannt, daß Bruder Allarbarnet ein Freund der Elfen gewesen war, noch daß sie beziehungsweise die von ihnen ausgebildeten Hüter ihn oftmals unterstützt hatten. So kam es, daß das Elfentrio ihn und seine Arbeit kannte und wußte, daß seine Apfelbäume stets in gerader Reihe standen.

Was also hatte diese hier so verändert?

Es war nur eine Antwort möglich, denn kein Lebewesen, nicht einmal einer der großen Drachen des Nordens, konnte diese Menge Erdboden auf so gleichmäßige, genaue Art verschieben.

»Ein Erdbeben«, murmelte Juraviel, doch trotz seines grimmigen Gesichtsausdruckes klang seine melodische Stimme nur ein klein wenig unheilvoll.

»Von dort kommen«, stimmte Tallareyish zu und zeigte nach Norden, wo, wie sie alle wußten, die unbewohnten Landstriche einer alten, zerklüfteten Bergregion namens Barbakan lagen.

»Kein allzu ungewöhnlicher Vorfall«, erinnerte Viellain die beiden. »Beben gibt es zu allen Zeiten.«

Diese Überlegung leuchtete Juraviel ein, und er wußte, daß sein Freund ihn damit beruhigen wollte. Denn seine Besorgnis stand ihm deutlich ins Gesicht geschrieben – wie sollte es auch anders sein, wo er keine Woche zuvor seinem Schützling Elbryan genau davon erzählt hatte?

Viellain hatte recht, das sagte ihm seine Vernunft. Erdbeben und Sturmgewitter, Wirbelstürme und sogar Vulkanausbrüche waren überwiegend natürlichen Ursprungs. Vielleicht war es Zufall.

Vielleicht. Aber Juraviel wußte auch, daß solche Ereignisse ein größeres und dunkleres Phänomen begleiten konnten, daß Erdbeben, die den Boden aufrissen wie dieses, und Goblinüberfälle wie derjenige, der Elbryan vor kaum fünf Jahren zum Waisen gemacht hatte, auch Vorboten von etwas abgrundtief Schlechtem darstellen mochten.

Wieder sah er nach Norden, faßte eine Stelle knapp über

dem Horizont ins Auge. Wäre der Tag klarer gewesen, so hätten seine scharfen Augen vielleicht etwas erspäht, ein bestätigendes Flackern vielleicht. So aber blieb dem Elf nur eine besorgte Frage.

War der Geflügelte erwacht?

17. Schwarze Schwingen

Sie ließen es langsam angehen, sehr langsam, denn der erwartungsvolle Connor verstand allmählich, was die zögerliche Jilly brauchte. Er spürte, wie sie sich jedesmal anspannte, wenn er sich ihr näherte, wenn sein Gesicht nur wenige Zentimeter von dem ihren entfernt war und ihre Lippen einander anzogen wie Magnete.

Aber Jill wandte sich unausweichlich ab, rot wegen derselben Enttäuschung, die auch Connor empfand. Anfangs nahm er diese Zurückweisungen persönlich und war trotz Jills gegenteiliger Behauptungen gekränkt. Für ihn gab es nur den einen Schluß: Sie fand ihn nicht attraktiv, sie fühlte sich aus irgendeinem Grund von ihm abgestoßen. Der Neffe des Barons von Palmaris, in Liebesdingen nicht unerfahren, war wie vor den Kopf gestoßen, aber auch fasziniert. Jilly war eine völlig neue Herausforderung für ihn, und er stellte sich ihr mit fester Entschlossenheit.

Jedesmal, wenn er beim Betreten der Runde – was langsam alltäglich wurde – Jills Augen aufleuchten sah, verstand der stolze junge Mann ein wenig besser, daß ihr Problem mit den Rätseln ihrer Vergangenheit zusammenhing und nicht mit ihm. Das zu akzeptieren, ließ die Herausforderung jedoch nicht kleiner werden, und Connor mußte feststellen, daß er Jill verzweifelter wollte als je eine Frau zuvor. Für Connor Bildeborough wurde Jill die vielleicht größte Herausforderung seines jungen Lebens. Darum wollte er sich gedulden und die gemeinsamen Abende mit Spaziergängen und Plaudereien verbringen. Seine anderen Bedürfnisse ließen sich in den zahlreichen Bordellen befriedigen, die ihre Waren auf offener Straße anboten, aber das erwähnte er Jill, seiner Jilly, gegenüber natürlich nicht.

Was Jill anging, so versprach Connors Erscheinen in der Runde jedesmal einen schönen Abend. Sie mußte feststellen, daß sie ständig an ihn dachte, ja sogar von ihm träumte. Sie nahm ihn in ihr Geheimversteck mit, auf das Dach am Ende der Gasse; stundenlang saßen sie dort unterm Sternenzelt und plauderten. Dort oben war es auch, daß sie Connor schließlich gestattete, sie zu küssen – tatsächlich erwiderte sie seinen Kuß sogar –, aber nur kurz, denn kaum flatterten diese dunklen Schwingen aus ihrer Vergangenheit um sie herum, da entzog sie sich ihm wieder. Wenn sie ihn küßte – und nichts sprach dafür, daß es nur bei ihm so war –, dann rief das keine schmerzliche Erinnerung in ihr wach, sondern nur den puren, nackten Schmerz.

Aber ab und zu hielt sie den Schmerz aus und gestattete es Connor, sie zu küssen.

Auf diesem Dach war es, unter einem Himmel, der gestreift war mit Wolken und Sternensamt, daß Connor zum ersten Mal von Heirat sprach.

Jill wagte es kaum, Luft zu holen. Sie konnte ihn nicht ansehen, sondern hielt den Blick starr auf die Sterne gerichtet, als wollte sie dort oben Zuflucht suchen. Liebte sie Connor? Wußte sie überhaupt, was Liebe war?

Sie wußte, daß Connors Gegenwart sie glücklich machte, aber auch ängstigte. Sie konnte nicht bestreiten, daß sie sich nach ihm sehnte, daß ihr Leib an manchen Stellen zu glühen begann und sie ein kaum merkliches Beben durchfuhr, wann immer sie ihn ansah. Ebensowenig jedoch konnte Jill bestreiten, daß sie Angst davor hatte, ihm – oder irgendeinem anderen Mann – zu nahe zu kommen. Die schönen Gefühle waren da, aber immer knapp außer Reichweite.

Ihre erste Reaktion war, seinen Antrag abzulehnen. Wie sollte sie ihm eine gute Frau sein, wenn sie nicht einmal wußte, wer sie war? Und wie lange würde Connor zu ihr halten, wenn sie sich zu einem Kuß schon zwingen mußte, weil da dieses große schwarze Etwas lauerte, das sie nicht verstand?

Aber Jill mußte auch an Graevis und Pettibwa denken. Welche Verpflichtung hatte sie den beiden gegenüber, die sie aufgelesen und ihr ein neues Zuhause gegeben hatten? Wie froh wären sie zu wissen, daß für Jill mehr als gut gesorgt war! Und wer weiß, welchen Rang Jill ihnen in der Stadt verschaffen konnte, wenn sie in die Adelskreise einheiratete. Diese Vorstellung war die schönste überhaupt.

Schließlich fand Jill den Mut, Connor wieder anzusehen, sich wieder in diese herrlichen braunen Augen zu versenken, die unterm Sternenlicht mehr funkelten denn je.

»Du weißt, daß ich dich liebe«, sagte er. »Dich allein. All diese Wochen, ja sogar Monate, die wir miteinander verbracht haben, wollte ich dich lieben und des Morgens neben dir erwachen. Ach, meine Jilly, sag doch, daß du mich liebst. Wenn nicht, dann werde ich in den Masur Delaval hinausgehen, damit seine kalten Fluten mich verschlingen, denn nichts wird diesen Leib hier jemals wieder wärmen können.«

Seine Worte waren Musik in ihren Ohren; nur daß er sie immer »Jilly« nannte, wollte ihr nicht gefallen, denn dann kam sie sich vor wie ein kleines Mädchen. Sie glaubte ihm von ganzem Herzen, und hatte sie ihn nicht auch zu lieben begonnen? Wie sollte man es sonst nennen, wenn sich jedesmal ihre Stimmung hob, sobald sie ihn erblickte?

»Willst du mich heiraten?« fragte er leise, so leise, daß Jill seine Worte nicht hörte, sondern spürte, als wären sie durch die sanfte Berührung übertragen worden, mit der er von ihrem Nasenflügel zur Wange strich.

Sie nickte, und er küßte sie, und sie ließ es zu. Lange hielt er sie im Arm, ihre Lippen an den seinen, und die ganze Zeit über, während Connor leise Töne der Zufriedenheit von sich gab, kämpfte Jill die schwarzen Schwingen zurück, war sie krampfhaft bemüht, nicht an das zu denken, was gerade geschah, sondern an irgendwelche Bestellungen in der Schänke und an den Mann, der vergangene Woche vor ihren Augen unter die Räder einer Kutsche geraten war – Hauptsache, dieser Kuß trug sie nicht all die vergessenen Jahre bis zu diesem schrecklichen Ereignis zurück, dem sie sich nicht zu stellen vermochte.

Pettibwas und Graevis' Reaktion auf die Neuigkeiten war nicht schwer vorherzusagen. Der Schankwirt nickte erfreut und drückte seine liebe Cat herzlich – er nannte sie immer noch so. Pettibwa war um einiges lebhafter. Sie hüpfte auf und ab, daß Bauch und Busen nur so sprangen, sie schlug die Hände zusammen, sie brach in Freudentränen aus. Die Wirtsleute hatten nur eines für Jill gewollt: daß sie glücklich wurde. Selbstloser konnte Liebe nicht sein. Und nun war ihr Glück so nahe. Einen Adeligen zu heiraten! Nie wieder würde es Jill an irgend etwas fehlen. Sie würde die feinsten Kleider tragen und bei den wichtigsten gesellschaftlichen Anlässen von Palmaris dabeisein – ach was, von ganz Ursal!

Ihre Reaktion überzeugte Jill, daß sie die richtige Wahl getroffen hatte. Welche persönlichen Probleme sie auch hatte, die lebhafte Freude ihrer Adoptiveltern wärmte ihr das Herz. Nach allem, was sie für Jill getan hatten, wie hätte sie sich da je anders entscheiden können?

Die Hochzeit wurde auf den Spätsommer angesetzt – von Connors Familie natürlich, denn sie war reich genug für ein ordentliches Fest –, und die zahllosen Vorbereitungen führten dazu, daß Connor und Jill sich in den darauffolgenden Monaten weniger häufig sahen als vor dem Verlöbnis.

»Schon fertig?« fragte Grady, als er die breite, geschwungene Treppe des Hauses Schlachtenlärm hinunterstieg, des renommiertesten Bordells von ganz Palmaris.

Connor, der in einem der Plüschsessel in der Halle saß, sah ihn geistesabwesend an.

»Wie, nur eine heute nacht?« tadelte Grady ihn. »Da brecht Ihr ja mindestens zwei der Damen das Herz!«

»Es reicht, Grady.« Connors Befehlston ließ wenig Zweifel daran, wer in ihrer Freundschaft das Sagen hatte. Gesellschaftlich stand Grady weit unter Connor, und der einzige Grund, warum der Neffe des Barons die nahezu ständige Begleitung des bürgerlichen Emporkömmlings ertrug, war dessen Adoptivschwester.

Grady wußte zuviel über Connors nächtliche Unternehmungen, als daß der Adlige ihn hätte fallenlassen können, und obwohl Grady eine Erpressung nie auch nur angedeutet hatte, kannte Connor ihn gut genug, um ihn zu fürchten.

»Was schmeckt Euch nicht, mein Freund?« fragte Grady, während er seinen Gürtel schloß und in den Sessel neben Connor glitt. »Ich fürchte, Eure gute Laune läßt Euch im Stich. Die zarten Bande der Ehe werden doch nicht schon im Vorfeld ein wenig zu kneifen beginnen?«

»Kaum«, erwiderte Connor. »Wenn es doch morgen schon soweit wäre! Wie lange ich gewartet habe!«

Grady ließ sich seine Worte durch den Kopf gehen und suchte nach einer versteckten Bedeutung.

»Nicht, daß Ihr meine Liebe zu Eurer Schwester in Zweifel zieht«, fuhr Connor fort. »Sie ist das schönste, verlockendste und reizendste Geschöpf ...« Mit einem tiefen Seufzer beließ er es dabei.

Grady grinste und hielt sich eine Hand vor den Mund. »Mir will scheinen, sie raubt Euch schier den Verstand. Da haben ihre Reize Euch in die Arme von drei Frauen pro Nacht getrieben, und das sage und schreibe fünf Monate lang!«

Connor, dem diese Spötteleien ganz und gar nicht schmeckten, starrte ihn finster an. »Und wenn Ihr das ihr gegenüber auch nur mit einem einzigen Wort erwähnt, treibe ich Euch mein Schwert in den Bauch«, drohte er und ließ keinen Zweifel daran, daß er es ernst meinte.

Aber Grady wußte, daß er die Oberhand hatte, und gab nicht so schnell klein bei. »Und mit dem Treiben kennt Ihr Euch ja aus.«

»Wie jeder richtige Mann! Soll ich mich von Jilly denn um den Verstand bringen lassen? Aber das schmälert doch noch lange nicht meine Liebe zu ihr. Daß wir uns recht verstehen. Sie ist eine wunderbare Frau.«

»Habt ihr schon miteinander geschlafen?«

Connors Miene veranlaßte Grady, sich anders hinzusetzen, mit etwas mehr Abstand. »Die Frage ist ernst gemeint«, protestierte er, »es geht mir nicht darum, die Ehre meiner Schwester zu schützen. Ich hätte doch selbst mit ihr geschlafen, wenn ich dann nicht Ärger mit meinen Eltern bekommen hätte.«

»Und mit mir.« Connor knurrte fast.

»Natürlich steht mir danach längst nicht mehr der Sinn«, räumte Grady klugerweise ein. Wenn er Connor gegenüber auch nur andeutete, daß er Jill noch immer begehrte, dann konnte er auch gleich versuchen, einem fressenden Adler die Beute wegzunehmen. »Sie gehört Euch, Euch allein. Ein entzückendes Mädchen allemal. Niemand als Connor Bildeborough bekäme sie in sein Bett, höchstens mit Gewalt.«

Kühn fügte er hinzu: »Und was ist mit Connor Bildeborough? Hat Jill ihn gewähren lassen?«

»Nein«, gestand der Adlige enttäuscht ein. »Aber es dauert nicht mehr lange.«

»Bis zum Spätsommer, würde ich sagen – wenn Ihr so lange warten wollt.«

»Ich gebe ihr Zeit bis zur Hochzeitsnacht. Sie hat Angst –

wie alle Jungfrauen –, aber in dieser Nacht steht es mir natürlich zu. Und was ich dann nicht kriege, das nehm ich mir!«

Grady war so klug, sich eine Bemerkung hinsichtlich der Jungfräulichkeit seiner Schwester zu verkneifen. Es spielte wirklich keine Rolle; Hauptsache, Connor war davon überzeugt.

Und wie Connor davon überzeugt war! Seine Ruhelosigkeit, seine beinahe tierhafte Leidenschaftlichkeit sprachen Bände. Wenn ihn nicht einmal die erfahrenen Huren des Hauses Schlachtenlärm noch locken konnten, wer dann!

»Meine liebe Jilly«, murmelte Grady vor sich hin, als Connor aufsprang und zur Tür hinausstürmte. »Du aufreizende kleine Dirne. Hängst dein Jungfernhäutchen auf einen Angelhaken und wedelst dem Neffen des Barons damit vor der Nase herum.« Im stillen applaudierte er seiner Schwester für ihre Hinterhältigkeit, wenngleich sie ihn fast erschreckte. Ein so schönes Ränkespiel hätte er Jill niemals zugetraut. »Na, was soll's. Geschieht ihnen beiden recht«, sagte er lauter und nickte zwei Damen zu, die oben auf der Treppe saßen; dann stürmte er Connor hinterher. Die beiden Frauen reckten neugierig die Hälse. »Ich werde dich los, Schwesterchen, und dafür soll Connor Bildeborough selbst herausfinden, daß du die Warterei nicht wert bist!«

Bevor Grady noch draußen war, betrat eine weitere Prostituierte das Haus. Er faßte ihr unters Kinn und entlockte ihr ein Lächeln. »Die aufreizende kleine Dirne«, sagte er und zog die Frau heran, die zu seinen Favoritinnen zählte. »Der arme Connor wird rasch genug merken, daß sie weder über deine Reize noch über deine Talente verfügt.«

Er gab ihr einen Kuß, dann eilte er Connor nach. Die Nacht war jung, aber so jung nun auch nicht mehr. Connor würde bald genug in die Runde gehen, um Jill zu treffen. Aber vielleicht hatte er davor ja noch Zeit für ein, zwei Bierchen und ein Würfelspiel.

Am Hochzeitstag war ganz Palmaris auf den Beinen. Die Frauen bekamen Ohnmachtsanfälle, die Männer bliesen sich wichtig auf und träumten davon, an Connor Bildeboroughs Stelle in der Kutsche zu sitzen, die durch die Straßen gezogen wurde. Sämtliche Vorbehalte, die die Adelsfamilie dem kleinbäuerlichen Waisenmädchen gegenüber gehabt hatte, waren bei der ersten Begegnung mit Jills innerer wie äußerer Schönheit in sich zusammengefallen. Nun, angetan mit einem weißen Kleid aus Satin und Spitze, die lange blonde Mähne auf der einen Seite hochgesteckt, auf der anderen weich fallend, schien sie wie geschaffen für den Adelsstand. Es gab sogar Gerede, daß die junge Frau tatsächlich adeligen Geblüts war, und überall in der Menge wurden die wildesten Geschichten über ihre Herkunft erzählt.

Es war alles Geschwätz, alles Anmaßung, aber so ging es eben zu im Bärenreich, im Jahre des Herrn 821.

Was Jill anging, so war ihr Gesicht eine Maske aus Schminke und falschem Lächeln. Sie sah wie eine Prinzessin aus, aber sie fühlte sich wie ein verlorengegangenes kleines Mädchen. Es ließ sich nicht bestreiten, daß sie es genoß, so herausgeputzt zu sein und im Mittelpunkt der Aufmerksamkeit zu stehen, aber zumindest letzteres ängstigte sie auch. Schlimm genug, daß die Kutsche jeden Winkel der großen Stadt abfuhr, schlimm genug, daß mehr als fünfhundert Gäste bei der kirchlichen Trauung zugegen sein würden – aber allein schon der Gedanke, was sie dann erwartete, nach dem großen Ball …

»Ich habe lang genug gewartet«, hatte Connor am Morgen zu ihr gesagt und ihr einen Kuß auf die Wange gegeben. »Heute nacht.«

Und damit hatte er Jill stehenlassen, die bisher nicht einmal in der Lage gewesen war, ihn zu küssen, ohne daß diese schwarzen Schwingen aus ihrem früheren Leben aufgeflattert wären. Aber sie wußte, was er von ihr erwartete – eines seiner Hausmädchen hatte es ihr in allen Einzelheiten beschrieben.

Sie hatte Connor zum Abschied angelächelt, weil sie ihn nicht verstimmen wollte. Sie fürchtete sich vor der kommenden Nacht.

Die Vermählung ging reibungslos vonstatten – ernst und fröhlich zugleich. Die Damen weinten, die Herren standen stolz und aufrecht da. Nach der Kutschfahrt betraten die Neuvermählten einen Saal voller Musik und Wein und tanzenden Paaren mit lachenden, erhitzten Gesichtern. Es war ein wildes, herzliches Durcheinander. Jill trank selten mehr als ein Glas Wein, in dieser Nacht jedoch drängte ihr Connor ein Glas nach dem anderen auf, und sie lehnte keines ab. Er versuchte, ihre Hemmungen zu ertränken; sie ebenfalls.

Aber vielleicht versuchte sie auch nur, sich zu betäuben.

Sie fand sich in den Armen von Dutzenden von Unbekannten wieder, allesamt Edelmänner – von der Abstammung her, nicht vom Benehmen. Nicht nur einer flüsterte ihr Anzüglichkeiten ins Ohr; nicht nur einer versuchte, mit der Hand dorthin zu gelangen, wo sie nichts zu suchen hatte. Jill war trotz ihres Schwipses noch flink, und so brachte sie das Tanzen hinter sich, ohne daß ihre Keuschheit angetastet worden wäre.

Allzu rasch ließ Connor die Ballnacht beenden, was mehr als nur eine Handvoll anzüglicher Kommentare nach sich zog.

Jill ertrug sie, wie sie alles ertragen hatte, duldsam und still, die Augen auf Graevis und Pettibwa gerichtet, die neben den Bildeboroughs standen. Ihnen zuliebe, sagte sie sich immer wieder. Und tatsächlich hatten die beiden nie zuvor so glücklich ausgesehen, nicht einmal Pettibwa.

Nachdem die Gäste verabschiedet waren, brachte Connor seine Frau quer durch die Stadt zur Villa seines Onkels, Baron Bildeborough. Unbemerkt traten sie durch eine Seitentür des Westflügels ein und gelangten von dort aus zu den Gästezimmern. Von zwei Dienerinnen abgesehen, die der Baron auf

Connors Bitten zur Verfügung gestellt hatte, war das Haus leer. Die beiden jungen Frauen – jünger als Jill sogar, dabei war sie erst vor kurzem achtzehn geworden – brachten Jill in das Schlafzimmer, einen Raum, in dem sie sich wahrlich klein vorkam! Die Decke war hoch, überall hingen riesige Wandteppiche, und das Bett und der Kamin waren von geradezu bombastischen Ausmaßen. Jill, die ihr Leben in einfachen Verhältnissen verbracht hatte, kam das Ganze fast schon obszön vor. In dem Bett hätten bequem ein Dutzend Menschen schlafen können, und sie brauchte einen Schemel, um hineinklettern zu können!

Sie sagte kein Wort, während die Dienerinnen ihr aus dem Festkleid halfen und ihr für den weiteren Verlauf des Abends allerlei gute Ratschläge gaben, von denen sie gehört hatten. »Die Dame eines Adeligen sollte sich in Liebesdingen gut auskennen«, bemerkte eine der beiden.

»Gibt es schließlich ein Mädchen in Palmaris, das Connor Bildeborough nicht ins Bett kriegen könnte?« fügte die andere hinzu.

Jill wäre beinahe das Essen hochgekommen.

Als das kichernde Paar schließlich verschwand, saß Jill auf der Kante des großen, weichen Bettes und trug nur ein schlichtes seidenes Nachthemd, das vorn und hinten zu tief ausgeschnitten war und nicht weit genug ihre Beine hinunterreichte. Die Nacht war kühl für Ende August, und es zog, aber die Dienerinnen hatten Feuer gemacht. Jill wollte sich gerade daran wärmen, als die Tür aufschwang und Connor eintrat, noch immer in den schwarzen Hosen und dem weißen Hemd, die er zur Trauung angehabt hatte, aber ohne Stiefel, ohne Jacke und ohne Gürtel.

Er schnitt ihr den Weg zum Kamin ab und nahm sie in die Arme.

»Meine Jilly«, flüsterte er, die Lippen an ihrem Hals.

Beinahe im selben Moment zuckte Connor wieder zurück

und sah sie verwirrt an. Er hatte ihre Anspannung gespürt, wußte Jill, und allein aufgrund dieser Tatsache entspannte sie sich ein wenig. Connor kannte sie überaus gut; er merkte, daß sie Angst hatte. Er würde zärtlich mit ihr sein, würde ihr alle Zeit geben, die sie brauchte. Er liebte sie doch!

Noch während diese Empfindung durch ihren Körper fuhr und die Muskeln weicher werden ließ, packte Connor sie und riß sie an sich, preßte seine Lippen auf die ihren. Seine plötzliche Leidenschaft traf sie gänzlich unvorbereitet. Sie wehrte sich nicht, noch nicht, stand nur unbewegt da.

Sie schmeckte seine Lippen, dann war seine Zunge in ihrem Mund.

Durch ihren Kopf hallte ein Schmerzensschrei. Der Schrei eines sterbenden Kindes, der Todesschrei ihrer Mutter, ihres Dorfes.

»Nein!« grollte Jill und schob ihn zurück.

Keuchend stand sie da.

»Nein?«

Für eine Antwort, eine Erklärung fehlte Jill der Atem. Sie konnte nur dastehen und den Kopf schütteln.

»Nein?« rief Connor erneut und schlug ihr klatschend ins Gesicht.

Jills Knie gaben nach, und sie wäre hingefallen, aber Connor riß sie schon wieder an sich und übersäte ihr Gesicht und ihren Hals mit Küssen. »Du kannst mich nicht abweisen«, sagte er.

Jill versuchte sich ihm zu entwinden. Sie wollte ihn nicht verletzen, dafür verstand sie ihn viel zu gut; aber sie konnte seine Bedürfnisse unmöglich stillen. Schließlich gelang es ihr, sich freizumachen, und sie trat einen Schritt zurück.

»Ich bin dein Mann«, sagte Connor ruhig. »Kraft Gesetzes. Ich werde mit dir tun, was mir gefällt.«

»Ich flehe dich an.« Jills Stimme war kaum mehr als ein Flüstern.

Connor warf die Arme nach oben und wandte sich ab. »Du hast mich all diese Monate warten lassen!« brüllte er und stampfte durch das Zimmer. »Ich habe von dir geträumt, von dieser Nacht. Nichts auf der Welt bedeutet mir soviel wie diese Nacht!« Er wirbelte wieder zu ihr herum.

Jill kam sich vor wie die entsetzlichste Person auf Erden. Sie wollte Connor nachgeben, wollte ihm geben, wonach es ihn verlangte. Aber diese Schwingen, diese schwarzen Schwingen – und in der Ferne dieser Schrei!

Abrupt änderte sich Connors Verhalten erneut. »Es reicht.« Seine Stimme klang tief und drohend. Hilflos sah Jill zu, wie er sein Hemd aufriß und sich aus seinen Hosen wand.

Sie hatte noch nie einen nackten Mann gesehen, und gewiß nicht in diesem Zustand! Aber welche Gefühle der Anblick seines Körpers auch hätte wecken können – denn er war wahrlich ein Bild von einem Mann –, sie wurden von den schwarzen Schwingen hinweggefegt, von der Angst, die Jill nicht begreifen konnte.

Schlimmer noch, es stand keine Liebe, keine Zärtlichkeit in seinen Augen, als er auf sie zukam, nur erhitztes Begehren, eine fast schon wütende Lust. »Sieh mich an!« Er packte sie bei den Schultern und drehte sie unsanft zu sich herum. »Ich bin dein Mann. Es steht mir zu, wann immer ich will.« Wie um diesen Punkt zu unterstreichen, packte er einen Träger ihres Nachthemds und zog ihn so weit herunter, daß eine ihrer Brüste zum Vorschein kam, rund und fest und milchigweiß. Dieser Anblick schien ihn für einen Moment zu besänftigen.

»Du findest Gefallen an meiner Erscheinung«, schloß er.

Jill sah an sich hinab. Ihre Brustwarze hatte sich aufgerichtet, aber nicht aus Liebe, nicht aus Erregung, sondern nur aus Angst, aus einer eisigen Empfindung heraus, die ihr durch den ganzen Körper fuhr. Connor streckte die Hand aus und zwickte sie.

Mit einem Wimmern wich Jill zurück. »Ich flehe dich an«, flüsterte sie erneut.

Ihr Zaudern schien seinen Zorn nur anzufachen. Connor packte sie und zwang sie zu Boden, und bevor sie sich noch wehren konnte, war er schon über ihr und schob mit den Knien ihre Beine auseinander.

»Nein!« flehte sie und spürte seine drängenden Stöße, spürte, wie er das Nachthemd aus dem Weg zu bekommen versuchte.

Seine Leidenschaft steigerte sich zu drängender, wilder Raserei.

Jill schnappte nach Luft, die nicht kommen wollte. Sie hörte die Schwingen schlagen, hörte die Schreie, die Sterbenden. Sie wand sich und drehte den Kopf zur Seite, um seinen hungrigen Mund nicht sehen zu müssen, der näher kam, aber Connor ließ nicht locker, sondern nagelte sie mit seinem ganzen Gewicht am Boden fest.

Die fernen Todesschreie. Ihre Mutter!

Jill zerkratzte sich den Unterarm an einer scharfen Steinkante. Als sie den Kopf drehte, stieß sie fast an den hochaufragenden Kamin. Sie war gefangen. Und Connor ließ nicht nach mit seinem Stoßen und Drängen.

Ihr Verstand verlor sich in der aufbrodelnden Erinnerung – in den Schreien, den Bildern, den Ausdünstungen der verunstalteten, aufgeblähten Leichen. Sie war wieder dort, am entsetzlichsten aller Orte, ohne Fluchtmöglichkeit, mitten zwischen den Toten und dem Feuer.

Dem Feuer.

Sie sah Glut von einem Scheit fallen, orangefarbene Glut, wie das Auge eines abscheulichen Nachtwesens. Sie griff danach und fühlte keinen Schmerz, war über Schmerz längst hinaus.

Und dann fuhr sie herum und schlug ihrem Angreifer das Scheit ins Gesicht, diesem Ding, das auf ihr hockte, diesem

Ding, das ihre Mutter umgebracht hatte, ihr ganzes Dorf. Es heulte auf und fiel nach hinten um, und Jill rollte unter ihm hervor und krabbelte auf das Bett zu.

Was für ein Bett? Und da, da war ein Mann – sie kannte ihn, es war Connor! Die Hände vorm Gesicht, lief er schreiend aus dem Raum.

Wellen der Scham schlugen über ihr zusammen. Sie warf das glühende Scheit ins Feuer zurück.

Was hatte sie getan?

Weinend umklammerte sie ihre verbrannte Hand und ließ sich auf das Bett fallen, die Hände an den Busen gedrückt. Ihre Schluchzer wollten viele Minuten lang nicht aufhören, vielleicht eine halbe, eine ganze Stunde lang nicht. Sie hörte auch nicht auf zu weinen, als die Tür geöffnet wurde. Sie sah nicht einmal auf, als sie hörte, wie jemand näher kam – und nicht allein.

Sie hörte nicht auf zu weinen, als sie unsanft gepackt und herumgedreht wurde, als man sie an Armen und Beinen festhielt, die Schenkel weit geöffnet.

Die Dienerinnen hielten sie fest, und dann kam Connor, dessen Verbrennungen gnädigerweise nicht so schlimm waren. Er trug nichts als ein Hemd am Leib, und das stand weit offen.

»Du bist meine Frau«, sagte er grimmig.

Jills Kampfkraft war erloschen. Flehend sah sie die beiden Frauen an, die sie festhielten, aber sie wirkten teilnahmslos, ja sie schienen sogar Gefallen daran zu finden, sie und Connor so zu sehen – schienen Jills Hilflosigkeit und ihren eigenen Anteil daran zu genießen.

Dann kletterte Connor auf das Bett und legte sich auf sie.

Sie schüttelte den Kopf. »Bitte«, flüsterte sie.

Connor stieß wieder zu, aber diesmal fühlte es sich anders an.

Er hob den Kopf, ohne sie anzuschauen. Er schien zutiefst

verletzt und niedergeschlagen zu sein. Dann wirbelte er herum und sprang aus dem Bett.

»Ich kann nicht«, rief er, und in seinen Augen stand flammender Zorn. »Schafft sie weg und schließt sie irgendwo ein«, befahl er den Dienerinnen, die sofort und nicht allzu sanft gehorchten. »Soll der Magistrat, soll Vater Dobrinion morgen über ihr Schicksal entscheiden. Schafft sie weg! – Und dann kommt wieder her zu mir«, fügte Connor hinzu, und seine Worte zielten auf Jills Herz. »Alle beide.«

18. Die Glaubensprobe

Stunde um endlose Stunde, Tag um endlosen Tag glitt die *Windläufer* träge über das glitzernde, spiegelglatte Wasser des Südmirianiks. Nun war die Sonne ihr ärgster Feind. Es wurde unerträglich heiß, die ganze Zeit über.

Avelyn dachte schon, seine Haut würde ihm einfach in einem Stück vom Leib fallen wie ein alter, brüchig gewordener Umhang. Sie wurde rot und schlug Blasen, dann färbte sie sich braun, wurde dunkler und dunkler, bis sie ebenso ledrig war wie die Haut der Seeleute um ihn herum. Avelyn versuchte ebenso wie seine Brüder, stets glattrasiert zu bleiben, aber es gab keine ausreichend feine Klinge an Bord, und so waren ihnen bald stachlige Bärte gewachsen.

Das Schlimmste jedoch war die Langeweile. Wohin sie auch blickten, es gab nichts anderes zu sehen als den blaugrauen Horizont. Momente der Aufregung – die Fontäne eines Wals, der Flug eines Delphins neben dem Bug, ein Schwarm Blaufische, der das Wasser aufwühlte – waren allzu selten und wurden stets viel zu schnell wieder durch die gähnende Leere der offenen See ersetzt. Alle romantischen Vorstellungen, die Avelyn hinsichtlich einer Meerfahrt gehegt hatte, waren längst von der trägen, knarrenden, schwankenden Wirklichkeit zerrieben worden.

Er ging oft zu Dansally und meist gleich für mehrere Stunden. Das Verlassen der Kabine war ihr nicht gestattet, und sie hielt sich daran. Sie fürchtete nicht weniger als der Kapitän, was passieren würde, wenn die gewöhnlichen Seeleute, die seit langem keine Frau mehr gesehen hatten, ihren lieblichen Duft in die Nase bekamen. Also hielt sie ihre Tür immer verschlossen.

Avelyn hatte den Eindruck, daß seine drei Gefährten Dansally langsam müde wurden und sie immer seltener aufsuchten. Das freute ihn, wenn er auch nicht recht wußte, warum. Dansally schienen die Pflichten ihres Berufsstandes nicht zu bekümmern, und Avelyn konnte ihre Arbeit inzwischen als einen Teil dessen akzeptieren, was sie ausmachte. Wie er bei seinem ersten Besuch erklärt hatte: Es stand ihm nicht zu, über sie zu urteilen.

Das war seine innerste Überzeugung, und doch ließ sich nicht bestreiten, wie froh er war, daß die anderen, Kapitän Adjonas eingeschlossen, nicht mehr soviel Zeit mit ihr verbrachten. Er hatte Seiten von Dansally kennengelernt, an die seine Gefährten keinen einzigen Gedanken verschwendet hätten – ihren geistreichen Witz, ihr sanftes Wesen, ihre bejammernswerte Resignation, was ihr derzeitiges Leben anging. Avelyn hatte Einblick in ihre Träume und Ambitionen erhalten, die sie nur zögernd offenbarte und niemals jemand anderem als ihm, und er war der einzige unter all den Männern, mit denen sie je zu tun gehabt hatte, der sie aufzumuntern und ihr etwas Selbstachtung beizubringen versuchte. Das Thema der körperlichen Intimität wurde in diesen Wochen nicht mehr angeschnitten, denn sie hatten etwas Intimeres gefunden, etwas weit Befriedigenderes.

Und so zogen die Tage dahin wie die Gestirne, die Wolken, die endlos glitzernden Wellen. Etwas Wunderschönes zeigte sich in klaren Nächten, denn dann strahlte der Halo weit prächtiger als in nördlichen Gefilden. Dann war der Nachthimmel von zarten Blau- und Purpurtönen, leuchtendem Orange und manchmal sogar einem tiefen Karmesinrot gesäumt, und Geist und Seele wurden weit.

Selbst der pragmatische und schroffe Quintall weidete sich an dieser Schönheit. Er sah den Halo als ein Zeichen des Himmels an und schöpfte Zuversicht, wann immer seine Farben erschienen.

»Steuerbords is' irgendwas!« ertönte eines strahlenden Morgens ein Schrei, zwei Wochen hinter Jacintha.

Quintall suchte hoffnungsvoll den Horizont ab, obwohl er aus seinen Gesprächen mit Adjonas wußte, daß sie noch nicht einmal die halbe Wegstrecke nach Pimaninicuit geschafft hatten und jeder Landfall also nur heißen konnte, daß sie weit vom Kurs abgekommen waren.

»Wal an Steuerbord!« rief der Ausguck einen Moment später. »Muß'n toter sein, weil er sich nicht rührt.«

Avelyn stand zwar weiter hinten an Deck, aber das leise »Verdammnis« von Kapitän Adjonas entging ihm nicht.

»Bringt es Unglück, einen toten Wal zu sichten?« fragte er unschuldig.

»Ist kein Wal«, antwortete Adjonas grimmig. »Ist kein Wal.« Er eilte nach vorn, Avelyn im Schlepptau, und Bunkus Smealy, Pellimar und Thagraine schlossen sich an. Quintall stand bereits an der Reling und zeigte weit hinaus.

Adjonas hob sein Fernrohr zu der bezeichneten Stelle. Fast sofort gab er das Instrument kopfschüttelnd an Quintall weiter – was Bunkus Smealy sichtlich nicht gefiel.

»Kein Wal«, sagte Adjonas erneut. »Pauri.«

»Pauri?« fragte Avelyn verwirrt. Pauris waren dürre Zwerge und kaum vier Fuß groß.

»Ein Paurischiff«, erklärte Adjonas. »Auch Tonne genannt.«

»Das ist ein Schiff da draußen?« keuchte Pellimar.

Quintall nickte und nahm das Fernrohr herunter. »Und es hält ordentlich mit.«

»Es hat doch kein Segel«, argumentierte Pellimar, als ließe sich die Möglichkeit, daß es sich um ein Paurischiff handelte, mit bloßer Logik aus dem Weg räumen.

»Pauris brauchen keine Segel«, antwortete Adjonas. »Sie treten und treiben damit große Schraubenflügel am Heck an.«

»Sie treten?« rief Pellimar. Die Vorstellung erschien ihm lächerlich angesichts dieses weiten Ozeans, auf dem Entfernungen in Hunderten von Meilen gemessen wurden.

»Pauris ermüden nicht«, sagte Adjonas grimmig.

Das hatte Avelyn auch schon gehört. Pauris ließen sich nicht allzuoft blicken, außer in Kriegszeiten, dann verhielt es sich leider genau andersherum. Ihr Kampfesmut war Gegenstand vieler Legenden und Gruselgeschichten. Trotz ihrer Kleinwüchsigkeit waren sie angeblich stärker als der Durchschnittsmensch und mit unvorstellbarer Zähigkeit gesegnet. Sie vermochten brutale Keulen- oder Schwertschläge wegzustecken wie nichts und ihren Feinden selbst nach meilenlangen Gewaltmärschen noch stundenlange Schlachten zu liefern.

»So weit draußen«, sagte Quintall. »Bis zur nächsten Küste segelt man doch gewiß zehn Tage.«

»Wer kann in einen Pauri schon hineinsehen?« antwortete Adjonas. »Meinen Freunden in Jacintha zufolge sind sie in letzter Zeit sehr aktiv. Sie schleichen sich an die Schiffsrouten heran und holen sich ihren Teil, dann fahren sie wieder ins offene Meer hinaus und jagen Blaue oder Kabeljau oder was sie sonst gern essen. Das sind harte und zähe Gesellen, macht euch da nichts vor. Pauris sollen schon anderthalb Jahre am Stück auf offener See gewesen sein.«

»Aber was fangen sie dann mit ihrer Beute an?« überlegte Avelyn laut, und die fünf sahen ihn an. »Wenn sie Schiffe abfangen, auf welche Güter sind sie dann aus, und wohin bringen sie ihre neue Ladung?«

Adjonas und Bunkus Smealy sahen einander grimmig an, und die vier Mönche begriffen, daß sie den Feind schlichtweg nicht verstanden.

»Auf Leben sind sie aus«, antwortete Adjonas ruhig. »Es geht ihnen nur darum, ihren Jagdtrieb und ihren Durst nach Blut zu befriedigen. Ansonsten holen sie sich nur, was sie brauchen, um zum nächsten Schiff zu gelangen.«

Avelyn erblaßte, Thagraine und Pellimar ebenfalls, Quintall hingegen knurrte nur leise und wandte sich wieder zu dem fernen Paurischiff um.

»Warum haben wir nur solches Pech?« jammerte Pellimar. »Hundert Meter weiter backbord, und sie wären gar nicht erst zu sehen gewesen.«

»Aber wir wären zu sehen gewesen«, erwiderte Adjonas. »Unsere Segel zeichnen sich meilenweit gegen den Horizont ab, und Pauris verfügen über ihre eigene Art Magie, macht euch da nichts vor. Es wird gemunkelt, sie hätten Freunde unter Wasser, die ihnen zuflüstern, welche Schiffe wo vorbeifahren. Das hier ist nicht einfach nur Pech, mein guter Bruder Pellimar.«

»Was könnten sie von uns wissen?« fragte Quintall, ohne sich zu den anderen umzudrehen.

»Nur daß wir ein einsames Schiff sind und fern der Heimat«, antwortete Adjonas prompt.

»Von unserer Mission?« hakte Quintall nach.

»Nichts«, versicherte Adjonas ihm. »Ich bezweifle, daß dort drüben auch nur einer an Bord ist, der eure Kutten einzuschätzen weiß.«

Quintall nickte. »Dann nehmt Reißaus.«

Als Avelyn sah, daß Kapitän Adjonas die Lippen zusammenkniff, hielt er den Atem an. Vielleicht war Quintall diesmal zu weit gegangen.

»Hart nach Backbord!« rief Adjonas laut; dann wandte er sich an seinen ersten Mann. »Daß sich die Segel ordentlich blähen, Meister Smealy. Ich hege nicht den Wunsch, mich mit Pauris zu schlagen.«

Smealy eilte davon. Adjonas bedachte Quintalls Rücken mit einem Dolchstoßblick; dann nickte er den drei anderen Mönchen kurz zu und verschwand.

Avelyn trat an die Reling und beschirmte seine Augen mit der Hand. Weit draußen auf dem endlosen Graublau vermeinte er die Tonne zu erblicken – aber es konnte auch schlicht der Schatten einer Welle gewesen sein.

Die *Windläufer* schwenkte hart nach Backbord um. Die Segel blähten sich auf und ließen die rahgetakelte Karavelle ordentlich Fahrt machen. Aber die Pauris blieben ihr im Nacken. Wann immer der Ausguck herunterrief, daß die Tonne mithielt und sogar ein wenig aufholte, klang seine Stimme frustrierter und furchtsamer.

Von der Heckreling aus sahen die vier Mönche und Kapitän Adjonas zu, wie die Pauris näher kamen. Inzwischen konnte Avelyn das seltsame Fahrzeug deutlich erkennen, das sich nicht länger mit irgendwelchen Wellenschatten verwechseln ließ.

Adjonas sah zu seinen Segeln hinauf und dann zu seiner Mannschaft, die sich ordentlich abrackerte, um soviel Fahrt wie irgend möglich zu machen.

»Eine faszinierende Bauweise«, bemerkte Quintall über das aufholende Fahrzeug. »Wie kommt's, daß wir Menschen sie nicht nachgeahmt haben?«

»Es gibt ein Tonnenschiff in Freeport«, entgegnete Adjonas, »und Ursal setzt einige für Flußfahrten ein. Aber Menschen sind keine Pauris. Die Unterkünfte in diesen Schiffen sind eng – weit enger als eure kleine Kabine hier an Bord. Und Menschen sind nicht so belastbar. Die Zwerge können den ganzen Tag lang in die Pedale treten, die meisten Menschen hingegen sind schon nach kaum einer Stunde erschöpft – nach zweien, wenn's hoch kommt.«

Quintall nickte. Sein Respekt vor diesem stoischen, unermüdlichen Feind hatte sich verdoppelt. »Wenn die Pauris nicht müde zu bekommen sind, dann reicht es nicht, einfach nur Fahrt zu machen.«

»Ich lasse Brandpfeile abschießen, sobald sie ein wenig dichter heran sind«, erklärte Adjonas. »Aber der größte Teil des Fahrzeugs liegt unterhalb der Wasserlinie, und oberhalb läßt sich kaum ein folgenreicher Treffer erzielen. Wenn wir Glück haben, können wir unser Tempo halten; dann muß die *Windläufer* nicht allzuviel einstecken, wenn sie uns rammen. Wenn es dann ans Entern geht, werden wir kämpfen – was bleibt uns anderes übrig.«

Quintall zog eine Grimasse, noch bevor Adjonas zu Ende gesprochen hatte. »Wir können es nicht zulassen, daß sie uns rammen. Jeder Schaden würde uns aufhalten, und das können wir uns nicht leisten. Wir haben kaum eine Woche Reservezeit – und die auch nur, wenn unsere Kursberechnungen stimmen und der Wind hält.«

»Ich sehe kaum eine andere Möglichkeit.«

Seine drei Mitbrüder schüttelten nur ernst den Kopf, Quintall jedoch hatte den seinen lieber zum Denken benutzt. »Sagt«, fragte er langsam, »wieviel Fahrt macht eine Tonne, wenn ihr etwas in die Schraube gerät?«

Adjonas sah ihn verwundert an.

»Wir haben Reservenetze«, fügte Quintall hinzu.

»So leicht gerät nichts in die Schraube. Selbst wenn wir ihnen die Netze perfekt in den Weg legen, würden sie sich höchstens um die Fanghaken wickeln, mit denen die Schraube geschützt wird.«

»Und wenn wir die Netze nicht einfach nur auswerfen, sondern ein wenig nachhelfen würden?« fragte Quintall. Nur der beflissene Thagraine sah ihn nicht verdutzt an.

»Das wäre tollkühn«, begann Adjonas, doch als sich die Luke der Tonne öffnete und ein rotbemützter Kopf in Sicht kam, brach er ab. Der Kopf verschwand hinter einem trichterförmigen Rohr.

»Menschen!« rief der Pauri durch den Trichter. »Hey, Kaufleute, gebt auf! Ihr könnt uns nicht entkommen, hey, und besiegen schon gar nicht. Gebt auf, sag ich, dann bleibt wenigstens einigen von euch der Tod erspart.«

Adjonas sah seine Männer an. Sie rührten keinen Finger. Auf ihren Gesichtern lag ein Hoffnungsschimmer.

Bunkus Smealy sprach aus, was wohl etliche von ihnen dachten. »Vielleicht sollten wir tun, was er sagt, Kapitän. Wenn wir ihnen keinen Kampf liefern –«

Adjonas schob ihn zur Seite und trat mitten auf das Deck, wo alle ihn sehen konnten. »Sie werden uns umbringen«, rief er. »Jeden einzelnen! Das sind Pauris, Rotkappen. Die färben ihre Mützen mit Menschenblut. Die lassen kein Schiff wieder davonsegeln, und sie haben an Bord gar keinen Platz für Gefangene! Wenn wir anhalten oder auch nur verlangsamen, werden sie uns nur um so heftiger rammen.«

Er hatte noch nicht geendet, da flog auch schon ein Brandgeschoß über die Heckreling hinweg in das hinterste Segel. Rasch machten sich drei Seeleute daran, das Feuer zu löschen.

»Hey, Kaufleute, legt mal lieber 'nen Zahn zu!« bellte der Pauri und verschwand; dann schloß die Luke sich wieder.

Quintall trat neben den Kapitän. »Wer sind eure besten Schwimmer?«

Adjonas sah ihn verwundert an. »Die *Windläufer* ist ein Schiff der kalten Wasser des Nordens. Wir pflegen nicht zu schwimmen.«

Quintall nickte grimmig und wandte sich zu seinen drei Brüdern um. Er setzte nur ungern ihr Leben aufs Spiel, aber genau davon hing der Erfolg ihrer Mission nun ab. Bevor er etwas sagen konnte, hatten Avelyn, Pellimar und Thagraine ihre Kutten abgeworfen und ließen die Arme kreisen, um die Muskeln zu lockern.

»Aber wir schwimmen«, erklärte Quintall. »Selbst im kalten Wasser des Nordens. Bringt mir ein Netz.«

Adjonas bedeutete Bunkus Smealy zu tun, was der Mönch sagte. Dies war Quintalls Idee, und in Ermangelung anderer Möglichkeiten war der Kapitän der *Windläufer* mehr als bereit, die Federführung ihm zu überlassen.

Wenig später befanden sich die vier an der Backbordreling, wo die Pauris sie nicht sehen konnten. Quintall warf das Netz ins Wasser, Thagraine sprang hinterher und ergriff es.

Adjonas packte Quintall bei der Schulter. Er löste ein Juwel aus seinem Gehenk, einen kleinen roten Rubin. »Nur wenn Ihr es für notwendig erachtet«, erklärte er. »Dieser Stein ist mehr wert als mein gesamtes Schiff.«

Quintall nahm ihn in Augenschein. Er konnte seine Magie spüren, ein kaum merkliches Vibrieren. Er nickte Adjonas zu, dann hielt er den Rubin unerwarteterweise Avelyn hin. »Kein Mensch auf Erden kennt sich mit den mächtigen Steinen besser aus«, sagte er. »Gib dein Bestes, wenn es eng wird.«

Avelyn nahm den Rubin und ließ ihn für einen Moment durch die Finger gleiten. Die Energie war deutlich zu spüren, und es war, als sagte ihm der Stein, wozu er sich benutzen ließ. Avelyn wollte ihn in seinem Lendentuch verstauen, aber als ihm das zu unsicher schien, steckte er ihn in den Mund und schob ihn mit der Zunge in die Backentasche.

Dann waren sie im Wasser und legten sich ordentlich ins Zeug, denn Thagraine war mit dem Netz schon ein ganzes Stück hinter der flinken *Windläufer* zurückgeblieben.

Sie teilten sich in zwei Gruppen. Das Netz zwischen sich, schwammen Thagraine und Quintall ein Stück von der Fahrrinne weg, um von der Seite an die Tonne zu kommen. Pellimar und Avelyn dagegen blieben genau in ihrer Fahrtrichtung und hielten sich flach im Wasser für den Fall, daß die Luke erneut geöffnet wurde oder die Pauris eine andere Möglichkeit hatten, nach draußen zu schauen.

Adjonas sah ihnen nervös von der Heckreling aus zu. Er wußte Dinge über die Pauris und das Meer, die den vier Mönchen anscheinend nicht bekannt waren. Falls die Tonne zum Beispiel an den beiden mit dem Netz vorbeifuhr, würden sie sie niemals wieder einholen, und Adjonas würde auch nicht für sie wenden können. Dann trieben sie auf offener See buchstäblich in den Untergang. Hinzu kamen die Freunde, die die Pauris angeblich im Wasser hatten; oftmals Freunde mit einer unverkennbaren Rückenflosse.

Der Kapitän nickte. Gewiß wäre der tapfere Quintall selbst dann mit dem Netz ins Meer gesprungen, wenn er all das gewußt hätte.

»Schneller!« rief Quintall und legte sich mächtig ins Zeug. Die Tonne war wesentlich flinker, als es den Anschein hatte, denn im Gegensatz zur *Windläufer* schob sie keine Bugwelle vor sich her. Thagraine tat, was er konnte, aber er wäre wohl nicht an das Schiff herangekommen, hätte der breitschultrige Quintall ihn nicht mitsamt dem Netz gezogen.

Erschöpft tauchten die beiden Männer für das letzte Stück unter Wasser, so daß das Fahrzeug direkt über sie hinwegfahren würde. Zu ihrem Glück war das Wasser kristallklar.

Weiter vorn traten Avelyn und Pellimar nervös auf der Stelle. Was bei Quintalls Unternehmen auch immer herauskam, sie würden die Tonne entern müssen. Wenn das Netz nichts half, dann war es an ihnen, die Pauris aufzuhalten. Avelyn ließ die Zunge über den Rubin gleiten. Der Stein war nicht annähernd stark genug, um die stabile Luke des wasserüberströmten Schiffes heraussprengen zu können.

Leicht glitt die Tonne durch die Fluten – noch fünfzig Meter, vierzig, zwanzig.

Dann ging plötzlich ein Ruck durch das Fahrzeug, und es kam etwas vom Kurs ab. Avelyn und Pellimar schwammen, so schnell sie konnten. Pellimar erreichte das treibende Schiff zuerst, zog sich vorsichtig an dessen glitschiger Seite empor. Er schlurfte zur Luke und hatte sie gerade erreicht, als sie sich öffnete.

Ein Pauri kletterte heraus und blieb verdattert stehen. Die Zwerge hatten geglaubt, daß sich Seetang oder irgend etwas, das von der Karavelle über Bord geworfen war, in der Schraube verfangen hatte. Aber nun stand da ein Mensch vor ihm auf dem Deck!

Für Pellimar, der noch nie einen Pauri aus der Nähe gesehen hatte, war der Anblick auch nicht weniger aufregend. Der Zwerg maß kaum mehr als vier Fuß, und seine Gliedmaßen waren so spindeldürr, daß man sich fragen mußte, wie diese Beinchen den faßförmigen Rumpf überhaupt tragen konnten.

Der Zwerg stand da und glotzte ihn mit offenstehendem Mund an, also trieb ihm Pellimar die Faust in das blasse, zerknitterte Gesicht.

Der Mönch starrte erst seine schmerzende Hand an und dann seinen Gegner, der um einiges härter war, als er gedacht hatte. Der dickschädlige Pauri schüttelte wild den Kopf.

Pellimar brachte drei kurze linke Haken an, dann riß er das rechte Bein nach oben und trat dem Pauri direkt unters Kinn. Der Zwerg fiel hintenüber und purzelte ins Meer.

Aber schon war der nächste zur Stelle, und dieser war nicht mehr überrascht. Mit katzengleicher Gewandtheit brachte Pellimar erneut drei gehörige Schläge an, aber sein Schwung ging verloren, als seine rechte Hand, die immer noch von dem ersten Schlag weh tat, dieses zweite Mal ins Ziel kam.

Avelyn, der Pellimar gefolgt war, sah seinen Bruder plötzlich zusammenzucken und zur Seite fallen, einen hellroten Strich auf der Brust. Da stand er, der Pauri, und von seiner kurzen Klinge tropfte Pellimars Blut. Als der Zwerg mit ansehen mußte, wie sein Opfer über Bord ging und sich all das schöne Blut für seine ohnehin schon grellrote Mütze sinnlos ins Meer ergoß, kreischte er wütend auf. Diesen Moment der Ablenkung machte Avelyn sich zunutze.

Er hätte versuchen können, den Zwerg über den Haufen zu rennen, aber er ahnte dessen Standfestigkeit und sah auch schon einen dritten Pauri aus der Luke auftauchen. Avelyn mußte nicht nur an seine persönliche Sicherheit, sondern auch an das größere Ganze denken.

Er rannte los und warf sich nach vorn, über das nasse Deck schlitternd, dabei nahm er den Rubin aus dem Bund. Er rieb ihn beschwörend in der Hand, fand seine energetische Mitte und brachte die Magie zum Pulsieren.

Der Pauri versuchte einen Rückhandstreich anzubringen, aber Avelyn entging ihm knapp und warf den Stein in hohem Bogen auf die Luke zu. Dann zog er, vom Überlebensinstinkt geleitet, die Beine an und kam rasch hoch.

Der kraftvoll schimmernde Rubin trudelte auf die offene Luke zu. Der herauskommende Pauri sah das Funkeln und streckte fasziniert die Hand danach aus. Er bekam das Juwel zu fassen, hielt sich aber nun nicht mehr an der Leiter fest. Als Avelyn und der andere Pauri nun so umvermittelt vor ihm hochkamen, zuckte der Zwerg überrascht zurück und fiel in die Tonne hinab, den glühenden Rubin in der Hand.

Avelyn griff nach dem Schwertarm seines Gegners. Mit der anderen Hand schaffte er es gerade noch, im Fallen die Luke zurückzuschieben, dann rollte er auch schon darüber hinweg. Der Pauri kam direkt auf der nun geschlossenen Luke wieder auf die Füße. Er hob sein Schwert, grinste bösartig und ließ ein Geheul ertönen, das Avelyn bis ins Knochenmark erschütterte.

Dann allerdings segelte der Zwerg durch die Luft, zusammen mit der abgerissenen Luke, und dichter schwarzer Rauch drang aus der Öffnung.

Die Erschütterung warf Avelyn über Bord, und er hatte nichts dagegen. Die Explosion konnte kaum mehr als die halbe Besatzung getötet haben – die Tonne war beinahe genauso groß wie die *Windläufer* –, und an Deck würde bald die Hölle los sein.

Und das wollte Avelyn nun wirklich nicht miterleben.

Nachdem sie das Netz angebracht hatten, durchbrachen Quintall und Thagraine atemlos die Wasseroberfläche. Bis Quintall an die Tonne herangekommen war, war ein Pauri bereits im Wasser, und Bruder Pellimar fiel taumelnd hinterher.

Mit ihren schweren Leibern und dürren Gliedern waren die Pauris keine sonderlich guten Schwimmer, und so war Quintall rasch über dem benommenen Zwerg, drückte ihn unter Wasser und setzte sich auf seine Schultern. Der Zwerg schlug verzweifelt um sich, aber der kräftige Mönch ließ weder locker, noch verlor er das Gleichgewicht.

Der Zwerg sollte nie wieder an die Oberfläche kommen.

Avelyn tauchte auf und erblickte Quintall, der nicht weit entfernt wie von Sinnen Wasser zu treten schien; sein halber Körper schaute heraus. Avelyn war verblüfft – bis er bemerkte, worauf sein Gefährte »thronte«. Thagraine war schon ein Stück weiter weg. Er hatte Pellimar unter dem Arm und schwamm auf die wendende Karavelle zu.

Kaum war das grausige Geschäft erledigt, da erleichterte Quintall, der mit Abstand der beste Schwimmer von ihnen war, Thagraine von seiner Bürde und konnte dennoch beinahe mit seinen beiden Gefährten mithalten, trotz des zusätzlichen Gewichts des bewußtlosen Pellimar.

Adjonas lief nervös an der Reling auf und ab, während sein Schiff kehrtmachte. Die Tonne war vorübergehend außer Gefecht, aber damit war der Schlag noch nicht vorbei. Der Kapitän ließ Bogenschützen in Stellung gehen und befahl ihnen, auf alles zu schießen, was aus dem bereits dünner werdenden Rauch noch auftauchte.

Dann blieb ihm nichts mehr zu tun, als zuzusehen. Die *Windläufer* hielt auf die vier Mönche und die Tonne zu. Inzwischen wimmelte das Deck von Pauris; einige waren mit schweren Armbrüsten bewaffnet und gaben wahllos Schüsse auf die schwimmenden Mönche ab.

Schlimmer war die Blutspur, die der verletzte Pellimar im Wasser hinterließ.

Thagraine erreichte die *Windläufer* als erster. Er hatte kaum die hinabgeworfene Leine gepackt, Avelyn war noch zwanzig Meter entfernt, Quintall und Pellimar vierzig, als der Schrei des Ausgucks ertönte.

»Rückenflossen!« brüllte er. »Hai, weißer Hai!«

»Rauf mit ihnen, schnell!« rief Adjonas und eilte zur Leine, um mit anzupacken. »Mehr Leinen ins Wasser!«

Ein Ende klatschte direkt neben Avelyn ins Wasser; der aber hatte begriffen, welche neue Gefahr nun drohte, und wandte sich nach Quintall und Pellimar um.

»Bruder Avelyn!« rief Thagraine von der Reling. »Du und ich, wir sind die Bereiter! Die beiden sind entbehrlich!«

Seine Worte trafen Avelyn wie ein Schlag ins Gesicht. Entbehrlich? Die beiden waren Ordensbrüder! Die beiden waren menschliche Wesen!

Mit einem Knurren schwamm er zurück und erreichte schließlich Quintall. Zu seiner Überraschung schaukelte Pellimar hinter dem erschöpften Mann im Wasser.

Avelyn stellte keine Fragen, sondern schwamm an Quintall vorbei, der schon auf die Leine zuhielt.

Er hatte Pellimar kaum gepackt, da peitschte neben ihm ein Armbrustbolzen das Wasser. Avelyn fuhr herum – und erblickte eine Rückenflosse, die volle zwei Fuß aus dem Wasser ragte. Obwohl er nie zuvor auch nur von Haien gehört hatte, konnte er sich die Schrecken nur zu gut ausmalen, von denen diese Flosse kündete.

Der Hai kam näher, die *Windläufer* ebenfalls. Ein Dutzend

Mann – darunter auch Quintall, Thagraine und Adjonas – holten die Leine ein, kaum daß der verzweifelte Avelyn sie gepackt hatte.

Er konnte sich allerdings nicht emporziehen; es überstieg schon beinahe seine Kräfte, sich und den erschlafften Pellimar auch nur festzuhalten.

Aber sie bekamen ihn aus dem Wasser. Quintall packte Pellimar und warf ihn auf die Decksplanken, Avelyn rutschte wieder ein Stück hinab. Er hörte die Seeleute schreien und sah nach unten, einen Fuß noch im Wasser, als der große dunkle Umriß, volle fünfundzwanzig Fuß lang, unter die *Windläufer* glitt, unter Avelyn.

Einen Sekundenbruchteil später fand sich der entsetzte Mönch an Deck wieder.

»Ein ganz schöner Brocken«, kommentierte Adjonas den Hai.

Bunkus Smealy bedachte Avelyn mit seinem schmierigen Grinsen und hielt eine Hand hoch. Daumen und Zeigefinger waren etwa zehn Zentimeter voneinander entfernt. »Mit so langen Zähnen«, sagte er.

An Deck des Tonnenschiffes erblickte Adjonas ein Dutzend Pauris, von denen anscheinend jedoch niemand ins Wasser wollte. Pauris und Haie arbeiteten zusammen, hieß es, aber diese Freundschaft schien ihre Grenzen zu haben.

Ein bösartiges Lächeln breitete sich auf dem Gesicht des Kapitäns aus. Er beschloß, das ungleiche Bündnis auf die Probe zu stellen.

»Rammen«, sagte er zu Bunkus Smealy, und sein erster Mann schrie erfreut auf und eilte ans Steuerrad.

Sie rammten die Tonne nicht mit voller Wucht – kein kluger Kapitän hätte es zugelassen, seinen Bug gegen den soliden Rumpf eines Paurischiffes zu werfen –, aber kräftig genug, daß bis auf einen sämtliche Pauris über Bord gingen. Als die *Windläufer* das Paurischiff passierte, ließen ihre Schützen einen Hagel von Bolzen niedergehen, der drei weitere Zwerge das Leben kostete.

Eine zweite, kleinere Rückflosse gesellte sich zu der ersten, die immer engere Kreise zog.

Die Zwerge strampelten verzweifelt im Wasser.

»Machen wir, daß wir wegkommen!« rief Adjonas seiner Mannschaft zu. Die Haie würden sich an den Toten laben, und die sich ausdehnende Blutwolke sowie die hektischen Bewegungen derjenigen, die noch lebten, würden weitere Räuber anlocken. Kein Pauri würde wagen, ins Wasser zu gehen, um die verhedderte Schiffsschraube in Ordnung zu bringen.

Was für die Pauris noch schlimmer war, wenn dies auch weder Adjonas noch sonst jemand an Bord der *Windläufer* ahnen konnte: Das treibende Tonnenschiff erinnerte die wildgewordenen Haie an einen verwundeten Wal.

Die Tonne, die durch den Zusammenstoß mit der *Windläufer* ins Rollen gekommen war, so daß Wasser in die offene Luke schoß, wurde bald von den Wellen verschluckt.

An Bord der *Windläufer* legte sich die Aufregung erst, als man die Pauris weit zurückgelassen hatte. Die Mönche waren die Helden des Kampfes gewesen, aber Avelyn hörte die Seeleute ebensooft »tollkühn« murmeln wie »mutig«. Diese Männer waren rauhe Gesellen, waren stolz und zynisch, und falls die vier Brüder ein anerkennendes Schulterklopfen erwartet hatten, so wurden sie enttäuscht.

Avelyn und Thagraine trugen den schwerverletzten Pellimar in Dansallys Unterkunft und durften feststellen, daß die Frau nicht nur in Liebesdingen ihr Handwerk verstand. Avelyn verließ den Raum.

Er fand Quintall bei Adjonas, der sich erschöpft an den Großmast lehnte.

»Pauris«, flüsterte der Kapitän, als Avelyn herantrat. »Mehr Rotkappen denn je auf dem Mirianik, im Norden wie im Süden. Sie haben sich, scheint's, auf ihren Inseln vermehrt wie die Kaninchen. Ihre Attacken werden also noch zunehmen, an Zahl ebenso wie an Wildheit.«

Quintall tat die düsteren Worte mit einem Schulterzucken ab. »Wie geht es Pellimar?« fragte er Avelyn.

Avelyn seufzte hilflos. »Vielleicht überlebt er's, vielleicht auch nicht.«

Quintall nickte, dann explodierte er förmlich, und der wilde Schwinger, mit dem er Avelyn direkt unterm Kinn erwischte, schickte den Mönch in hohem Bogen auf die Planken. »Wie konntest du es wagen?« brüllte Quintall.

Überall an Deck wurden die Köpfe gereckt. Adjonas starrte den stämmigen Mann ungläubig an.

Avelyn kam vorsichtig und völlig verwirrt wieder auf die Beine.

»Du bist der auserwählte Bereiter«, schimpfte Quintall. »Und dennoch hast du für Pellimar dein Lebens aufs Spiel gesetzt.«

»Wir alle haben da draußen unser Leben aufs Spiel gesetzt«, entgegnete Avelyn.

»Wir hatten keine andere Wahl«, erwiderte Quintall und spuckte buchstäblich vor Zorn. »Aber als die Pauris uns nichts mehr tun konnten und der Weg wieder frei war, da bist du in das gefahrvolle Wasser zurückgekehrt.«

»Pellimar wäre gefressen worden!«

»Ein Jammer! Na und!«

Avelyn verkniff sich eine Erwiderung, sie hätte ohnehin nichts gebracht. Ein solches Maß an Fanatismus hätte er niemals erwartet, nicht einmal von Quintall. »Ich hätte ihn nicht im Stich lassen können – und dich auch nicht.«

Quintall spuckte vor ihm auf die Planken. »Ich habe dich nicht um Hilfe gebeten und hätte sie auch zurückgewiesen. Die *Windläufer* war außer Gefahr. Du hättest an Bord gehen und dort bleiben sollen. Pellimar und ich hätten unsere Leben nutzlos geopfert, wenn auch Avelyn im Wasser gestorben wäre!«

Das ließ sich nicht bestreiten. Avelyn riß sich zusammen und nickte zustimmend, aber tief in seinem Herzen wußte er, daß er sich beim nächsten Mal wieder so verhalten würde.

»Wir wissen nicht, ob der Weg nach Pimaninicuit wieder frei ist.« Der Kapitän flüsterte, um den Namen der Insel zu schützen.

»Pellimar nutzt uns ohnehin nichts mehr«, erwiderte Quintall prompt. »Selbst wenn er überlebt, wird er wohl für etliche Tage nicht mehr aus dem Bett kommen.«

Avelyn studierte die Züge seines Bruders. Die Mission war von höchster Wichtigkeit – dem stimmte Avelyn zu, und er würde für das Gelingen der Reise jederzeit sein Leben opfern. Aber einfach jemand anderen dafür sterben lassen?

Avelyn schüttelte den Kopf, was Quintall und Adjonas glücklicherweise entging. Nein, beschloß der junge Mönch, das kam überhaupt nicht in Frage.

»Denk daran«, sagte Quintall ernst zu ihm.

»Ich gehe wieder zu Pellimar«, erwiderte Avelyn, und der in diesen Worten enthaltene Schwur, der Quintall verborgen bleiben mußte, tat ihm gut. »Dansally versorgt seine Wunden.«

»Wer?« fragte Quintall, als Avelyn die beiden verließ.

Avelyn lächelte. Er hatte nichts anderes erwartet.

Pellimars Zustand verbesserte sich im Lauf der nächsten Tage nicht sonderlich. Das Wetter blieb heiß und klar, und es kamen keine weiteren Tonnenschiffe in Sicht.

Vielleicht war es die Langeweile, vielleicht auch die Hitze oder das schlechte Essen, aber die Mannschaft wurde zunehmend unruhig, ja sogar feindselig. Mehr als einmal hörte Avelyn, wie Bunkus Smealy und Adjonas sich lauthals stritten, und jedesmal, wenn der Mönch über das offene Deck spazierte, spürte er sengende Blicke des Hasses auf seinem Rücken. Die Mannschaft gab den Mönchen die Schuld an den Unannehmlichkeiten und der ganzen Reise. Quintall hatte Avelyn und Thagraine davor gewarnt, und Adjonas hatte Quintall gewarnt. Die *Windläufer* war ein Küstenschiff. Überhaupt kamen Fahrten auf dem weiten, endlosen Ozean nur äußerst selten vor, und es kursierten Gerüchte über einen Wahnsinn, dem die Seeleute dann zu verfallen drohten. Schiffe, so hieß es, seien intakt und seetüchtig, doch ohne Mann und Maus an Bord gefunden worden. Manche behaupteten, dies sei das Werk von Gespenstern oder Ungeheuern aus der Tiefe; besonnene und erfahrene Seeleute jedoch schrieben es der Furcht und dem Mißtrauen zu, den langen Tagen in der Leere und dem unbezwingbaren Gefühl, daß das Meer nie wieder ein Ende nehmen, daß das Schiff segeln und segeln würde, bis es an Bord nichts mehr zu essen und zu trinken gab.

In der sechsten Woche hinter Jacintha wurde es so schlimm, daß Adjonas zu Avelyns großem Mißfallen auch einem Teil der Mannschaft Zutritt zu Dansallys Kabine gewährte. Jedesmal, wenn Avelyn einen weiteren der schmuddeligen Seemänner vor Dansallys Tür treten sah, sank seine Stimmung ein wenig tiefer.

Dansally, die sich mit ihrer Rolle abgefunden hatte, nahm es, wie es kam, aber ihre erweiterten Pflichten ließen ihr nur noch wenig Zeit für die Gespräche mit Avelyn, und das machte ihnen beiden zu schaffen.

Selbst diese zusätzlichen Privilegien vermochten die Stimmung der Mannschaft nicht zu heben. Eines besonders schwülen Morgens spitzte sich die Lage beängstigend zu. Quintall brachte den Großteil einer Stunde in einem manchmal hitzigen Streitgespräch mit Kapitän Adjonas zu. Schließlich schien Adjonas sein Einverständnis zu geben, und er rief Bunkus Smealy zu sich.

Weiteres Geschrei erhob sich, vor allem von seiten Quintalls, und als Smealy sich zur Wehr setzte, packte der Mönch ihn bei der Kehle und ließ ihn in der Luft zappeln.

Avelyn und Thagraine eilten zu Quintall, und Thagraine wies darauf hin, daß die gesamte Mannschaft mit mehr als flüchtigem Interesse herüberschaute.

»Das unterstreicht meine Vermutung nur, Käpt'n Adjonas«, sagte Quintall und schüttelte Smealy. »Er ist es, der die Leute aufwiegelt. Wir sollten ihn den Haien zum Fraß vorwerfen.«

Adjonas legte Quintall eine Hand auf den Arm und drückte zu, bis sein erster Mann wieder Boden unter den Füßen hatte. Smealy riß sich keuchend los und drehte sich natürlich hilfesuchend zur Mannschaft um.

»Wenn dir auch nur ein ermunterndes Wort über die Lippen kommt«, drohte Quintall, »wird sich unser Angriff auf deine Person konzentrieren. Wir werden dir sämtliche Glieder brechen und dich ins Meer werfen, Bunkus Smealy. Meinst du, du kannst dann so lange über Wasser bleiben, bis die *Windläufer* gewendet und dich wiedergefunden hat?«

Der schmierige Mann erbleichte. »Wir sind zu weit draußen«, beschwerte er sich bei seinem Kapitän. »Viel zu weit draußen!«

»Die Insel –«, setzte Adjonas an, aber Smealy schnitt ihm verächtlich das Wort ab. »Es gibt keine Insel!« brüllte er, und das Murmeln der Seeleute, die plötzlich näher gerückt zu sein schienen, klang zustimmend.

Adjonas warf Quintall einen sorgenvollen Blick zu. Bis zur Insel waren sie noch mindestens einen Monat unterwegs, und der Kapitän fragte sich, ob seine Mannschaft noch soviel Geduld aufbringen würde. Sie war sorgfältig zusammengestellt worden; die meisten Männer fuhren schon seit beinahe einem Jahrzehnt unter ihm, aber endlose Wochen auf offener See waren nervenaufreibend.

»Drei Monate!« rief er unvermittelt. »Schon ganz zu Anfang in Jacintha habe ich euch gesagt, daß wir drei Monate bis zu unserem Ziel brauchen. Und nun sind wir noch nicht einmal zwei Monate von St. Mere-Abelle fort. Was seid ihr eigentlich, Feiglinge? Habt ihr keine Ehre im Leib?«

Das ließ sie murrend zurückweichen.

»Laßt Euch gesagt sein«, drohte Quintall Smealy, als auch dieser sich zurückzog, »daß ich Euch persönlich für die Handlungen der Mannschaft verantwortlich machen werde.«

Smealy, der keine Miene verzog, ließ den gefährlichen Mönch erst aus den Augen, als er das halbe Deck überquert hatte.

»Es wird noch schlimmer werden, wenn wir Pimaninicuit nicht gleich finden«, warnte Adjonas die drei leise.

Quintall starrte ihn frostig an.

»Wenn die Karten stimmen, die Ihr mir ausgehändigt habt, sind wir auf dem richtigen Kurs und liegen gut in der Zeit«, versicherte ihm Adjonas, der den Mann gern beruhigen wollte.

»Die Karten sind auf die Meile genau«, knurrte Quintall.

Das waren sie in der Tat, denn viereinhalb unruhige Wochen später rief der Ausguck: »Land in Sicht!«

Die gesamte Mannschaft eilte bugwärts, und schon bald wurde aus dem gräulichen Etwas der Umriß einer Insel, die in etwa die Form eines Kegels hatte. Die üppig bewachsenen Hänge waren rasch nicht mehr grau, sondern saftig grün.

»Nach meiner Einschätzung sind wir im Zeitplan um eine Woche voraus«, sagte Adjonas zu den vier Mönchen – denn Pellimar war zwar noch sehr schwach, aber wieder auf den Beinen. »Damit bleiben uns ein paar Tage, um die Insel zu erkunden und –«

»Nein!« fuhr Quintall ihn zu jedermanns Verblüffung an. Der Vorschlag hatte absolut einleuchtend geklungen.

»Die Bereiter gehen nach Pimaninicuit, niemand sonst«, erklärte Quintall. »Jeder andere, der seinen Fuß auf die Insel setzt, hat sein Leben verspielt.«

Diese befremdliche Drohung überraschte Avelyn so sehr, daß ihm kaum auffiel, daß Quintall den Namen der Insel laut hinausposaunt hatte.

Auch Kapitän Adjonas hatte mit einer solchen Verkündung nicht gerechnet und war nicht sonderlich erbaut. Von der kurzen Unterbrechung in Entel abgesehen, war seine Mannschaft sehr lange nicht von Bord gekommen. Sie nun hier in Sichtweite einer einladenden Küste festzuhalten, die Obstbäume und andere Herrlichkeiten verhieß, an denen es auf offener See mangelte, war wahrlich tollkühn.

Aber Quintall gab nicht nach. »Fahrt einmal um die Insel herum, damit wir den günstigsten Landeplatz für die Bereiter finden; dann segelt fort, bis die Insel außer Sicht ist, und kehrt nach fünf Tagen zurück.«

Adjonas wußte, an welch kritischem Punkt sie angelangt waren. Er konnte Quintalls Entscheidung nicht gutheißen, aber nun, da Pimaninicuit in Sicht war, hatte er das Kommando gemäß seiner Vereinbarung mit dem Abt an den Mönch abzugeben. Dies war immerhin das Ziel der Reise, und Vater Markwart hatte keinen Hehl daraus gemacht, welcher Rang Adjonas bei der Sache zukam. Auf offener See war er der Kapitän; vor Pimaninicuit würde er tun, was ihm gesagt wurde, oder die – stattliche – Entlohnung wäre hinfällig.

Und das wäre noch nicht einmal das Schlimmste.

Also machten sie eine vielversprechende Lagune ausfindig und segelten dann in tiefere Gewässer hinaus. Die nächsten fünf Tage wurden die längsten der gesamten Reise, besonders für Avelyn und Thagraine.

Avelyn verbrachte den gesamten letzten Tag im Gebet, um sich geistig auf die Arbeit vorzubereiten, die vor ihnen lag. Am liebsten wäre er zu Dansally gegangen und hätte ihr von seiner Befürchtung erzählt, für diese Arbeit nicht geeignet zu sein, aber er widerstand diesem Drang. Diese Schlacht mußte er allein schlagen.

Schließlich glitten Thagraine und er schwerbepackt an einem Seil in das Landungsboot hinab. Vor ihnen ragte Pimaninicuit empor.

»Wir müssen weit draußen sein, wenn die Schauer einsetzen«, erklärte Quintall, »denn die Steine haben schon großen Schaden angerichtet. Sobald sie aufgehört haben, kommen wir hierher zurück.«

Ein Schrei vom Achterschiff ließ ihn verstummen, und die Mönche und Adjonas fuhren herum, als einer der Seeleute, ein Junge von kaum siebzehn Jahren, dem die endlose See besonders zugesetzt hatte, kopfüber ins Wasser sprang und hektisch auf die Küste zuzuschwimmen begann.

»Meister Smealy!« dröhnte Adjonas und faßte die ganze Mannschaft streng ins Auge. »Schützen an die Reling!«

»Laßt ihn ziehen«, sagte Quintall überraschenderweise. Ihm war klar, daß das Erschießen des verzweifelten Mannes vor den Augen der Mannschaft zur Meuterei geführt hätte. »Laßt ihn ziehen!« rief Quintall lauter. »Aber da er sich nun einmal für die Insel entschieden hat, wird er doppelt soviel arbeiten müssen.« Damit bückte er sich und flüsterte Thagraine etwas zu, und Avelyn bezweifelte, daß es um irgendeine zusätzliche Arbeit für den Geflohenen ging.

Augenblicke später ruderten Avelyn und Thagraine von der *Windläufer* fort, und prompt setzte das Schiff Segel und nahm Kurs auf die tieferen Gewässer weit vor Pimaninicuit. Quintall tischte der Mannschaft schleunigst Lügen über die Gefahren auf, die ihrem närrischen Kameraden drohten und denen allein die Mönche entgehen konnten, da sie auf die wütenden Schauer wohlvorbereitet waren. »Der kehrt nicht mehr lebend auf die *Windläufer* zurück«, erklärte Quintall, um die unruhige Mannschaft schon einmal auf den Schlag vorzubereiten, der ihrer harrte.

Thagraine sprang an Land und rannte los, kaum daß unter dem kleinen Boot der schwarze Sand des Inselstrands knirschte. Sie hatten den weit abgetriebenen Meuterer im Wasser überholt, und Thagraine hatte sich seine Richtung und Geschwindigkeit gemerkt.

Avelyn rief seinem Gefährten hinterher, aber Thagraine befahl ihm, das Boot zu befestigen, und sah nicht einmal zurück.

Avelyn spürte, wie sich ihm der Magen umdrehte. Er zog das Boot an eine geschützte Stelle der Lagune und kippte es zur Seite, so daß es voll Wasser lief und fest auf dem flachen Boden ruhte.

Kurz darauf kehrte Thagraine zurück.

Allein, wie Avelyn schmerzlich feststellte. Es lag auf der Hand, welche Instruktionen Quintall seinem Bruder erteilt hatte.

»Es gibt reichlich zu essen«, sagte Thagraine, während er vor Aufregung noch zitterte. »Und wir müssen uns eine Höhle suchen.«

Avelyn sagte nichts, sondern folgte ihm ruhig, und dabei betete er für die Seele des jungen Meuterers.

Die nächsten zwei Tage, die sie hauptsächlich zusammengekauert in einer kleinen Höhle in der Wand des einzigen Berges verbrachten, waren absolut unerträglich. Thagraine hätte ruheloser nicht sein können; unablässig schritt er umher und murmelte vor sich hin.

Unter welchem Druck Thagraine stand, war allzu deutlich, und dies konnte sie beide viel kosten, wenn die Schauer kamen. »Du hast ihn getötet«, sagte der jüngere Avelyn darum möglichst ruhig, damit es nicht nach einer Anschuldigung klang.

Thagraine blieb stehen. »Jeder, der Pimaninicuit betritt, hat sein Leben verwirkt«, erwiderte er mit betonter Gleichgültigkeit.

Avelyn glaubte ihm kein Wort; für ihn hatte Thagraine als Werkzeug des mörderischen Quintall gehandelt.

»Woher sollen sie wissen, wann wir fertig sind?« fragte Thagraine unvermittelt. »Und woher sollen sie überhaupt wissen, daß die Steine herabgeregnet sind, wenn sie so weit von der Insel fortsegeln?«

Avelyn sah ihn besorgt an. Er hatte den Mann in ein Gespräch über sein Handeln gegen den Seemann verwickeln wollen, um wenigstens für den Moment seine Seele zu erleichtern, damit sie sich auf ihre höchst wichtige Mission konzentrieren konnten. Aber seine Worte schienen kaum beruhigende Wirkung auf Thagraine zu haben; im Gegenteil, der sichtlich schuldbeladene Mann schritt um so heftiger auf und ab und klatschte dabei wiederholt in die Hände.

Ihren Berechnungen zufolge waren die Schauer überfällig. Und noch immer hockten die beiden am Rand der Höhle und warteten auf ein Zeichen.

»Ist es überhaupt wahr?« rief Thagraine alle paar Minuten. »Gibt es einen lebenden Menschen, der so etwas bezeugen kann?«

»Die alten Schriften lügen nicht«, sagte Avelyn nachdrücklich.

»Woher willst du das wissen?« explodierte Thagraine. »Wo bleiben die Himmelsjuwelen denn dann? Wo bleibt der Tag der Tage?« Er holte tief Luft. »Alle sieben Generationen«, brüllte er, »und wir kommen hier genau zur errechneten Woche her? Was für eine Narretei ist das? Was, wenn sich die Abtei um ein Jahr oder auch nur einen Monat verrechnet hat ... sollen wir dann für alle Zeiten in diesem Loch hocken bleiben?«

»Ruhig, Thagraine«, flüsterte Avelyn. »Vertraue auf Vater Markwart und auf Gott.«

»In den Schlund der Hölle mit Vater Markwart!« heulte der andere Mönch. »Gott?« Er spie verächtlich aus. »Was weiß

Gott schon, wenn er den Tod eines verängstigten Jungen verlangt?«

Da war es also heraus: Schuld. Nackte, pure Schuld. Avelyn wollte tröstend Thagraines Hand ergreifen, aber der Ältere stieß ihn zur Seite und krabbelte aus der schmalen Öffnung der Höhle.

»Nicht!« rief Avelyn, und nach einem Augenblick des Zögerns folgte er ihm. Von Thagraine war nichts mehr zu sehen. Anscheinend kämpfte er sich durch das Unterholz auf den Strand zu. Avelyn wollte ihm schon folgen, doch kaum war er außer Sichtweite der Höhle, da ließ ihn irgend etwas stehenbleiben, irgendeine innere Stimme. Er sah den Berg hinauf Richtung Höhle und dann den Hang entlang zum Meer. Der Himmel hatte eine merkwürdige Färbung angenommen, ein Rosa und Purpur, wie es sonst nur bei Sonnenaufgang oder -untergang zu sehen war. Aber die Sonne war in diesen Gefilden der langen Tage noch Stunden vom Westrand der Welt entfernt und hätte strahlend gelb am wolkenlosen Himmel stehen müssen.

»Verdammnis«, entfuhr es Avelyn, und er hetzte so schnell er konnte in den Schutz der Höhle zurück. Von dort oben konnte er Thagraine ausmachen, wie er wild den Strand entlangrannte, und er sah auch das leichte Gischten auf dem Wasser, weit draußen vor der Küste.

Avelyn schloß die Augen und betete.

»Wo steckst du, verfluchter Gott?« schrie Thagraine und stolperte durch den schwarzen Sand von Pimaninicuit. »Was verlangst du von deinen Gläubigen? Für welchen Lug und Trug?«

Da hielt er inne und hörte das Geplätscher.

Im nächsten Moment griff er sich an den Arm, der plötzlich blutete, und sah einen kleinen Edelstein vor sich im schwarzen Sand liegen, einen qualmenden Kristall.

Thagraine riß die Augen auf. Gott persönlich schien ihm geantwortet zu haben. Er fuhr herum und rannte zur Höhle zurück, so schnell er konnte, und rief immer wieder Avelyns Namen.

Avelyn konnte es nicht mit ansehen, aber wegschauen konnte er auch nicht. Brennende Juwelen fielen vor dem Höhleneingang herab und durchlöcherten die großen Blätter der Bäume und Büsche. Eine Zeitlang war der Hagel dünn, dann verstärkte er sich langsam, bis er buchstäblich nur noch gepeinigte Erde hinterließ.

Und durch dieses Geprassel hörte Avelyn jemanden seinen Namen rufen. Verblüfft spähte er hinaus und erblickte Thagraine hinter dem ausgedünnten Blätterwerk. Der geschundene Mann blutete aus so vielen Wunden, daß er selbst wie eine einzige große Wunde aussah. Mitleiderregend stolperte er vorwärts, die Hände zur Höhle ausgestreckt.

Avelyn kam auf die Füße. Er wußte, daß es verrückt war, nach draußen zu gehen, aber wie sollte er es nicht tun? Es war zu schaffen, sagte er sich grimmig. Er konnte zu Thagraine gelangen und ihn sicher in die Höhle zurückbringen. Er versuchte, nicht an die Wahl zu denken, vor der er dann stehen würde, denn da die Zeit für das Präparieren der Steine sehr begrenzt war, würde er sich kaum um Thagraine und die himmlischen Juwelen kümmern können.

Aber darüber würde er sich den Kopf zerbrechen, wenn es soweit war. Thagraine war bis auf zwanzig Schritt an ihn herangestolpert, als Avelyn loslief.

Er erblickte den Fleck sofort, den dunklen Fleck hoch oben, und irgendwie wußte er genau, welchen todbringenden Weg er nehmen würde.

Da sah ihn sein Bruder, und ein hoffnungsvolles, mitleiderregendes Lächeln breitete sich auf seinem blutüberströmten Gesicht aus.

Der Stein kam herab wie ein Pfeil, traf Thagraine am Hinterkopf und schmetterte ihn bäuchlings in den Staub.

Avelyn floh in die Höhle und in seine Gebete zurück.

In den nächsten Stunden nahm der Sturm an Heftigkeit noch zu. Wind und Steinregen peitschten die Insel so wild, daß Avelyn fürchtete, die Höhle würde über ihm zusammenbrechen.

Dann jedoch hörte es so rasch auf, wie es gekommen war, und der Himmel klärte sich zu einem tiefen Blau.

Avelyn trat ins Freie, verängstigt, aber entschlossen. Er ging zu Thagraines Leichnam, einer zerschmetterten, blutüberströmten Masse. Avelyn hatte ihn umdrehen wollen, aber als er die tödliche Wunde erblickte, das klaffende Loch in Thagraines Schädel und die überall verteilte Gehirnmasse, stockte ihm der Atem.

Der Stein, der Thagraines Tod verursacht hatte, ein riesiger purpurner Amethyst, fesselte seine Aufmerksamkeit. Vorsichtig griff Avelyn in den Kopf seines toten Gefährten und zog das Juwel heraus. Er spürte eine Kraft darin pochen, die er sich nie hätte träumen lassen. Sie mußte die jedes Steins in St. Mere-Abelle übersteigen! Und allein seine Größe! Avelyns Hände waren wahrhaftig nicht klein, und doch konnte er selbst mit gespreizten Fingern nicht ganz um das Juwel herumfassen.

Er stand auf, schob jeden Gedanken an Thagraine und den von ihm getöteten Jungen weit von sich und machte sich mit Hochdruck an die Arbeit, auf die er all die Jahre vorbereitet worden war. Als erstes präparierte er den Amethyst, bestrich ihn unter lautem Beten mit bestimmten Ölen, so daß etwas von seiner eigenen Energie in ihn strömte.

Dann ging er weiter und ließ sich von seinen Instinkten zu den Juwelen führen, die am meisten der himmlischen Energie in sich trugen. Viele zeigten keinerlei Zauberkraft, und Avelyn begriff rasch, daß es sich dabei um die Überbleibsel vergangener Schauer handelte, die durch den peitschenden Hagel wieder an die Oberfläche gekommen waren. Als nächstes wählte er einen eigroßen Hämatit aus, dann einen Rubin, der sich seinem geübten Auge klein, aber makellos präsentierte.

So ging es weiter und weiter. Nur die behandelten Juwelen würden ihre Kraft halten können, die anderen wären nichts als Abfall, der in den kommenden sieben Generationen unter dem schwarzen Sand und der zurückkehrenden Vegetation verschwinden würde.

Spät in der Nacht fiel der Mönch müde in den Sand der Lagune. Er erwachte erst lange nach Morgengrauen, die kostbare Fracht in seinem Bündel noch immer intakt. Dann erst fand Avelyn die Zeit, die dramatische Wandlung Pimaninicuits zu bemerken. Nun machte die Insel keinen fruchtbaren und einladenden Eindruck mehr. Wo gestern noch Bäume und dichtes Buschwerk gewesen waren, fand sich nur noch breiige Masse und zerschmettertes Gestein.

Es kostete den Mönch große Mühe, das versunkene Boot zu heben und auszuleeren, aber irgendwie schaffte er es. Er dachte daran, es mit Früchten oder irgendwelchen anderen Leckerbissen zu beladen, aber ein Blick auf die verwüstete Landschaft ließ ihn erkennen, daß es dafür zu spät war. Ein zweiter Blick ließ Avelyn hilflos lachen. Absurd, welch nutzloser Schatz um ihn herum verstreut lag! Binnen einer Stunde hätte er genug kostbare – wenn auch nichtmagische – Edelsteine zusammentragen können, um damit den Bau eines Palastes zu finanzieren, der prächtiger war als der von Ursal. Binnen eines Tages hätte er der reichste Mann im Bärenreich sein können, einschließlich der Stammeshäuptlinge von Behren, deren Reichtum Legende war. Aber seine Befehle bezüglich Pimaninicuit waren eindeutig und boten keinerlei Spielraum: Nur die Steine, deren Zauberkraft präpariert worden war, durften die Insel verlassen. Die Mitnahme auch nur eines anderen Juwels wäre als Gotteslästerung einzustufen. Das Geschenk der Schauer wurde nur zwei Mönchen zuteil, und was immer sie präparieren konnten, durften sie mitnehmen. Nicht einen Rubin, nicht einen Rauchquarz mehr.

Also saß Avelyn einfach nur da, zu erschöpft, um an Essen auch nur zu denken, und schaute auf das Meer hinaus.

Spät am darauffolgenden Tag kamen die Segel der *Windläufer* in Sicht. Wie ein Roboter, bar jeden Gefühls, stieg Bruder Avelyn in das Boot und ruderte hinaus. Dann erst fiel ihm ein, daß er vielleicht Thagraines Leichnam hätte bergen sollen. Aber er kehrte nicht um.

Welcher Tod und welche letzte Ruhestätte hätten einem abellikanischen Mönch besser angestanden?

19. Die Erkenntnis

Er bekam kaum mit, wie die Tage und Wochen verstrichen, so sehr schlugen ihn Gottes Kostbarkeiten in ihren Bann. Während Adjonas sich um die Mannschaft und ihren Kurs kümmerte, arbeiteten die drei Mönche mit den Steinen – selbst Pellimar, dessen Zustand sich allmählich besserte. Nur seinen linken Arm konnte er praktisch überhaupt nicht benutzen. Die Klinge des Pauri hatte ihm auf Schulterhöhe einige Muskeln durchtrennt, und es sah nicht danach aus, als wollten sie je wieder zusammenwachsen.

Auf der Rückreise begegneten ihnen keine Pauris mehr, und Avelyn machte sich diesbezüglich auch keine Sorgen. Er konnte die pochenden Kräfte mancher ihrer Juwelen besser einschätzen als jeder andere. Wenn sich ein Tonnenschiff zeigte, dann standen ihm zu seiner vollständigen Vernichtung ein ganzes Dutzend Steine zur Verfügung.

Am beeindruckendsten war der riesige purpurrote Amethyst mit den unzähligen Kristallspitzen. Seine Unterseite war nahezu eben, und wenn man ihn auf den Boden stellte, erinnerte er an einen seltsamen purpurroten Busch, dessen unterschiedlich lange Äste in alle Richtungen wuchsen. Avelyn konnte nicht ergründen, was sich mit den Kristallen bewirken ließ, aber in ihnen schlummerte eine gewaltige Kraft.

Einige Steine, wie der Hämatit, kamen in eine Poliertrommel und wurden stundenlang gerollt, bis sie makellos glänzten. Andere mußten tagelang mit Ölen behandelt werden, damit ihre Wirkkraft auf Dauer bewahrt blieb. Mit jeder Sorte wußten die drei Mönche etwas anzufangen, nur mit dem Amethysten nicht.

Allein schon seiner Größe wegen ließ er sich nicht polieren, und einölen ließen sich seine bizarren Äste auch nicht sonderlich gut. Also nahm Avelyn sich persönlich seiner an, und er behandelte ihn nicht mit Heilsalben, sondern mit Gebeten. Dabei schien jedesmal etwas von seiner eigenen Persönlichkeit in den Stein überzugehen, aber das störte ihn nicht. Ihm war, als verschmelze er mit seinem Gott.

Auf den armen Thagraine kamen die Mönche nicht oft zu sprechen; sie beteten für ihn und bewahrten die Erinnerung an ihn in ihren Herzen. Unter den mürrischen Seeleuten jedoch wurde ständig von Taddy Sway geflüstert, dem Jungen, der zur Insel geschwommen und nicht wieder zurückgekommen war. Avelyn spürte ihre anklagenden Blicke im Rücken, wann immer er sich an Deck die Beine vertrat.

In der Hitze und Langeweile der Tage kochte das Geflüster zu lautstarken Anschuldigungen hoch. So war vor allem Quintall wenig überrascht, als Kapitän Adjonas sie eines frühen Morgens aufsuchte und von drohender Meuterei sprach.

»Sie wollen die Steine«, erklärte er. »Oder zumindest ein paar davon, als Gegenleistung für das Leben von Taddy Sway.«

»Sie können die Macht dieser Juwelen nicht mal ansatzweise begreifen«, protestierte Quintall.

»Macht hin, Macht her – sie begreifen den Wert eines Rubins oder Smaragdes.«

Avelyn, der wieder an die Stunden am Strand denken mußte, die er inmitten all dieses nutzlosen Reichtums verbracht hatte, biß sich auf die Lippen.

»Eure Mannschaft wird anständig für die Fahrt bezahlt«, erinnerte Quintall den Kapitän.

»Zusätzliche Bezahlung für den Verlust eines Mannes«, erwiderte Adjonas.

»Sie wußten, worauf sie sich einließen.«

»Wußten sie das?« fragte der Kapitän ernst. »Konnten sie wissen, daß sich die ihnen anvertrauten Passagiere gegen sie wenden würden?«

Quintall stand auf und baute sich vor dem Kapitän auf, und da dieser im Gegensatz zu Quintall unter Deck den Kopf einziehen mußte, wirkte der Mönch um so beeindruckender.

»Ich spreche nur die Gedanken meiner Männer aus«, erklärte der Kapitän und wich keinen Fingerbreit zurück. »Worte, die Quintall nicht überhören sollte. Wir sind noch drei Monate von St. Mere-Abelle entfernt.«

Quintall sah sich mit zusammengekniffenen Augen in der engen Kabine um und dachte über seinen nächsten Schritt nach. »Wir müssen dem heute noch ein Ende setzen.« Er trat an Avelyns Koje und nahm einen der Edelsteine aus der Poliertrommel, einen orangebraunen Stein mit drei schwarzen Streifen – Tigertatze genannt.

Dicht gefolgt von Adjonas und seinen Mitbrüdern trat der stämmige Mönch an Deck. Seine Haltung ließ die Seeleute aufschauen – hier war irgend etwas im Gange. Bunkus Smealy an der Spitze, bauten sie sich rasch um die vier herum auf.

»Es gibt keine zusätzliche Entlohnung für Taddy Sway«, sagte Quintall unverblümt. »Der dumme Junge war selbst schuld, daß er sein Leben verlor.«

»Ihr habt ihn umgebracht!« rief einer der Männer.

»Ich war auf der *Windläufer«*, erinnerte ihn Quintall.

»Ihr Mönche, meine ich!« beharrte der Mann.

Quintall ging nicht darauf ein. »Es sollten nur zwei Mönche übersetzen, mehr nicht; und obwohl sie jahrelang darauf vorbereitet wurden, hat nur einer Pim … die Insel überlebt.«

Bunkus Smealy brachte die murrenden Seeleute mit einer heftigen Handbewegung zum Schweigen. »Wir finden, daß Ihr uns was schuldig seid«, sagte er zu Quintall. Er hakte die Daumen in das Seil, das er als Gürtel trug, und nahm eine gewichtige Haltung an.

Das verriet Quintall alles. Smealy war es, der die Fäden in der Hand hielt und sich schon als Herr dieses Schiffes sah.

»Kapitän Adjonas findet das nicht«, sagte Quintall betont gleichgültig, damit die Meuterer endlich Flagge zeigten.

Smealy bedachte den Kapitän mit einem gehässigen Grinsen. »Vielleicht hat der Käpt'n da nicht allzuviel zu sagen.«

»Auf Meuterei steht die –«, begann Adjonas, aber Smealy schnitt ihm das Wort ab.

»Das wissen wir«, versicherte er ihm lauthals. »Und wir wissen auch, daß man einen Mann fangen muß, damit man ihn hängen kann. Behren liegt näher als das Bärenreich, und in Behren stellen sie keine großen Fragen.«

Da – nun hatte er die Katze aus dem Sack gelassen, und nun war es an Quintall, dem Tierchen den Garaus zu machen. Smealy riß die Augen auf, als er wieder zu dem stämmigen Mönch sah, als er das tiefe Knurren aus Quintalls Kehle hörte, als er dessen Arm ansah und kein menschliches Glied, sondern die klauenbewehrte Tatze eines großen Tigers erblickte!

»Was?« fragte der alte Seebär, als Quintall ihn blitzschnell vom Hals bis zum Bauch aufschlitzte.

Die Mannschaft wich entsetzt zurück.

»Er hat mich umgebracht«, flüsterte Smealy, und dann fiel

er, wie um seine Worte zu unterstreichen, leblos auf das Deck, drei klaffende rote Striche auf der Brust.

Quintalls Brüllen, wahrhaftig das Brüllen eines Tigers, ließ die Mannschaft Hals über Kopf fliehen. »Seht ihn euch gut an, den toten Bunkus Smealy!« brüllte der verwandelte Mönch aus einem menschlichen Munde, aber mit unmenschlich lauter Stimme. »Damit ihr wißt, was denen droht, die sich gegen ihren Kapitän oder die Brüder von St. Mere-Abelle stellen!«

Ihren Gesichtern nach zu urteilen glaubte Avelyn nicht, daß auf der Fahrt zurück zum Kloster auch nur einer der Männer ein aufmüpfiges Wort flüstern würde.

Die drei Mönche wechselten kein Wort miteinander, weder auf ihrem Weg unter Deck noch für den Rest des Tages. Avelyn war bemüht, Quintall nicht vorwurfsvoll anzusehen. In seinem Kopf herrschte ein wildes Durcheinander. Er hatte Bunkus Smealy in den letzten Monaten recht gut kennengelernt, und obwohl er dessen schmierige Art nicht sonderlich schätzte, mußte er feststellen, daß er eine Art Verlust empfand.

Und Erschütterung. Die kalte und gefühllose Art, mit der Quintall den Mann ins Jenseits befördert hatte, erschütterte Avelyn bis ins Mark. Dies war nicht die Art der abellikanischen Kirche, jedenfalls nicht so, wie Avelyn sie verstand, und doch ließ die Effizienz, mit der Taddy Sway und Bunkus Smealy getötet worden waren, ihn befürchten, daß Quintall vor ihrer Abreise entsprechende Anweisungen von den Meistern erhalten hatte. Natürlich, die Mission war von höchster Wichtigkeit, man hatte sieben Generationen lang darauf gewartet. Für ihren Erfolg hätten Avelyn und die anderen Mönche willig ihr Leben gelassen. Aber ohne Gewissensbisse jemanden töten?

Am nächsten Tag beobachtete er Quintall bei der Arbeit. Er wußte noch, wie zerrissen Thagraine nach der Exekution gewirkt hatte, wie ruhelos. Nicht so der dunkle Quintall. Er hatte Bunkus Smealy auf die gleiche Weise getötet wie den Pauri im Meer, ohne Rücksicht auf den Umstand, daß sein Opfer diesmal kein böser Zwerg, sondern ein menschliches Wesen war.

Avelyn lief es kalt den Rücken hinunter. Ohne Gewissensbisse. Und wenn sie in die Abtei zurückgekehrt waren und ihre Geschichte ausführlich erzählten, würden die Meister zu Quintalls brutalem Handeln gewiß nur zustimmend nicken, selbst Vater Markwart.

Avelyn teilte durchaus ihre Ansicht, daß der Zweck die Mittel heiligte – denn diese Entschuldigung würden sie dafür parat haben. Aber irgendwo blieb hierbei die Gerechtigkeit auf der Strecke, und Gerechtigkeit gehörte doch ebenfalls zu den Grundsätzen der abellikanischen Kirche.

Für Bruder Avelyn, der gerade das heiligste aller Ereignisse durchlebt hatte, der gerade die religiöseste Erfahrung seines jungen Lebens gemacht hatte, schien hier etwas ganz und gar nicht zu stimmen.

Es war Anfang Parvesper, Anfang des letzten Herbstmonats, als die *Windläufer* den nordöstlichen Ausläufer der Halbinsel namens Gottesanbeterin umschiffte und an Pireth Tulme vorbei in den Golf von Korona einbog. Kalte Winde trieben den Seeleuten eisige Gischt in die Kleidung. Des Nachts saßen sie zusammengekauert um die Öllampen und Kerzen herum und warteten, daß ihre Knochen wieder auftauten. Aber sie waren guten Mutes, allesamt. Sie dachten nicht mehr an Taddy Sway und Bunkus Smealy, denn nun war ihr Ziel – und damit ihre Belohnung – zum Greifen nahe.

»Und dann lebst du wieder in der Abtei?« fragte Dansally Avelyn eines frostigen Morgens. Sie waren wieder auf offener See, da die *Windläufer* den Golf mit direktem Kurs auf die Allerheiligenbucht durchfuhr.

Avelyn dachte verwundert über ihre Frage nach. »Natürlich«, sagte er schließlich.

Dansallys Achselzucken sagte dem scharfsinnigen Mönch alles. Sie wollte mit ihm zusammenbleiben! »Du meinst, du willst von Bord gehen?«

»Könnte sein«, erwiderte Dansally. »Wir machen dreimal halt zwischen St. Mere-Abelle und Palmaris, wo Adjonas überwintern will.«

»Ich muß ... Ich meine, ich habe keine andere Wahl. Der Abt braucht mich für die Bestandsaufnahme, und dann werde ich Monate mit den Steinen zu arbeiten haben –«

Sie legte ihm sanft einen Zeigefinger auf die Lippen. Ihre Augen schimmerten feucht.

»Vielleicht könnte ich dich mal besuchen kommen«, sagte sie leise. »Wäre das erlaubt?«

Avelyn nickte; ihm fehlten die Worte.

»Kriegst du dann Ärger?«

Avelyn schüttelte heftig den Kopf. »Meister Jojonah ist mein Freund. Vielleicht hätte er Arbeit für dich.«

»Ich soll in einem Kloster die Beine breitmachen?« fragte die Frau ungläubig.

»Nicht diese Sorte Arbeit«, sagte Avelyn und überspielte mit einem leisen Lachen seinen Unmut. Er mußte wieder an die häßlichen Geschichten über Bien deLouisa denken. »Aber läßt Kapitän Adjonas dich denn vom Schiff?« fragte er, um auf andere Gedanken zu kommen.

»Mein Vertrag lautet: bis zur Insel und zurück. Das haben wir bald geschafft. In Palmaris hat Adjonas mir nichts mehr zu sagen. Ich kassier mein Geld – 'ne ganze Stange mehr, hab mich ja auch um die Mannschaft kümmern müssen –, und das war's dann.«

»Und dann kommst du ins Kloster?« fragte Avelyn und zeigte mehr Gefühl, mehr Vorfreude, als er beabsichtigt hatte.

Dansally lächelte. »Kann schon sein«, antwortete sie. »Aber

zuerst mußt du mir noch einen Gefallen tun.« Damit beugte sie sich vor und legte ihre Lippen auf die seinen. Avelyn zuckte zurück, aus Schüchternheit. Als er über sein Zögern nachdachte, stärkte das nur seine Entschlossenheit. Dansally und er teilten etwas Besonderes, das über die Körperlichkeit hinausging, die sie mit anderen Männern erfuhr. Natürlich verlangte es seinen Leib nach dem, was sie ihm darbot, aber wenn er jetzt nachgab, würde er dann nicht ihre besondere Verbindung herabwürdigen und ihre Beziehung auf das reduzieren, was sie zur Genüge kannte?

»Bleib bei mir«, bat sie ihn. »Dieses eine Mal.«

»Ich könnte dir Quintall schicken«, sagte Avelyn bitter.

Dansally wich zurück und verpaßte ihm eine Ohrfeige. Er hätte sie beinahe dafür beschimpft, aber bis er sich soweit erholt hatte, kniete sie schon vornübergebeugt auf dem Bett, und ihre Schluchzer ließen ihre Schultern beben.

»Ich – ich wollte nicht …«, stotterte Avelyn. Es tat ihm entsetzlich leid, seiner lieben Dansally so weh getan zu haben.

»Du denkst, ich arbeite als Hure, also bin ich auch eine.«

»Nein«, sagte Avelyn und legte ihr eine Hand auf die Schulter.

»Ich habe mehr von einer Jungfrau an mir, als du meinst!« Sie hob den Kopf und sah ihn an, und es lag Stolz in ihren Augen. »Ja, ich habe die Beine breitgemacht, aber ich war nie mit dem Herzen dabei. Nicht ein einziges Mal! Nicht einmal bei meinem Nichtsnutz von Ehemann – vielleicht hat er mich ja deshalb rausgeworfen!«

Der Gedanke, daß Dansally nie geliebt hatte, warf Avelyns Vorstellungen völlig über den Haufen. Obwohl er keinerlei Erfahrung hatte, was körperliche Liebe anging, begriff er, was sie da sagte.

Und er glaubte ihr!

Er antwortete nicht, sondern beugte sich vor und bot ihr einen Kuß an.

Bruder Avelyn erfuhr an diesem Tag viel über die Liebe, erfuhr das Einssein von Körper und Geist auf eine Weise, die tiefer ging, als seine täglichen Übungen je reichen konnten.

Und Dansally erging es nicht anders.

Die *Windläufer* wurde mit maßvoller Effizienz willkommen geheißen. Ein neuer Kai war errichtet worden, der weit genug in die Bucht hinausführte, daß die *Windläufer* anlegen konnte. Zur Begrüßung der heimkehrenden Brüder und ihrer kostbaren Fracht war nur eine Handvoll Mönche erschienen, außerdem die Meister Jojonah und Siherton. Sie beaufsichtigten, wie die geringeren Brüder ein paar schwere Truhen auf das Schiff schafften.

Um seine Mannschaft zu beruhigen, ließ Adjonas die Truhen öffnen, kaum daß sie an Deck waren. Wie die Männer da nach Luft schnappten!

Auch Avelyn war verblüfft, als er die Berge von Münzen, Edelsteinen und Schmuckstücken sah. Einen solchen Schatz hatte er nie zuvor gesehen. Irgend etwas an der Pracht jedoch irritierte ihn, als die Deckel wieder zuklappten. Er wußte sich keinen Reim darauf zu machen, ebensowenig wie auf die magische Aura, die Meister Siherton umgab. Der Mann hielt eine Hand hinter dem Rücken versteckt und spielte dort mit zwei Steinen herum, einem Diamant und einem Rauchquarz.

Mißtrauisch, aber klug genug, den Mund zu halten, sagte Avelyn dem Kapitän und seinen Männern Lebewohl – wenngleich keiner von ihnen den Mönchen eine Träne nachweinen würde – und ging an Land. Seine Gedanken waren bei Dansally. Hoffentlich machte sie sich vom nächsten Hafen aus wahrhaftig gen St. Mere-Abelle auf. Seine Vernunft sagte ihm, daß sie das tun würde, daß sie beide wahrhaftig etwas Unschätzbares geteilt hatten. Dennoch nagten Zweifel an ihm. War ihr Zusammensein für Dansally wirklich etwas Besonderes gewesen? Wie hatte er im Vergleich zu all ihren anderen

Männern abgeschnitten? Vielleicht war er ja nicht so gut gewesen, oder vielleicht hatte der Kapitän ihr befohlen, mit Avelyn ins Bett zu gehen – vielleicht hatte er sogar gewettet, daß es ihr nicht gelingen würde, ihn ins Bett zu bekommen.

Avelyn kämpfte mit aller Kraft gegen diese lächerlichen Überlegungen und Zweifel an. Was ihm seine Vernunft auch sagen mochte, Avelyn wußte genau, daß er nicht zur Ruhe kommen würde, bis er der dunkelhaarigen Frau an den Toren von St. Mere-Abelle wieder in die blauen Augen sehen konnte; Augen, denen er einen Gutteil ihres Glanzes zurückgegeben hatte.

Der Empfang, der den drei Rückkehrern in der Abtei zuteil wurde, entsprach ihren Erwartungen schon eher. Unter der Kuppel standen Tische mit den feinsten Backwaren aus der ganzen Region – saftige weiße Küchlein und Bisquitrollen, Zimt- und Rosinenbrote –, die sich mit Met und sogar mit einem kostbaren Tropfen hinunterspülen ließen, der als Elfennebel bekannt war. Dazu sang der Chor fröhliche Weisen. Hoch oben von seinem Balkon aus sah der Abt dem Treiben zu, und alle Ordensbrüder, alle Knechte, alle Mägde tanzten, sangen und lachten die ganze Nacht hindurch.

Wie sehr sich Avelyn wünschte, daß Dansally hätte dabeisein können! Dieser Gedanke führte ihn zu der Frage, warum sie und die Männer von der *Windläufer* nicht eingeladen worden waren. Der Gezeiten wegen konnte das Schiff nicht vor Mitternacht auslaufen. Warum also ließ man die dreißig Mann oder wenigstens ihren Kapitän nicht an den höchst verdienten Festlichkeiten teilnehmen? Ihm wurde flau in der Magengegend. Der letzte Bissen seiner Zimtrolle wollte ihm wieder hochkommen.

Eine Gruppe Mönche – darunter Bruder Pellimar – kam auf ihn zu, zweifelsohne um ihn über die Ereignisse auf der Insel auszufragen. Aber darüber durfte er nichts sagen, solange er nicht mit dem Abt gesprochen hatte.

In diesem Moment hatte der junge Mönch anderes im Kopf. Er dachte über die Steine nach, die Meister Siherton mit zum Schiff genommen hatte: einen Diamanten und einen Rauchquarz. Die Wirkkraft von Diamanten war ihm bekannt, Lichterzeugung, aber mit Quarz hatte er nie gearbeitet. Avelyn schloß die Augen und ignorierte Bruder Pellimar, der ihn ansprach. Statt dessen vergegenwärtigte er sich seine Studien.

Dann, auf einen entsetzlichen Schlag, wußte er Bescheid. Diamant nicht für Licht, sondern für Funkeln! Quarz für ein Bild, eine Gaukelei! Mannschaft und Kapitän der *Windläufer* waren betrogen worden! Darum also war Adjonas nirgends zu sehen. Avelyn schnappte nach Luft.

Mit den flüchtigen Worten, daß er später mit ihnen reden würde, ließ er die verblüfften Mönche stehen und hastete durch die Menge, um festzustellen, wer alles da war. Mit steigender Besorgnis stellte er fest, daß einige Gesichter fehlten, daß vor allem eine Gruppe fehlte, die älteren Schüler, die sogenannten Zehnjährigen, die kurz davorstanden, Meister zu werden.

Auch Siherton war nirgendwo zu sehen.

Avelyn rannte hinaus, hetzte die leeren Gänge entlang, durch die seine Schritte lautstark hallten. Er wußte nicht, wie spät es war, aber es mußte ungefähr Mitternacht sein.

Er rannte zur Südseite des Klosters, die dem Meer zugewandt war, und bog in einen langen Gang ein, dessen linke Seite von kleinen Fenstern unterbrochen wurde, durch die man auf die Bucht hinuntersehen konnte. Am ersten blieb er stehen und starrte verzweifelt in die Nacht hinaus.

Unter dem Licht des Halbmonds war der Umriß der *Windläufer* zu sehen, die in die Bucht hinausglitt. »Nein«, hauchte er, als ihm das Durcheinander auf Deck auffiel, die umhereilenden Silhouetten und die Flammen am Achterschiff. Auf dem Wasser brannte es ebenfalls.

»Nein!« brüllte Avelyn.

Eine lodernde Pechkugel stieg aus dem Kloster auf, zerplatzte auf der Steuerbordreling und verwandelte das Großsegel in ein einziges Flammenmeer.

Wieder und wieder wurde das Schiff beschossen, mit Pech, mit Felsbrocken und riesigen Bolzen. Rasch war die *Windläufer* vom Kurs abgekommen, und die starken Strömungen der Allerheiligenbucht zogen sie auf ein gefährliches Riff zu. Avelyn mußte entsetzt mit ansehen, wie sich die Männer, den nahen Untergang vor Augen, ins Wasser stürzten.

Der Wind trieb ihre Schreie über das dunkle Meer, doch auf dem Fest war davon gewiß nichts zu hören. Hilflos sah Avelyn zu, wie das Schiff, das ihn beinahe acht Monate lang beherbergt hatte, auf das Riff fuhr und kippte und unter dem Geschoßhagel auseinanderbrach. Tränen strömten ihm die Wangen hinab, während er immer und immer wieder Dansallys Namen stammelte.

Das Bombardement wurde etliche Minuten lang fortgesetzt. Avelyn hörte das Geschrei der Männer in den kalten Fluten und hoffte gegen alle Hoffnung, daß wenigstens ein paar von ihnen es schafften, daß wenigstens seine geliebte Dansally an die Küste gespült wurde.

Das Schlimmste jedoch kam erst noch. Mit lärmendem Zischen und Prasseln fuhr ein bläuliches Licht über das dunkle Wasser hinweg, versengte die Felsen und die Seeleute, die Überreste des einst so stolzen Schiffes. Der Blitz ließ die Schreie für immer verstummen.

Nur in Avelyns Kopf verstummten sie nicht.

Weitere Geschosse schlugen ein, wenngleich kaum noch ein nennenswertes Ziel vorhanden war. Die starke Ebbe der Allerheiligenbucht würde das Treibgut auf die offene See hinausziehen. Von Avelyn und den Übeltätern einmal abgesehen, würde es für die ganze Welt nur ein tragischer Unfall sein.

»Dansally«, hauchte er. Seine Schultern sackten herab, er

mußte sich an der Wand festhalten. Er wandte sich vom Fenster ab und lehnte sich mit dem Rücken gegen die Steine.

»Du wärst besser nicht hierhergekommen«, sagte Meister Siherton leise.

Avelyn bemerkte den ansehnlichen Beutel mit Steinen an seinem Gürtel und den Graphit in seiner Hand. Mit Graphit erzeugte man Blitze.

Avelyn drückte sich noch fester gegen die Wand. Er nahm an, daß Siherton ihm an Ort und Stelle den Garaus machen wollte, und in mancherlei Hinsicht sehnte er sich beinahe danach. Aber der Meister packte ihn nur beim Arm und führte ihn zu einem kleinen, dunklen Raum in einem entlegenen Winkel der gewaltigen Klosteranlage.

Am nächsten Morgen fand sich Bruder Avelyn in den Privaträumen von Vater Markwart wieder, flankiert von den Meistern Siherton und Jojonah. Es traf Avelyn bis ins Mark, daß die Zerstörung der *Windläufer* keine Einzeltat des brutalen Siherton gewesen war, sondern mit dem Segen des Abtes und dem Wissen von Meister Jojonah erfolgt war.

»Die Lage von Pimaninicuit muß geheim bleiben«, sagte Vater Markwart langsam.

Ebenso wie die Tatsache meiner Ermordung, dachte Avelyn, denn an diesem Morgen hatten die Gänge des Klosters wie ausgestorben gewirkt, da die Mönche und das Gesinde noch ihren Rausch ausschliefen.

»Bist du dir darüber im klaren, was anderenfalls geschähe?« fragte Markwart, plötzlich ganz aufgeregt. »Wenn alle Welt über Pimaninicuit Bescheid wüßte, wären die Juwelen des Himmels keinen Tag mehr vor habgierigen Händlern und machthungrigen Herrschern sicher!«

Es leuchtete Avelyn ein, daß die Koordinaten von Pimaninicuit zum Wohl der Welt geheim bleiben sollten, aber diese Tatsache ließ ihn noch lange nicht die Zerstörung des Schiffes und die Ermordung seiner Mannschaft gutheißen.

Von der Ermordung Dansallys ganz zu schweigen.

»Es gab keinen anderen Ausweg«, sagte Markwart entschieden.

Avelyn sah sich nervös um. »Darf ich etwas sagen, Vater?«

»Selbstverständlich«, antwortete Markwart und lehnte sich auf seinem Stuhl zurück. »Sprich frei heraus, Bruder Avelyn. Du bist unter Freunden.«

Avelyn hatte Mühe, trotz dieser absurden Bemerkung ein ruhiges Gesicht zu machen. »Vor dem nächsten Steinregen wären alle an Bord dieses Schiffes ohnehin längst tot gewesen«, argumentierte er.

»Seefahrer fertigen Karten an«, sagte Meister Siherton trocken.

»Aber warum sollten sie?« protestierte Avelyn. »Sie hätten ja doch keinen Gebrauch von der Karte machen können, sieben Generationen lang nicht –«

»Du vergißt die Reichtümer, die über die ganze Insel verstreut sind«, unterbrach ihn Vater Markwart. »Mehr Juwelen, als man sich vorstellen kann.«

Das hatte Avelyn nicht bedacht. Dennoch schüttelte er den Kopf. Die Überfahrt war viel zu gefährlich. Wäre die Mannschaft anständig belohnt worden, wie versprochen, hätte sie keinen Grund gehabt, sich noch einmal in die unsicheren Gewässer des Südmirianik vorzuwagen.

»Es war Gottes Wille«, sagte Markwart abschließend. »Alles. Du wirst kein Wort über deine Beobachtungen verlieren. Nun geh zurück auf das Zimmer, das Meister Siherton dir zugewiesen hat. Deine Strafe wird noch heute beschlossen und vollzogen werden.«

Avelyn war viel zu verwirrt, um aufzubegehren. Wie vor den Kopf geschlagen stolperte er davon. Als er an der Tür war, versetzten ihm Markwarts Worte einen weiteren Schlag.

»Bruder Pellimar ist heute morgen seinen schweren Verletzungen erlegen«, teilte der Abt ihm mit.

Avelyn fuhr verblüfft herum. Pellimar hatte ansehnliche Narben davongetragen, mehr nicht. Dann ging Avelyn ein Licht auf. Gestern nacht, auf dem Fest, hatte Pellimar seine Zunge nicht im Zaum halten können. Und ohne Erlaubnis des Abtes durfte man nicht einmal den Namen der Insel erwähnen.

»Ein Jammer«, fuhr Markwart fort. »Damit sind von den vier Bereitern nur noch Quintall und du übrig. Auf euch wartet ein gutes Stück Arbeit.«

Avelyn trat auf den Gang hinaus und übergab sich auf die Steinfliesen. Halb blind, halb krank stolperte er davon.

»Wird er überwacht?« fragte der Abt Siherton.

»Auf Schritt und Tritt«, erwiderte der hochgewachsene Meister. »Eine solche Reaktion habe ich die ganze Zeit über befürchtet.«

Meister Jojonah schnaubte. »Avelyn hat auf Pimaninicuit ganz allein gearbeitet und trotzdem die beste Ausbeute erzielt, die der Orden je gesehen hat. Wie könnt Ihr da seinen Wert in Frage stellen?«

»Das tue ich gar nicht«, entgegnete Siherton. »Ich frage mich nur, wann diese Qualitäten, die ihn so wertvoll machen, zu einer Gefahr werden.«

Jojonah sah zu Markwart, der grimmig nickte. »Er hat ein gutes Stück Arbeit zu leisten«, erklärte er den beiden. »Seine Abenteuer wollen zu Papier gebracht und die Steine katalogisiert werden. Vor allem aber muß er herausfinden, welche Potentiale sie haben und welche Geheimnisse sie bergen. Gerade, was den Amethyst angeht. Einen Stein von solcher Pracht habe ich noch nie gesehen, und Avelyn ist als sein Bereiter auch derjenige, der die genaueste Schätzung vornehmen kann.«

»Vielleicht kann ich ihn von unserer Denkart überzeugen, bevor er mit der Arbeit fertig ist«, sagte Jojonah.

»Das wäre am besten«, erwiderte Markwart.

Siherton sah seinen Amtskollegen zweifelnd an. Er glaubte

nicht daran, daß Avelyn, der schier platzte vor Idealismus und Gottvertrauen, sich lange im Zaum halten ließ.

Jojonah, dem sein Blick nicht entging, hätte kaum etwas dagegenhalten können. Aber er wollte es wenigstens versuchen, denn er hatte den jungen Bruder Avelyn liebgewonnen und wußte, was die Alternative war.

»Bis zur Sommersonnenwende«, sagte Vater Markwart. »Dann wollen wir entscheiden, wie es mit Bruder Avelyn Desbris weitergeht.«

»Oder nicht weitergeht«, fügte Meister Siherton hinzu, und aus seinem Tonfall ließ sich leicht schließen, welches Ereignis dem raubvogelhaften, rücksichtslosen Mann am meisten zusagen würde.

In den nächsten Wochen stellte Avelyn fest, daß er vom Rest der Mönche abgeschnitten war. Er hatte ausschließlich mit Siherton, Jojonah und einigen anderen Meistern zu tun; hinzu kamen zwei Wachtposten, die ihm überallhin folgten – wieder lauter Zehnjährige –, und Quintall, mit dem er oft Seite an Seite in der Juwelenkammer arbeitete.

Tag für Tag bedrängten den jungen Mönch die gleichen Fragen. Warum hatten sie die Besatzung der *Windläufer* töten müssen? Hätte Vater Markwart sie nicht einfach gefangennehmen lassen können? Und wenn da alle sieben Generationen Verrat gewittert wurde, warum hatte das Kloster dann nicht längst ein eigenes Schiff angeschafft, um es ausschließlich mit vertrauenswürdigen Mönchen zu bemannen?

Aber selbst das einleuchtendste Argument war keinen Pfifferling wert, denn eines lag für ihn auf der Hand: Er würde seine Meister und die ganze abellikanische Kirche nicht einfach überzeugen können. Also arbeitete er, wie ihm aufgetragen war, schrieb in aller Ausführlichkeit die Geschichte seiner Abenteuer nieder, untersuchte und katalogisierte die neuen Juwelen, ihre Art, ihren Zauber, ihre Wirkkraft. Wann immer er einen magischen Stein benutzen durfte, war Meister Siherton zugegen, einen kräftigen und tödlichen Edelstein in der Hand.

Avelyn wußte, was das zu bedeuten hatte, und kam sich allmählich wie ein Besatzungsmitglied der *Windläufer* vor. Sein einziger Trost waren die zahlreichen Gespräche mit Meister Jojonah, dem er sich nach wie vor verbunden fühlte. Dennoch konnte er die Notwendigkeit der Handlungen, von der Jojonah ihn beständig zu überzeugen versuchte, nicht einmal ansatzweise akzeptieren.

Es mußte eine bessere Vorgehensweise geben, und welche Katastrophe auch immer drohen mochte, sie rechtfertigte noch lange keinen Mord.

Der Frühling des Jahres 822 war beinahe vorbei, als sich seine Arbeit der Vollendung näherte, und Avelyn bemerkte mit einiger Sorge, daß Meister Jojonah weniger und weniger mit ihm sprach, bemerkte mit einiger Sorge, wie mitfühlend der freundliche Meister ihn nun immer ansah.

Avelyn wurde erst nervös, dann verzweifelt. So verzweifelt, daß er es eines Tages wagte, einen Edelstein mitgehen zu lassen, einen Hämatit. Das Glück war auf seiner Seite, denn am selben Nachmittag verursachte Quintall versehentlich eine kleinere Explosion, und obwohl niemand verletzt und nichts allzu schlimm beschädigt wurde, war das Durcheinander groß genug, daß der Diebstahl nicht auffiel, jedenfalls für den Moment nicht.

Wieder in seiner Zelle, ließ Avelyn sich in den Stein fallen. Er wußte nicht recht, was er tun sollte; ihm fiel nur ein, die Meister ein wenig auszuspionieren, um festzustellen, wie begründet seine Befürchtungen waren.

Sein Geist löste sich vom Körper, schwebte durch das poröse Holz der Tür und an den beiden ahnungslosen Wachen vorbei. Avelyn verspürte erneut dieses Ziehen, diesen Wunsch, von ihnen Besitz zu ergreifen, aber sein Wille war stark, und so widerstand er und schwebte unsichtbar den Gang hinab bis vor Vater Markwarts Tür.

Drinnen erblickte Avelyn nicht nur den alten Abt, der sich fürchterlich über den Unfall in der Juwelenkammer aufregte, sondern auch Siherton und Jojonah.

»Bruder Quintall ist ein Pfuscher«, sagte Jojonah.

»Dafür ist er loyal«, entgegnete Siherton scharf, was offensichtlich auf Avelyn gemünzt war.

»Genug davon«, sagte Markwart. »Wie kommen sie voran?«

»Mit dem Katalogisieren sind sie beinahe fertig«, antwortete Siherton. »Die Händler können kommen.«

»Und der große Kristall?«

»Sein praktischer Nutzen ist fraglich. Avelyn – Bruder Avelyn«, korrigierte er sich mit einem abfälligen Schnauben, »ist überzeugt, daß er schier platzt vor Wirkkraft, aber wie man sie freisetzt und zu welchem Zweck, das wissen wir nicht.«

»Ihn zu versteigern, wäre eine Dummheit«, warf Jojonah ein.

»Solange wir seine Kräfte nicht kennen, bringt er keinen guten Preis«, stimmte Vater Markwart zu.

»Manche Händler würden ihn schon allein wegen seiner Rätselhaftigkeit erwerben«, hielt Siherton dagegen.

Avelyn konnte kaum glauben, was er da hörte. Die heiligen Steine sollten klammheimlich versteigert werden! Und dafür waren Thagraine und Pellimar, waren die Männer der *Windläufer* und Dansally nun gestorben! Die Vorstellung, daß ungläubige Kaufleute mit den Juwelen des Himmels herumspielten, um ihre Gäste zu erfreuen oder irgendwelche dunklen Absichten zu verwirklichen, tat Avelyn in der Seele weh. Er konnte dieses gotteslästerliche Gerede nicht länger ertragen und schwebte wieder nach draußen.

Er wollte schon zu seiner sterblichen Hülle zurückkehren, als ihm aufging, daß die Zeit knapp wurde. Er blieb im Flur.

Das Fehlen des Hämatits würde bald bemerkt werden, und selbst wenn er den Diebstahl einmal beiseite ließ, war seine Zukunft bei weitem nicht gesichert.

Was sollte er tun? Und wie sollte er sich mit diesem ganzen Wahnsinn, diesen ganzen Lästerungen auch nur ansatzweise abfinden können?

Meister Siherton trat aus Markwarts Zimmer, allein. Mit klackenden Stiefelschritten hielt er auf die Juwelenkammer zu. Gewiß wollte er feststellen, welche Schäden Quintalls Unfall verursacht hatte – und die neu einsortierten Steine durchgehen.

Avelyn blieb keine Zeit mehr zum Nachdenken, und so gab er dem Drängen des Hämatits nach und schoß auf Sihertons Rücken zu.

Die Schmerzen beim Eintritt in dessen Körper waren unerträglich, sie überstiegen jedes bekannte Maß. Avelyns Gedanken vermengten sich mit denen Sihertons; es war ein geistiger Krieg, eine verbitterte Schlacht um den Besitz dieses Körpers. Avelyn hatte den Überraschungseffekt auf seiner Seite, aber trotzdem war dieser Kampf nahezu titanenhaft. Der Versuch, Besitz von jemandem zu ergreifen, war damit zu vergleichen, einen Feind auf unvertrautem Gelände anzugreifen.

Hätte es Zeugen dieses Kampfes gegeben, so hätten sie Meister Siherton sehen können, wie er sich im Gang hin und her warf, wie er gegen die Wände knallte und sich eigenhändig das Gesicht zerkratzte.

Dann fühlte Avelyns Geist erneut das Gewicht einer leiblichen Hülle. Instinktiv wußte er, daß Sihertons Geist ganz in der Nähe war, daß er in irgendeiner unbegreiflichen Dimensionsfalte festhing. Und Avelyn hatte die Kontrolle über den Körper: Sein Geist befahl, und Sihertons Körper gehorchte!

Avelyn eilte zur Kammer, trat energisch ein und sah die beiden Wachen und Quintall streng an, bevor sie auch nur protestieren konnten.

»Du bleibst hier«, befahl er einer der Wachen. »Was dich betrifft«, sagte er zu Quintall, »so wird über deine Bestrafung noch entschieden.«

»Bestrafung?« wiederholte Quintall fassungslos. Man hatte ihm gesagt, daß sein Unfall keine Konsequenzen nach sich ziehen würde, und wahrhaftig waren solche kleineren Zwischenfälle in dem Monat, den Avelyn und er nun an den neuen Steinen arbeiteten, nichts Ungewöhnliches gewesen. Nur eine Woche zuvor hatte Avelyn bei seiner Untersuchung eines mit Karnallit gesprenkelten Rubins ein Tischbein zerschmelzen lassen!

»Bruder Avelyn ist nicht –«, begehrte Quintall auf.

»Auf dein Zimmer und die Knie!« dröhnte Sihertons Stimme.

»Jawohl, mein Meister«, gab Quintall klein bei und verließ den Raum.

»Hinfort mit dir!« befahl Avelyn der einen Wache, und der Mann lief so schnell davon, daß er Quintall noch überholte.

Dann machten Avelyn und die verbliebene Wache sich daran, eine Auswahl Edelsteine zusammenzustellen: den buschförmigen Amethyst, einen kleinen, aber kraftvollen Rubin und verschiedene andere Steine, darunter Türkis und Bernstein, Zölestin und Tigertatze, ein Chrysoberyll oder Katzenauge, einige Gips- und Malachitkristalle, eine Chrysolitplatte und ein schweres Magnetitstück. Avelyn tat sie in einen Beutel und steckte auch noch ein Beutelchen winziger Karnallite hinzu, die einzige Edelsteinart, deren Magie sich nur einmal hervorrufen ließ. Anschließend holte er sich vom anderen Ende des Raums noch einen wertvollen Smaragd, der keine Zauberkraft besaß, sondern als Schliffmuster diente; sodann befahl er der Wache, ihm zu folgen – und zwar schnell. Die Benutzung des Hämatits erschöpfte ihn langsam, und Sihertons Geist war ganz in der Nähe und versuchte, wie Avelyn nur zu gut wußte, wieder zurück in seinen Körper zu gelangen.

Sie kamen bei der abgelegenen Zelle an, in der Avelyns Körper wartete, und des Meisters Stimme schickte die beiden Männer, die dort Wache hielten, fort.

Auf Sihertons Befehl öffnete die verbliebene Wache, der Mann aus der Juwelenkammer, die Tür. Dahinter stand Avelyns leibliche Hülle, wie er sie verlassen hatte, den Hämatit in der Hand. Avelyn ließ Sihertons Körper an der Wache vorbeigehen und flink den Hämatit nehmen; dann wies er die Wache an, den leblosen Körper zu schultern und ihm zu folgen.

»Bruder Avelyn ist des Ordensverrats schuldig.« Weitere Erklärungen gab er nicht ab, und die Wache, die seit Wochen entsprechende Gerüchte gehört hatte, stellte die Nachricht nicht in Frage.

Es war die Zeit des Abendmahls, und so sahen nur wenige den Meister und die Wache mit ihrer außergewöhnlichen Last zu dem Teil des Daches hinaufsteigen, das zur Allerheiligenbucht hin lag. Wie befohlen legte die Wache den Körper am Fuß der niedrigen Mauer ab und trat zurück.

Eine ganze Weile sammelte Avelyn nun seine Kräfte. Dann beugte er sich über den Körper, ließ den Hämatit und einen weiteren Stein in dessen Hand gleiten und schnürte den Beutel an dessen geflochtenem Gürtel fest.

»Mit Hilfe der Steine werden wir Bruder Avelyns Leichnam wiederfinden«, erklärte er der Wache, als ihm deren wachsendes Mißtrauen auffiel. »Außerdem entziehen sie ihm im Augenblick seines Todes die letzte Lebensenergie.«

Die Wache verzog verwundert das Gesicht, wagte aber nicht, an den Worten des gefährlichen Meisters zu zweifeln.

Avelyn wußte, daß er schnell – daß er perfekt sein mußte.

Mit großer Anstrengung zog er seinen Geist aus Sihertons sterblicher Hülle zurück und schlüpfte in die eigene hinein. Er kam genau in dem Moment zu sich, als durch Sihertons Körper ein Zucken ging.

Avelyn sprang auf, schnell wie eine Katze, umklammerte

mit der einen Hand die beiden Steine und krallte die andere vorn in Sihertons Kutte. Bevor die Wache dem Meister zu Hilfe eilen konnte, ließ Avelyn den benommenen Siherton und sich selbst über das Geländer fallen.

Sie stürzten die Klostermauern und die Klippen hinab ins Dunkel, und Siherton schrie protestierend auf.

Mit Händen und Füßen schob Avelyn den Mann von sich weg, dann beschwor er den zweiten Stein in seiner Hand, den Malachit.

Er schwebte jetzt in der Luft, und Siherton stürzte weiter hinab.

Während er langsam die nicht ganz senkrechten Klippen hinabsank, stieß er sich immer wieder ab. Kurz vor der Landung nahm er den Bernstein aus dem Beutel. Sanft kam er auf dem Wasser an, wie er es während der Probe getan hatte, die schon eine Million Jahre zurückzuliegen schien. Glücklicherweise war Sihertons Leichnam nirgendwo zu sehen; er hätte den Anblick nicht ertragen.

Mit Hilfe des Bernsteins schritt er über das kalte Wasser bis zu einer Stelle, wo er an Land gehen konnte, dann folgte er einer Straße.

Er wußte genau, daß er St. Mere-Abelle niemals wiedersehen würde.

Er machte Gebrauch von den Steinen. Mit Hilfe des Malachits schwebte er sanft Abhänge hinab, die eventuellen Verfolgern stundenlanges Klettern abverlangen würden. Mit Hilfe des Bernsteins überquerte er große Seen, die die Mönche würden umrunden müssen. Der Chrysoberyll, das Katzenauge, schenkte ihm Nachtsicht; er konnte so schnell wandern wie am Tage, ohne jedes verräterische Licht. In der ersten Stadt, die er betrat, stieß er auf eine Handelskarawane. Dort verkaufte er den gewöhnlichen Smaragd, und damit hatte er für lange, lange Zeit ausgesorgt.

Meilen über Meilen brachte er hinter sich, zwischen sich und diesen Schreckensort namens St. Mere-Abelle. Doch der junge Mönch konnte die Scheußlichkeiten, die er mit angesehen hatte, nicht vergessen. Das einsickernde Übel hatte am Herzensinnersten all dessen gefressen, was dem jungen Avelyn Desbris lieb und teuer war.

Diese Wahrheit begriff er in einer kalten Nacht, die er zusammengekauert unter einem Baum verbrachte, unter den Sternen, den Himmelssphären. Als würden seine Gedanken auf magische Weise davongetragen oder seine Gebete um Führung erhört, schauten seine Augen unzählige Meilen weit bis in ein Land der großen, zerklüfteten Berge, in deren Mitte ein rauchender Kegel stand, der rote Lava ausspie und schwarze Verheerung hinterließ.

Da begriff Avelyn – und zwar in seiner ganzen Tragweite, denn dies geschah nicht zum ersten Mal. Die Finsternis, die über das Bärenreich hereingebrochen war, sie war schon einmal gekommen, in derselben Form und Gestalt. Das Geschichtsarchiv von St. Mere-Abelle enthielt ganze Bände darüber: über das Krebsgeschwür, das in den Landen wucherte, über die unterlassene Vorsorge und Gottlosigkeit der Abellikaner. Die Mönche waren die Wächter Gottes, und doch hatten selbst sie sich der Selbstzufriedenheit, dem Krebs, ergeben. Und wegen dieses Versagens war die Finsternis zurückgekehrt.

Sein ganzes Leben lag in Trümmern, erkannte Avelyn. Der Geflügelte war erwacht. Die Plage der Menschheit seit Anbeginn der Zeiten war zurückgekehrt. Der junge Avelyn Desbris wußte, daß es so war. In seinem Innersten sah er die Finsternis, die Taddy Sway und Bunkus Smealy ermordet hatte, das Böse, das die *Windläufer* vernichtet und seine geliebte Dansally tot im kalten Wasser hatte treiben lassen, die Verderbnis, die Bruder Pellimar seinen Verletzungen hatte »erliegen« lassen.

Avelyn erwachte vor der Dämmerung aus seinem unruhigen Schlaf.

Der Geflügelte war erwacht!

Die Welt wußte nicht, welche Finsternis da kam.

Der Geflügelte war erwacht!

Die Ordensbrüder hatten versagt; ihre Schwäche war es, die diese Tragödie verursacht hatte!

Der Geflügelte war erwacht!

Avelyn rannte davon – eine Richtung war so gut wie die andere. Er mußte der Welt von dem Bösen berichten. Er mußte allen Männern und Frauen im Bärenreich und auf der ganzen Welt die Augen öffnen. Er mußte sie vor dem Dämon und dem Orden warnen! Er mußte ihnen, wie auch immer, ihre mangelnde Vorbereitung, ihre Schwäche vor Augen führen.

Der Geflügelte war erwacht!

20. Das Orakel

»Wie viele Lichter siehst du?« Juraviel stellte ihm die Frage in der Elfensprache. Elbryan waren nun, nach fünf Jahren in Andur'Blough Inninness, sämtliche geläufigen Wörter und Redewendungen bekannt, nur bei den Beugungen haperte es noch ein wenig.

Juraviel hielt eine Kerze in der Hand, Elbryan ebenfalls; und am Himmel waren, da die Sonne gerade hinter den Bergen im Westen verschwunden war, ein paar Sterne erschienen.

Der junge Mann sah Juraviel eine Zeitlang an. Elbryans Lektionen waren zwischen den Jahren des Herrn 821 und 822 immer philosophischer geworden, und er hatte gelernt, daß selbst die einfachsten Fragen von subtilster Vielschichtigkeit waren. Als er schließlich überzeugt war, daß es sich hierbei nur um die Einleitung seiner Lektion und nichts Dramatisches handelte, sah der junge Mann nach oben und zählte rasch die Sterne. Es waren vier.

»Sechs«, verkündete er vorsichtig, indem er die beiden Kerzen hinzuzählte.

»Dann sind sie voneinander getrennt«, konstatierte Juraviel. »Dein Licht und meines und das jedes Sterns.«

Elbryan runzelte die Stirn. Dann nickte er langsam, zögernd, als rechnete er mit einem Tadel.

»Würdest du deine Kerze löschen, stündest du also im Dunkeln«, überlegte Juraviel.

»Mehr als jetzt«, antwortete Elbryan prompt. »Aber ich bekäme noch etwas von deinem Licht ab.«

»Dann ist mein Licht also nicht in der Flamme eingeschlossen«, fuhr Juraviel fort. »Im Gegenteil, es breitet sich weithin aus. Und was ist mit dem Licht der Sterne?«

»Wenn das Licht in den Sternen eingeschlossen wäre, würden wir die Sterne nicht sehen!« grummelte Elbryan zunehmend frustriert. Es gab Zeiten, so wie heute, da haßte er die schlichte Elfenlogik. »Und wenn das Licht in deiner Kerze eingeschlossen wäre, würde ich sie ebenfalls nicht sehen.«

»Genau«, erwiderte der Elf. »Das war's für heute.«

Elbryan stampfte mit dem Fuß auf, als Juraviel sich abwandte. Das machte der Elf jedesmal mit ihm. Jedesmal ließ er ihn mit Fragen stehen, auf die er keine Antwort wußte.

»Wovon redest du?« herrschte der junge Mann ihn an.

Juraviel sah ihn ruhig an, machte jedoch keinerlei Anstalten, ihm zu antworten.

Elbryan verstand den Wink – es war schließlich seine Lektion. »Du sagst, daß das Licht, da es nicht eingeschlossen ist, etwas ist, das man teilt?«

Juraviel verzog keine Miene.

Elbryan nahm sich Zeit, das Gespräch zurückzuverfolgen und die Möglichkeiten durchzugehen. »Ein Licht«, sagte er schließlich.

Juraviel lächelte.

»So lautet die Antwort«, sagte Elbryan mit steigender Zuversicht. »Ein Licht.«

»Ich zähle jetzt mindestens ein Dutzend Sterne«, erwiderte der Elf. Elbryan sah hinauf. Es stimmte; die Nacht sank schnell herab, ein Stern nach dem anderen trat hervor.

»Ein Dutzend Quellen desselben Lichts«, überlegte Elbryan, »oder von verschiedenen Lichtern, die alle miteinander verschmelzen. Weil ich sie sehe, gehen sie ineinander über. Die Lichter werden eins.«

»Ein und dasselbe«, bestätigte Juraviel.

»Aber muß ich sie sehen, damit das zutrifft?« fragte Elbryan eifrig. Seine Begeisterung schwand dahin, als er sah, was der Elf prompt für ein Gesicht machte.

Elbryan schloß die Augen und vergegenwärtigte sich seine frühesten Lektionen, die Axiome, die die Elfen ihm eingetrichtert hatten, damit er die Welt auf eine andere Weise wahrnahm. In der Philosophie der Elfen bestand die oberste Wahrheit, die Grundlage der Realität, darin, daß die gesamte materielle, physische Welt aus nicht mehr als den gesamten Wahrnehmungen des Betrachters bestand. Diese Vorstellung bereitete Elbryan Schwierigkeiten, denn er war mit der Idee der Gemeinschaft aufgewachsen, und innerhalb dieser Vorstellung bedeutete eine solche Erhöhung des Individuums die schlimmste aller Sünden: Überheblichkeit. Die Elfen sahen das anders; Juraviel hatte Elbryan einmal versichert, daß die ganze Welt nicht mehr sei als ein Schauspiel zu seiner persönlichen Ergötzung. »Mein Bewußtsein erschafft die mich umgebende Welt«, hatte der Elf verkündet.

»Dann könnte ich dich niemals im Kampf besiegen, es sei denn, du willst es so«, hatte Elbryan daraufhin überlegt.

»Nur, daß dein Bewußtsein die dich umgebende Welt erschafft«, hatte Juraviel geantwortet, um dann wie immer davonzuschlendern.

Dieser scheinbare Widerspruch hatte Elbryan vor ein Dilemma gestellt. Der Standpunkt der Elfen verlangte ihm eine Art der Selbstbetrachtung ab, die ihm neu war.

»Die Sterne und meine Kerze sind eins, weil ich sie beide sehen kann«, sagte der junge Mann anschließend. »Ich erschaffe die mich umgebende Welt.«

Juraviel nickte. »Du *interpretierst* die dich umgebende Welt«, korrigierte er. »Und im gleichen Maße, wie du deine Wahrnehmungsfähigkeit steigerst, werden auch deine Interpretationen und dein Bewußtsein wachsen.«

Damit ließ Juraviel ihn allein, wie er dort auf dem Feld saß, die Kerze in der Hand, und die Geburt unzähliger Sterne miterlebte, himmlischer Feuer, die sich mit dem seinen verbanden. Diese schlichte Verschiebung in der Wahrnehmung, daß alle Lichter in Wahrheit eines waren, schenkte Elbryan ein Gefühl des Einsseins mit dem Universum, das er so nie zuvor erfahren hatte. Plötzlich schienen ihm die Himmelssphären viel näher zu sein, zum Greifen nahe. Plötzlich fühlte er sich als ein Teil dieses weiten, samtenen Baldachins.

Das ganze übrige Jahr und die Monate des Jahres 822 hindurch lernte Elbryan, die Welt mit den Augen eines Elfen zu sehen und das Paradoxon zwischen Individualität und Gemeinschaft anzunehmen, die Erhöhung des Ichs und zugleich das Einssein mit allem, was ihn umgab. Die winzigen Verschiebungen in der Wahrnehmung brachten zahlreiche neue Erfahrungen mit sich; sie gestatteten ihm, an Stellen Blumen zu sehen, die er sonst nie beachtet hätte, gestatteten ihm, die Gegenwart eines Tieres zu erspüren – bis hin zur ungefähren Größe –, und das nur aus den feinen Gerüchen und Schwingungen in der belebten Welt um ihn herum. Er kam sich wie ein großer, trockener Schwamm vor, der in das Meer der Erkenntnis getaucht wurde, und er saugte alles auf und zog unglaubliche Freude aus jeder Lektion, jedem Wort. Seine gesamten Vorstellungen von Raum und Zeit wurden hinfällig.

Selbst Elbryans Schlafgewohnheiten änderten sich, waren eher ein kontrollierter, meditativer Vorgang als ein unkontrollierbarer Dämmerzustand. »Fantastische Träumereien«, sagten die Elfen dazu, oder »Sinnieren«. In diesem Halb-Traumzustand vermochte Elbryan seinen Augensinn auszuschalten, aber die Ohren und die Nase für äußere Eindrücke offenzuhalten. Und er ersetzte einen Großteil des Träumens durch Zeitreisen, versetzte sich geistig in frühere Lebensabschnitte zurück, so daß er die altbekannten Ereignisse erneut miterleben konnte, aus einer anderen Perspektive, was oft sehr lehrreich war.

In solchen Nächten lebten sie alle noch, Olwan, Jilseponie, seine geliebte Pony, und ganz Dundalis. Irgendwie verliehen ihm die perfekten Erinnerungen ein Gefühl von Unsterblichkeit, als lebten sie alle wirklich noch und wären nur hinter irgendeiner Tür eingesperrt, für die sein Gedächtnis der Schlüssel war.

Das erleichterte ihn. Er stellte fest, daß ein Großteil der Elfenphilosophie ihm Trost spendete, abgesehen davon, daß er nicht wirklich ändern konnte, was geschehen war, daß er die Vergangenheit nicht umschreiben konnte.

Die schmerzlichen Erfahrungen blieben bestehen, die Entsetzensschreie, die verzweifelten Kämpfe, die Berge von Leichen. Auf Juraviels Geheiß wich Elbryan dem Schmerz nicht aus, sondern suchte diesen Ort des Schreckens oft auf und benutzte die grausame Wirklichkeit des sterbenden Dundalis, um seine Nerven zu stählen und sich innerlich abzuhärten.

»Vergangene Prüfungen bereiten uns auf künftige Prüfungen vor«, erklärte der Elf dann immer.

Elbryan wollte das nicht anzweifeln, doch fragte er sich beinahe ängstlich, was das für künftige Prüfungen sein sollten, zu deren Vorbereitung soviel Schmerz nötig war.

Er stand auf dem baumlosen Hügel und wartete, die Augen fest auf den östlichen Horizont gerichtet, wo ein winziger Lichtsplitter die Morgendämmerung ankündigte.

Er war nackt. Jedes Haar, jeder Nerv spürte die prickelnd kalte Brise. Er war nackt, und er war frei, und als es am Horizont noch ein wenig heller wurde, hielt er sein Schwert, eine große, aber gut ausbalancierte Waffe, vor sich in die Luft empor, den langen Griff fest mit beiden Händen gepackt, daß die Armmuskeln sich wölbten.

Elbryan ließ das Schwert einen sanften Bogen beschreiben und verlagerte mit der Bewegung der ausgestreckten Klinge gradweise sein Gewicht, um perfekt die Balance zu halten. Bis hoch über die linke Schulter ging die Klinge. Er schob den rechten Fuß vor, dann brachte er das Schwert zurück, wieder langsam, in perfekter Ausgewogenheit. Sein linker Fuß kam nach vorn, ging dann zur Seite, Klinge und rechter Fuß folgten, drehten den jungen Mann herum, als stelle er sich nun einem zweiten Gegner. Schlag, Block, Schlag, ganz harmonische, verlangsamte Bewegung; dann zog er den rechten Fuß zurück und kam in einer flüssigen Bewegung herum, um sich erneut nach links zu wenden. Schlag, Block, Schlag – die gleiche Abfolge.

Dann zog er den rechten Fuß erneut zurück und beschrieb eine halbe Drehung, so daß er nun exakt in die gegenüberliegende Richtung sah. Mit drei kraftvollen Schritten kam er nach vorn – Schlag, Schlag, Schlag –, dann wiederholte er von seiner neuen Position aus die vorangegangenen Links-Rechts-Folgen.

»Bi'nelle dasada«, sagten die Elfen dazu, Schwert-Tanz. Beinahe eine Stunde schnitt der junge Mann mit der Klinge immer kompliziertere Muster in die Luft. Dies und nicht der Kampf machte nun den Großteil seiner Leibesübungen aus, damit die Muskeln selbst sich die Bewegungen merkten. Jeder Angriff, jede Parade ging ihm in Fleisch und Blut über; was einst bewußte Kampftechnik gewesen war, verschmolz zu einer Mischung aus Reaktion und Vorwegnahme.

Von den Bäumen am Fuße des Hügels sahen sich Juraviel und einige andere den Schwert-Tanz mit aufrichtiger Bewunderung an. Wahrlich, der muskulöse junge Mensch war ein Wunder an Schönheit und Anmut; in ihm vermählte sich reine Kraft mit traumwandlerischer Beweglichkeit. Sein Schwert schwirrte durch die Luft, schwerelos wie sein wallendes, weizenfarbenes Haar. Seine Muskeln arbeiteten in vollkommener Harmonie, waren ganz Gleichmaß, ganz Fließen, ein Beugen und Strecken ohne Härte, ohne Krampf.

Und dann seine Augen! Selbst auf diese Entfernung blieb den Elfen ihr helles, olivgrünes Funkeln nicht verborgen, so intensiv stellte er sich seine Gegner vor.

Der junge Elbryan konnte seine Bewegungen jeden Tag besser ausführen, und so gab ihm Juraviel weitere Lektionen im Schwert-Tanz, die kompliziertesten Abläufe, die die Elfen kannten, und sie waren immerhin die besten Schwertkämpfer der Welt. Elbryan meisterte die kniffligen Abläufe ausnahmslos, er saugte sie in sich auf – Schwamm, der er geworden war – und ließ sie in den Kopf, Bauch und Muskeln sickern. Niemand stellte mehr seine Tapferkeit oder Verwandtschaft in Frage, nicht einmal Tuntun. Niemals wieder wurde von den Worten »Mathers Blut« ironisch Gebrauch gemacht, soweit es den jungen Elbryan betraf. Denn er hatte die »Mauern der Nichtwahrnehmung« durchbrochen, wie Juraviel es nannte, hatte die gesellschaftlich bedingten Einschränkungen der menschlichen Wahrnehmung abgeschüttelt und war eins geworden mit den größeren Gewalten, den Gewalten der ihn umgebenden Natur.

Wenn er noch einmal gegen andere antrat, wußte er nicht nur, wie sich jeder Angriff abwehren ließ, sei es durch Ablenken, Ausweichen oder Parieren, sondern auch, welche Taktik geeignete Möglichkeiten zum Gegenangriff oder sichere

Deckung vor den nachfolgenden Angriffen des jeweiligen oder auch eines zusätzlichen Gegners bot. Elbryan gewann inzwischen weit öfter, als er verlor, und konnte sich sogar behaupten, wenn er gegen zwei Elfen zugleich antrat.

Seine Bewegungsabläufe wurden flexibler und tödlicher, sie erinnerten in vielerlei Hinsicht an die Bewegungen eines Raubtiers. Einen Dolch in der Hand, konnte er den Arm vorschießen lassen wie eine Giftschlange. Und er brauchte nicht unbedingt einen Dolch, für zahlreiche Hindernisse reichte die Kraft seiner Finger schon aus.

Und bevor sich jeden Morgen der Nebelschleier über Andur'Blough Inninness legte, kam Elbryan hierher und wartete auf die Sonne; dann widmete er sich seinem Schwert-Tanz, der ihm immer tiefer in Fleisch und Blut überging.

In Mathers Blut.

Die Geschenke – eine schwere Decke, ein kleiner Stuhl aus gebogenem Rohr und ein Spiegel mit Holzrahmen – überraschten und verwirrten Elbryan. Allein schon der Spiegel mußte sehr teuer gewesen sein, und der kunstvoll gefertigte Stuhl ließ sich problemlos zusammenklappen und transportieren – aber das einzige Geschenk, das ihm halbwegs sinnvoll erschien, war die Decke; ein überaus praktisches Präsent.

Tuntun und Juraviel ließen den jungen Mann die Geschenke ausgiebig begutachten, sie ließen ihn den Stuhl ausprobieren und sogar sein Gesicht in dem silberglänzenden Spiegel betrachten.

»Meinen innigsten Dank«, sagte er aufrichtig, doch war ihm die Verwirrung deutlich anzuhören.

»Der tiefere Sinn entgeht dir völlig«, erklärte Tuntun verächtlich. »Du meinst, drei Geschenke erhalten zu haben, dabei ist doch das vierte das kostbarste von allen!«

Elbryan sah die Elfenmaid an, aber ihre blauen Augen verrieten ihm nichts.

»Der Spiegel, der Stuhl und die Decke«, sagte Juraviel feierlich. »Das Orakel.«

Dieses Wort hatte Elbryan nie zuvor gehört; wieder war ihm die Ratlosigkeit deutlich anzusehen.

»Glaubst du, die Toten sind für immer verschwunden?« fragte Tuntun, die den Anblick zu genießen schien, geheimnisvoll. »Glaubst du, daß nicht mehr existiert, als du sehen kannst?«

»Es gibt andere Ebenen der Wahrnehmung«, versuchte Juraviel mit einem gestrengen Blick auf seine spöttische Partnerin weiterzuhelfen.

»Träume«, sagte Elbryan hoffnungsvoll.

»Und das Sinnieren«, fügte Juraviel hinzu. »Beim Orakel verbinden sich Sinnieren und Bewußtsein, um die Vergangenheit in die Gegenwart zu bringen.«

Elbryan lief ein Schauer über den Rücken, als ihm dämmerte, was das bedeutete. »Um mit den Toten zu reden?« hauchte er.

»Was für Tote?« setzte Tuntun ihr endloses Spiel fort.

Selbst Juraviel konnte sich ein Glucksen nicht verkneifen. »Komm«, forderte er Elbryan auf. »Es läßt sich besser vorführen als erklären.«

Die drei verließen Caer'alfar und drangen zielstrebig tief in den Wald vor. Der Tag war nicht gerade strahlend zu nennen, und so war es dunkler als sonst unter dem Nebeltuch. Ein leichter Regen tröpfelte auf das Blätterdach. Beinahe eine Stunde lang wanderten sie schweigend dahin, von Tuntuns gelegentlichen Sticheleien einmal abgesehen.

Schließlich blieb Juraviel am Fuße einer gewaltigen Eiche stehen, deren Stamm so breit war, daß Elbryan ihn kaum zur Hälfte hätte umfassen können. Die beiden Elfen sahen einander ernst an.

»Er kriegt's nicht hin«, flötete Tuntun melodisch.

»Er könnte dich auch nie im Kampf besiegen«, entgegnete

Juraviel prompt, worauf sie wütend mit dem Füßchen aufstampfte.

Elbryan holte tief Luft und straffte die Schultern. Aha, sie wollten ihn wieder einmal auf die Probe stellen. Den drei Geschenken nach zu schließen, ging es um Mut und Willensstärke. Er war entschlossen, Juraviel nicht zu enttäuschen und Tuntuns Vorurteil auf keinen Fall zu untermauern.

An der Rückseite des Baums befand sich eine schmale Öffnung zwischen den Wurzeln, ein steiler Gang, der in der Tiefe breiter zu werden schien.

»Dort findest du ein steinernes Podest; auf das stellst du den Spiegel«, erklärte Juraviel. »Davor ist Platz für deinen Stuhl. Und mit der Decke verhängst du den Eingang, damit es möglichst dunkel um dich herum wird.«

Elbryan wartete auf weitere Anweisungen. Nach einer ganzen Weile stieß Tuntun ihn unsanft an. »Willst du es denn nicht einmal versuchen vor lauter Angst?«

»Was versuchen?« wollte Elbryan wissen, doch als er Juraviel ratlos ansah, deutete dieser nur knapp auf die schmale Öffnung.

Von den kargen Anweisungen Juraviels einmal abgesehen, hatte Elbryan keine Ahnung, was die beiden von ihm erwarteten. Mit einem Schulterzucken nahm er die Gegenstände und ging zur Öffnung. Hineinzukommen wäre schon Prüfung genug gewesen, denn die Höhle war eher auf Elfenmaße abgestimmt. Er schob den Stuhl hinein und nach unten, so weit es ging, dann schloß er die Augen und ließ los. Den Geräuschen nach zu urteilen, befand sich der Boden der Höhle nicht mehr als acht Fuß unterhalb der Öffnung. Als nächstes legte Elbryan die Decke auf dem Boden des Spaltes aus, damit er beim Abstieg nicht an irgendwelchen Wurzeln hängenblieb und sich vor Tuntuns gestrengem Auge wieder einmal als Volltrottel erwies. Nach einem letzten Blick zu Juraviel, der sich auch dadurch nicht zu weiteren Informationen hinreißen ließ, schloß Elbryan die Augen und schob sich kopfüber hinein, wobei er den Spiegel mit seinem Körper schützte. Kaum war er unter dem Baum hindurch, da öffnete er die Augen, die sich bereits auf die Dunkelheit einstellten, und sah sich vorsichtig um. In solchen Erdlöchern nisteten sich gern Bären, Stachelschweine oder sogar Stinktiere ein; entsprechend groß war Elbryans Erleichterung, als die Höhle sich als leer und nicht sonderlich geräumig erwies. Sie war beinahe kreisrund, mit einem Durchmesser von vielleicht acht Fuß. Das versprochene Steinpodest befand sich gleich neben ihm an der Wand, und indem er den rechten Arm unter eine Wurzel an der Decke hakte, zog er sich hinein und schwang seine Füße auf das Podest zu, dann ließ er sich einfach auf den Höhlenboden hinab. An einer tieferen Stelle hatte sich etwas Wasser angesammelt, aber das stellte weder eine Gefahr noch eine Unannehmlichkeit dar.

Rasch stellte Elbryan Spiegel und Stuhl auf, wie ihm gesagt worden war. Dann machte er sich daran, den Höhleneingang mit der Decke zu verhängen, so daß er kaum noch die Hand vor Augen sehen konnte. Das getan, tastete er umher, fand seinen Stuhl und setzte sich.

Dann wartete er ratlos. Langsam gewöhnten sich seine Augen an die Dunkelheit, und er konnte die größeren Umrisse ausmachen.

Die Minuten verstrichen; alles blieb still und dunkel. Elbryan hatte allmählich die Nase voll. Was für eine Probe sollte das sein? Was sollte schon dabei herauskommen, wenn man im Dunkeln vor einem Spiegel saß, den man kaum sehen konnte? Vielleicht hatte Tuntun ja recht gehabt, und das Ganze war reine Zeitverschwendung.

Endlich unterbrach Juraviels wohlklingende Stimme die Anspannung. »Dies ist die Seelenhöhle, Elbryan Wyndon«, erklärte der Elf halb sprechend, halb singend. »Das Orakel, in dem ein Elf oder Mensch mit den Geistern derjenigen sprechen kann, die von ihm gegangen sind. Suche deine Antworten in den Tiefen des Spiegels.«

Elbryan beruhigte sich mit den Atemtechniken des *bi'nelle dasada* und richtete seine Augen auf den Spiegel – oder wenigstens auf die Stelle, wo der Spiegel sein mußte, denn er war kaum auszumachen.

Er rief sich das Podest und den Spiegel vor Augen, wie sie in den wenigen Momenten vor der Verdunkelung der Höhle ausgesehen hatten. Langsam wurde der rechteckige Umriß sichtbar, jedenfalls vor seinem geistigen Auge, und so schaute er in ihn hinein.

So saß er da, während aus den Minuten eine Stunde wurde und die Sonne hinter dem Elfennebel und den Wolken westwärts wanderte. Langeweile nagte an seiner Konzentration, außerdem die frustrierende Befürchtung, daß Tuntun recht haben mochte. Aber da er nicht wieder angesprochen wurde, schien sich zumindest die Geduld der beiden Elfen noch nicht erschöpft zu haben.

Elbryan verbannte die Elfen aus seinen Gedanken, und jedesmal, wenn er wieder an sie denken mußte – oder an sonst etwas außerhalb der Höhle –, konzentrierte er sich aufs neue.

Er verlor jedes Zeitgefühl; bald dachte er an gar nichts mehr. Mit der Wanderung der Sonne wurde es noch dunkler dort unten, aber Elbryan bemerkte davon nichts. Seine Augen kannten keine Dunkelheit mehr.

Da war etwas im Spiegel, fast konnte er es sehen!

Er ließ sich tiefer in seine Versenkung fallen, ließ alle bewußten Vorstellungen fahren, mit denen sein Geist vollgestopft war. Etwas war da, das Spiegelbild eines Mannes vielleicht.

War es sein eigenes Spiegelbild?

Diese Überlegung löschte das Bild aus, aber nur für einen Moment.

Dann konnte Elbryan es deutlicher sehen: Der Mann war älter als er, mit einem wettergegerbten Gesicht und einem hellen, kurz gestutzten Bart, der der Linie seines Kiefers folgte. Er sah aus wie Elbryan – oder zumindest so, wie Elbryan in etlichen Jahren aussehen würde. Er sah aus wie Olwan, und doch war er es nicht. Es war …

»Onkel Mather?«

Der Mann im Spiegel nickte; Elbryan schnappte nach Luft. Fast hätte es ihm die Stimme verschlagen. »Du bist der Hüter«, flüsterte er. »Du bist der Hüter, der vor mir kam und von genau denselben Elfen unterwiesen worden ist.«

Der Mann im Spiegel reagierte nicht.

»In deine Fußstapfen soll ich treten«, sagte Elbryan. »Nur fürchte ich, sie sind zu groß für mich!«

Irgendwie schien das Gesicht des Geistes weicher zu werden, und Elbryan bekam das bestimmte Gefühl, daß seine Befürchtungen zumindest in Mathers Augen unbegründet waren.

»Sie reden von Verantwortung«, fuhr der junge Mann fort, »von Pflichten und von dem Weg, den ich zu gehen habe. Nur fürchte ich, daß ich nicht derjenige bin, für den Belli'mar Juraviel mich hält. Ich frage mich, warum ausgerechnet ich es sein soll – warum wurde Elbryan gerettet, damals in Dundalis? Warum nicht mein Vater Olwan, dein Bruder, der so selbstbewußt und stark war, so kampferprobt und welterfahren?«

Elbryan wollte seine Gedanken sammeln, aber er mußte feststellen, daß die Worte nur so aus ihm hervorsprudelten, als würden sie von dem Geist hervorgelockt, von diesem Ort und seinem eigenen Seelenzustand. Selbst wenn es sich hier um seinen Onkel Mather handelte, so redete er doch trotzdem noch mit dem Geist von jemandem, den er nie gekannt hatte! Aber diese Angst konnte den Fluß seiner eigenen Seele nicht aufhalten, nun, da die Dämme gebrochen waren.

»Welche Größe muß ich erreichen, damit Tuntun und die

vielen anderen Elfen, die so denken wie sie, zufrieden sind? Ich fürchte, sie verlangen von mir, daß ich so stark bin wie ein Bergriese, so schnell wie ein Hirsch auf der Flucht, so wachsam wie ein Erdhörnchen und so ruhig und besonnen wie ein jahrhundertealter Elf. Wie soll ein Mensch dem gerecht werden?

Ach, aber du hast es geschafft, Onkel Mather. Nach allem, was sie von dir sagen – ach, schon allein wenn ich Tuntuns Augen sehe, in denen aufrichtige Bewunderung steht, dann weiß ich, daß du das Feenvolk von Caer'alfar nicht enttäuscht hast. Wie werden sie über mich urteilen in zwanzig Jahren, die für einen Elf kaum mehr sind als ein Tag? Und was alles werde ich bald sehen von der Welt?«

Schreckensgestalten meist menschlicher Natur zogen vor seinem Auge vorbei, als flögen sie durch den Spiegel.

»Ich habe Angst, Onkel Mather«, gestand er. »Ich weiß nicht, was ich mehr fürchte – das Urteil der Elfen, die Gefahren der Wildnis oder die Gesellschaft anderer Menschen! Viel Zeit ist vergangen, ohne daß ich jemandem begegnet wäre, der die Welt mit Menschenaugen sieht.

Aber was ich am meisten fürchte«, sagte er fast flüsternd, »ist, daß ich die Welt längst nicht mehr mit Menschenaugen sehe und noch lange nicht mit Elfenaugen, sondern mit einer Mischung aus beidem. Ich liebe Caer'alfar und das ganze Tal hier, aber ich gehöre nicht hierher. Das weiß ich aus tiefstem Herzen, und ich fürchte, daß ich draußen, unter meinesgleichen, auch nicht unter meinesgleichen sein werde. Blutsverwandt ist noch nicht seelenverwandt. Wenn ich also weder Mensch noch Elf bin, was bin ich dann?«

Wieder reagierte der Mann im Spiegel nicht – nicht einmal mit einer kleinen Geste. Aber Elbryan spürte diese Sanftheit – dieses Mitgefühl, dieses Einfühlungsvermögen –, und da wußte er, daß er nicht allein war. Da wußte er, was er war.

»Ich bin Elbryan der Hüter«, erklärte er, und dieser Titel und alles, was mit ihm zusammenhing, schien sich auf ihn herabzusenken, aber das Gewicht beugte seine breiten Schultern nicht, sondern stärkte sie.

Elbryan bemerkte, daß er in kalten Schweiß gebadet war. Erst da fiel ihm auf, daß es in der Höhle inzwischen beinahe nachtschwarz war. »Onkel Mather?« fragte er, aber das Geisterbild war verschwunden; nicht einmal der Spiegel war noch zu sehen.

Juraviel erwartete den jungen Mann, als er aus der Höhle gekrabbelt kam. Der Elf sah aus, als wollte er ihn etwas fragen; dann aber sah er Elbryans Blick, und das schien ihm Antwort genug zu sein. Auf dem ganzen Weg zurück nach Caer'-alfar sprachen sie kein Wort.

21. Wachsam ohne Unterlaß

Jill sah von den hochaufragenden Felsen zum dunklen Wasser des weiten Mirianik hinab, zu den trägen Wellen, die sich zweihundert Fuß tiefer an den Klippen brachen. Der Rhythmus blieb immer derselbe, jede Stunde, jeden Tag, jede Woche, jedes Jahr. Bis in alle Ewigkeit vermutlich. Wenn es möglich gewesen wäre, in tausend Jahren hierher zurückzukehren, dann wären die Wellen immer noch da und würden langsam dahinrollen, um gegen eben diese Felsklippen zu klatschen.

Die junge Frau sah zu der kleinen Feste zurück, die sie ihr Zuhause nannte, Pireth Tulme. In tausend Jahren würde hier alles beim alten sein, nur dieses Gebäude mit seinem gedrungenen Turm wäre nicht mehr da. Die Zeit und der Wind hätten es geschliffen, die Stürme, die mit entnervender Regelmäßigkeit in die Hufeisenbucht einfielen.

Sie war erst seit vier Monaten hier und hatte bereits ein Dutzend solcher Stürme miterlebt, drei davon allein in einer Woche, die sie und ihre vierzig Kameraden, allesamt Mitglieder des als die Küstenwache bekannten Elitetrupps, klatschnaß und gebeutelt zurückgelassen hatten.

Ja, das waren die angemessenen Worte. »Klatschnaß und gebeutelt«, sagte sie laut und nickte. Eine angemessene Beschreibung ihres ganzen Lebens.

Sie hatte ihre Chance gehabt, die eine Möglichkeit, die den meisten Leuten verwehrt blieb, vor allem der weiblichen Bevölkerung des patriarchalischen Bärenreiches. Jill schloß die Augen und ließ sich von den Geräuschen des Ozeans zu einer anderen Küste zurücktragen, einer sanfteren Dünung an den Ufern des Masur Delaval, zu der Stadt Palmaris, die einzige Heimat, an die sie sich erinnern konnte. Wie war es Graevis und Pettibwa ergangen? Und Grady, was war aus ihm geworden? Hatte ihr Debakel mit Connor Bildeborough seine Anstrengungen zunichte gemacht, in die besseren Kreise zu gelangen?

Jill lachte. Hoffentlich war es so. Dann hätte dieses ganze Trauerspiel wenigstens noch ein Gutes gehabt. Beinahe zwei Jahre waren vergangen seit ihrer »Hochzeitsnacht«, aber der Schmerz hatte niemals nachgelassen.

Sie sah sich erneut um, dann blickte sie zum Himmel empor, wo zahlreiche Sterne verschwunden waren. Im nächsten Moment begann es auch schon zu nieseln. »Klatschnaß«, sagte sie erneut und schüttelte den Kopf. Und wenn sie es noch so oft miterlebte; die Plötzlichkeit, mit der es in Pireth Tulme zu regnen begann, war nicht zu fassen.

Andererseits waren die Dinge ihr Leben lang so rasch über sie hereingebrochen, erst in diesem Bergdorf die Goblins, dann in Palmaris die Schande. An den ersten Zwischenfall konnte sie sich kaum erinnern, aber danach war ihr Leben langsam immer schöner geworden. Und dann, mit einem Fingerschnippen, in der Zeit eines einzigen Kusses, war alles vorbei gewesen, alles zerstört.

Was hätte sie sich mehr wünschen können als die Hochzeit

in Palmaris? Sie waren in der Abtei St. Precious getraut worden, die weithin als schönste Kirche der Welt galt. Und Dobrinion Calislas hatte die Trauung vorgenommen, der Abt persönlich und damit der dritthöchste Priester der gesamten abellikanischen Kirche! Welche junge Frau wäre beim Gedanken an solch einen Tag nicht in Ohnmacht gefallen? Und dann die Nacht in der Villa des Barons Bildeborough!

Ein Schauer lief ihr den Rücken hinab, als sie wieder an dieses prächtige Gemach dachte, an die Veränderung, die Connor überkommen hatte. Sein Gesicht, dieses barbarische Gesicht, das halb verbrannt nur noch schlimmer ausgesehen hatte. Erst am nächsten Morgen, als er erneut mit ihr vor den Abt trat, hatte er nicht mehr ganz so zum Fürchten ausgesehen. Da die Ehe nicht vollzogen worden war, hatte der alte Dobrinion sie natürlich prompt annulliert.

Mit einem Fingerschnippen.

Nur hatte Jill sich ja auch noch eines Verbrechens schuldig gemacht. Der tätliche Angriff auf einen Adligen stellte in Palmaris keine Bagatelle dar. Connor, der leicht für immer hätte entstellt bleiben können, hätte ohne weiteres ihre Hinrichtung verlangen können. Und was den Abt anging, so hätte er Jill bis an ihr Lebensende als Leibeigene an Connor binden können.

Aber Connor hatte Gnade walten lassen, und der alte Abt schwor seit langem auf Barmherzigkeit. »Ich habe von dem Zwischenfall mit den drei Betrunkenen auf dem Dach hinter der Geselligen Runde gehört«, hatte Dobrinion mit einem freundlichen Lächeln erklärt. »Eine Frau mit deinen Qualitäten sollte keine Servierschürze tragen müssen. Es gibt Orte, wo solch ungezähmte Wut besser aufgehoben, ja sogar erwünscht ist.« So hatte der alte Abt sie in die Dienste des Königs überstellt, als Fußsoldat der Thronwache, der Armee. Dieser Augenblick stand Jill noch immer klar vor Augen: Dobrinions mitfühlende Worte, während sie über die Schulter nach hinten zu Pettibwa und Graevis sah. In den Gesichtern ihrer Adoptiveltern stand kein Zorn, kein Hinweis darauf, daß Jills irrationales Verhalten in der vorangegangenen Nacht auch sie vieles gekostet hatte – nur eine abgrundtiefe Traurigkeit. Pettibwa war bei dem Urteilsspruch des Abtes beinahe in Tränen ausgebrochen, weil sie ihre Jilly verlieren sollte. An diesem Abend waren in der Runde, wo Jill allen Lebewohl sagte, keine fröhlichen Lieder gesungen worden.

Es sollte nicht lange dauern, bis Jill begriff, wie weise die Entscheidung des Abtes gewesen war. Zumindest anfänglich erging es ihr gut beim Militär. Sie begann als einfacher Fußsoldat, als »Stiefeltreter«, arbeitete sich aber bald genug zu den angeseheneren Berittenen hinauf. Gegen richtige Feinde antreten mußte sie nicht: Das Bärenreich lebte länger in Frieden, als die Erinnerung zurückreichte. Aber beim allwöchentlichen Wettstreit beschwor Jill genügend Feinde aus ihrem Gedächtnis empor, um mit einer Wildheit zu kämpfen, die ihre Vorgesetzten erstaunte. Einen Gegner nach dem anderen erledigte sie auf zumeist schmerzhafte Weise, bis in der gesamten Einheit niemand mehr gegen sie antreten wollte, ganz gleich ob Frau oder Mann. Diese traurige Berühmtheit brachte ihr jedoch mehr als nur eine Handvoll echter Feinde ein, und so wurde sie erst von einer Feste zur anderen versetzt und schließlich von der Burgwache zu den Berittenen.

Alles in allem war es ein langweiliges Jahr. Burgwachen waren kaum mehr als Schauspieler, und der schlimmste Zwischenfall, den Jill in den vier Monaten bei der berittenen Wache erlebte, war ein Kampf zwischen zwei Bauern, zwei Brüdern noch dazu, bei dem der eine dem anderen ein Ohr abbiß. Und so waren ihre Hoffnungen und Erwartungen groß, als sie die Nachricht von ihrem Aufstieg in die zweithöchste Elitetruppe gleich nach der Eliteeinheit der Allhearts erhielt. Die legendäre Küstenwache war es gewesen, die einst eine Invasion der Pauris abgewehrt hatte; ihre gefürchteten Krieger hatten den als

Zerschmetterte Küste bekannten Landstrich bezwungen und so den Herrschaftsbereich des Königs ausgeweitet.

Als Jill in Pireth Tulme ankam, der kleinen Feste über der Hufeisenbucht und dem weiten Mirianik, wurden ihre Erwartungen enttäuscht. Pireth Tulme war nur eine von vielen Befestigungen entlang der Küstenlinie des Bärenreiches. Wie alle diese einsamen Festen lag auch Pireth Tulme fernab von jeder größeren Siedlung an der strategisch günstigsten Stelle für eine Invasion von der Meerseite her. Pireth Tulme wachte über den Süden des Golfs von Korona, während Pireth Dancard fünf kleine Inseln inmitten des Golfs bewachte – Pireth Vanguard war für den Schutz des Nordens zuständig.

In Jills Augen war die Arbeit der Küstenwache von höchster Wichtigkeit, ihr eintöniges Dasein schützte den Wohlstand des gesamten Königreiches. Sie mußte rasch begreifen, daß sie mit dieser Überzeugung allein dastand.

Pireth Tulme war, wie anscheinend alle anderen Festen der Küstenwache auch, bei weitem nicht die unerschütterliche Bastion, als die man sie kannte. In den vier Monaten, die Jill nun dort war, war ein Gelage auf das andere gefolgt. Selbst nun, da sie spät in der Nacht allein auf den niedrigen Mauern Wache ging, konnte sie die lärmenden Zecher hören – das Klirren der Gläser, wenn Trinkspruch auf Trinkspruch folgte, das dreckige Gelächter, das Gekreische der fliehenden oder auch jagenden Frauen.

Die Wachen waren vierzig an der Zahl, und nur sieben davon waren Frauen. Jill, deren einzige Erfahrung mit einem Mann so katastrophal geendet hatte, wollte das gar nicht gefallen. Wie jede Nacht schüttelte sie auch auf diesem Wachgang nur angewidert den Kopf.

Wenig später kam ein abgezehrt aussehender Soldat – ein Mann von vierzig Jahren namens Gofflaw, der mehr als die Hälfte seines jämmerlichen Lebens bei den Thronwachen verbracht hatte, einschließlich zwölf Jahre bei der Küstenwache, wo er von einem einsamen Außenposten zum nächsten gewechselt war – den Wall entlang auf Jill zugewankt.

Sie seufzte nur; so war das hier eben. Sonderlich besorgt war sie nicht; sie glaubte nicht einmal, daß der Trunkenbold es überhaupt bis zu ihr schaffte. Vielleicht stürzte er ja vorher schon den schmalen Weg hinab, der den kleinen Innenhof der Feste in acht Fuß Höhe umgab. Irgendwie schaffte er es jedoch, mit jedem Schritt stets nur gegen die höhere Außenmauer zu prallen.

»Ach, meine Jilly«, sagte Gofflaw mit schwerfälliger Zunge. »Wieder mal im Regen unterwegs.«

Jill schüttelte den Kopf und sah woanders hin.

»Warum gehst du nich' rein und wärmst dir'n bißchen die Knochen, Kleine? Is' doch'n Sauwetter heute. Also mach nur. Ich übernehm deine Wache.«

Darauf fiel Jill nicht herein. Wenn sie dieses überaus großzügige Angebot akzeptierte und nach drinnen ging, würde Gofflaw bald genug folgen, und damit wären die Mauern unbewacht. Schlimmer noch, wenn er sie hier weglocken wollte, dann hatten sie da drinnen etwas vor. Das lange, flache Haupthaus von Pireth Tulme war nicht groß, nur drei mittelgroße Gemeinschaftsräume, die alle von einem Dutzend Kammern umgeben waren, in denen kaum genug Platz für zwei Pritschen und zwei Spinde war. Tatsächlich lagen zwei dieser Räume unterirdisch – nur deshalb wirkte das Haus von draußen so flach. Wenn sie sich dort hineinwagte und der Mann sie wahrhaftig dazu hatte überreden sollen, dann würde es da drinnen in der Tat ziemlich eng werden ...

»Ich mache meinen Wachgang noch zu Ende, vielen Dank«, antwortete sie höflich und ging weiter.

»Und wonach hältst du Ausschau, wenn man fragen darf?« Plötzlich war der Tonfall des Soldaten weniger freundlich.

Jill wirbelte herum, ihre blauen Augen waren funkelnde

Schlitze. Natürlich war das alles nur Routine. Natürlich schien es sehr unwahrscheinlich, daß irgendein Feind oder überhaupt jemand vor der Festung auftauchte, um in den Golf von Korona zu segeln. Aber das war nicht der Punkt, jedenfalls nicht, soweit es Jill betraf. Wenn es nur alle fünfhundert Jahre zu einer Invasion kam, dann mußte die Küstenwache, die Elite der Elitetruppen, eben genau darauf vorbereitet sein!

»Geh du auf dein Fest«, sagte sie mit zusammengebissenen Zähnen. »Ich ziehe es vor, der Uniform, die ich trage, Ehre zu machen.«

Gofflaw schnaubte und wischte sich die Hand an der roten Jacke ab. »Das siehst du bald anders, wart's nur ab. Laß aus den Tagen erst mal ein Jahr werden und dann zwei und dann drei und dann vier und –«

»Ich glaube, sie weiß, was du meinst, Gofflaw«, erklang eine ruhige, feste Stimme. Jill sah an dem Betrunkenen vorbei, der sich ebenfalls umwandte, um Warder Constantine Presso zu erblicken, den Kommandanten von Pireth Tulme, der den Wall betrat. Wie man es auch wendete, der Mann machte etwas her – groß und aufrecht, mit sorgsam gepflegtem Schnurr- und Ziegenbärtchen. Sein blauer Mantel mit rotem Saum war maßgefertigt und frisch aufgebürstet; über der Brust prangte ein Wehrgehenk aus schwarzem Leder, in dem ein beeindruckendes Schwert steckte, ein Erbstück der Familie. Presso war Ende zwanzig und hatte sich diesen Posten durch die Überwältigung dreier Gauner verdient, die in das Haus eines Adligen eingestiegen waren. An Jills erstem Tag in Pireth Tulme war ihr der Kommandant wie die Verkörperung überaus verantwortungsvoller Aufgaben erschienen.

Aber sie war rasch eines Besseren belehrt worden. Die kampfbereite Erscheinung der Feste an dem Tag, als der örtliche Oberbefehlshaber der Thronwache sie zu dem isolierten Außenposten gebracht hatte, war nicht mehr als eine einmalige Aufführung gewesen. Warder Presso war bei all seiner würdevollen Ausstrahlung längst in dieselbe Falle gegangen wie der Rest ihrer Kameraden.

Presso sah Jill in die Augen – das tat er oft. »Und ich glaube, daß sie höflich ablehnt.«

»So ist es«, bestätigte Jill.

Gofflaw murmelte etwas vor sich hin und wollte an Presso vorbeigehen, aber der Mann streckte einen Arm vor und versperrte ihm den Weg.

»Aber es ist schon spät«, sagte Presso zu Jill, »oder soll ich besser sagen, früh? Deine Wache dürfte vorbei sein.«

»Ich übernehme die Nacht?«

»Die Nacht«, sagte Jill barsch. »Sonst übernimmt sie ja keiner. Die denken doch, mit Sonnenuntergang wären ihre Pflichten getan – oder was sie so ihre Pflichten nennen.«

»Ruhig Blut, Mädchen«, sagte Presso und hob die Hand. Vielleicht wollte er nur den besonnenen Kommandanten herauskehren, aber auf Jill wirkte die Geste herablassend.

»Ich bin durchaus in der Lage zu lesen, und in den Vorschriften steht nichts davon, daß die Wache mit Sonnenuntergang zu Ende ist. ›Wachsam ohne Unterlaß‹, wie unser Motto so schön heißt.«

»Und wonach hältst du Ausschau?« fragte Presso.

Jill verzog ungläubig das Gesicht.

»Wenn ein Paurischiff oder auch nur ein Boot voller Goblins an uns vorbei in den Golf glitte, und sei es nur hundert Meter entfernt, würdest du es dann sehen?«

»Ich würde es hören«, sagte Jill energisch.

Pressos Schnauben wuchs sich rasch zu einem Lachen aus. »Es dämmert schon fast, und du bist durchnäßt bis auf die Knochen. Du gehst jetzt besser hinein.«

Jill wollte aufbegehren, aber der Kommandant stellte kurzerhand Gofflaw als Wache auf; dann nahm er sie beim Arm, zog sie an sich vorbei und schob sie auf den Turm zu.

Kaum waren sie drinnen, da war Jill auch schon froh, aus dem Regen gekommen zu sein. Am Fuß der Treppe angelangt, durchquerten sie den kleinen Gang, der zum Haupthaus führte. Dabei kamen sie an einer angelehnten Tür vorbei, und aus den Geräuschen, die hervordrangen, ließ sich nur allzu leicht schließen, was sich dort abspielte.

Jill eilte den Gang hinunter und betrat den Gemeinschaftsraum des oberen Stockwerks. Ein Dutzend Männer und zwei Frauen hielten sich dort auf, allesamt sturzbetrunken. Ein Mann tanzte auf dem Tisch oder versuchte es jedenfalls und zog dabei unter dem Gelächter seiner Kameraden und dem Gejohle der Frauen seine Kleidung aus.

Jill sah starr nach vorn und marschierte auf die Tür zu, hinter der die Treppe zu ihrem Stockwerk lag. Warder Presso erwischte sie gerade noch an der Schulter.

»Bleib bei uns und laß es dir noch ein wenig gutgehen«, sagte er.

»Ist das ein Befehl?«

»Selbstverständlich nicht«, erwiderte Presso, den man wahrlich nicht aufdringlich nennen konnte. »Ich bitte dich einfach nur zu bleiben. Deine Wache ist vorüber.«

»Wachsam ohne Unterlaß«, zischte Jill.

Presso stieß einen gewaltigen Seufzer aus. »Wie viele langweilige Monate kann ein Mensch ertragen? Wir sind von allem abgeschnitten hier draußen, und zwar für lange Zeit. Aber da es nun einmal so ist, sollte man sich gut überlegen, ob man sie auf angenehme oder elende Weise verbringt.«

»Vielleicht haben wir verschiedene Ansichten darüber, was angenehm ist«, sagte Jill und blickte unwillkürlich zurück zum Gang und zu der angelehnten Tür.

»Das allemal«, erwiderte Presso.

»Kann ich jetzt gehen?«

»Ich kann dir nicht befehlen zu bleiben, wenngleich ich mir wünschte, du würdest dich anders entscheiden.«

Jill ließ die Schultern hängen. Pressos entgegenkommende Art nahm ihr den Wind aus den Segeln. »Ich bin zur Thronwache gekommen, weil es ein Richter so befahl, der Abt von Palmaris«, erklärte sie.

Presso nickte; die Geschichte war ihm bekannt.

»Ich war keine Freiwillige, aber kaum bei der Truppe angelangt, änderte sich das«, sagte sie. »Keine Ahnung, warum – ich hatte wieder ein Ziel vor Augen, einen Grund weiterzumachen.«

»Weiterzumachen?«

»Am Leben zu bleiben«, antwortete sie scharf. »Meine Pflicht zu erfüllen ist wie Beten, es schützt mich – keine Ahnung wovor. Aber das hier –« Sie deutete zu dem Gelage hinüber, zu dem halbnackten Tänzer, der wie auf ein Stichwort vom Tisch plumpste. »Das hat weder etwas mit Pflichterfüllung zu tun, noch erfüllt es mich mit Sehnsucht.«

Presso berührte sanft ihren Arm, doch sie zuckte zurück, als habe er ihr einen Schlag versetzt. Sofort hob der Kommandant beschwichtigend beide Hände.

Sie wußte, warum. Gleich am ersten Abend nach Jills Ankunft hatte einer der Männer allzu vertraulichen Umgang mit der hitzigen Frau gesucht. Er hatte eine Woche lang nicht richtig laufen können, kein Wunder mit einem verstauchten Knöchel und zwei aufgeschlagenen Knien. Hinzu waren ein blaues Auge und eine dicke Unterlippe gekommen, mit der er nichts hatte trinken können, ohne sich das Hemd zu bekleckern.

Aber Presso hätte sich wohl selbst ohne diesen eindrucksvollen Beleg ihrer Wehrhaftigkeit nicht einfach an Jill herangemacht. Wenn er die Zustände in Pireth Tulme auch duldete, war er doch so etwas wie ein Ehrenmann. Er vergnügte sich mit den anderen Frauen, wahrscheinlich sogar mit allen sechsen, aber darum würde er noch lange nicht irgendwo eindringen, wo er nicht willkommen war.

»Ich fürchte nur, daß Gofflaw recht behält«, warnte er sie. »Die Monate werden an dir zerren, Tag für Tag.«

»In der Tat«, sagte Jill und deutete mit dem Kinn zum anderen Ende des Raums. Dort war gerade Gofflaw aufgetaucht. Der Kommandant seufzte hörbar und sah Jill achselzuckend an. Es kümmerte ihn wenig, ob die Mauern bemannt waren oder nicht.

Jill kehrte ihm den Rücken zu und verließ den Raum, aber kaum hatte sie die Tür hinter sich geschlossen, trat sie durch einen Seitengang wieder in den Regen hinaus. Sie ging zum Meerwall und kletterte eine Leiter hinauf, dann setzte sie sich auf die Außenmauer und ließ die Beine baumeln.

So verbrachte Jill den Rest der Nacht. Über ihr trieb die Regenwolke auf den Golf hinaus, und die Sterne traten wieder hervor. Als der Morgen dämmerte, waren die säulenartigen Felsen draußen in der Bucht deutlicher zu sehen. Hoch und gerade standen sie da, wie Wächter, wachsam ohne Unterlaß.

22. Nachtvogel

»Der Schnee wird früh kommen in diesem Jahr«, sagte Lady Dasslerond, als sie von ihrem hohen Baumhaus zu den grauen Wolken hinaufschaute, die sich am nördlichen Ende des verwunschenen Tales zeigten.

»Ein harter Winter wäre nur passend«, erwiderte Tuntun und schaute noch ernster drein als sonst.

Lady Dasslerond wandte sich zu den beiden um und ließ sich die Worte durch den Kopf gehen. Der Überfall auf Dundalis, die Sichtung von Goblins und sogar Bergriesen, das häufige Auftreten von Erdbeben im Norden von Andur'Blough Inninness – alles deutete auf die Wiedererweckung des Geflügelten hin. Es gab sogar Nachrichten von einer Rauchwolke, die sich langsam über ganz Barbakan ausbreitete und von einem einsamen Berg namens Aida ausging.

Auch das fügte sich ins Bild; der Geflügelte vermochte einen seit langem untätigen Vulkan zu wecken und würde es auch tun, da dessen Magma seine unterweltliche Magie noch verstärkte.

»Wie weit ist er?« fragte Lady Dasslerond, als sie sich wieder nach Nordwesten wandte.

»Er hat gerade sein sechstes Jahr bei uns verbracht«, antwortete Juraviel prompt. »Er wurde im Herbst des Jahres, das die Menschen 816 nennen, vor den Goblins gerettet. Nach ihrer Zählweise haben wir bald 823.«

Lady Dasslerond wandte sich zu Juraviel um, und ihrem Gesicht war deutlich anzusehen, daß ihr seine Antwort nicht genügte. »Aber wie weit ist er?« fragte sie erneut.

Juraviel seufzte und lehnte sich gegen den breiten Ahornstamm. So etwas zu beurteilen fiel dem Elf niemals leicht, erst recht nicht, wo zu befürchten stand, daß er Elbryan mit verklärten Augen sah.

»Er ist soweit«, warf Tuntun unvermittelt ein. »In seinen Adern rinnt Mathers kräftiges Blut. In einem halben Jahrhundert werden wir unserem nächsten Zögling erzählen, er sei von Elbryans Blut.«

Trotz des Ernstes der Lage konnte Juraviel ein leises Lachen nicht unterdrücken. Daß Tuntun so gut von Elbryan sprach, war der Gipfel der Ironie. »Tuntuns Worte sind wahr«, versicherte er, kaum daß er sich von dem Schock erholt hatte. »Elbryan hat fleißig geübt, mit guten Ergebnissen. Er kämpft mit Anmut und Kraft, läuft leise und vorsichtig und hat häufig das Orakel aufgesucht, fast jedesmal mit Erfolg.«

»Er hat eine verwandte Seele gefunden?« fragte Lady Dasslerond.

»Nur die von Mather«, erwiderte Juraviel und strahlte, als seine schöne Herrin zu lächeln begann.

»Und doch ist er noch nicht soweit«, fügte Juraviel rasch hinzu. »Er muß noch einiges über sich und die Waldeskünste lernen. Gebt ihm noch ein Jahr, dann ist er ein Hüter, wie er im Buche steht.«

Lady Dasslerond schüttelte den Kopf, noch bevor der Elf geendet hatte. »Der Winter wird hart werden. Und die Menschen haben entlang der Grenze zu den Wilderlanden mehrere Siedlungen errichtet. Sie haben sogar Dundalis wiederaufgebaut. Wenn unsere Befürchtungen zutreffen, dann wird Elbryan noch vor dem nächsten Herbst gebraucht.«

»Und selbst wenn wir uns irren, was den Geflügelten betrifft«, fügte Tuntun hinzu, »so wissen etliche der Menschen dort gar nicht, worauf sie sich mit den Wilderlanden eingelassen haben. Die Anwesenheit eines Hüters könnte nicht schaden.«

»Zum Frühlingsanfang?« fragte Juraviel.

»Wirst du den Jungen soweit haben«, stimmte Lady Dasslerond zu.

»Und was ist mit Joycenevial?« fragte Juraviel.

»Der Bogenmacher ist allzeit bereit«, erwiderte Lady Dasslerond. »Und der Nachtfarn steht hoch diesen Herbst.«

Juraviel nickte. Ihm war bekannt, daß Joycenevial, der beste Bogenmacher auf der Welt, die ganzen sechs Jahre über, seit Elbryan nach Andur'Blough Inninness gebracht worden war, einen besonderen Nachtfarn gezogen hatte. Daraus würde er sein erstes für Menschenhände bestimmtes Stück seit Mather anfertigen, und da er selbst nach Elfenmaßstäben hochbetagt war, würde es wohl auch sein letztes sein.

Ein ganz besonderes Stück.

Elbryan meinte, jeden Pfad und jedes Wäldchen des verwunschenen Tals zu kennen, und so war er wahrlich überrascht, als Juraviel ihn eines Tages einen besonders verzwickten Weg entlangführte, der sich oft teilte und mehr als ein dutzendmal einen Bach kreuzte. Ihr Ziel mußte wahrlich wichtig sein, denn diesem Pfad war sogar noch schwerer zu folgen als den gewundenen Wegen, an deren Ende sich Caer'alfar verbarg!

Schließlich, nach stundenlangem Umherwandern, stiegen die beiden einen steilen, sandigen Abhang hinab. Am Fuße der Schlucht stießen sie hinter einer schützenden Hecke aus Nadelhölzern auf ein Meer bläulichgrüner Farne. Die meisten gingen Elbryan bis zur Hüfte, dem Elfen sogar bis zur Schulter. Elbryan begriff sofort, daß sie am Ziel angelangt waren, daß diesen Gewächsen etwas Ungewöhnliches anhaftete; sie wuchsen in geraden Reihen, in gleichmäßigem Abstand, und die Erde unter ihnen war nackt. Da die Farne dichte Schatten warfen, war eigentlich nichts anderes zu erwarten, aber der Boden sah einfach zu aufgeräumt aus. Hier waren fürsorgliche Hände am Werk gewesen.

»Dies sind die Nachtfarne«, sagte Juraviel ehrfurchtsvoll. Er führte Elbryan zur vordersten Pflanze und forderte ihn auf, sich ihren Stengel anzusehen.

Der Farn war kräftig und glatt, und sein Stengel schien sich nach oben hin, wo er in drei Wedel auslief, überhaupt nicht zu verjüngen. Elbryan sah genauer hin und riß überrascht die Augen auf; dann kniff er sie zu schmalen Schlitzen zusammen.

Der dunkelgrüne Stengel war von zarten Silberfäden umwoben, die Elbryan sehr an die Angelschnüre und Bogensehnen der Elfen erinnerten.

»Der Nachtfarn ist eins mit dem Metall«, erklärte Juraviel, sobald er sah, daß Elbryan die Lösung gefunden hatte. »Diese Schlucht wurde für die Pflanzung ausgewählt, weil sie reich an Mineralien ist, vor allem an dem vom Farn bevorzugten Silberil.«

»Die Pflanze bringt die Metallfäden mit nach oben?« fragte Elbryan. Plötzlich sah er einiges klarer, als hätte sich der Nebel, der über so vielen Mysterien des Elfendaseins lag, ein wenig gelichtet. Die Elfen benutzten zahlreiche Gerätschaften aus Metall – Schilde und Schwerter vor allem –, und Elbryan hatte sich oft gefragt, woher sie das Material nahmen, denn seines Wissens betrieben sie keine einzige Mine in Andur'Blough Inninness. Er hatte zunächst angenommen, daß sie das Metall tauschten; aber dann war ihm klargeworden, daß das Metall der Elfen keinem anderen glich, das er außerhalb des verwunschenen Tales je gesehen hatte. Das Schwert seines Vaters war plump und dunkel gewesen und hätte einem Vergleich mit den feinen Elfenklingen nicht standgehalten, die kaum einmal schartig wurden oder ihren Glanz verloren.

»Sie sind eins«, bestätigte Juraviel. »Nur der Nachtfarn bringt das Silberil hervor.«

Elbryan sah sich das Geflecht aus schimmernden Fäden genau an. Er hatte dieses Muster schon einmal gesehen. Aber wo?

»Mit der richtigen Pflege werden die Stengel unglaublich fest«, erklärte Juraviel. »Und elastisch.«

»Selbst wenn man das Metall entfernt?«

»Wir lösen das Silberil nicht immer von den geernteten Stengeln«, erwiderte der Elf.

Darüber dachte Elbryan einen Moment lang nach, vor allem über Juraviels Erwähnung der besonderen Elastizität der Pflanzen. Dann fiel ihm wieder ein, woher er dieses Muster kannte. »Die Elfenbögen«, hauchte er, und wieder hatte sich der Nebel über einem der Rätsel gelichtet. Nun wußte er, warum die kleinen und zerbrechlich wirkenden Elfenbögen einen Pfeil schnurgerade über eine Distanz von hundert Metern schicken konnten.

Er hob den Kopf und sah Juraviel nicken.

»Nichts ist stärker, nicht einmal mit Sehnen umwickelte Konstruktionen aus Holz und Knochen.« Der Elf klopfte ihm auf die Schulter. »Komm mit.«

Vorsichtig gingen sie die Reihen entlang bis zum größten Farn von allen, dessen breite Wedel über Elbryans Kopf hinausreichten. Gänzlich unerwartet händigte Juraviel ihm sein Schwert aus und bat ihn, ein Stück zurückzutreten.

Elbryan sah gebannt zu, wie der Elf die Augen schloß und ein so altes Elfenlied zu singen begann, daß Elbryan viele der Wörter überhaupt nicht geläufig waren. Das Lied wurde lauter, schneller, und Juraviel begann sachte zu tanzen, drehte sich um die eigene Achse und zugleich im Kreis um die Pflanze herum. Elbryan konzentrierte sich darauf, die Stammsilben der Elfenworte herauszuhören, aber trotzdem entging ihm oft der Sinn der uralten Verse. Er verstand, daß Juraviel die Pflanze pries und ihr für das Geschenk dankte, das sie bald geben würde. Daß die Elfen anderen Lebensformen ihren Respekt erwiesen, war Elbryan nicht neu. Sie tanzten und beteten für ihr erlegtes Wild und wußten zahllose Lieder auf die Beeren und Früchte von Andur'Blough Inninness zu singen.

Der herumwirbelnde Elf warf mehrere Handvoll eines Pulvers über die Pflanze, dann bückte er sich und malte mit einem rötlichen Brei einen Strich um ihren Stengel, ein paar Fingerbreit über dem Boden. Er schloß mit einem schwungvollen Sprung, und als er landete, wies er auf den Strich. »Mit einem sauberen Hieb!« befahl er.

Blitzschnell ließ Elbryan das funkelnde Schwert genau durch den Strich fahren. Der Nachtfarn landete auf seinem Stumpf und blieb einen Moment lang stehen; dann fiel er langsam in Juraviels Hände.

»Schnell jetzt!« sagte der Elf und rannte davon. Elbryan kam kaum hinterher. Juraviel rannte den ganzen Weg zurück nach Caer'alfar, bis zum Rand des engen Tals, zu einem hohen Baum, der nur einen einzelnen Elf beherbergte.

»Joycenevial ist so alt wie der älteste Baum in Andur'Blough Inninness«, erklärte Juraviel, als der betagte Elf aus seinem Haus trat und sich gemächlich an den Abstieg machte. Ohne ein Wort zu sagen, kam er zwischen den beiden an, nahm Juraviel den geschnittenen Farn aus den Händen und stellte ihn neben Elbryan. Er drehte den Stengel herum und nickte, anscheinend zufrieden mit dem feinen, sauberen Schnitt; dann machte er sich erneut an den Aufstieg, den Farn in der Hand.

»Ohne Markierungen?« fragte Juraviel.

Joycenevial schüttelte nur den Kopf, er sah nicht einmal zu den beiden zurück.

Juraviel pries seine Kunstfertigkeit, dann ging er davon, Elbryan im Schlepptau. Dem jungen Mann schossen tausend Fragen gleichzeitig durch den Kopf. »Der rote Brei?« wagte er schließlich einen Vorstoß, um ein Gespräch in Gang zu bringen, das ihm dabei helfen mochte, die Ereignisse dieses höchst außergewöhnlichen Tages zu verdauen.

»Ohne ihn hättest du den Nachtfarn nie durchtrennen können«, erwiderte Juraviel.

Elbryan entging die Knappheit dieser Antwort nicht, die spröde, beinahe scharfe Stimme des Elfen, und er begriff, daß weitere Fragen nicht willkommen waren, daß er das Nötige erfahren würde, sobald die Elfen es für richtig hielten.

Dann stellte Juraviel ihn von seinen Pflichten frei, tauchte aber am Nachmittag wieder auf, zwei Bogen in der Hand, von denen der eine nach Elfenmaßstäben recht groß war.

»Wir haben nicht viel Zeit«, erklärte Juraviel und drückte seinem Schüler den großen Bogen in die Hand.

Elbryan ignorierte die unzähligen Fragen, die ihm durch den Kopf schossen, und folgte schweigend. Im Gehen sah er sich den Bogen an, der eindeutig nicht aus dem Nachtfarn gemacht war, den er geschnitten hatte, sondern aus einem kleineren Exemplar.

Der alte Elf griff zu einem merkwürdig geformten Messer. Die Klinge, die sich nach vorn hin verbreiterte, war gespalten. Der Spalt stellte die eigentliche Schnittfläche dar. Joycenevial nahm das Messer fest in die linke Hand und klemmte sich den – inzwischen von seinen Wedeln befreiten – Farn unter die rechte Achsel. Dann fuhr er sanft , sehr sanft, mit der Klinge den Schaft entlang.

Ein winziger Streifen schälte sich ab, so dünn, daß er beinahe durchsichtig war. Joycenevial nickte feierlich; er hatte den Farnstengel bestens auf das Schnitzen vorbereitet.

Der alte Elf schloß die Augen und stimmte einen Gesang an. Er rief sich den jungen Menschen vor Augen, wie er den Stengel gehalten hatte, vergegenwärtigte sich die Größe seiner Hände, die Länge seiner Arme. Andere Bogenmacher hätten den Stengel entsprechend markiert, aber Joycenevial war weit über solche plumpen Erfordernisse hinaus. Was er tat, war kein Handwerk mehr, sondern absolut schöpferisch; ein Zusammenspiel von Magie und siebenhundertjähriger Erfahrung. Und darum ging der alte Elf auch mit geschlossenen Augen ans Werk, und sein leiser Gesang gab die Tiefe und Kraft seiner Schnitte vor. Den Großteil eines halben Jahres würde er auf dieses Stück verwenden, würde hobeln und schnitzen, kerben und Kraftzauber wirken. Zweimal die Woche würde er den Stengel mit besonderen Ölen behandeln, um seine Elastizität zu erhöhen. Und wenn der Bogen dann schließlich Form angenommen hatte, würde er ihn über eine Rauchgrube hängen, an einem geheimen, verwunschenen Ort von so starker Zauberkraft, daß diese kontinuierlich aus dem Boden stieg.

Ein halbes Jahr – nicht viel Zeit für einen Elf aus Caer'alfar, nur ein kurzer Moment in der langen Geschichte des Belli'mar Joycenevial, Vater von Juraviel. Er schloß die Augen und dachte an die abschließende Zeremonie – für den Bogen und den Jungen: die Namensgebung. Er hatte keine Vorstellung, wie er den Bogen dann nennen würde; das würde sich ergeben, wenn die Waffe erst einmal Züge annahm und eine Persönlichkeit entwickelte.

Der Name mußte genau passen, denn dieser Bogen, beschloß Joycenevial, sollte die Krönung seiner Handwerkskunst sein, die größte Leistung eines werktätigen Lebens, das so oft Vollkommenheit erreicht hatte. Jeder Elf im Tal trug einen von Joycenevial gefertigten Bogen, ebenso hatte es jeder Hüter getan, der Andur'Blough Inninness in den vergangenen dreihundert Jahren verlassen hatte. Keine dieser Waffen würde sich jedoch mit diesem Bogen messen können, denn Belli'mar Joycenevial, so alt wie der älteste Baum in Andur'Blough Inninness, wußte, daß es sein letzter sein würde.

Ein ganz besonderer Bogen.

Immerhin hatte er diesmal den Baum getroffen, an dem die Scheibe hing! Elbryan sah Juraviel hoffnungsvoll an, aber der Elf schüttelte nur den Kopf. In einer fließenden Bewegung hob Juraviel seinen Bogen und ließ in rascher Folge drei Pfeile fliegen.

Es war so schnell vonstatten gegangen, daß Elbryan den Elf noch immer anstarrte, als der dritte Pfeil schon einschlug. Er hatte fast Angst davor, sich die Scheibe anzusehen, und so überraschte ihn Juraviels Ergebnis nicht. Er hatte einmal ins Schwarze getroffen und zweimal dicht daneben.

»Aus mir wird nie ein so guter Schütze wie du«, klagte Elbryan weinerlicher, als er in den letzten Jahren je geklungen hatte. »Oder wie sonst irgendein Elf hier.«

»Nur zu wahr«, erwiderte der Elf und schmunzelte, als Elbryan die grünen Augen aufriß. Anscheinend hatte der junge Mann etwas anderes hören wollen.

Mit einem Knurren riß der stolze Elbryan seinen Bogen empor, und diesmal verfehlte er sogar den Baum.

»Du zielst auf die Zielscheibe«, sagte Juraviel.

Elbryan starrte ihn verwundert an. Ja, worauf denn sonst!

»Auf die *ganze* Scheibe«, erklärte der Elf. »Und doch ist die Spitze deines Pfeils nicht annähernd groß genug, um sie ganz abzudecken.«

Elbryan ließ sich das Gesagte durch den Kopf gehen. Als er die Worte mit der Lebensphilosophie der Elfen, dem Einssein, in Zusammenhang brachte, schien es ihm auf einmal möglich, daß sein Pfeil und das Ziel eins waren und sein Bogen kaum mehr als ein Werkzeug darstellte, mit dem Pfeil und Ziel zueinanderfanden.

»Peile einen ganz bestimmten Punkt auf der Scheibe an«, erklärte Juraviel. »Er muß deine Aufmerksamkeit fesseln.«

Elbryan begriff. Er mußte genau die Stelle finden, an die der Pfeil hingehörte, genau den Punkt, an dem Ziel und Pfeil zusammengebracht werden mußten. Er legte einen Pfeil auf die Sehne, zog durch, soweit es der – für ihn zu kleine – Bogen erlaubte, und ließ los.

Daneben. Aber der Pfeil traf den Baum keine zwei Fingerbreit über der Scheibe – Elbryans bester Schuß bislang.

»Gut gemacht«, gratulierte Juraviel. »Jetzt hast du's.« Und damit spazierte der Elf davon.

»Wo willst du hin?« rief Elbryan ihm nach. »Wir sind doch erst ein paar Minuten hier. In meinem Köcher sind noch zehn Pfeile.«

»Das war deine Lektion für heute«, sagte Juraviel, bevor er im dichten Unterholz verschwand. »Laß sie dir durch den Kopf gehen, und wenn du sie vervollkommnen willst, dann tu's.«

Elbryan nickte grimmig. Er war entschlossen, die Scheibe ohne große Anstrengungen zu treffen, wenn Juraviel ihn am nächsten Tag wieder hierherführte. Darum würde er den Rest des Tages hier verbringen und am nächsten Morgen wiederkommen, sobald seine Arbeit mit den Melksteinen erledigt war.

So dachte er jedenfalls. Aber jedesmal, wenn seine Konzentration auch nur ein wenig nachließ, ging der Pfeil weit daneben und verschwand im Gestrüpp. Elbryan war mit einem vollen Köcher hierhergekommen, mit zwanzig Pfeilen, und doch war der Köcher keine halbe Stunde später leer, und nicht ein Pfeil ließ sich wiederfinden. Das war dem jungen Mann durchaus recht, denn ihm taten die Finger der rechten Hand und die Gegend um das Brustbein weh, und die Innenseite seines linken Unterarms war wundgescheuert.

Am nächsten Tag erhielt Elbryan einen Armschutz aus schwarzem Leder und einen neuen Bogen aus einem anderen Holz, den größten, den Juraviel im ganzen Tal hatte auftreiben können – doch auch dieser war zu klein für einen Menschenmann. Außerdem hatte der Elf einen hellgrünen, dreieckigen Jägerhut dabei, den Elbryan sich mit einem verwunderten Achselzucken aufsetzte. Diesmal nahmen sie zwei volle Köcher mit, und Elbryan, der von Minute zu Minute besser wurde, verbrachte beinahe drei Stunden auf dem Schießplatz. Zum Abschluß enthüllte ihm Juraviel ein weiteres Hilfsmittel, ebenjenen Hut, den er aufhatte. Der Elf zeigte ihm, wie man die vordere Spitze dicht über die Augen brachte und sie beim Zielen als Bezugspunkt verwendete.

Einen Tag später traf Elbryan mit zwei von drei Schüssen ins Ziel.

Den ganzen Herbst und Winter hindurch übte Juraviel mit Elbryan das Bogenschießen und brachte ihm auch das notwendige Drumherum bei. Der junge Mann lernte, wie man Pfeile herstellte, schwere für größere Schäden, leichte für größere Reichweiten, und eine Bogensehne auswechselte – obwohl die von den Elfen benutzten Silberfäden kaum jemals rissen. Vor allem jedoch lernte er, daß das Bogenschießen eher eine geistige denn eine körperliche Disziplin war, eine Disziplin der Versenkung und der Konzentration. Alle physischen Aspekte – das Anlegen, das Zielen, das Loslassen – gingen rasch automatisch vonstatten, aber bei jedem einzelnen Schuß galt es, Entfernung und Wind zu erspüren, die Spannung der Sehne und das Gewicht des Pfeils. Bald hatte der junge Mann Schwielen an den Fingern der rechten Hand, und das Leder seines schwarzen Armschutzes war abgewetzt. Denn Elbryan machte sich mit demselben Eifer ans Werk, den er auch sonst, bei anderen Aufgaben, an den Tag gelegt hatte, mit einem Stolz und einer Entschlossenheit, über die viele der oft so flatterhaften Elfen nur ungläubig den Kopf schütteln konnten. Jeden Tag stand Elbryan vor der Scheibe, unermüdlich, bei Wind und Wetter, und ließ Pfeil um Pfeil von der Sehne schnellen, bis so gut wie jeder Schuß ins Schwarze traf. Er lernte, schnell und aus verschiedenen Winkeln zu schießen: aus dem Abrollen heraus, kopfüber an einem Ast hängend, in hohem Bogen, so daß der Pfeil fast von oben kam. Und er lernte, zwei Pfeile zugleich abzuschießen, so daß sie dicht nebeneinander und meist beide im Ziel einschlugen.

Jeden Morgen absolvierte er *bi'nelle dasada* und anschließend seinen Melkstein-Lauf. Seine Mittagessen verbrachte er im philosophischen Gespräch mit Juraviel; danach begleitete der Elf ihn auf den Schießplatz.

Die Abende verbrachte er zu seiner Überraschung überwiegend mit Tuntun, denn die Elfe war nicht nur Mathers Lehrerin, sondern auch mit ihm befreundet gewesen, und Elbryan brannte darauf, mehr über ihn zu erfahren. Tuntun konnte viel über Mather erzählen, angefangen bei seinen Lehrjahren in Andur'Blough Inninness – oftmals hatte er sich genauso dumm angestellt wie Elbryan! – bis hin zu seinen Heldentaten in den Wilderlanden. Abertausende von Goblins und Riesen hatte seine tödliche Klinge gefällt! Auch das Schwert selbst war Gegenstand vieler Gespräche, denn Sturmwind, wie es genannt wurde, war eines von nur sechs eigens für die Hüter angefertigten Schwertern – die mächtigsten Waffen, die Andur'Blough Inninness je verlassen hatten. Von den sechsen war nur eines noch in Gebrauch, ein mächtiges Breitschwert namens Eisbrecher, dessen Träger Andacanavar war, der Hüter des fernen Nordlandes Alpinador.

»Du bist wirklich von einem ganz besonderen Schlag«, bemerkte Tuntun in einer Sternennacht. »Es könnte gut sein, daß du der einzige lebende Hüter bist, wenngleich Andacanavars Todesschmerz noch nicht zu uns gedrungen ist.«

Die Ehrfurcht, mit der sie sprach, rührte Elbryan und legte ihm zugleich eine schwere Last auf die starken Schultern. Er hatte das Gefühl entwickelt, etwas Besonderes zu sein, fast eine Art Übermensch. Dank der Elfen war ihm eine seltene und kostbare Gabe zuteil geworden: eine andere Sprache – auch des Körpers –, eine andere Weltsicht, eine andere Art der Selbstwahrnehmung. Er war längst kein verängstigtes Waisenkind mehr, das aus den rauchenden Trümmern seines Heimatdorfes stolperte. Er war Mathers Blut, er war Elbryan der Hüter.

Warum aber hatte er dann solche Angst?

Um darauf eine Antwort zu finden, suchte Elbryan oft das Orakel auf. Jedesmal fiel es ihm leichter, Mathers Geist herbeizurufen, und obwohl ihm die Erscheinung mit keinem Wort antwortete, genügten ihm allein schon die eigenen Monologe, um Ordnung in das Durcheinander zu bringen und die Übersicht und die Nerven zu behalten.

Der Winter, der selbst im verwunschenen Tal ein harter war – wie Lady Dasslerond vorhergesagt hatte –, dauerte lang. Der Schnee lag früh und hoch und wollte selbst im Frühling nicht weichen.

Elbryans Tage waren angefüllt wie eh und je, waren ganz Lernen und Wachsen. Nun war er wahrhaft ein Bogenschütze, kein so kunstfertiger wie mancher Elf, aber nach menschlichen Maßstäben ein Meister. Sein Verständnis der Natur würde nie vollständig sein – sie überstieg schlicht das Fassungsvermögen eines einzelnen Menschen –, aber mit jedem Tag, der verstrich, mit jeder neuen Erfahrung vertiefte es sich. Seine gesamte Wahrnehmung der Welt war auf solches Lernen ausgerichtet; wahrlich, er war der Schwamm, und die ganze Welt war eine Flüssigkeit.

Dann, in einer stürmischen Nacht im Toumanay, wurde plötzlich alles anders. Juraviel und Tuntun holten ihn mit viel Schubsen und Drängen aus dem Bett, und als er schließlich draußen vor seinem niedrigen Baumhaus stand, hatte er nicht mehr als einen Umhang und ein Lendentuch am Leib. Die beiden Elfen geleiteten ihn zu einem weiten, von Bäumen gesäumten Feld, auf dem sich alle zweihundert Elfen von Caer'-alfar versammelt hatten.

Juraviel zog Elbryan den Umhang weg, und Tuntun stieß den zitternden jungen Mann in die Mitte des Feldes.

»Ausziehen«, sagte sie unnachgiebig und zeigte auf das Lendentuch.

Sein Schamgefühl ließ Elbryan zögern, aber Tuntun war nicht zu vielen Worten aufgelegt. Sie ließ ihre Dolche aufblitzen, und bevor die spärliche Hülle auch nur zerschnitten zu Boden fiel, hatte sie sie schon gepackt und war mit ihr davonmarschiert. Nackt und verwirrt stand der junge Mann da, allein unter den Blicken von ganz Andur'Blough Inninness.

Die Elfen nahmen einander bei der Hand und bildeten einen Kreis um ihn. Dann begannen sie zu tanzen, immer links um den Kreis herum. Oft wurde der Reigen unterbrochen, wenn einzelne Elfen in der Luft eine Pirouette drehen oder auch nur ein paar eigene Schritte machen wollten, aber im großen und ganzen hielt die Kreisbewegung um Elbryan an.

Das Lied der Elfen klang in seinen Ohren und seinem ganzen Körper, es lockte ihn fort von seiner Schamhaftigkeit, es beruhigte und berauschte ihn. Der ganze Wald schien mit einzustimmen – die stürmischen Böen, die Vögel, die Frösche.

Elbryan legte den Kopf in den Nacken und sah zu den Sternen hinauf, zu den wenigen dahineilenden Wolken. Er stellte fest, daß er sich mit den Elfen bewegte, wie verzaubert, als forme ihr Tanz einen Wasserstrudel um ihn herum, der ihn mitriß, immer im Kreis herum. Es kam ihm wie ein Traum vor, wie ein ferner, verschwommener Traum.

»Was hörst du?« erklang eine nahe Stimme. »Was siehst du, nun da du geboren wirst?«

Elbryan erkannte nicht einmal, wer da sprach – es war Lady Dasslerond persönlich. »Ich höre die Vögel«, antwortete er geistesabwesend. »Die Nachtvögel.«

Auf einmal verstummte die Welt um ihn herum, so plötzlich, daß es ihn aus seinem Traumzustand riß. Elbryan kam zum Stehen und blinzelte ein paarmal, aber in seiner Benommenheit kam es ihm so vor, als wollten sich die Sterne ewig weiterdrehen.

»Tai'marawee!« rief Lady Dasslerond aus, und Elbryan, der immer noch nicht mitbekommen hatte, daß sie zu ihm in die Mitte des Feldes getreten war, machte einen Satz. Er sah zu ihr herab, als die zweihundert Elfen ihren Ausruf erwiderten: *»Tai'marawee!«*

Tai stand für »Vögel« und *marawee* für »Nacht«.

»Der Nachtvogel«, erklärte Lady Dasslerond. »Dein Name sei Nachtvogel, nun da du geboren bist.«

Elbryan, der nicht wußte, was all das zu bedeuten hatte, mußte heftig schlucken. Auf eine solche Zeremonie hatten Juraviel und Tuntun ihn nicht vorbereitet.

Dann warf ihm Lady Dasslerond ohne weitere Erklärungen eine Handvoll glitzernden Staub ins Gesicht.

Die ganze Welt schien stehenzubleiben und sich dann, aber langsamer, erneut zu drehen. Wieder stimmten die Elfen ihr Lied an, wieder fiel der ganze Wald mit ein, und wieder war Elbryan in der Mitte des Feldes allein und drehte sich mit ihnen im Kreis herum. So langsam, daß es Elbryan nicht auffiel, dünnte der Elfenchor aus, Stimme für Stimme. Ihm ging erst auf, daß er allein war, als die Elfen längst verschwunden waren, und bevor er noch darüber nachdenken konnte, was das nun schon wieder zu bedeuten hatte, wurde er vom Schlaf übermannt, nackt wie er war, mitten auf dem Feld.

In der Nacht seiner Geburt.

Belli'mar Joycenevial betrachtete das Werk seiner Liebe und nickte mit dem Kopf. Nachtvogel, so hieß der Hüter nun, und damit hatte sein Traum den alten Elf nicht getrogen. Dieser Bogen, die Falkenschwinge, war wahrlich eine Maßarbeit.

Joycenevial hielt die schöne Waffe empor. Sie überragte ihn an Länge, und er hatte sie lackiert und poliert, bis sie glatt war wie Glas und selbst jetzt, im gedämpften Licht einer einzelnen Kerze, dunkelgrün und silberbenetzt schimmerte, vom geschnitzten Handgriff bis zu den zarten, sich verjüngenden Enden. Die abnehmbare obere Spitze war mit drei Federn besetzt, die so vollkommen aufeinanderlagen, wenn der Bogen ruhte, daß sie wie eine einzige wirkten.

Falkenschwinge und Nachtvogel – schön, wie sich eines zum anderen gefügt hatte. Dies, beschloß der alte Elf, war sein letzter Bogen. Denn eines stand fest: Auch wenn er noch tausend Bögen machte – eine solche Vollkommenheit würde er nie wieder erreichen.

Elbryan erwachte, wie er eingeschlafen war, einsam und nackt auf dem Feld, nur daß ihm um den linken Arm ein roter und um den rechten ein grüner Streifen Stoff gebunden worden war, genau über der Mitte seines gewaltigen Bizeps. Er starrte sie einen Moment lang an, dachte aber nicht im Traum daran, sie zu entfernen. Dann wandte er seine Aufmerksamkeit der um ihn herum erwachenden Welt zu. Es hatte längst gedämmert, also hatte er seinen Schwerttanz verpaßt, zum ersten Mal, seit er ihm beigebracht worden war. Aber irgendwie war das an diesem Morgen egal. Der junge Mann entdeckte seinen Umhang und hüllte sich darin ein; dann jedoch kehrte er nicht in sein Baumhaus zurück, sondern suchte das Orakel auf, wo er Spiegel, Decke und Stuhl zurückgelassen hatte.

»Onkel Mather?«

Der Geist erwartete ihn bereits, eine helle Gestalt in den

Tiefen des Spiegels. Tausend Fragen schossen Elbryan durch den Kopf, aber bevor er auch nur die erste über die Lippen brachte, verlor er sich in einer Vision. Da waren eine Straße, ein Moor und ein Wald, ein Tal von immergrünen Bäumen, das ihm vage bekannt vorkam.

Elbryan bemühte sich, ruhig zu atmen; er ahnte bereits, was nun kam. Todesangst befiel ihn, schwarz und gefräßig, und alles in ihm schrie danach, sich Onkel Mather anzuvertrauen, sich wie so oft all die Zweifel von der Seele zu reden.

Aber diesmal war es nicht an ihm zu sprechen, diesmal hatte er aufzunehmen. Also lehnte er sich zurück, schloß sogar die Augen und überließ sich diesem unbekannten Pfad.

Als er die Höhle verließ, war er noch aufgewühlter als zuvor. Angst und Unsicherheit standen ihm ins Gesicht geschrieben, und es waren mehr Fragen aufgekommen, als beantwortet worden waren.

Als er wieder in Caer'alfar war, lag es zu seiner Überraschung wie ausgestorben da. Rasch ging er zu seinem Baumhaus, nur um festzustellen, daß seine gesamte Habe verschwunden war – seine Kleidung und die Körbe für die Melksteinernte.

Vor ihm auf dem Boden lagen neue Kleider von edler Machart. Sie mußten für ihn sein, denn sie konnten niemandem sonst in Caer'alfar passen. Es sei denn, sie waren für den nächsten Menschenzögling bestimmt.

Elbryan schüttelte diese Überlegung zusammen mit dem Umhang ab, dann warf er sich das leichte, ärmellose Hemd über, schlüpfte in die elastischen Kniebundhosen mit dem schmalen Gürtel, in den Silberfäden eingeflochten waren, und zog sich die hohen Stiefel aus Hirschleder an. Schließlich legte er das lederne, innen mit Silberil ausgekleidete Wams an, warf sich den dicken, waldgrünen Reiseumhang über und setzte den dreieckigen Jägerhut auf, der von hellerem Grün war.

Dann sah er sich um und fragte sich, was nun von ihm erwartet wurde. Ihm fiel das Feld wieder ein, und so ging er dorthin, und sämtliche Elfen von Caer'alfar erwarteten ihn bereits. Diesmal standen sie ruhig da, in ordentlichen Reihen. An ihrer Spitze standen Lady Dasslerond und Belli'mar Juraviel. Sie bedeuteten Elbryan, zu ihnen zu treten.

Als er bei ihnen ankam, händigte Juraviel ihm ein pralles Bündel aus. An der einen Seite war ein feines Messer festgemacht, an der anderen ein gut ausbalanciertes Handbeil.

Ein langer Augenblick verstrich, bis Elbryan erkannte, daß die Elfen auf eine angemessene Begutachtung ihrer Geschenke warteten. Er kämpfte mit den Schnüren und öffnete das Bündel, dann bückte er sich und leerte es behutsam auf dem Boden aus. Feuerstein und Stahl, ein schmales Seil von derselben Machart wie sein Gürtel, ein Päckchen des roten Breis, den Juraviel bei dem Nachtfarn benutzt hatte, die Decke und der Spiegel für das Orakel – sie mußten aus der Höhle geholt worden sein, nachdem er sie verlassen hatte – und, am vielsagendsten überhaupt, ein Wasserschlauch und sorgfältig eingesalzene und verpackte Nahrung.

Elbryan sah seinen Elfenfreund an, ohne eine Antwort zu finden. Sorgsam packte er alles wieder zusammen, mit zittrigen Fingern, dann erhob er sich und stand stolz vor Juraviel und der Herrin von Andur'Blough Inninness.

»Das rote Band ist mit dauerhaften Salben getränkt«, erklärte Juraviel. »Verband und Aderpresse zugleich. Das grüne, über Mund und Nase gelegt, filtert die Luft und läßt sogar kurze Aufenthalte unter Wasser zu.«

»Dies sind unsere Geschenke für dich, Nachtvogel«, fügte Lady Dasslerond hinzu. »Dies und dieses!« Sie schnippte mit den Fingern, und aus den Reihen der Elfen trat Belli'mar Joycenevial hervor, in den Händen der herrliche Bogen.

»Falkenschwinge«, erklärte der alte Elf und reichte ihn Elbryan. »Er dient zugleich als Stock.« Mit einem Griff entfernte er die gefiederte Spitze und damit zugleich die Bogensehne, dann steckte er sie ebenso leicht wieder auf und spannte zugleich den Bogen, ohne jede sichtliche Anstrengung. »Und habe keine Angst. Sein zerbrechliches Aussehen täuscht. Ihm kann nichts etwas anhaben. Keine Schlacht, kein Blitzstrahl, nicht einmal der Hauch eines Drachen!«

Auf diese Verkündung folgten wohlverdiente, herzliche Hochrufe auf den alten Elf.

»Leg an«, forderte Juraviel den jungen Mann auf.

Elbryan legte sein Bündel nieder und hob den Bogen. Die Ausbalanciertheit der Waffe und ihre Geschmeidigkeit waren erstaunlich. Als Elbryan durchzog, fächerten sich oben die drei Federn auf, so daß sie wie die Schwingen eines gleitenden Falken aussahen.

»Falkenschwinge«, sagte der alte Bogenmacher erneut. »Er wird dir für alle deine Tage als Bogen dienen und als Stock, bis du dir vielleicht einmal dein Schwert verdient hast.«

Mit Tränen in den Augen übergab ihm der alte Elf einen Köcher voller langer Pfeile, dann wandte er sich langsam ab und kehrte an seinen Platz in der Reihe zurück.

»Unsere Geschenke für dich«, sagte Lady Dasslerond erneut. »Welches, meinst du, ist das kostbarste?«

Elbryan ließ sich mit der Antwort Zeit, denn ihm war bewußt, daß dies ein kritischer Moment war, eine Probe, bei der er nicht versagen durfte. »All diese Kleider und Gerätschaften sind eines Königs würdig, sogar eines Elfenkönigs. Und was diesen Bogen angeht«, sagte er voller Ehrerbietung an Joycenevials Adresse, »so kommt ihm gewiß kein zweiter auf Erden gleich, und ich weiß um die Gnade, ihn tragen zu dürfen.«

Elbryan sah wieder Lady Dasslerond an. »Aber das Orakel«, sagte er mit fester Stimme, »das ist mir das kostbarste eurer Geschenke.«

Die Herrin der Elfen zeigte keine Regung, dennoch wußte Elbryan plötzlich, daß er das Falsche gesagt hatte. Vielleicht war es die kaum merkliche Niedergeschlagenheit im Blick seines Freundes Juraviel, die ihn auf die richtige Fährte brachte.

»Nein«, sagte er leise, »ein Geschenk ist weit kostbarer.«

»Welches?« fragte Lady Dasslerond drängend.

»Der Nachtvogel«, erwiderte Elbryan, ohne zu zögern. »Alles, was ich bin; alles, was ich geworden bin. Ein Hüter bin ich nun, und kein Geschenk auf der Welt – nicht all ihr Gold, nicht all ihr Silberil oder sämtliche Königreiche auf einmal – könnte größer sein. Das größte Geschenk ist der Name, den ihr mir gegeben habt, der Name, den ich mir durch eure Geduld und eure Zeit erworben habe, der Name, der mich als Elfenfreund ausweist. Es gibt keine größere Ehre, keine edlere Verantwortung.«

»Du bist soweit, dich dieser Verantwortung zu stellen«, warf Juraviel ein.

»Es ist an der Zeit für dich zu gehen«, verkündete Lady Dasslerond.

Elbryan hätte beinahe gefragt, wohin, aber dann behielt er diese Frage für sich und baute lieber darauf, daß sie es ihm schon sagen würden, wenn er es denn wissen mußte. Als sie es nicht taten, als sie nicht mehr taten, als sich einmal vor ihm zu verneigen, bevor sie ihn verließen, und er wieder einmal völlig allein auf dem Feld stand, da hatte er seine Antwort.

Das Orakel hatte ihm den Weg gezeigt.

Das Land war verhältnismäßig eben und braun; hier und da stachen dürre, niedrige Büsche hervor. Aber die sanften Hügel waren trügerisch – der Hüter konnte nur selten ein anständiges Stück weit sehen. Dies waren die Moorlande – die Waschküche, wie die Siedler am Rand der Wilderlande sie fröhlich nannten. Über diesen Ort hatte Elbryan abends am Feuer manch wilde Geschichte gehört, als er klein gewesen war.

Nur, daß er nun selber durch die Moorlande lief, wo der Gedanke an heulende Ungeheuer und scheußliche Wächter gar nichts Gemütliches mehr hatte.

Der Nebel war licht, nicht so undurchdringlich wie am Vortag, wo Elbryan sich auf Schritt und Tritt verfolgt gefühlt hatte. Von einer Anhöhe aus konnte er einen Fluß ausmachen, der sich silbrig durch die braune Landschaft schlängelte. Instinktiv faßte der Hüter nach seinem Wasserschlauch, der kaum noch halbvoll war. Er trottete zum Fluß hinab, der nur ein paar Fuß breit war und weniger als einen Fuß tief, dann schöpfte er eine Handvoll Wasser und nickte, als es sich als einigermaßen klar erwies. Der Boden hier war einfach zu sehr zusammengepreßt, um sich von einer so schwachen Strömung abtragen zu lassen. Überall im Moorland waren die abfließenden Rinnsale kristallklar gewesen, nur in den tieferen Becken nicht, aus denen das Wasser nicht mehr abfließen konnte, sondern sich mit der Erde zu einer dicken, morastigen Brühe verband.

Elbryan sah aufmerksam hinauf, hängte dann sein Bündel an den knorrigen Ast eines Dornbusches und zog vorsichtig die Stiefel aus. Er war seit fünf Tagen unterwegs, seit zweien in den Moorlanden. Das kalte Wasser und das weiche Bett darunter waren eine Wohltat für seine erschöpften Füße; kurz dachte er sogar daran, sich ganz auszuziehen und in den Fluß zu legen.

Dann jedoch nahm er etwas wahr, ein Geräusch vielleicht. Irgendeiner seiner Sinne warnte ihn. Der Hüter erstarrte und wandte seine Aufmerksamkeit der näheren Umgebung zu. Er entspannte seine Fußsohlen, um etwaige Schwingungen ertasten zu können. Langsam drehte er den Kopf hin und her.

Flußauf, nicht weit entfernt, ein Platschen.

Elbryan rief sich seine Position vor Augen. Der Flußarm verschwand nur wenige Dutzend Meter von seinem Standort entfernt hinter einer der irreführend hohen Erhebungen.

Wieder ein Platschen, dichter diesmal, und dann eine unverständliche Stimme. Er sah sich erneut um, diesmal nach einem günstigen Angriffspunkt, nach einer erhöhten Stelle, von der aus er sich auf mögliche Feinde stürzen konnte. Das Gelände war nicht sonderlich vielversprechend; ihm blieb kaum etwas Besseres, als wieder zurück auf den Hang zu gehen und sich gleich hinter der Hügellinie zu verbergen. Und er mußte genau den richtigen Zeitpunkt dafür abpassen, denn das Gelände dort oben war vom Fluß aus teilweise einzusehen.

Elbryan verwarf diesen Gedanken beinahe sofort wieder; er befand sich inzwischen am östlichen Rand der Moorlande, die Siedlungen der Menschen waren nicht mehr allzuweit entfernt. Wer oder was auch immer dort kam, würde gewiß keine Lawine lostreten – es konnten keine Riesen sein. Es bestand kein Grund zu der Annahme, daß es sich um Feinde handelte.

Und selbst wenn: Nachtvogel war vorbereitet.

Er zog sich den waldgrünen Umhang fester um die Schultern und stülpte sich die Kapuze über Kopf und Hut; dann bückte er sich und füllte seinen Wasserschlauch.

Die Geräusche steigerten sich – der Lautstärke und Häufigkeit des Geplatsches nach mußte sich ein halbes Dutzend Zweibeiner nähern. Bedeutsamer als die Worte, von denen er nur wenige verstand, waren die hohen, raspelnden Stimmen. Solche Stimmen hatte Elbryan schon einmal gehört.

Plötzlich war alles still; die Wesen hatten den Hügel umrundet. Elbryan richtete sich nicht auf. Er wollte sichergehen, daß sie keine Bogen trugen, und spähte um die Seite seiner Kapuze herum.

Keine dreißig Fuß entfernt standen die Goblins, sechs an der Zahl, und machten Stielaugen, einer mit einem Speer über der Schulter, aber noch nicht wurfbereit. Die anderen waren mit Keulen und primitiven Schwertern bewaffnet, aber Gott sei Dank nicht mit Bogen.

Elbryan blieb unten. Durch diese Haltung und seinen Mantel konnten die Wesen sich unmöglich seiner Abstammung sicher sein.

»Dredoi schnidum?« rief einer der Goblins.

Elbryan schmunzelte und hielt das Gesicht abgewandt.

»Dredoi schnidum?« fragte der Goblin erneut. *»Drplom sok eedum?«*

»Der Plumpsack geht um«, sagte Elbryan leise; so hieß ein Spiel, das er vor zehn Jahren gespielt hatte. Der Gedanke an diese unschuldige Zeit ließ ihn erneut schmunzeln, aber diese Regung war nicht von langer Dauer. Sie wurde von dunkleren Gefühlen hinweggespült, als ihm einfiel, was seiner Welt von Wesen wie diesen angetan worden war.

Der Goblin rief ihn erneut an. Es wurde langsam Zeit zu antworten, und da er keine Ahnung hatte, was der Goblin eigentlich sagte, richtete er sich einfach auf, höher als jeder Goblin es gekonnt hätte, und schob langsam die Kapuze seines Umhangs zurück.

Die halbe Goblinbande kreischte auf; der Speerträger unterstrich seinen Schrei, indem er drei Sätze nach vorn machte und seine Waffe schleuderte.

Elbryan wartete bis zum letzten Moment, dann ließ er Falkenschwinge vor sich aufblitzen und erwischte den Speer so am Schaft, daß dieser sich durch den eigenen Schwung wirkungslos vor ihm in der Luft drehte, und im nächsten Moment fing Elbryan ihn schon mit der Rechten auf, während die Linke den Bogen wieder an seine Seite zurückbrachte.

Plötzlich war die Spitze des Speers genau auf seinen ursprünglichen Träger gerichtet. Das ließ den Angriff der Goblins in sich zusammenfallen, noch bevor sie wirklich losgestürmt waren.

Widerstreitende Gefühle tobten in der Brust des jungen Mannes. Er erinnerte sich noch gut an das, was ihm die Elfen über Weitherzigkeit beigebracht hatten; nur war er weder

Goblins noch irgendeinem anderen Bergvolk gegenüber freundlich gesinnt.

Andererseits befand er sich hier nicht in einer Siedlung der Menschen, sein Volk hatte dieses Gelände nie für sich beansprucht. Gut möglich also, daß er auf Goblinland stand. Wenn das der Fall war, welches Recht hatte er dann, diesen sechsen den Kampf anzusagen?

Dennoch, einer von ihnen hatte ihn gerade angegriffen, wenn auch wohl eher vor lauter Schreck. Und ganz gleich, welch kluge Überlegung Elbryan anstellte, da war immer noch das, was in Dundalis geschehen war.

Er zögerte; waren diese Goblins für das verantwortlich, was ihresgleichen seiner Heimat angetan hatten? Der, dem die Elfen den Namen Nachtvogel gegeben hatten, mußte sich darauf eine ehrliche Antwort geben; soviel zumindest war er Belli'mar Juraviel schuldig.

Eine knappe Bewegung seines kräftigen Handgelenks schickte den Speer dorthin zurück, woher er gekommen war. Ein Platschen, und die Waffe ragte nur einen Fuß vor dem Wesen aus dem Wasser, das sie geschleudert hatte. Elbryan warf den Goblins einen warnenden Blick zu, dann drehte er sich seitwärts und machte sich erneut daran, seinen Wasserschlauch zu füllen.

Nun hatten sie ihre Chance; wenngleich in ihm ein kleiner Junge war, der an Dundalis dachte und hoffte, daß sie sie nicht ergreifen würden.

Er hörte und fühlte die Bewegungen des Wassers, als die Wesen langsam näher kamen. Er spürte, daß zumindest zwei das Flußbett verlassen hatten, um ihn einzukreisen.

Elbryan schätzte ihre Entfernung ab und achtete wachsam auf jeden Hinweis für einen Angriff.

Alles schien zu erstarren, jede Bewegung, jedes Plätschern. Die Wesen konnten nicht mehr als zehn Fuß entfernt sein. Langsam wandte er sich der Vierergruppe zu und erhob sich, bis er den größten seiner Gegner um einen Fuß und mehr überragte.

»Eenegasch!« herrschte der vorderste und häßlichste der Gruppe ihn mit vorgerecktem Schwert an, einer zwei Fuß langen Klinge, die der nicht unähnlich war, die Elbryan von Olwan für seine Wachgänge erhalten hatte.

»Ich verstehe nicht«, erwiderte Elbryan ruhig.

Die Goblins berieten sich flüsternd; augenscheinlich beherrschten sie seine Sprache ebensowenig. Dann wandte sich der Häßliche wieder zu ihm um.

»Eenegasch!« sagte er erneut, nachdrücklicher, und zeigte mit dem Schwert auf Elbryans Bogen und dann zum Flußufer.

»Das nun ganz bestimmt nicht«, sagte Elbryan mit einem breiten Lächeln und schüttelte den Kopf. Mit einer kaum merklichen Bewegung zog der Hüter die gefiederte Spitze ab und steckte sie mitsamt Bogensehne in den Gürtel.

Der Goblin ließ ein drohendes Knurren ertönen. Elbryan schüttelte erneut den Kopf.

Der Anführer schoß heran und stieß sein Schwert nach vorn, was eher einen Akt der Einschüchterung als einen richtigen Angriff darstellte. Aber es war der Anführer, der überrascht wurde.

Elbryan packte den Stock nun auch mit der rechten Hand und ließ das untere Ende so rasch vorschnappen, daß der Goblin nicht einmal zu einem Gegenzug ansetzen konnte. Der Stock krachte gegen Schwert und Hand zugleich und schleuderte die Waffe ein Dutzend Fuß weit davon. Eine kleine Drehung, zu schnell, als daß der Goblin sich hätte wegducken können, und Elbryan stieß ihm das Stockende genau über der Nasenwurzel gegen die fliehende Stirn, so daß er der Länge nach in den Fluß fiel.

Natürlich heulten die restlichen Goblins nun erfreut auf und griffen an.

Als erstes versuchte ihn einer vom Flußufer her zu attackieren. Elbryan riß den Stock quer vor die Brust, dann stieß er ihn nach rechts und nach oben. Der Goblin, der Falkenschwinge nicht kommen sah, wurde voll getroffen, direkt unterm Kinn.

Auf die gleiche Weise erledigte Elbryan gleich noch den Goblin zu seiner Linken; dann wandte er sich seinen drei Angreifern im Wasser zu. Zunächst hielt er sie mit einem wahren Wirbel von Defensivbewegungen auf Abstand, halbe Drehung, rechte Hand, halbe Drehung, linke Hand, so schnell, daß seine Waffe zu einem Schleier verschwamm. Dann schoß der Hüter plötzlich vor. Mit einem Schwirren krachte Falkenschwinge auf den Kopf des mittleren Goblins herab, und das magisch gehärtete Holz spaltete dem Speerträger mit einem gewaltigen *Knack* den Schädel.

Elbryan wehrte links einen Keulenschlag ab und parierte rechts einen Stoß mit dem Schwert. Einmal links, einmal rechts, und wieder waren zwei Attacken abgewehrt. Dann links und gleich wieder links, und beinahe hätte der Goblin seine Keule und sein Gleichgewicht nicht mehr halten können. Elbryan machte einen Schritt nach links und wirbelte herum, wehrte einen fürchterlichen Schwerthieb ab.

Und weiter drehte er sich, ließ Falkenschwinge nur so schwirren. Zur Ehre des Goblins mit der Keule muß gesagt werden, daß er den Angriff kommen sah und seine Waffe noch vor sich bekam, aber Elbryan veränderte rasch den Winkel und schmetterte dem Wesen das Ende auf den dürren Unterarm, daß die Knochen nur so krachten. Die Keule fiel ins Wasser, der Goblin kreischte auf und umklammerte seinen verletzten Arm.

Elbryan trat vor, riß den Stock quer vor die Brust und schlug dem Wesen die Enden gegen die Schläfen, links, rechts und wieder links. Dann beschrieb er rasch eine halbe Drehung, um sich dem Schwertkämpfer zu widmen, aber der hatte längst die Beine in die Hand genommen. Also stieß Elbryan den Stock statt dessen seinem benommenen und geschundenen Kameraden mitten ins Gesicht.

Er sah es nicht, aber er hörte, wie der Goblin vom linken Flußufer wieder auf die Beine kam. Und schon schwirrte Falkenschwinge erneut durch die Luft. Zwei wilde Drehungen, und der Stock raste über den bejammernswerten Versuch einer Abwehr hinweg und erwischte den Goblin im Genick. Das Wesen fiel aufs Kreuz, zuckte einmal heftig, und dann geschah etwas Seltsames. Als wäre die Kraft, die hinter Elbryans Schlag gesteckt hatte, bis in die Füße des Goblins und dann wieder zurückgewogt, machte er plötzlich eine Brücke und kam wieder auf die Beine, um dann, nach einem langen Moment, langsam zusammenzubrechen.

Elbryan fuhr herum und duckte sich vorsorglich, aber da waren keine Feinde mehr. Der Anführer hockte auf allen vieren mitten im Fluß und sah nicht einmal in seine Richtung; er hatte genug damit zu tun, wieder auf die Füße zu kommen. Der Goblin am rechten Flußufer wand sich noch immer auf dem Boden und japste nach Luft, die nie mehr kommen würde. Er war so gut wie tot. Der zu seiner Linken war es schon, der Speerträger ebenfalls, und derjenige, der vier Schläge am Kopf hatte einstecken müssen, lag reglos am Ufer, das Gesicht im Wasser. Der letzte der Bande, derjenige mit dem Schwert, hüpfte zwanzig Schritt entfernt auf und ab und schleuderte ihm unverständliche Flüche entgegen.

Gemächlich, ohne jede Eile, steckte der Hüter die gefiederte Spitze auf seine Waffe, dann bog er sie mit einer fließenden Bewegung über das Bein und hakte am anderen Ende die Sehne ein.

Der Goblin heulte auf und floh.

Der Pfeil zischte durch die Luft, drei Federn spreizten sich. Ein klarer, sauberer Schuß über fünfunddreißig Fuß.

Der Pfeil traf den Goblin in den Rücken, hob ihn aus dem Wasser empor und ließ ihn erst fünf Fuß weiter vorn wieder landen. Das Gesicht im Wasser, zuckte er wild mit allen vieren.

Elbryan griff zu seinem Beil und brachte sein blutiges Werk zu Ende.

Dann setzte er seinen Marsch durch die Moorlande fort.